老いた殺し屋の祈り

マルコ・マルターニ
飯田亮介 訳

COME UN PADRE
BY MARCO MARTANI
TRANSLATION BY RYOSUKE IIDA

Published by K.K. HarperCollins Japan, 2021

エレオノーラに捧ぐ

最高の時でも、人間よりは少々下。
最悪の時には、ほぼ獣(けもの)と同等。
——ウィリアム・シェイクスピア『ヴェニスの商人』
（安西徹雄訳・光文社）

老いた殺し屋の祈り

おもな登場人物

オルソ――殺し屋
ロッソ――オルソのボス。フランス人
フローリアン――ロッソの息子
アデーレ――ロッソの娘
ミキ――アデーレの息子
レモ――オルソの親友。〈組織〉のメンバー
モーズリー――〈組織〉の元メンバー
ベニアミーノ――〈組織〉のメンバー
ヴィクトル――〈組織〉のメンバー
エルサ――B&B経営者
マッテオ――エルサの息子
ガブリエル・ストヤク――セルビア人実業家
アントニオ・トッレ――マフィアのボス。故人
チーロ・トッレ――アントニオの息子
アマル――オルソの生き別れの恋人
グレタ――オルソの生き別れの娘

1

　オルソは目を開いた。とたんに天井の薄明かりに視界を焼かれた。急いでまぶたを閉じたが、左右の網膜に白い染みが残った。訳がわからず、彼は動揺した。もう一度、慎重にやってみる。今度はずっとうまくいった。

　本能的に頭を起こすと、いきなり吐き気に襲われた。頭を枕に戻してこらえた。胸の上に誰かが座っているみたいに息が苦しい。見れば、傍らに医師が立っている。白衣を着たはげ頭の中年男だ。医師の冷たい指がまぶたに触れ、ぐっと開くのを感じた。

「まだ起きないでください。急に体を動かすのもやめましょう」医師は聴診器を耳にかけながら言い、オルソの患者衣の裾をまくると、振動板を胸に当てた。オルソは胸に何も感じなかった。皮膚が感触を伝えてこない。

「ご気分はいかがですか。口をきくのがつらいとか、難しいようであれば、お答えにならなくても結構です」

　医師はフランス語を話したが、明らかに母国語ではなかった。ドイツ人かもしれない。

オルソは口を開いてみたが、なんの音も出てこなかった。唾を飲むと、砂でも飲み下したような感じがした。

「声が出なくても、ご心配いりません。薬のせいです」

注意深く聴診をしてから医師は聴診器を外し、太った修道女の手からカルテを受け取ると、何か書きこんで返した。修道女は姿を消した。医師はしばし黙ってオルソを見つめた。

「心臓発作です。十二時間ほど前に全身麻酔で手術をお受けになったんですよ。わたしが執刀しました。冠動脈のバイパス手術です。胸骨から胸を切開せねばなりませんでした。今は鎮痛剤が効いていますが、少しでも違和感があったら、このボタンを押してください。すぐに看護師が駆けつけて、麻酔薬を少し追加しますので」

医師は天井からぶら下がっているコードを手にした。先端には押しボタンのようなものがついている。医師はオルソの腕を上げ、それを握らせた。オルソはふたたび声を発しようとしたが、かなわなかった。そこで周囲を見回した。すると外科医は彼の疑問を察してくれた。

「ここはジュネーブです。ヘリで、マルセイユから搬送されたんですよ。さもなければ危なかったかもしれません。でもご安心ください。手術は成功しました。今は何も考えないことです。とにかくお休みになってください。では、明日また参ります」

医師は微笑み——オルソには、頼もしい笑顔というよりも愛想笑いに見えたが——ベッドのそばを離れた。誰かがベッドの上の蛍光灯を消し、病室は薄闇に包まれた。オルソはしばらく目を開けたまま、あたりの様子を観察した。がらんとした、飾り気のない部屋だ。小ぶりのテーブルがひとつ、椅子が一脚、おそらくは木製の、両開きの衣装だんすがひとつ。あとは版画が壁に数点。

意識を失う直前のことを思い出してみる。俺は家にいた。夜だった。めまいがして、それから痛みに襲われた――オルソは急に猛烈な疲れを覚えた。

目を閉じる。〝今は何も考えないことです……〟うまくいかなかった。そうして目を閉じるたび、もう四十年以上、何も考えずに眠れた夜などあったためしがなかった。

鎮痛剤のもたらした人工的な眠りの中、オルソは荒い息をつきながら狭い通りを歩いていた。あふれんばかりのひと通りだった。右手は女の子の小さな手を握っている。オルソはその子の存在に安堵(あんど)していた。子どもの愛を感じ、頼りにされている気がして、嬉(うれ)しかったのだ。

人々が背後から乱暴に押してくるので、オルソは何度も転びそうになった。その上、前からやってくる者たちも道を譲ろうとせず、行く手をはばんだ。オルソは女の子とはぐれるのが心配で、百九十五センチの長軀とがっしりした両肩で彼女の盾になろうとした。彼は子どもの小さな手をぎゅっと握っていた。痛いだろうとは思ったが、ひと混みの中で女の子とはぐれ、二度と会えなくなるのではという不安はあまりに強く、胸を締めつけられ、息もまともにできないほどだった。

彼はしばしば女の子に目をやったが、顔が見えたためしはなかった。彼女は栗色の、滑らかな長い髪をしていて、その髪を繰り返し耳の後ろにかき上げるのだが、顔は絶対に見せてくれないのだ。今度こそはと思って見つめるたび、女の子はそっぽを向いてしまう。

オルソはその通りの終点で誰かに会うことになっていた。それはどうやら彼にとっても女の子にとっても重要な人物らしかったが、そこまでたどり着けないのではないかという不安にかられていた。あたりの騒音も耐えがたかった。人々が口々にしゃべる声は時とともにけたたましくなり、耳障りな甲高い金属質の音に犬の吠え声が、オートバイの改造マフラーの音とごちゃ混ぜになって響いている。頭がずきずきと痛みだした。両手で耳を塞いで気持ちを少しでも落ちつかせたかったが、それはできなかった。女の子の手を離すわけにはいかないからだ。

また彼女に目をやると、少し背が高くなったような気がした。小さな手も少し大きくなっている。その時、多くの者たちが市場の売り手のように大声で叫びだし、下品な声があたりの騒音に重なった。

オルソは苦労して進みながら、周囲の叫び声がやがて苦痛か恐怖の悲鳴に変わるのを聞いた。彼にはおなじみの悲鳴だった。何度聞いたかしれない。目前に迫った死への本能的な恐怖をなんとか静めようとして、犠牲者が無闇に上げるあの声だ。

　気づけば、傍らには若い娘がいた。先ほどまでの女の子と同じ滑らかな髪をして、同じ服をまとい、行儀よく淡々と歩いている。手はやはり彼の手を握り、顔は背けている。

　オルソは体力の限界だった。もう前には進めない、今に俺は倒れる。そう思った。

　群衆は相変わらずふたりの背を押し、もみくちゃにし、脇にのけようとしてくる。やがてオルソは、見知らぬ娘の手を握る自分の手が何かで粘つき、濡れているのに気づいた。見れば、彼の指はどれも真っ赤に染まり、液体が滴っていた。温かなその液体は、娘の袖口から流れ出ている。

　彼はパニックに襲われた。

　立ち止まり、娘の両肩をつかんで、どこから血が出ているのか探ろうとした。しかし真正面から彼女と向き合ったところで、彼は悲鳴を上げて、あとずさりをした。娘の顔があるべき場所には真っ赤な火口があり、そこから、ばらばらになった筋繊維が幾本もぶら下がっていたのだ。

　オルソは目を開いた。

　病室は暗闇に包まれていた。寝巻きが汗でぴったり肌に張り付いている。唾がまだうまく飲みこめない。先ほどのイメージを追い出そうとして頭を振ったが、その甲斐はなかった。娘は今も目の前におり、眼球はもちろん、もはや人間らしさのかけらもない姿で、オルソを凝視していた。彼の荒い呼吸は静まる気配もなく、まともに息ができない。猛烈な頭痛がして、今にも脳みそが耳から噴き出しそうだ。

彼はボタンをつかみ、親指で押した。そして、看護師が来るのを震えながら待った。

2

一週間が過ぎたが、医師や看護師たちの楽観的な言葉とは裏腹に、オルソの気分は落ちこむ一方だった。今日は背中の激痛と胸郭のあちこちの痛みで目を覚ました。片方の前腕に刺さったままの点滴針も、腕を動かそうとするたびに星が見えるほど痛む。

病室の狭いベッドの鉄の手すりにつかまり、もっと楽な姿勢になろう、まずは横向きに寝ようとしてみたが、とたんに肋骨(ろっこつ)の凄(すさ)まじい痛みに襲われた。思わず声を出し、歯を食い縛ったまま悪態をついた。マリファナが吸いたくてたまらない。愛用の葉っぱはいつもの場所……客間の本棚の缶の中だ。最初のひと口を吸いこめば、いつも心を包んでくれる、あの恍惚(こうこつ)とした感覚が恋しかった。

自由なほうの手で、マットレスの上にあるはずの、看護師を呼ぶボタンを探した。だがそこで、誰かがベッドの傍らに座っているのに気づき、彼はぱっと手を止めた。男だ。顔は逆光でよく見えない。男は開いた窓を背にして座っており、朝のその時間は日差しが真横から枕元へと届いて、オルソの顔をもろに照らすからだ。でも相手の顔立ちがわからなくても、彼にはひと目でロッソだとわかった。見慣れた背の低い体つきもそうだが、まるで神が首を授けるのを忘れたみたいに、肩のあいだにほとんどめりこんだ丸い頭でもわかる。オルソは目を細め、点滴針の刺さっていないほうの手を顔の前にかざして日差しをさえぎり、相手をよく見ようとした。ロッソ、俺の……なんと呼んだものだろう？　四十年以上のつきあいだというのに、彼は自分に対するロッソの立場をなんと定義したものか、いまだにわからずにいた。ぴったりくる言葉がないのだ。あるいは、あるにはあるのかもしれないが、使おうと思ったことがなかった。オルソにとってロッソはロッソだった。そして彼の〝雇い主〟のほうもそれでよしとしていた。

ロッソは日差しがオルソの目をくらませているのに気づいた。彼は椅子に立てかけておいた散歩用の杖(つえ)をつかむと立ち上がり、足を引きずりながら窓際に行き、ブラインドを軽く閉じて、明るさを加減した。そして椅子に戻った。

まぶしさから解放され、オルソはようやく、皺(しわ)と染みだらけの顔に浮かんだ相手(ロッソ)の表情を見て取ることができた。いつもの皮肉っぽい笑顔だ。かつては自慢だった赤い前髪も今はすっかりはげ上がり、わずかに残った髪は完全に真っ白だ。しかしその目つきは、まだ若造もいいところだった昔とまるで変わらない。ロッソの目は、敵から非常に恐れられている。何事も真剣に受け止めないいたずら坊主みたいだが、その実、何を考えているのかさっぱり読めないからだ。

「ほらな、俺の言ったとおりだろ？　お前は不死身なんだよ」

オルソは鼻で笑って小男を見やり、馬鹿げた買いかぶりを却下した。しかしロッソはお構いなしで、ベッドに向かって身を乗り出し、こう続けるのだった。

「不死身じゃなけりゃ、スーパーマンみたいなもんだ。だって、そうだろ？　この何十年ってあいだ、お前は何度も撃たれたし、俺の記憶に間違いがなければ、ショットガンで両腕と両脚を打ち砕かれたこともあったよな？　長い鉄串で片腕を串刺しにされたこともあったし、溺れ死にそうになったことだってあった。そして今度は心臓だ。お前がスーパーマンじゃなきゃ、誰がスーパーマンだ？　あとな、俺が一番悔しいこと、なんだかわかるか。そのくせ、いつだってお前のほうがこっちより健康だってことさ。不公平だろ？　鏡を見てみろ！　一週間前は死にそうだったくせに、今、誰かここに来たら、心臓発作に見舞われたのは俺のほうだと思うに決まってるぜ」

ロッソはその悲しい事実を笑い飛ばした。何年も前に診断された自己免疫性溶血性貧血がロッソの体に引き起こす症状は、専門家の目でなければ気づかぬ程度だが、黄疸（おうだん）による白目の黄ばみもあれば、摂取を余儀なくされている大量のコルチゾン剤によるむくみもあった。七十二歳という年齢の割にずいぶんと老けて見える。

ロッソは真面目な顔になり、オルソを見た。

「病院の人間はよくしてくれるか」

オルソはうなずいた。

「あんたが全部、取り仕切ってくれたんだろう……感謝してるよ」

ロッソは〝気にするな〟という風に手を振った。

「ここの連中は、そりゃひどく値は張る」お前にはこっそり教えてやろうというように彼は言った。「だがな、心臓手術にかけちゃ、ヨーロッパでも最高の腕利き揃いなんだ」

ロッソは椅子に背をもたせ、あたりを見回した。

「さっき、外科医と話したぞ。本当はあの野郎、家にいたんだ。電話をしたら、『夜通しの手術があったので寝てました』とか言ってたっけ。構わずヴィクトルを行かせて、連れてこさせたけどな」ロッソはくすくす笑った。「俺と会った時、先生のやつ、まだパジャマにスリッパ姿だったよ。お行儀よく文句を少々こぼしておいでだったが、すぐに落ちついてくれてさ。で、術後は順調も順調で、あとちょっとでまた歩けるって言ってたぞ。ひと月かふた月もリハビリをやれば、お前の体は新品同様だって。みんな、お前の帰りを楽しみにしてるよ。あ、忘れるところだった……」

ロッソは上着からパステルで色とりどりに彩られた手紙を取り出し、オルソに渡した。一枚のＡ４用紙を半分に折ったもので、上のほうに〝オルソへ（Per Orso）〟と記されている。子どもの字だ。

オルソは手紙を開いた。

中には、いかにも子どもらしい絵が描かれていた。背の高い大柄な男――間違いなくオルソだ――が金髪の男の子の手を引いている。もうひとり、黒い服を着た薄い赤毛の男がいたが、こちらは小さく、隅っこに描いてある。そのすぐ下にブロック体で〝Ｍｉｋｉ〟というサインがあった。

オルソはうなずき、手紙をナイトテーブルに置いた。

「俺がお前のところに行くと知るなりミキのやつ、『おじいちゃん、待ってて！』と言って、自分の部屋にすっ飛んでったよ。それからその絵を持って戻ってきたんだ。絵を見た俺はすぐかっとなって、問い詰めたね。『おい……どうしてオルソはこんなに大きいのに、じいちゃんはやたらちっぽけで、しかも隅っこなんだ？』そしたら、あいつなんて答えたと思う？」

オルソは首を横に振った。

「『もともとこの絵にはおじいちゃんはいなかったんだよ。でも僕、思ったんだ。おじいちゃん、きっとがっかりするだろうなって。だから描き足してあげたんだよ』わかるか。

俺はわざわざ、恩知らずを大事に育ててるってわけさ」ロッソはひとしきりまたくすくす笑ってから、真面目な顔に戻った。「ミキのやつだって、早くお前に会いたくて仕方がないんだ。また乗馬に連れてってほしいんだとさ」

オルソは積年の疲れがどっと降りかかってくるのを感じた。それこそ、冷たい水で満たされたバケツを頭の上でひっくり返されたように。

「俺はもう死人も同然の体だよ、ロッソ」

「馬鹿を言うな」

「医者なら、俺だって話した。前と同じ生活はできませんって言ってたよ。走るのも駄目、ストレスも駄目、セックスも駄目、あれもこれも駄目だとさ」

「手術は完璧に成功したんだ。そりゃ、しばらくは休まなきゃならんだろうが、そのあとはなんだって元どおりに……」

「俺はもう役立たずなんだよ。あんたにとってもただの足手まといだ」

「足手まとい？　お前が？　とぼけたことを言うな。お前が俺の足手まといなんてこと、未来永劫(みらいえいごう)あるものか」

「嘘(うそ)だな」

「いいか相棒、大変な目に遭ったんだから、少しくらい落ちこむのはしょうがないさ。ほら、なんと言ったけ……そうだ、〝外傷後ストレス〟ってやつだ。きっと、その手のストレスにやられているだけだな。だがお前は岩みたいに頑丈な男だ。心臓発作の一度くらいでやられるもんか。しかも超一流の医者がよってたかって治してくれたんだぞ?」

オルソは首を横に振った。

「どうした? 何か言いたいことでもあるのか。このロッソになんでも話してみろ。遠慮するな。さあ、なんだ? 休みがほしいのか。なら、好きなだけ休め。たまにはのんびりしたらいいさ。退院したら、俺のハワイの家を貸してやろう。セイシェルの家でもいいぞ。うんざりするほど長く行ってこい。最後には、どうか帰らせてくれって、そっちのほうから泣く泣く頼んでくるくらい長くな」

オルソには言い返す気力もなかったが、そうするほかに道がないこともわかっていた。彼はあらんかぎりの力を目にこめてロッソを見つめると、こう告げた。

「俺のことはもう忘れてくれ」

ロッソは何も言わず、オルソを無表情に見ている。

「俺のことはもう忘れてくれ」オルソは繰り返した。できるだけ切実な声を出そうとした。「医者は、余生をできるだけゆったりと生きろなんて言ってたよ……とにかく興奮するなってさ。俺はもうあんたにとっちゃ無用な人間なんだ」

ロッソはうつむき、駄目だという風に首を振りだした。「そんなの無理だ。わかるか。俺たちは友だちだ……友だちは見捨てちゃいけない」

その言葉を聞いてオルソは理解した――理解の必要があったとすればだが――この病んだ鎖はけっして断ち切れない、と。前々からわかってはいたが、ひょっとしたら今ならば、ロッソも、かけらほどの哀れみを恵んでくれるのではないかと期待していた。しかしこの四十年強のあいだ、黄疸に黄ばんだ白目に沈む、濡れたあの緑色の瞳に同情の色が浮かんだためしなど一度もなかった。

オルソはうなずいた。

「わかったよ」

不注意な観察者であれば、ロッソの無表情に生じた変化には気づかなかったろう。だがオルソは、ボスの顔がかすかに安堵したと感じた。この機を逃してはいけない。

「でもひとつだけ、わがままを聞いてほしい。これだけはどうしても認めてくれ。駄目だと言うなら、ここで今すぐ俺を殺せ」

「おいおい、やけに芝居がかったことを言うじゃないか」

「俺は真剣だ」

「わかった、わかった。言ってみろ……何が望みだ？」

「アマルだ。彼女がまだ生きているのかどうかを知りたい。アマルと娘に会いたいんだ」

ロッソは頬でも打たれたように、ぽかんと口を開け、また閉じた。オルソはこの四十年以上ものあいだ、この小男が驚くところを見たことがなかった。だからちょっと嬉しかった。ロッソのやつ、呆気に取られたぞ。もういつものにやけ面を浮かべて、動揺をごまかそうとしているが。

「まったくお前ってやつは！」

オルソはうつむくまい、ロッソから視線をそらすまいと努力した。簡単なことではなかった。向こうも彼を見つめ、しきりにうなずいているが、実際は記憶を探り、何かを思い出そうとしているようだ。

「もうあれから……何年になる？……四十年か？」

オルソは答えず、ただロッソを凝視した。

「お前は四十年も、俺に本音を悟らせまいとしてきたってことか……」ロッソはやれやれという風に首を振った。「信じられん！　まだこだわっていたのか。お前もいい加減、忘れることにしたもんだとばかり思っていたが……参ったな」

ロッソは心底驚いたようだ。これだけの歳月が過ぎればすべては忘却の淵に沈むと思っていたのだろう。一切は記憶から除去され、消去され、なかったことになるはずだ、と。

「あの時から……お前、ずっとあのふたりのことを考えていたのか」

「毎日、考えていたよ」

誇張ではない。事実、そうだったのだから。

3

オルソはあの朝のことを繰り返し考えてきた。しかし実のところ、考えるべきことなどほとんどなかった。つまるところ、ああなることは予期してしかるべきだった。彼のただひとつの過ちは、当時の生活を本物の生活だと思いこんでしまったことだ。平和な暮らしを堪能したくて、そして、日々愛（いと）しさが募るばかりのアマルと娘のグレタ——オルソの胸を希望でいっぱいにしてくれた思いがけない贈り物——にだけ意識を集中したくて、彼の中の戦士は武器を置いたのだった。

オルソはふたりのため、誰にも告げず〈組織〉を去った。

そして行方をくらませた。

彼は自分が誰であるかを忘れようとした。

アマルとともに過ごすうちに、今までの生活をいつまでも続けるわけにはいかないと不意に悟ったからだ。

しかしアマルとの新たな生活は現実ではなかった。あれは幻だった。

およそ一年半が過ぎたころ、オルソは、自分がアルプス山脈・イタリア側山麓の辺鄙な村に隠れ住んでいることをロッソに嗅ぎつけられたと知り、大急ぎで借家に戻った。厳しい表情で玄関の扉を勢いよく開いた彼が目にしたものは、小さな皿を手に部屋の中央に立つアマルの姿だった。ぴったりとしたジーンズを穿き、白いTシャツを着た彼女。Tシャツも彼女が着ればまるでドレスのように映え、その上には、いつものようにぼさぼさな黒髪がかかっていた。腰つきはエプロンに隠れて見えない。木製のベビーチェアに座ったグレタに食事をさせていたようだ。彼女とオルソの娘は数日前に一歳の誕生日を迎えたばかりだった。壁にはまだ〝グレタ、誕生日おめでとう〟というカラフルな紙の文字が並んでいる。あたかも、三人で過ごした一番幸せな日々の記憶を忘れまいとするかのように。若いアマルはその中東系の美貌で、質素な住まいを明るく輝かせていた。父親に気づいた赤ん坊はぱっと笑顔になり、むちむちした両腕を差し出してきた。しかしオルソは普段と違い、娘の笑顔に応えなかった。彼が扉を叩きつけるように閉じるのを見て、アマルは状況を即座に飲みこんだらしい。オルソは怒鳴るようにして彼女に告げた。グレタを抱いて急いで車に乗れ。俺が運転する……。荷物を用意している暇はなかった。

中古で買ったステーションワゴンでオルソは村を猛スピードで駆け抜け、追っ手の車を撒こうとした。彼が脇道に進入すると、後ろの車はグリップのきかぬ未舗装路に悪戦苦闘した挙げ句、電柱にぶつかって止まった。オルソはそれをバックミラーで見届けてから、スピードを上げ、角を曲がって間道に入ったところで、急ブレーキを踏んだ。

「降りるんだ」アマルを振り返り、彼は言った。

「どうして？　嫌よ！」

「アマル、頼む、言うとおりにしてくれ。グレタを連れてバス停に行くんだ。十二時十五分にアヴィニョン行きのバスが出る。向こうで会おう。必ず俺が見つけるから」

アマルは困惑した表情でオルソを見つめた。その腕には、ぐずり続けるグレタがいる。

「これっきりってこと、ないわよね？」

「きっとうまくいくから、安心しろ」

アマルは信じたふりでうなずいた。自分のためというよりは、オルソのために。彼女はドアを開け、車を降りた。

「愛してるよ」オルソはささやいた。

するとアマルは黙って彼を見つめた。その一瞬が彼にはやけに長く感じられた。アマルの視線にも愛情はこもっていたが、彼女の一部は、今の状況について彼を静かに責めていた。アマルは何も言わずにドアを閉じた。オルソは激しい痛みを胸に覚えた。宙に浮いたまま届かなかった彼女の答えがつらかった。

グレタを抱き、二階建ての白い家のところまで駆けていく彼女の姿をオルソは見届けた。アマルは振り返ることなく、並んで干してあるシーツの陰に姿を見え隠れさせながら走り続け、家の角を曲がって消えた。ステーションワゴンでまた間道を少し進むと、走る彼女がふたたび目に入った。でもすぐにほかの家々の陰に入ってしまい、目で追うことはできなくなった。ほんの一瞬の眺めだったが、アマルを見つけ、風に躍るあの黒髪を見ることができたのは嬉しかった。愛する女性が自分の元から遠ざかりつつあるというのに。その光景をオルソは今も昨日のことのように覚えている。それが彼女を見た最後となったからだ。

　オルソは車を飛ばして村を出ると、山沿いの県道に入った。一帯を大回りして様子をうかがい、ほかにも自分を追跡している車があるのか、それともあのベンツは偵察に過ぎなかったのかを確認したかったのだ。何よりも疑問だったのは、車に乗っていたあの見知らぬふたり組がいったいどうやって自分の元にああも着実にたどり着いたのかという点だった。ふたり組は村の宿に泊まりもせず、住民たちにあれこれ尋ねて回りもしなかった。さもなければ、オルソにしてもなんらかのかたちでふたりの存在を察知できたはずだ。つまり、追跡者たちはもともと彼の居場所を把握していたということになる。

　そんな疑念で頭がいっぱいだったが、やがて五十メートルほど前方に、通る車もない道路の中央に立つふたりの男がいることに気づいた。少し離れた路肩に左右のドアを開けっぱなしで停めてあるのが連中の車だろう。ひとりはだらりと下げた片手の先に何か握っている。拳銃だろうか。もうひとりは、自分たちのほうに猛スピードで近づいてくるステーションワゴンを仲間に向かって指差すと、車の中に潜りこみ、スパス12を手にまた出てきた。オルソが昔から嫌いな軍用散弾銃だが、その威力は彼もよく承知していた。

散弾銃を持った男がステーションワゴンに銃口を向け、一発撃った。

オルソはハンドルを握ったまま頭を下げた。フロントガラスの右側が粉々になって蜘蛛(くも)の巣を描くのと同時に、リアウインドウの真ん中に大穴が空き、助手席をガラス片の雨が襲った。だが彼はブレーキを踏まず、逆に加速した。

ふたり組は彼の意図を察し、道の左右に逃げた。オルソが選んだのは散弾銃の男だった。ギアを四速から三速に落とし、相手に狙いを定めてアクセルを踏みこむ。男はスパス12に弾薬を再装塡(そうてん)したが照準を合わせる間もなく、襲いかかってきたステーションワゴンに轢(ひ)かれまいとしてガードレールを飛び越え、その先のかなり高い崖を落ちていった。オルソの車はそのまま走り続けたが、緊急車線の泥でタイヤが滑り、急カーブを曲がり損ねた。ブレーキペダルを踏みしめたがその甲斐なく、ステーションワゴンは道沿いの岩壁に正面から勢いよく突っこんで、停まった。

エンジンが沈黙した。

誰かが大声で叫んでいたが、オルソは気づかなかった。金属のひしゃげる凄まじい音と衝撃にやられて感覚が麻痺(まひ)していたのだ。その時、不快な鋭い音が脳天に飛びこんできた。苦労してシートベルトを外す。スローモーションで動いているみたいだった。遠い物音のほうに目をやると、音の主はふたり組の残りひとりだった。男は喉も嗄れよとばかりに何か怒鳴りながら、オルソに拳銃を向け近づいてくる。男がやたらと飛ばす唾と、緊張で眼窩から飛び出しそうになっている目玉ばかりがオルソは妙に気になった。見知らぬ相手に安心しろという風に両手のひらを見せ、何をまくし立てられているのかわからぬままうなずいた。すると男は、オルソの顔に銃口を向けつつ、車の真横まで来て開いた窓に銃口を突っこみ、後部座席をうかがった。ほかに誰か乗っていないか確認したかったのだろう。

すかさずオルソは男の手首を両方ともつかんで強引に下に曲げ、銃口がまた自分の顔に向けられるのを防いでから、そのまま相手の手首を思いきり引っ張って、男の顔を車のルーフに激しく叩きつけた。オルソはさらに二度、三度と繰り返し男の手首を引いた。襲撃者の鼻から血が噴き出し、真っ赤な薔薇のようになると、オルソは拳銃を取り上げ、手を放した。男はうめき声ひとつ上げずに崩れ落ちた。

オルソはドアを開けようとしたが、うまく開かなかった。二度ほど体当たりを食らわせると、歪んだボディパネルは抵抗をやめ、ドアが開いた。車を降り、拳銃を遠くに投げる。頭がくらくらした。通りすがりのドライバーがふたりばかり、事故に気づいたか、車を停めて自分のほうを見ている気がしたが、構わなかった。まだ感覚は鈍ったままだったが、彼は走りだし、そこから離れようとした。

村に続く県道を進む。村に戻れば、隠れる場所が確実に見つかると思ったからだ。今までの隠れ家が敵にばれているのはもはや確実だったから、甘い期待は捨てた。別のどこかに隠れ、嵐が過ぎるのをじっと待つほかない。

道は山を登る急坂だった。大きなカーブをひとつ曲がると、草地を横切る直線区間に出た。珍しく晴れた日にサッカーをやるため、地元の若者たちが作った簡単なゴールのある草地だ。オルソは先を急いだ。しかし横道からエンジン音が聞こえてきたかと思うと、少し前に撒いたはずのベンツが現れ、県道に出ようとするのが見えた。電柱にぶつけた右横のボディパネルがへこんでいる。ベンツは乱暴にステアリングを切って県道を走りだしたが、すぐに急停止した。運転手がオルソの存在にようやく気づいたのだろう。グレーのドイツ車は道路を横切るかたちで停まり、ほかの車が通れないようにすると、エンジンを切った。

オルソは動かず、運転席の男とその連れが車を降りるのを眺めていた。あと戻りすることもできたろうが、片脚がひどく痛みだしていた。衝突した時、ハンドルかダッシュボードに腿を激しくぶつけたようだ。それまではアドレナリンが痛みをごまかしていたのだろう。鞭打ち（むちう）ちの痛みも出てきた。小さな草地を横切って、村の目抜き通りとほぼ平行して下る小道に出てもよかったが、それだけの余力がなかった。

ベンツのふたりはオルソから一定の距離を置くと、それ以上、近づいてこようとしなかった。運転席の男が煙草の火を点（つ）ける。向こうも彼が来るのを待っているように見えた。

オルソは腰を下ろした。

アマルのことが心配だった。うまくバスに乗ってくれただろうか。あのバスに乗りさえすれば、遠く、安全なところまで行けるはずだ。彼女のことは誰も知らない。俺たちに娘がいることも知られていないはず……。彼はグレタのことを考えようとした。ところが奇妙なことに娘の顔がはっきりと思い出せず、自分に腹が立った。勤め先の自動車整備工場から戻るたび、汗と油まみれの格好でまずはグレタのベビーベッドの横に座るのが、彼の毎晩の習慣だった。いつも手も洗わずに座ったから、娘には触れないようにしたが、その必要はなかった。部屋を満たす母乳とベビーパウダーの香りを嗅ぎながら、彼は目で愛娘に触れていたからだ。あの顔、あのぷっくりとした手足は、オルソにとって世界で一番美しいものだった。そのまま何時間だって身じろぎもせずに娘を見ていられたが、そのくせ毎度、ごく短い時間しか座っていなかったような気がするのだった。オルソをその光景から引き離し、現実に連れ戻すことができるのは、空腹を訴える胃と、彼のバスローブを腕にかけてやってくるアマルの優しい目だけだった。

アマルの顔、愛しい微笑み、ほっそりとした手首を思い、彼の過去は一切知らぬそぶりで見つめてくるあの悲しげなまなざしに思いを馳せていたら、改造車の耳障りなエンジン音が無遠慮に静寂を破った。オルソにはおなじみの音だ。改造車はグレーのベンツとは逆方向から勢いよく突進してきて、彼の数メートル手前で、異様に幅の広いタイヤの回転を止めた。クロムメッキの施されたボディにポルシェの六気筒対向エンジンを積んだその車は、とあるギリシア人からロッソへの贈り物だった。ロッソがカンヌで出会ったそのギャンブル狂いのギリシア人は、凄腕のカービルダーだったが、〈組織〉の所有するカジノで恐ろしい額の借金を作った。それでもまだ生き永らえているのは、ひとえにこの、マニア垂涎の、完全ハンドメイドのお宝マシンのおかげなのだった。

跳ね上げ式のドアが開いた。ドアウィンドウに映るロッソの革靴をオルソは目撃した。ロッソは満足げな笑みを浮かべ、狂気を宿した緑色の瞳でオルソを見つめた。そばかすだらけの肌に刻まれた細かな皺のせいで、三十になったばかりなのにずっと年を取って見える。

ロッソのツーシーター・スポーツカーの後ろに別の車が停まり、オルソを県道で待ち伏せしていたふたり組が降りてきた。一方は血で真っ赤に染まったハンカチを鼻に当てている。ふたりはすぐにあたりを見回したが、その大げさな振る舞いは、ボスの前で有能なところを披露したいのだろう。薄い頭を五分刈りにしたずんぐりした男が近づいてくるのを見て、オルソはのろのろと両手を挙げた。座ったままの彼を、男は恐る恐るボディチェックした。

「よう、マルティン。元気だったか」オルソは男に声をかけた。

「やあ、オルソ」男は答え、ロッソを振り返った。「丸腰です」

ロッソがまぶしいばかりの笑みを浮かべ、隙間だらけの小さい歯を披露しつつ、近づいてきた。

「相棒、お前は本当に最低なやつだな」

ロッソはほぼ完璧なフランス語を話したが、複数の言語を次々に切り替える会話に慣れているため、彼のことをよく知らぬ人間には出身国がまるで見当がつかなかった。オルソが知る限り、ロッソはアイルランド人の血をいくらか引いており、六〇年代末にフランスに移住してきた両親を持つはずだった。ただし本人は自らの生まれをけっして語らない。

「いったい何考えてんだよ？　俺がこのままお前を忘れるとでも思ったのか」

「ああ、きっと忘れてくれるだろうと思ってたよ」

「嘘つけ……いつからのつきあいだと思ってるんだ？　教えてやる……六年だ。もう六年と三カ月だぞ？　だのに、この俺がお前のことなんて忘れて放っておくって？　俺にとっちゃ親友で、弟同然で、全幅の信頼を置く右腕だってのに？　ひと言の挨拶もなく、いきなり何もかも放り出すとはな。腐った売女が『本物の愛を見つけました』なんて思いこんで稼業から足を洗おうとするみたいに、俺を見捨てやがって。まるで……それじゃまるで、俺がお前のことなんて屁とも思ってなかったみたいじゃないか。いったいなんだよ？　何かお前を怒らせるようなことをしたり、がっかりさせたりしたか。教えてくれよ、頼むから」

オルソは何も答えずロッソを見た。ただひとつの気がかりはアマルの無事であり、彼女とグレタのことのほかはすべてどうでもよかった。

ロッソのひとり語りは続いた。嫌になるほど展開の読みやすい話だった。そうしようと思えばオルソには、次に相手が言いそうな台詞(せりふ)はもちろん、ため息さえ先読みできたはずだ。

「お前には何ひとつ不自由をさせなかったよな？　何が不満だった？　畜生、俺が答えてやる。不満なんてあるわけがないんだよ。だがな、何より最悪なのは、俺とお前のあいだには約束があったってことだ。俺が行くところには、お前も必ず来る、って約束だ。覚えてるか」

オルソはロッソの目をにらんだ。

ロッソは膝を折り、初めてオルソと目の高さを合わせた。

「なあ、覚えてるか」

「俺のことは忘れてくれ。あんたにとってはもう無用な人間だ」

「そんなことはない。この何カ月か、お前のことが凄く恋しかったぜ……なぜだかわかるか」

「知るもんか」

「なぜならお前は最強だからだよ。いつだってお前が一番だった。言っておくが、謙遜するだけ無駄だぜ」

「俺はもう足を洗ったんだ」

それを聞いてロッソは頬を緩めたかと思うと、たちまち腹を抱えて大笑いを始めた。そして立ち上がり、笑いながら言葉を継いだ。

「いいか」ロッソは涙を拭き拭き言うのだった。「お前の拾ったあのあばずれがコートダジュール一の床上手だっていうなら、俺だって信じるさ。それでさすがのオルソもしばらくイカレちまって、何が最優先事項だかうっかり忘れちまったっていうならさ……しかし、まさか何もかも捨ててあの女と一緒にふけようとはな！」

オルソは血が凍る思いだった。

「なんだその顔は？　お前があの女とよろしくやっているのをこっちが知らないとでも思ってたのか。傷つくじゃないか。お前は俺の右腕だぞ。手下が何をしてるか、上が知らないで済むわけがないだろう？　そうさ、お前がきちんと仕事を片づけて、そのあとあの女のところにしけこむ分には、こっちもたびたびつきあいを断られても、まあ、よしとしたさ。だが、女が孕(はら)んだ時、これは面倒なことになるかもしれないと思ったね。だから一度は決めたんだ。あの女の頭をゴミ袋にでも突っこんでやろう、三、四分も待てば一丁上がりだ、ってな。ただそこで俺は考え直した。もしかするとそれじゃ、お前の、なんと言うか……そう、働きぶり、だな、働きぶりに影響が出るかもしれない。だからちょっと待ったよ。そのうちお前も飽きるんじゃないかと思ってさ」

ロッソは身をかがめ、まわりの手下に聞かれぬよう、オルソの耳にささやいた。

「だってお前は、ここにいる馬鹿どもとは次元が違うからな。別格なんだよ。お前は戦士だ。お前を殺しから遠ざけておくことなんて誰にもできやしない。俺はそう気づいたんだ。お前の天性ってやつさ。運命なんだよ。だというのに……」

ロッソはまた立ち上がると、そのまま少し黙りこんだ。遠くでサイレンの音が聞こえ始め、山あいの静寂を破った。救急車だ。きっと事故の目撃者が通報したのだろう。

「お前は俺の意表を突きやがった。オルソが逃げたって聞かされた時は、信じられなかったぜ？　オルソが？　お前ら何を寝ぼけたことを言ってやがる？　ありえない！　ってな。だってお前は一度だって脇の甘いところを見せたことはなかったし、ミスのひとつも犯したことはなかったからな。俺に隠れて、つまりはたったひとりの身内に内緒で、父親になろうとしていたっていうのに……お前はずっと、いつものお前だった。俺のよく知っている、最高に無慈悲な極悪人だった。だから夢にも思わなかったよ。そんなオルソが今までの暮らしを捨てて……俺たちを捨てて、こんな……」ロッソはあたりを見回し、両腕を広げた。「こんなド田舎に引っ越すなんてな。牛のションベンと糞のにおいがぷんぷんするじゃねえか！」

男たちが小さく笑った。

「それに誰に裏切られたって驚かないが、お前だけはないだろうと信じてたぞ。こそこそ逃げやがって、みっともねえ。俺がそばに置いておきたい男にふさわしい態度とは言えないな。今は特にお前が必要なんだ。そうか、なぜ今かと言うとな――まず近況を教えてやらないと駄目だな――ここ数カ月でいろいろと動きがあってな、それで俺のお気に入りの戦士、忠実なる右腕のオルソ様が前にも増して必要なんだよ。メキシコだ！　でっかい商売になるぞ、相棒。俺たちふたりであの国にしばらく行くことになるだろう。マーケットの状況を探るんだ。俺の勘じゃ、相当派手に稼げる。すぐには儲からないかもしれない。でもチャンスが来た時、もう向こうに根拠があって、いいコネをつかんでたら、俺たちが一番乗りだ。あとはあのカラブリアの間抜けどもと手を打つことができれば、万事順調にいくだろう。だがな、俺はお前と一緒じゃないとどうも落ちつかないんだよ。わかるか」

オルソはかぶりを振ったが、ロッソに彼の釈明を聞くつもりはなさそうだった。

「それに、残念ながらこっちはみんな承知なんだよ……お前がこんな馬鹿をやったのは全部、アマルのせいだってな」

オルソは呼吸を忘れた。

「いや、もうひとりいたな、アマルと、パパの大事な赤ちゃんのせいだ。確か、もう一歳になるよな？　ふたりにそのつもりはなかったろうが、おかげでこっちはいい迷惑だ」

オルソはロッソを見つめ、心で懇願した。〝やめろ、それ以上何も言わないでくれ〟

「邪魔者はどうにかしないといけないよな？　ただ指をくわえて見ているってわけにはいかない。そんなことしてたら、俺だって今いる場所まで昇ってこられなかったもんな……違うか、相棒？」

　オルソは震えだした。立ち上がろうとしたが、隣にいたマルティンと、火の消えた煙草をくわえた痩せぎすの男に押さえられまた座らされた。事故でぶつけた脚が苦痛を訴える。

「あのふたりには構うな！」

「もちろんだ。俺がそんなに悪いやつに見えるか。獣じゃあるまいし。そうだな、証拠を見せてやろうか。もうお前、立っていいよ。それでふたりのところに行ってやるといい」

　ロッソはオルソの左右に控えているマルティンたちに命じた。「お前たち、オルソから離れろ。そんなにぴったりくっついてちゃ、かわいそうに、まともに息もできないだろ」

　マルティンと痩せた男は言われたとおり、二、三歩遠ざかった。

「さあ、立て」

　オルソは警戒しつつ、歯を食い縛って立ち上がった。ただし視線は片時もロッソの目から離さない。

「よし、偉いぞ。さて、俺はお前を止めない。どうするかは自分で決めろ。そうしたけりゃ、アマルと赤ん坊のところに行けばいい。誰もお前に手は出さないだろう。俺のママにかけて誓うさ。なんだかんだ言っても、お前とは本物の友情で結ばれている、そんな気がするんだ。六年のつきあいだぞ。ぽんと捨てるには惜しいよな。六年間、ふたりでやりたい放題、楽しかったな。ガキだったお前が男になり、戦士になるのを俺は見届けた。やっぱりこの目に間違いはなかった。だって今まで何度、お前に命を救われた？　数えきれないぜ！　それに俺は昔から友情ってやつを信じてる。違うか」

オルソはうなずいた。

「そうだろ？　だから、そんなに行きたきゃ行っちまえ。お前には借りがあるしな。ただ今度は俺の目の前で、堂々と行け。やっぱり、こうしてまっすぐに目を見て初めてわかるもんさ。それがお前の本心で、心からの望みだとな」

オルソはその場を動かなかった。ロッソはくつろいだ表情で、大丈夫だとでも言いたげな笑みを浮かべている。

「相棒、お前があのふたりを選んだとしても、俺は仕方ないと思うよ」

オルソはまだ動かなかった。落とした目を上げる勇気がなかった。

「逃げ隠れして、悪かったよ」

「過ぎたことじゃないか。俺たち、友だちだろう？」

オルソはうなずいた。そして、痛めた脚で歩けるか試そうとして、一歩横に動いた。激痛が大腿四頭筋を駆け抜け、歯を食い縛る。でもなんとか歩ける。ゆっくりと片足を前に出し、男たちの注視の中、足を引きずりつつ歩きだした。

「だがな、友だちだからこそ、ひとつ忠告をしておこうか」

オルソは立ち止まり、ロッソに背を向けたまま続きを待った。

「同じ土地にはあまり長く留まらないことだ。そりゃ、しょっちゅう引っ越さなきゃならないだろうが、お前のことだから、きっとうまくやるさ。まあいろいろ面倒はあるにしても、お前はアマルと素敵な時間をたくさん過ごすことができるだろう。あ、可愛いグレタもいたな。そういう名前なんだろう？　グレタか……父親の横で、すくすく元気に育つだろうな。大きくなればなるほど可愛くなるだろうよ。お前に似ても、あの母親に似ても、界隈で一番のべっぴんさんになるぞ。俺が保証する。ただ、覚えておけ。ある日、お前がグレタをいつものように車で学校に送るとしようか。ところが十三か、十四にはなったお前の娘は、パパと一緒のところを学校の男子たちに見られたくないと恥ずかしがるんだ。そして、校門の少し手前で降ろしてくれと頼む。年ごろのガキは厄介だからな。道を横断する娘に向かってお前はいってらっしゃいと手を振る。娘の背中を眺めながら、ああ大きくなったな、なんて感動して、お前は職場か、家か、ともかくどっかにのほほんと行っちまう。ところがオルソは知らないんだな。学校に着く前に、一台の車が娘に忍び寄るのを。四人の男が車を降りて、無理矢理あの子を乗せて、遠くに運び去ってしまう。どこかの地下室とか、森の奥の小屋とか、まあ、その手の場所だ……するとそこにはほかにも悪いやつらが待っている。そいつらは先にアマルをさらって、もうさんざん楽しんだあとなんだが、哀れな娘の手首を縛って、足首を別々に二本の柱に縛りつけて、股ぐらを大開きさせるだろうな。そしてママの前で、入れ替わり立ち替わりみんなで、お前の娘に凄く痛い思いをさせるんだ。尖ったものとか、瓶とか、まあその辺に転がってるものを使ってさ。人間のなかには、その気になると偉い突拍子もないことを思いつくやつがいるもんだ。みんながやることをやったら、まあ女の子にまだ息があればの話だが、喉を掻き切って、死体を袋に入れる。その袋にはアマルも入ってもらうが、こっちは生きたままだ。それから、捜したってまず見つからないような場所に、ふたり一緒に埋めるのさ。運がよければ次の地質時代には見つかるかもしれない、そんな場所にな」

オルソの背骨を震えがさかのぼった。赤毛の小男を振り返ると、そいつは平然と言葉を続けた。

「そのあと、オルソはどうすると思う？　家に帰ってみたら、誰もいないんだ。お前はふたりの帰りを待つ。そのうち日も暮れて、少し心配になったお前は時計を見るだろうな。最初は落ちつこうとするだろう。ふたりが行きそうな場所を考えたり、電話を何本かかけたりもするかもしれない。そうなんだ。すぐには親友のロッソのことなんて思い出さない。最後に会ってからもう何年も経ってるだろうからな。それがきっと、いきなりぱっと俺の今の言葉を思い出すんだ。そして、とうに手遅れだとお前は悟るのさ」

オルソはロッソをにらんだまま、ぐっと歯を嚙みしめ、拳を痛いほど強く握った。獰猛なまでのやりきれなさが全身を満たしたが、そこから力を得ることはできず、無力感に包まれた。

「でも、もしも今から俺とあの車に乗って、家に帰るというなら、お前の大切なふたりはずっと無事だ。誰もふたりを痛めつけようなんて考えないだろうな。お前はアマルとグレタを忘れ、俺は今回の出来事を忘れるだろうよ」

そこでロッソは口を閉じ、沈黙した。

相手の沈黙にオルソはほとんど気づかなかった。痛めた脚が激しく脈打っていた。鞭打ちのせいで目をそらすこともできず、愛する娘を畜生どもが取り囲む恐ろしいイメージがどうしても頭から離れなかった。不意に両の眼が濡れるのがわかった。こんな連中の前で泣きたくはなかったが、涙がどうにも止まらなかった。言葉を紡ごうとして、喉がからからなことに気づいた。舌がまともに動かない。唾を飲み、もう一度試してみる。

「ふたりは俺の一番大切な宝物だ」

「知ってるよ」ロッソは優しい笑顔で応えた。

「あんたが絶対に手出しをしない保証なんてどこにある？」

「おい、怒るぜ！　お前と違って俺は、どんな約束も必ず守ってきたよな？　今度だって守るさ。お前が俺の車に乗った場合も、ふたりのところに行った場合も」

オルソは選択の余地がないのを理解した。あるいはそんな余地など、これまで一度だってなかったのかもしれない。

ひどく重たくなった足を引きずり、オルソは車に向かった。ロッソは得意満面で己の勝利を祝った。手下のひとりがドアを開いたスポーツカーの助手席にオルソは体を押しこんだ。ドアが閉まる。スモークガラスが車内の雰囲気を余計に陰鬱にしていた。

四十数年前の朝の出来事をオルソはあれ以来、一度も話題にしたことがなかった。ロッソはもちろん、誰とも、だ。だがそれはひとえに、自分がこれまで本当に愛したたったふたりの人間をロッソに傷つけられてしまうのではないかと恐れればこそだった。ロッソははげ頭を掻いてから、杖の銀の握りをもてあそびつつ口を開いた。

「参ったよ……お前があのひでえ貧乏暮らしと、家と教会のほか興味のなさそうな女をまだ恋しがっていたとはな。そりゃ、自然なことなのかもしれないよ、家庭を持とうという考え自体は……実際、俺だってこの四十年間、疑問に思ってたさ。あれだけ女に恵まれていたお前が——すげえ美人だって何人もいたじゃねえか——どうしてひとりも、こいつと一緒になろうって相手に会えなかったのかって。お前が結婚するとなりゃ、俺だって祝福したさ。それはわかってただろう？　だが、そういうことだったのか。まだあの女にこだわっていたんだな。うんざりするほど時が流れたってのに」そこでロッソは語気を荒らげた。「ふざけんなよ！　お前、王様みたいな暮らしをして、ほしいものはなんだって手に入れてきたはずだろうが……」

オルソが目をそらすと、ロッソは余計に腹を立て、金切り声で怒鳴った。

「じゃあ、お前はあの時、本当に何もかも投げ出して、せっかく俺がやったあれやこれやの特権も全部手放して、あの――今じゃ名前も思い出せねえや――女と貧乏暮らしをするつもりだったってことか？　お前ってやつは、いったいどこまで俺を驚かせるつもりだ？」

オルソは言い返す気になれなかった。頭痛がやまず、胸の痛みもひどくなる一方だった。そこへ修道女が手に盆を持って病室に入ってきた。ロッソは彼女をひとにらみして命じた。

「なんだか知らんが、あとにしろ！」

修道女は震え上がり、きびすを返して出ていった。

「そもそもだ」ロッソは話を続けた。「女を見つけたとして、お前、どうするつもりだ？まさか四十年も経ってから、『やあ、俺だ。今帰ったぞ』で済ますわけにもいくまい。向こうだってとっくに人生をやり直しているだろう。それを今さら邪魔しちゃかわいそうだぞ？　自分がひどいエゴイストだって自覚はあるか？」

「ロッソ、俺はこのベッドに一週間前から釘付(くぎづ)けだ。尼さんを除けば、ずっと誰にも会わなかった……あんたが反対なのはわかる。でも、横にいてくれる人間もなしにあの世行きなんて、ひとでなしの一生にはあまりにふさわしい締めくくりだ。せめてそれくらいは避けたい。許してくれ」

「何言ってやがる、俺がわざと誰にも邪魔させないように手配したんだよ！　医者がそのほうがいいって言ったんだ。いったいどれだけの人間にお前の具合を尋ねられたと思う？　見舞いに来たがってる友だちだって山といるんだぞ？」

「あんたが俺のためを思ってくれているのはわかるし、感謝してる。こうしたことを言うのは、何も寂しいからじゃないんだ。生まれてこのかた寂しいと思ったことなんて一度もないさ。今までずっと、俺にはろくでもない〝友だち〟しかいなかったがな。悪いが、そういうのは本当の友だちじゃない気がする」

「お前を恐れる友だちは、一番信用できる友だちだ。それぐらいわかってるだろうが。そういうお友だちなら、お前にはたくさんいるって話だ」

　オルソはうなずいたが、話を戻そうとした。

「もうおしまいだと思ったことなら、これまで何度もあったが、この一週間……この一週間で俺はわかったんだ。アマルとグレタをもう一度この目で見るまでは死ねない。あんたの言うとおりだ、ふたりにはそれぞれの人生があるだろうし、そいつを台無しにするつもりはない。気づかれないようにやるよ。もう決めたんだ、ロッソ。何があっても俺はあきらめない」目の前の相手が、他人の意図を押し付けられることを何よりも嫌うのをオルソは知っていたので、口調を和らげて付け加えた。「俺の最後の願いを聞いてくれないか」

ロッソは言葉もなくオルソをにらんだが、やがて視線をそらし、杖をてこに歯を食い縛って立ち上がった。そしてサングラスをかけると、病室のドアのほうへ歩きだした。

「早く元気になれよ。話はまたそれからにしよう」

「今、話したいんだ。頼む」

そう言った瞬間、オルソの中でかつて考えたこともなかったひとつの予感が膨らみだし、恐ろしい速さで確信へと変わった。腹立たしげにこちらを振り返るロッソを見つめながら、彼は思った。アマルとグレタの姿をもう一度見るためにロッソの孫の喉を搔き切らなくてはならないとなったとしたら、俺は少しも躊躇せず、そうするだろう。そう、任務のない日には乗馬へ連れていったり、学校に送っていったりもするミキの命さえ惜しいとは思わなかった。ミキの成長は生まれた時から見守ってきたし、この四十年あまりのあいだ、あの男の子はオルソにとって愛情にもっとも近い存在だったが、まばたきひとつせずに殺れる自信があった。俺にはもう、失うものなど何ひとつない。

まともな返事ひとつもらえぬまま、ロッソを行かせたくはなかった。

「ロッソ、あんたのことはけっして見捨てやしないよ。友だちは見捨てちゃいけない、そうだろ？」

するとロッソの顔が――そばかすと染みだらけの顔が――いつもの皮肉っぽい笑みでぱっと輝いた。

「お前って本当、最低な野郎だな」

そう言い捨て、くすくす笑いながら小男は病室を出ていった。

4

退院から四カ月、オルソは、ロッソばかりか誰とも連絡を取らずに過ごした。彼はマルセイユに戻っていた。ひとりで暮らす優雅な自宅は、歴史あるコンドミニアムの最上階にあり、まわりを職人の工房、オスマン様式の建築群、そして、オルソが第二の我が家として愛する、かのマルセイユ大聖堂があるジョリエット地区に囲まれていた。

つらいリハビリにも真面目に取り組んだ。幸い、大好きな葉っぱを吸えたので、リラックスしてこなすことができた。真下の部屋に作ったジムでのトレーニングも再開した。三週間の入院生活ですっかりたるんでしまった筋肉の張りを取り戻すためだ。階下のジムに行くのに、いちいち家の玄関を出る必要はなかった。カーペットで隠した床の上げ蓋を開けば、階段で下りられる仕組みになっているのだ。そこでサンドバッグを叩き、ランニングマシンで軽く走り、肋木で懸垂をした。心臓の鼓動が限界を告げれば階上に戻り、上げ蓋を閉じ、カーペットで元どおり覆い、熱いシャワーを浴びた。シャワーは肩と腰のよいマッサージにもなった。

期待と緊張の入り混じった状態がずっと続いていたが、心の奥では、それがどれだけ根拠のない感情であるかも理解していた。ロッソがどういう人間かはよく心得ていたから、アマルとグレタに会いたいという自分の告白が、まだ癒えきっていなかった古い裏切りの傷口をまた開いてしまったのはわかっていた。四十年間の沈黙と献身も、傷口から流れ出る血を止めるには不十分だった。

そんなある日の午後だった。ガラス張りの大きなシャワーボックスを出たオルソは、一面が鏡になっている壁の前に立った。バスタオルで髪の毛を拭き始める。頭は昔に比べれば薄くなったが、不満を言うのが贅沢(ぜいたく)な程度には豊かだった。色にしても、白髪だらけで灰色、というほどではなく、むしろ、黒々とした髪がまだまだあって実際より若く見えた。もちろん額は少々後退しているが、何かの記事で男性の場合、六十を過ぎると髪の毛がそれ以上薄くなることはほぼないという説を読んだことがあった。どうしてこんなに下らない話を覚えているのだろう？　彼は自分に呆(あき)れた。外見などずっと気にしたことがなかったはずなのに。アマルを見捨ててからこのかた、自分が魅力的かどうかなど考えたこともなかったのに。

気づけば、洗面台の上の携帯電話の通知ランプが点滅していた。それを手に取り、慣れた手つきでメールとショートメッセージを確認する。差出人はロッソで、明日会いたい、とあった。〝俺の戦士〟のことを忘れていたわけではない、との言葉もあった。が、それでおしまいだった。しかしオルソはすぐに自分の頬が熱くなるのを感じた。続いて、どうにも説明のつかない期待と不安が胸に湧いた。心臓が激しく鼓動し、もしかしたら、一度は死にかけたあの耐えがたい痛みにまた襲われるのではないかと思ったが、それはなかった。〈組織〉が活用する情報提供者のネットワークは信じられないほど高性能で、時とともに飛躍的な進化を遂げた。ロッソが捜すと決めたら、跡形もなく消えることは何人にもできず、遅かれ早かれ必ず見つかってしまう。だからオルソには、ロッソのメッセージが希望の灯火に見えた。過ぎた期待はしたくなかったが、それでもやはり、もうすぐアマルとグレタに会えると思わずにはいられなかった。

鏡の中の自分を見つめる。素っ裸だ。やつれた顔には今も心臓発作と手術がもたらした苦しみの跡が残っている。なかば無意識に、むごい扱いを受けた胸に手をやり、まだ赤い胸骨の縫合跡を撫でた。右の脇腹の派手な丸い傷跡も含めた、無数の古傷のあいだで目立っている。しかしオルソの目の前に立っているのは、記憶にある男ではなく、ただの髪の乱れた老人だった。何日か伸ばしっぱなしで、いっそ剃るのはやめようかと迷っている髭のせいで、余計に老けて見える。かつてのオルソはその面影もなかった。筋骨隆々とした大きな体はもはや遠い記憶だ。鏡の上を垂れるいくつもの水滴によって細く切り刻まれた己の姿を眺めつつ、オルソは自問した。こんな今の俺をアマルが見たら、どう思うだろう？　俺の体が大好きで、愛を交わしたあとはいつも、快感に震え、ぐったりしながらも、この胸にぴったりくっついて離れず、汗まみれの俺の肌の上で指先をいつまでも滑らせていたアマル。少しでも俺に触れていないと眠れなかったアマル。彼女のきらきらした瞳が今の自分を見つめる場面をオルソは空想した。あの瞳はいくら歳月が過ぎても輝きを失っていないはずだ。そんな確信が彼にはあった。アマルはまず驚き、それからがっかりして、戸惑った笑みを浮かべるに違いない。彼女がどんなに老けていようがオルソはまるで構わなかったが、鏡に映った己の姿を凝視するうち、やはり遠くから見るだけにしようと決めた。気づかれないように眺め、あとを追うぐらいにしておこう。近づくとしても、せいぜい道ですれ違うまで、だ。

それがいい。彼は心を決めた。

5

その日はやけにゆっくりと過ぎていった。オルソには一時間が普段の三倍も長く思われた。彼は衣装部屋に入り、気楽な服を選んでから、まだ二回しか履いたことのない、イタリア製のハンドメイドの革靴に足を入れた。そして、地区の白い町並みにしがみついて離れない夕日の名残りを楽しむべく、弾むような足取りで階段を下りてから、らしくもない気分の高まりに自分でも驚いた。しばらくは当てもなく歩き回ったが、やがて冷たい海風に吹かれ、嫌な感じの震えを覚えた。小さな公園を横切ると、園内の木々が互いに平手打ちでも食らわそうとするみたいに激しく揺れだした。ジャケットの襟を立てる。あちこちで枯れ葉がつむじ風に乗り、小道のあいだを舞っている。いつもならうるさい車の騒音も、今晩は枝葉の立てる音であまり気にならない。若いカップルがベンチに腰かけ、夕闇に紛れていちゃついていたが、秋の最初の冷えこみにうんざりしたか、オルソの目の前で立ち上がり、最後にもう一度だけぎゅっと抱き合ってから、離れ離れになった。女は振り返りもせずに立ち去ったが、スパゲッティのように細くのっぽな十八前後の男のほうは、呆けた表情で彼女にうっとりと見とれている。若いふたりが優しく抱擁を交わし、別れるその光景に、オルソはごく軽い憂鬱を覚えた。〝だらしないぞ、オルソ〟彼は心の中でこぼした。〝お前、いつからそんなに感傷的になった？〟遠ざかっていく娘をオルソはなお眺めていたが、いつの間にか若者がこちらを向き、恋に浮かれた間抜け面をかき消し、憎々しげににらんでいた。

「何、じろじろ見てんだよ？」十八歳が吠えた。

若者は慎重を期し、背が二メートルはありそうな見知らぬ大男の反応は待たず、数歩あとずさりすると、公園の東出口のほうへ急ぎ足で去っていった。自分の威嚇にオルソがまるで動じないのが恐ろしかったのだろう。若者は二度ほど振り返り、オルソが追いかけてこないか確認したが、街灯の弱々しい明かりに部分的に照らされた大男が動かず、枯れ葉の乱舞する中、自分のほうを見ているだけだとわかるとほっとした様子で、風に揺れる生け垣の陰に姿を消した。

オルソは十八歳の見せた態度の急変を思い、にやりとした。恋に夢中な顔が、今にも野獣みたいに飛びかかってきそうな恐ろしい顔になった。彼自身、あの年ごろは剝き出しの感情と本能に翻弄されていたが、そのうちどちらも、見事に押し殺せるようになった。

オルソが十七歳で、すでに身長が百九十センチあった時、父親が死んだ。

それだけ背が高く、学校でも一番ののっぽで、体つきだってがっしりとしていたというのに、オルソはまだ父親が恐ろしくて仕方なかった。だから、家の近所にボクシングジムができた時、すぐに通いだした。それでもあの男に対する恐怖は拭えなかった。滅多に会うことのない父親だった。長距離トラックの運転手で、日曜も含め、ずっとヨーロッパ中を回っていたからだ。ただ、仕事が途切れれば自宅に戻ってきたから、十五日間ぶっ続けで家にいることもあり、オルソにとっては苦痛でたまらない日々となった。父親の彼に対する無関心もたまらなくつらかったが、母親に対する言葉の暴力と肉体的な暴力もつらかった。ただしあの男は息子には声を荒らげず、だみ声でああしろこうしろとぼそりとつぶやくだけで、しかも一度言ったことは二度と繰り返してくれなかった。あの男が息子に向ける灰色の目は冷たく、慈悲のかけらもなかった。父親のこめかみで血管が膨らむのを見るたび、オルソはおびえた。まもなく些細なきっかけで爆発するのを知っていたからだ。

家の中はしばしば耐えがたい緊張に包まれた。ローマ近郊の故郷を去り、フランス人の妻を追ってマルセイユに移り住んだ時は、将来に大きな期待をしていたようだが、待っていたのは一日十八時間もトラックに乗りっぱなしの日々だった。オルソの母親は小柄で、立ち振る舞いの優美な女性だった。もともと大柄な上に、座りっぱなしの生活のせいで肥満した父親とは、何ひとつ共通点がなさそうだった。彼女は下戸だったが、あの男のほうは四六時中酒をあおるか、煙草を吸うかしていて、ほかは何も必要なさそうな気配だった。母はオルソに優しい言葉をたくさんかけてくれたが、父は息子と家ですれ違ってもたまにしか声をかけず、いずれにせよ、それは褒め言葉ではなかった。

しかしオルソが恨みつらみをこぼすと、母は耳を貸そうとはせず、むしろ彼を叱った。

「あなたのお父さんなのよ」母はいつもそう言った。

「最低な親父じゃないか！」とオルソが怒りをこめて言い返しても、

「お父さんのことを本当に知らないから、そんなこと言えるのよ」とあしらわれるのが常だった。

問題はまさにそこなのだった。オルソは父親という人間をもっとよく知りたかったのに、向こうは息子に自分をこれっぽっちも見せようとしなかったのだ。

父親の葬式でオルソは、母親が髪を掻きむしって絶望する姿を眺めながら、まるでわからなかった。なぜあんなにも優しくて素敵な母さんが、あの野獣めいた男に対して怒りとは異なる感情を抱くことができるのだろう？

父親の死後、母親は病んだ。本当に何かの病気にかかったわけではなく、無気力になり、次第に彼女を取り囲むすべてに無関心になっていったのだ。そこには息子のオルソも含まれていた。少し前まで彼女の人生のすべてだったはずの若者が、目に映らなくなってしまったのだ。オルソにしてみれば、到底受け入れられない話だった。糞親父め、くたばってからも俺を苦しめやがる。世界でただひとり、この俺に無償の愛を注いでくれる大切な母さんまでじわじわと道連れにしやがって……。こうしてオルソは、放課後、友だちと何か飲みに行ったり、サッカーをしたりするのをやめ、まっすぐ家に帰って昼飯を作っては、母親に食べるよう勧め、一緒に散歩に行こうと誘うようになった。だが、ついに母はベッドを出ようとすらしなくなってしまった。オルソはそんな母親を寝室の入口でいつもじっと見つめていた。彼女は飽きもせずに何時間でも窓を眺めていた。夜になるたび、オルソは幼いころのように母親のベッドに入った。しかし彼女はなんの反応も見せず、抱き締めてもくれず、身じろぎひとつしなかった。

不満を解消するため、オルソはジムにこもり、サンドバッグを叩き、スピードボールを叩き、背筋と腹筋を痙攣（けいれん）するまでいじめ抜いた。

彼は苛々（いらいら）した、怒りっぽい若者になった。

仲間から声がかかることも少なくなった。

母親が死んだ日、オルソは猛然とジムに駆けこみ、グローブもはめずにサンドバッグを叩きだした。そのまま丸一日叩き続け、ついには両手の第一関節の皮が剝け、白い骨が顔を見せた。すると年老いたトレーナーがとうとう彼を抱き締め、無茶をやめさせた。

そこでオルソはようやく泣いた。手から血を流し、腕を震わせながら、煙草臭い男の肩を借りて、これほど泣いたことはないというほどの大泣きをした。

泣きやむと、気持ちが軽くなっていた。息苦しさも消えた。だが怒りは消えなかった。理不尽な扱いを受けたという怒りだ。本当なら彼を守ってくれるはずの人間に裏切られたのだから。

オルソは胸に誓った。いつか俺が父親になったら、自分の子どもは世界の悪から必ず守り抜いてみせる。絶対に途中で投げ出したりはしない。

年は十八、身長は百九十五センチになっていた。

家路をたどりながらオルソは振り返った。あの直情的で反抗的な若者から無感情なプロの殺し屋になるまで、俺はどれだけの代償を払ってきたことか。そして、長い歳月を経た今になって初めて彼は、はたしてそれはよいことだったのか、と自問していた。これまではずっと、そうするしかなかったのだと自分に言い聞かせてきた。精神のバランスを保ちつつ、俺のような仕事を冷静にやり遂げるためには、感情をことごとく麻痺させるほかに道はなかった。自分の命と同じくらい大切に思っていた人間を突然失ったむなしさに起因する苦痛は、麻痺させるしかなかったのだ、と。そして俺は確かに有能な人間になった。有能で忠実な、最低な人間に。だが、その代償はなんだった？　今のオルソには、真剣にそう自分を問い詰めることができた。俺は誰だ？　俺はどんな人間になった？

その瞬間、彼は自分が病床でロッソに挑んだ本当の動機を理解した。アマルとグレタに再会することは、〝俺が殺し屋になりはて、無慈悲なボスに仕える無慈悲な殺人マシンになりはてたのはあのふたりのせいではなかった〟と己に告げるのと同じことなのだ。俺が、人々を絶望させ、むごい苦しみをもたらす男となったのは、己の苦しみをごまかすためではなかった。そうではないのだ——オルソの選択は自分の意思でなされたものだった。最初は彼もロッソのせいにしていたかもしれないが、年々わかってきたことがあった。あの男はオルソの中にもともと住んでいた野獣、つまり、彼の本性を解き放っただけなのだ。

そして、ロッソがはるか昔、ひとりの若者の中に認めたであろうものを、今度はオルソ自身が、先ほどの痩せた若者の中に見たのだった。恋人をじろじろ眺められたというそれだけの理由で、背丈が二倍近くある見知らぬ男に喧嘩を売ろうとした、あの若者の中に。

家に戻ったオルソは、コートを脱ぎ、ソファーに投げた。あたりを見回す。暇つぶしを見つけて、余計なことを考えたくなかった。心臓発作の起きた夜に途中まで読んだ小説のページを開いてみたが、集中できなかった。同じページを三度読んだところで、あきらめた。

6

寝室は薄暗かった。オルソの目は開いている。今夜も眠れないのか、と彼は思った。それでもここ一週間ほどは、いくらか眠れるようになっていたのだが。胸の痛みは和らぎ、入院中に体を動かさずにいたせいで疼きだしたあちこちの骨折の古傷も、定期的な運動を再開してからは確実によくなっていた。

じゃあ、どうして今夜は駄目なんだ？　明日の朝、ロッソに会うことになっているからなのか。

ナイトテーブルに置いてある古い腕時計のほうを向き、手を伸ばす。三時間十五分しか眠れなかった。しかし、これ以上は粘ってみても無駄だ。無理をしてベッドに横たわっていると腰のあたりに嫌な痛みが出る。もう何年も前からわかっていることだった。彼はベッドの端に腰かけると、子牛革とウールでできた柔らかいスリッパに冷えた足を突っこんだ。腕時計をはめ、立ち上がる。ゆっくりとバスルームに向かい、やや苦労して勢いのない小便をした。電気は点けなかった。白い大理石のタイルはぴかぴかに磨き上げられており、少し開いた窓の隙間から入ってくる薄明かりだけでも、便器は十分によく見えた。次に彼は洗面台を振り返ると、ため息をつきながらそこに手をつき、蛇口を開けた。コップを取り、水で満たして、それを飲んでから寝室に戻る。充電しておいた携帯電話を拾い上げ、なんとなく画面の照明を点けて、メールかメッセージでも来ていないかチェックした。特に重要な知らせはない。エスプレッソコーヒーを淹れようと思い、台所に向かった。医者には止められている。すでに料理には塩を一切入れなくなり、肉を食べるのもやめ、ワインも控えるようにしていたが、コーヒーだけは我慢するつもりがなかった。朝、ロッソに会う前に、少なくともさらに三杯は飲むことになるだろう。デミタスカップの横に、午前に飲む錠剤二錠を用意し、午後の分は、出がけにポケットに入れるのを忘れぬよう、財布の近くに置いた。

オルソが運転席に乗りこみ、計器盤の電源をオンにした時、愛車ジャガーの液晶パネルは午前九時十六分を告げていた。目が覚めてから五時間も経っている計算だが、今日という一日がまだ始まってもいないのはわかっていたから、肩にずっしりと重い疲れを感じた。背中を革張りのシートに貼り付け、ジャガーを地下ガレージのスロープから勢いよく飛び出させると、アスファルトの上を滑るように進ませ、コンドミニアムの私道から共和国(レピュブリック)通りに出た。オルソのジャガーは国道を疾走した。この時間は向かいの車線が混んでいる。そして数分後にはマルセイユ郊外の、庭付き一戸建てがどんどん増え続ける一帯に着いた。やがて丘陵地帯に出たオルソは、あたりを見回した。快晴の一日で、夜に降った雨のために、ほとんど目に痛いほど風景が輝いて見える。この道を俺は何度走ったろう？　一万回くらい？　いや、もっとか。にもかかわらず、そんな風に好奇心をもって、心に刻もうとするみたいに目の前の風景を眺めたのは初めてではないかという気がした。目に映るものはすべて以前からそこにあったはずなのだが、今の彼には不思議と貴重なものばかりに思えた。たとえば、農地を二分する用水路のそばにある真っ赤な廃屋の横を駆け抜けると、白いは白いが泥だらけの大きな牡牛(めうし)たちがいて、水飲み場のまわりに退屈そうに群がっていた。道路工事夫用の宿泊所の外壁にスプレーで書かれた大きな落書きの文句も読んだ。卑猥(ひわい)な絵も一緒に描いてあるが、雨風で色が剝げてしまっている。

閉じた踏み切りの前で車を停め、もう十年はそうしてそこにある、道端の錆びついた小型バイクをいつまでも見つめている自分に気づいた時、オルソは今日の俺はどうかしていると確信した。何がおかしいのかはまだよくわからないが、おそらくは退院の瞬間に取り憑かれたままの、かつて覚えのない憂鬱のせいではないかと思った。

とある分岐でジャガーは幹線道路を外れ、田舎道に入った。糸杉の並木が一列、腹ばいになった巨大な古代生物の背の突起のように続くその道を、一番高い丘の上まで進むと、広場があり、その真ん中に黒いセダンが一台停まっていた。ボンネットには男がふたりよりかかっていた。ひとりは金髪を長さ一センチで刈り上げた猪首の若者。もうひとりはずっと年上で、五十前後の男。釘のように痩せていて、つぶれて曲がった大きな鼻をしており、小さい両目は間隔が狭く、ごつい顔立ちに埋もれている。ふたりは何やら話していたが、ジャガーの上げる五百馬力のうなり声が近づいてくるのを聞くと、どちらも口をつぐんだ。オルソはセダンの近くで車を停め、エンジンを切り、降りた。すると年上のほうが笑顔になり、ニコチンで黄ばんだ乱ぐい歯だらけの歯並びを披露した。実はオルソは、自分を待っているのがこの男でなければよいのだがと願っていた。しかしまさにその猫背な痩せた男がセダンを離れるのを見て、すぐに考えを改めた。ちょっとの辛抱だ。ここまで来れば、ロッソの家はもう目と鼻の先なのだから。

「よう、ベニアミーノ」

「オルソ！」

ベニアミーノは両腕を広げて近づいてくると、オルソを抱き締めた。やけに長い、少々大げさな抱擁だった。男の頭はオルソの肩までしか届かない。身長の差は少なくとも二十センチはあった。

オルソはこのベニアミーノのことをうんざりするほどよく知っていたから、相手の感激ぶりを鵜呑み（うの）にはしなかった。目の前の男は極めつけのひとでなしで、イエスを売ったユダばりに信用ならないやつなのだ。

二十五年前のことだ。ベルリンでよくないことを考えたトルコ人の男がいた。覚せい剤（スピード）の錠剤は自前の工場で製造したほうが、〈組織〉のルートで買うよりもずっと儲かるぞ。トルコ人はそう考えたのだ。そこでオルソがロッソに呼び出され、慎重な懲罰を命じられた。大ごとにするな、重い罰を与えろ、しかし殺すな、というのがボスの指示だった。オルソとしては、ひとりで現地に向かい、自分で選んだ、ドイツに定住する人員二名と落ち合うつもりでいた。ところが〈組織〉に入ったばかりのベニアミーノが、オルソと一緒に行かせてくれとロッソに懇願したのだ。自分がどれだけ有能か見せつけたくて仕方なかったのだろう。ロッソから、この新入りは信頼できると言われたオルソは、ボスの言葉を信じた。ひとを見る目に関して、ロッソの第六感は滅多に間違えを犯さないからだ。しかしオルソはあの夜、〝滅多に〟が〝絶対に〟を意味しないことを身をもって学んだ。

問題のトルコ人が製造工場を設けた倉庫のある工業地区に着くと、オルソとドイツ在住の手下二名は午前三時を待ち、それから侵入しようと決めた。ベニアミーノは、おもちゃ屋で父親から何も手を触れるなと言われた男の子みたいにそわそわしていた。そんな新入りをオルソは何度も叱り、落ちつけ、無理ならホテルに帰れと脅した。そのたびベニアミーノは――まだ若く、血気盛んな新入りは――おとなしくうなずきはしたが、好き勝手にできないのを明らかに不満がっていた。

事前に得ていた情報は明確だった。倉庫の中では三人の男が製造工程で働き、トルコ人は隣の事務室で錠剤を包装し、会計をしている。

時計の針が三時を指すと、オルソはトルコ人を不意打ちすべく、倉庫の裏手に回った。ところがベニアミーノが、あとに残されたオルソの手下二名を啞然とさせる行動に出た。銃身を短く切り詰めた散弾銃でいきなり正面玄関の錠前を撃ったかと思うと、ドアを蹴破り、突入したのだ。オルソの手下たちは悪態をつきつつ、新入りのあとに続いた。内部では、ゴム製防護服で身を包んだ人影がふたつ、壁際に走り寄り、立てかけてあったライフルをつかもうとしたが、ベニアミーノが、すでに装塡してあった二発目の大型獣用散弾でふたりともなぎ倒した。そして、巨大なタンクの陰に隠れていた三人目に銃口を突きつけると、静かにしろ、と腰の後ろに差しておいた拳銃を抜いた。

という風に自分の唇の前に人差し指を立てた。まるで無意味なジェスチャーだった。わずか数秒ですでに相当な音量の騒音を立てたのは、ベニアミーノのほうなのだから。

オルソがそんな一連の激しい銃声を聞いたのは、倉庫裏口のドアをこじ開けた直後だった。急いで事務室に飛びこむと、トルコ人が目の前にいた。腰から下は裸で、ペニスに加え、銃身の短い44口径の拳銃をオルソに向けていた。

トルコ人は二度発砲した。オルソは床に身を投げ、二発とも当たらなかったが、耳のそばをひゅっとかすめる音を聞いた。オルソは倒れたまま、部屋の中央にあったテーブルの天板越しに撃った。とたんに木くずと破片が一面に散り、弾丸の命中したトルコ人が三メートルほど後方に弾(はじ)き飛ばされて、がらくたでいっぱいの棚に背中から叩きつけられるのが見えた。どっと落ちてきた缶や金属製の道具、巻いた紙や箱と一緒に、男の亡き骸が床に転がった。オルソの体内には莫大(ばくだい)な量のアドレナリンが放出されていた。気を張りつめ、最大限の警戒をしつつ、彼は立ち上がった。錠剤の小さな透明ケースがいたるところに積み上げられ、多くは床に崩れ落ちている。中身がこぼれ落ちているものもあり、暗い色の床に白い錠剤が散らばった様は、雹(ひょう)でも降ったみたいだった。

激しい銃声におかしくなっていた耳が聴覚を取り戻した時、オルソははっと振り返った。同じ節を繰り返す音楽が、ぼんやりと、こもった音で聞こえてきたのだ。そこには丸裸の少女がひとり、大きな箱の陰になかば隠れるようにして立っていた。両手に台所用の黄色いゴム手袋をはめ、耳には大きなヘッドフォンをしている。音楽はそのヘッドフォンから漏れていた。ジャンルはテクノ、それもこのごろ流行っている、確か、インダストリアル・テクノとかいうオルソの大嫌いなジャンルの曲だ。これだけ大きく聞こえるからには、地獄のようなボリュームに違いなかったが、娘はまるで苦にする様子がなく、妙に硬い表情をしていた。年は十八になるかならないか、鼻にはそばかす、くぼんだ眼窩の中の目は充血しており、金髪は今すぐシャンプーの必要がありそうだった。オルソはふっと気を抜きかけてから、相手の手が拳銃を握っているのに気づいた。その時、娘が骨と皮ばかりの片腕を上げ、拳銃を見つめた。どうしてこんなものがこの手にあるのか、そう自問するような仕草だった。それから自分の前に立っている男に目をやった。彼がいることに今、気がついた、という風に。

オルソは娘の頭部を撃った。麻薬中毒者は行動が読めず、まず交渉も通じない、過去の経験からそう学んでいたからだ。吹き飛んだヘッドフォンが床に落ちても、耳障りな音楽は平然と鳴り続けた。

部屋にほかに誰もいないのを確認してから、オルソはドア枠にぶら下がったビニールカーテンをかき分けて、金属パネル張りの短い通路を抜け、隣の空間に入った。まず見えたのは、ひざまずいた男の額に拳銃を突きつけているベニアミーノの満足した笑顔だった。その得意そうな目つきに、オルソはいつもの冷静さを失った。彼はふたりの手下を振り返り、問い詰めた。

「おい、何がどうなってるんだ？」

手下の片方がベニアミーノをあごで指した。「こいつが勝手に始めやがったんです」

「こいつが勝手に始めやがったんです」ベニアミーノが口真似（くちまね）をした。「別にいいだろう？　外でケツが凍えそうだったんだ。それにほら、どのみち、うまくいったでしょう？　で、こいつはどうします？」

オルソは恐ろしい剣幕（けんまく）でベニアミーノに近づくと、拳を握り、強烈な一発を鼻面にお見舞いした。床に崩れ落ちる前に失神するほどの威力だった。それからオルソは、防護服姿で床にひざまずいている男に向かって倉庫の入口をあごで指し、出ていくよううながした。男は信じられないという顔をして、そろそろと立ち上がると倉庫を横切り、そこからはターボでもかかったみたいに全速力で夜の中に消えていった。

オルソは残ったふたりに命じた。

「全部燃やせ」

「こいつも一緒に、ですか」

床に転がったベニアミーノをオルソはにらんだ。鼻血が遊園地のチョコレートの噴水みたいに大量に出て、血だまりができている。

「この馬鹿は運び出せ」

つまり、ベニアミーノのひしゃげた鼻は二十五年前、彼がオルソとともに参加した唯一の任務の消すに消せない痕跡なのだった。帰投したオルソがロッソに激しい勢いで愚痴を言ったにもかかわらず、ベニアミーノはいくらか爪弾き（つまはじき）にされただけで、〈組織〉を追放されなかった。ロッソに己の非を認めさせるのは、不可能に近い難業なのだ。

「久しぶりだな、オルソ。入院してたって聞いたよ、大変だったなあ」

ベニアミーノの表情と言葉には、オルソに対する尊敬と憧れに加え、ただの知り合いではない自分たちの仲を自慢できる喜びまで滲んでいた。しかしオルソはそれがすべて演技であるのを知っていた。コンビを組まされている金髪の若者の前で格好をつけたいだけなのだ。本音のところは、できるものならオルソの背中に喜んでナイフを突き立てるだろう。

オルソが手を差し出すと、若者は熱っぽく握り返してきた。

「オルソだ」

「ニコライです」若者は誇らしげに名乗った。

「こいつ新入りなんだ」ベニアミーノは説明し、次に、興奮した様子の若者に向かって言った。「お前の目の前にいるこのお方こそ、あの伝説のオルソだ。お前もさんざん噂（うわさ）に聞いたろう？」

「つまらん冗談はよせ、もう遅いから行くぞ」

オルソはセダンに近づき、助手席のドアを開けた。ベニアミーノはしゃがれた笑い声をひとつ上げ、運転席に着いた。ニコライは後ろに座る。

「オルソさん、お会いできて光栄です」

「オルソさん、と来たか」オルソは繰り返し、やれやれと首を振った。

セダンは並木道をさらに進んだ。アスファルトが消えて未舗装路になり、やがて堂々とした門の前に着いた。門柱の一方にある監視カメラがぐるりと回り、車を視界に入れる。ベニアミーノが片手を窓から出し、ルーフを二度叩いた。すると門が金属質の大きな音を立てて開きだした。耳障りな音は門が完全に開くまでやまなかった。ベニアミーノが車で敷地に乗り入れると、背後で門が閉じた。

ロッソの家は、オリーブの老木が並ぶ畑と数本のオークのあいだを進むつづら折りの小道の終わりにあった。この季節は、黄色とオレンジに色づいたオークの葉だけが色鮮やかに輝いている。門のところでベニアミーノが開け、そのままにした窓から外気が流れこむ。オルソの鼻は、濡れた草のにおい、ラヴェンダーの香り、割ったばかりの暖炉用の薪(まき)の香りを嗅いだ。車が前進するにつれ、あたりの木立はまばらになり、丘の頂きに石造りの豪邸が見えてきた。屋敷の外には大きなベランダがあり、タイル張りの広い空間をひさしが覆い、そのまわりを刈りこんだばかりの生け垣が囲っている。生け垣の向こうにはプールがあって、ロッソがそこへ客をいざなうのが大好きなことをオルソはよく知っていたが、冬も間近に迫った今、プールは水を抜き、いつもの緑色のシートで覆ってあるはずだった。セダンが停まり、ベニアミーノがエンジンを切って初めて、彼がずっとしゃべりっぱなしだったことにオルソは気づいた。物思いにふけっていたので、まるで耳に入らなかったのだ。オルソが黙って車を降りた時も、ベニアミーノはひとり語りを続けた。オルソはドアを閉め、屋敷の玄関に向かった。インターフォンの無表情なカメラの目の前に立ち、呼び鈴を鳴らすと、エンジンをかけ直してセダンが遠ざかっていく音がした。誰かが開けにくるのを待ちながら、オルソはあたりを見回した。ぱっと見、ひと気はまったくなかったが、それでもこの家が厳重な警備下にあり、武装した男たちが目立たぬよう、しかし慎重に見張っているのを彼は知っていた。目を上げて太陽の位置を確かめると、オルソは、屋敷の右の角の向こうに見える床に注目した。すると数秒後、そこを動く影があった。彼はふっと笑った。予想どおりだったからだ。

ドアが開き、小柄なスリランカ人の若い女性が出てきた。彼女はオルソを見て、すぐに笑顔になった。

「やあ、アスラ。どうしてた？」

アスラは優美な仕草で首を揺らした。インド系の人々ならではのジェスチャーだ。それからあとずさりして、彼を屋敷の明るい玄関ホールに招き入れた。ドアを閉めると、裸足（はだし）の女は中央の廊下を進んだ。快適なソファーにエスニックで小ぶりなテーブルが点在し、壁には色鮮やかな絵が何枚もかかったオープンスペースをあとにして、オルソは彼女を追った。芸術には疎い彼も、その家の調度品がすべて途方もない価値の逸品揃いであることは承知していた。ロッソには芸術のセンスもあれば、この巨大な屋敷を居心地のいい空間に仕上げるだけの本物の才能もある。それはオルソも認めるところだった。ロッソの妻は何年も前に世を去っており、枕ひとつ選ぶ機会がなかったのだから、すべてはあの男の手腕に間違いなかった。

アスラが廊下をさらに進むと、右の壁がガラス張りに変わり、部屋の中のロッソが見えた。マホガニー材のアンティークな机を前にして座るボスは、緑のビロードの部屋着をまとっており、机の前にはその息子、フローリアンが立っていた。フローリアンは檻(おり)の中の野獣のように落ちつきなく歩き回り、明らかに興奮した様子で、手をせわしなく動かしている。オルソにふたりの声は聞こえなかったが、どうやら自分もふたりの話題になっているらしいと第六感が告げていた。

フローリアンがそこにいるのは、控えめに言っても奇妙だった。ロッソの息子はもう何年も前にブリュッセルに移住し、アメリカで学んだ経済学のおかげもあるのだろうが、何よりも父親の財力を頼りに複数の投機ファンドを運営して、金融市場で儲け、オルソには想像だにできない額の汚れた金を洗浄しているはずなのだから。

ふたりは来客に気づいた。フローリアンが父親の恐ろしい眼光に射すくめられてがらりと態度を改め、身振り手振りをやめ、立ち止まった。オルソはアスラに連れられて、狭い部屋の入口で足を止めた。するとロッソが彼女に向かってさっと片手を振り、オルソを中に入れるよう、うながしたので、アスラはあとずさりして彼を部屋に入れてから、ドアを閉じ、廊下を戻っていった。ロッソとはその書斎で会うことになるだろうとオルソはもともと予想していた。ボスお気に入りの部屋だからだ。三方の壁はどれも木製の本棚で埋まり、庭への出口はない。唯一の自然光は、廊下に面した琥珀色のガラス張りの壁から入ってくる。向かいの部屋の大きなガラス窓を利用して採光するために、わざわざ作らせた壁だった。オルソの趣味からすると突飛な造りの部屋で、その狭さには息苦しさも覚えたが、ロッソの日光嫌いはよく知っていたし、最近、病気のせいでその傾向に拍車がかかったことも心得ていた。

フローリアンが素早く近づいてきた。

「やあ、オルソ。調子はどうだい？」

「おかげさんで上々だよ、フローリアン。もうすっかりよくなった」

ふたりは握手を交わした。

「ほら、言ったとおりだろ？」ロッソが息子に皮肉っぽく言った。「前より元気そうなくらいだろうが」

「本当だね」フローリアンはそう言って笑顔を見せたが、オルソには作り笑いにしか見えなかった。

「まさか、そんなことはないよ」オルソは答えた。

「どこにでも好きなところに座ってくれ」ロッソが腕を広げて言う。

「何か飲むかい？」

「いや、結構、フローリアン。アルコールはよせと言われてるんだ」オルソはロッソの隣の席を選んだ。ボスの息子を正面から見据えたかったのだ。

「でも今日ぐらいはいいだろう？」フローリアンはまた嘘臭い笑みを浮かべた。整った顔立ちにタトゥーのように彫りこまれて、けっして剝がれない笑顔。そんな感じのする、作り物みたいな笑顔だ。この若者が幸運にも、その容貌の大半を母親から受け継いだのは間違いなかった。何よりその背の高さ、そして繊細でどことなく女性的な顔を見ればわかる。

「悪いが、やめておこう」

「僕の好意をむげにするつもり？」

「そうじゃないが、今日は勘弁してくれ」

「フローリアン、しつこいぞ。オルソは立派だ。体には気を使わなきゃいけない。俺もお前くらい意志が強ければなあ」

ロッソにうながされて、フローリアンもあきらめ、蒸留酒の並ぶ棚に近づいていった。若者がブランデーをふたつのグラスに注ぐあいだ、その優雅なスーツ姿をオルソは凝視した。フローリアンと会うといつもそうだったが、嫌な気分だった。父親にとっては自慢の息子で、まさに典型的な新世代のギャングだが、オルソに言わせれば最悪なほうの典型だった。つまり、スーツにネクタイ姿で信頼のできる立派なビジネスマンを気取り、自分の手はけっして汚さず、口元には微笑みを浮かべたまま、とんでもなく汚い稼業が生んだ莫大な資金をどんどん増やし、そのくせ良心の咎めなどこれっぽっちも覚えず、前科はゼロ、いつまでも自分だけきれいな顔でいるような輩だ。

フローリアンはクリスタルのグラスを父親の前に置いた。が、若者が父親と目を合わせようとしないのにオルソは気づいた。ロッソの息子のことは赤ん坊の時から知っているが、ずっと嫌いだった。さんざん甘やかされ、わがままに育てられた長男というのは珍しくないが、ボスの秘蔵っ子には誰も口答えできないのを本人が心得ているから、余計に質が悪かった。幼いころから誰彼構わず大声で命令を下すような子どもだった。

ただし、オルソだけは昔から例外だった。

オルソは思った。きっとフローリアンは、俺と衝突した時のことをまだはっきりと覚えているはずだ。性格の不一致が原因でふたりがぶつかった最初で最後のあの事件を。あの時、まだ八歳だったフローリアンは、乳母のマリアと出かけたくないとわがままを言い、金切り声を上げていた。オルソとロッソが別の部屋で仕事の打ち合わせをしている最中の出来事だった。やがてフローリアンはまわりの人間を誰彼構わず足蹴にしだした。哀れな乳母にはまるで手のつけようがない荒れようだった。男の子は家具を蹴り、テーブルを蹴り、肘掛け椅子を蹴って、溜めこんでいた残忍な怒りを発散しようとするみたいに暴れた。そのうち、たまたまそこを通りかかった、ロッソの年老いたコック、レオンの悪い膝まで靴の爪先で蹴った。老人は痛む脚を抱えて倒れてしまったが、フローリアンはお構いなしで、乳母から逃れるのをやめず、悪魔にでも取り憑かれたみたいにわめき続けた。

騒ぎにうんざりしたロッソがオルソと一緒に何事かと顔を出すと、その息子はなんの理由もなくオルソに猛然と飛びかかってきた。オルソは慌てず騒がず、身長二メートルの高みから男の子の襟首をつかみ、つまみ上げた。利かん坊はがむしゃらに足をばたつかせ自由になろうとしたが、大男の厳しい視線に射すくめられ、やがて静かになった。オルソは駄目だぞという風に、相手の頭をぽんと平手で打った。

フローリアンは息をするのを忘れた。それまで彼のことを叩こうとした者はひとりとしていなかったから、度肝を抜かれてしまったのだ。

オルソは男の子を床に下ろし、そこでマリアのおびえた表情に気づいて初めて自分のやり過ぎを懸念した。俺はボスの息子を叩いてしまった。しかし今さらどうしようもない。彼はロッソの顔色をうかがった。わがまま坊主も怒りと恥辱でまだ青い顔をしたまま、父親を見つめ、反応を待った。きっと守ってくれると思ったのだろう。ところがロッソは、オルソの行動によって我が家に静寂が降り、とりあえず我が子も無事であるのを見ると、ほっと安堵の息をつき、こう言った。

「なんだ、騒々しい。フローリアン、いい加減にしろ。さっさとそのジャンパーを着て、マリアと出かけるんだ。パパたちの仕事の邪魔をするんじゃない！」

そしてロッソは部屋に戻った。

フローリアンは呆気に取られながら、乳母の差し出すジャンパーを着た。しかし、オルソをにらむその目には深い憎しみがこもっていた。

今、オルソを見ているフローリアンの目つきは、あの時とまったく同じだ。

「フローリアン、こっちで会うのはずいぶんと久しぶりだな」

「そうだね」若者は答え、グラスのブランデーをひと息に干した。

「パパが恋しくなったんだよな、そうだろう、フローリアン？」

フローリアンは父親に鋭い視線を投げた。ロッソの挑発が見事に成功したことにオルソはすぐに気づいた。若者の顔に影が差して、自分のグラスにもう一杯酒を注ぐと、ひとり離れて座ったからだ。そのくせ、部屋を出ていこうとはしない。これもオルソは気に入らなかった。これまでロッソとその忠実なる右腕の打ち合わせは、完全に一対一で話し合うのが慣例だったからだ。

「本当は俺がフローリアンをブリュッセルから呼び戻したんだよ。理由は簡単だ。オルソ、俺をよく見てみろ」

オルソは無表情にボスを見つめた。

「どうだ、何が見える?」

うっすらとした戸惑いの空気が三人のいる部屋に流れた。

「まあ、いい……見え透いた世辞を言われる前に教えてやる。お前の前にいるのは、老いぼれの病人だ」

「馬鹿を言うなよ、パパ!」

「フローリアン、黙ってろ。本当はお前だってわかっているはずだ。オルソは俺にとっちゃ弟みたいなもんだ。だからこいつには腹のうちをいつだって明かしてきたし、これからもそうするつもりだ」そこでロッソはまたオルソを振り返った。「さて、俺がもうぼろぼろなのは、お前だけじゃなく、誰が見てもわかることだ。この世界じゃ、ちょっとでも弱みを見せて、もうかつての勢いはないとばれたら最後、とたんにみんな腹ぺこの狼(おおかみ)みたいに飛びかかってきて、噛みつかれて、生き皮を剝がれちまう。それはよく知っているよな? 俺だってずっとそうしてきたし、今度はこっちが狙われる番ってわけさ」

ロッソが高級ブランデーを舐(な)めると、沈黙が事態の深刻さを強調した。オルソは驚いていた。ロッソの口からこんな話を聞かされる日が来るとは思いもしなかったのだ。残忍で暴力的な生き方だけを目指してきたはずの男が、初めて己の弱さをあからさまにしている。

「だからフローリアンもこうして帰ってきてくれたんだ。投機の仕事がどれだけ大事でも、ああも遠くにいられちゃな。ここにいてもらわないと、やっぱりどうにもならない部分がある。俺は何を決めるのも、作戦を練るのも、全部ここで済ますからな。今後この家に来る人間はみな、俺の横にフローリアンがいるのを見ることになる。俺がここで電話をするたび、こいつは俺の話を全部聞く。仕事相手と夕食を食べることになれば、そこにも連れていく。そうすりゃ、みんな本当の意味でフローリアンと顔見知りになるだろう？　ロッソには息子がいるらしい、そんな知識だけじゃまるで無意味だからな。もちろん、フローリアンが俺のせがれなことぐらい誰だって知ってるさ。だが、実際に面を見せておくのも、やっぱり大切だ。そうは思わないか？」

オルソはうなずいた。

「お前ならわかるはずだが、俺は家族にやたらとこだわるほうじゃない。たぶん商売をなんとしても内輪だけでやろうとする輩の末路をさんざん見てきたからだろうな。カラブリアの連中がいい例だ。いつだって、ふた言目には家族、家族とそればっかり……そのうち馬鹿な息子でもできてみろ、家族しか信用しないんだから、そこでおしまいじゃないか」

ロッソはグラスを空けた。

「フローリアンは数字にかけては無敵だが、こっちの商売のことはまだまだ勉強してもらわないといけない」そこで父親は息子に目をやった。ボスの黄ばんだ目が、息子を誇らしく思う気持ちでかすかに光るのをオルソは見逃さなかった。「でも、頭のいいやつだ。きっとすぐにコツを飲みこむさ」

オルソにとってはフローリアンの今後のキャリアほど退屈な話題は世界にふたつとなかった。自分が呼び出された理由である本題に早く移りたかったが、焦っていると思われたくなかったので何も言わず、冷静な態度を維持することにした。

「ところでオルソ、お前は……今も薬は飲んでいるんだろう？」

「もちろん」

「何を処方された？」

「錠剤をいくつか」

「トリアテックとか、カルディオアスピリンあたりか」

「当たりだ。トリアテックとカルディコルは朝、カルディオアスピリンは昼に飲んでる」

自分の薬をロッソに完璧に言い当てられてもオルソは驚かなかった。病気恐怖症で有名な我らがボスは、医学全般について百科事典並みの知識を持っているのだ。

「運動はしてるか。体は動かしたほうがいいぞ？」

「ああ少しはやってる」

「よし。やっぱり運動が一番だからな」

そう言い終えたとたん、ロッソは激しい咳に見舞われた。フローリアンが父親に近づこうとしたが、腕を振って追い払われた。

「水でも飲む、パパ？」

ロッソは首を横に振った。喉をかっと鳴らし、ハンカチに痰を吐くと、ようやく落ちついた様子で、部屋着の上着を整え、残りわずかな髪を撫でた。

「さて、本題に入ろうじゃないか。お前、やっぱりあのふたりのことを知りたいのか」

オルソははっきりとうなずいた。するとロッソは皮肉な笑みを少し浮かべ、息子に顔を向けた。

「ほらな、四十年も経ってるんだぞ？」

フローリアンは肩をすくめた。

「わかった。お前、あのふたりと別れてから……つまりあの時から今まで、ふたりと連絡を取ろうとしたことは一度もなかったのか」

「ない」

「一度も？」

「一度も、だ」

「インターネットで捜すとか、そのくらいはしたろう？」

「それもない」

「そいつはまた……」ロッソは感服したらしい。「病院でお前と話してから、俺はずいぶんと考えたんだ。それで決めた。お前の辛抱強さには、褒美が与えられて然るべきだってな。だから次に、誰が今度の人捜しにふさわしいかと考えてみた。それなりに内密に、しかもあまり時間をかけすぎずに、まともな結果を少しでも出せる人間だ。だって名前とか出身地とか、その手のあいまいな情報だけじゃ、ひとを見つけるには普通、とても足りないだろう？ しかも、これだけの時間が過ぎたあとだ。そこで俺は、お前もよく知っている人間に相談してみた。レモだよ」

レモ……実際、オルソのよく知っている男だった。彼とレモはほぼ同じ時期に〈組織〉に入り、しかも、どちらも同じイタリア人であるという事実がふたりの仲をぐっと緊密にした。オルソにとって親友と呼べる唯一の友と言ってもよいかもしれなかった。ロッソの元で働くイタリア人は少数で、フランス人たちからよく見られていない。イタリア人は信用できない、そう思われているのだ。排他的な見方ではあるが、完全に否定もできなかった。イタリア人の手下は少なくない機会に、ロッソの基準からするとあまりにいい加減な行動を取ってきたからだ。しかしオルソはそんな先入観をほとんどすぐに覆してみせた。背は高く、がっしりした体つきながら、明晰な頭脳と強力な記憶力を誇る若者の有能さと確実な仕事ぶりは、〈組織〉の誰もが目の当たりにし、認めるところとなった。もちろんアマルとの駆け落ちは、彼に対するフランス人たちの信頼をいくらか揺らがせたが、いったん古巣に戻ると、オルソはただちに汚名返上に成功した。とりわけ彼が敵に対して見せた冷酷さときたら過去に例を見ないほど凄まじいものだったから、以来、オルソの忠誠心をあえて疑おうとする者はいなくなった。

レモもまた、ロッソにとってはなくてはならぬ手下となった。行動的な人間ではなく、銃の扱い方も知らず、自分の影にまで震え上がるような臆病者だったが、人間離れした辛抱強さという天分に恵まれた、失敗知らずの追跡者だったのだ。その才能は年々磨き抜かれていき、並外れた捜査能力とあいまって、レモは世界のどこにいる誰だろうときっと見つけ出せるようになった。もちろんレモだって年は取ったろう（オルソより何歳か上だった）。でも、アマルとグレタを見つけられるのはあいつしかいない。彼はそう確信した。

「レモのことは、覚えてるな？」

「もちろんだ」

「あのころはお前たち、そりゃあ仲がよかったもんな。こっちはちょっと焼きもちを焼いたもんだ」

「もう引退したと思ってたよ」

「まあ、そうだな、もうたいして働いてはいない。何年か前に女房を亡くして、次に娘まで交通事故で亡くしちまったんだ」

「ああ、聞いたよ」

「かわいそうなやつさ。でも俺に言わせれば、レモはこの手の仕事にかけちゃ、いまだにナンバーワンだし、向こうも俺の頼みなら喜んで引き受けるって言ってくれるんだ。仕事で忙しいほうが気が楽なんだとさ」

ロッソは、フローリアンがスマートフォンを見つめ、何か入力しているのに気づいた。父親とオルソの会話など聞いてもいない。

「フローリアン、携帯をしまえ」

「ちょっと待って、すぐに終わるから」

「俺がしまえと言ったら、つべこべ言わずにしまうんだ。わかったか」

フローリアンはしぶしぶスマートフォンをジャケットのポケットに入れた。

「まったく、お前らの脳みそはどうなってるんだ？　兄妹揃って、一日中そいつに張り付きっぱなしじゃないか。ふたりとも、本当にどうかしてるぞ！　そうも必死になって読むほど大事なことが書いてあるとは到底思えん」

「パパ、今まで僕の仕事に口出ししたことなんてなかったじゃないか。こいつで金融情報が見られるんだ。でもそれだけじゃない、世界のすべてがこれでわかるんだよ」

「フローリアン、ひとつはっきりさせておこうか。今日からお前にとっての世界はここだ、この部屋の中なんだよ。俺が世界だ。そんなおもちゃなんかじゃない。わかったか」

ロッソは息子の返事を待たず、オルソとの話を続けた。

「そこで、二カ月ばかり前、俺はレモに電話をかけて、お前のアマルとグレタを捜してくれるか訊いてみたんだ。娘のほうは、もう四十ぐらいになるはずだよな？」

オルソはうなずいた。

「それがあいつ、昨日電話をくれて、ふたりとも見つかったって言うんだよ！」

オルソは目をみはった。

「だから言ってやったんだ。レモも耄碌したなあ、昔だったらもっと早く見つけてたろうに、って。あいつ、怒ったのなんの」ロッソは笑い、また咳の発作に襲われたが、今度は軽く収まった。「なんにしても、ふたりは本当に見つかったそうだ。同じ土地にいるらしい。中部イタリアの、ウンブリアとかトスカーナとかそのあたりだ。町の名前も聞かされたが、なんと言ったかな」ロッソは机の上の紙の山を探しだした。「どこかにメモしておいたんだが、見つからん。お前の娘は結婚して、子どもがふたりいる。レモが行って、見てきた限りでは、みんな元気だそうだ。それで？　ご感想は？」

オルソは言葉が出てこなかった。あまりに思いがけなかったのだ。ふたりが見つかったって？　それも、こんなに早く？

「嬉しくないのか」

「もちろんだ。ありがとう……」

「俺は何もしちゃいない。さて、ふたりが生きていて、元気だとわかったんだから、これで一件落着だよな？　もうこの話で俺を困らせないでくれよ」

オルソは戸惑っていた。よい知らせに若干興奮しつつも、ロッソが自分に別の話をしたがっており、アマルたちの一件は手早く切り上げようとしているのもはっきりと感じていたからだ。

「よし。俺とお前には、やるべきことが山ほどある」

「ああ」

「とりわけお前には、こうして戻ってきたフローリアンの面倒を少し見てやってほしいんだ」ロッソは息子を指差した。「こいつを連れて歩いて、あれこれ教えてやってくれ」

オルソはフローリアンを見やった。よりかかっていた小ぶりのテーブルからわずかに身を離し、顔をこわばらせている。何か言おうとして、やめたのもわかった。

「俺があの世に行っても、お前がせがれの横にいてくれると思えば心強いからな」

「なんだか今朝のあんたは、ちょっと悲観的すぎるようだが」

「僕もそう思うよ」フローリアンがすかさず同意した。

「俺がこうして今の地位にあるのは、何が起きても大丈夫なように、いつでも備えを怠らずにやってきたからだ。何も明日の朝まではくたばるとか、そんなことが言いたいんじゃない。むしろ、まだまだこの椅子の上にしっかりとケツを据えて動かないつもりだし、縁起の悪い話は俺だって嫌いだ。ただな、自分だけはいつまでも死にやしないと思うのは、ただの愚か者だ。違うか？　さて、信頼できるやつとできないやつを見極める目には自信があるが、オルソ、お前は俺にとって信頼できる男のひとりだ」

「嬉しいね」

くぐもった妙な声がして、オルソとロッソは若者をさっと振り返った。フローリアンがふたりを見つめ、笑いをこらえているのだった。ロッソの鋭い眼光が息子を射ぬく。

「何がおかしい？」

フローリアンはジャケットの乱れを整え、喉の調子を確かめると、口を開いた。

「自分でわからない？　鏡を見てみろよ。僕は今、自分の父親とその大切なお友だちの愛の告白を聞かされてるんだぜ？　笑うなってほうが無理だろ？　もうパパ、いっそのこと、ふたりともズボンを脱いじゃったらどうかな？　それにこの男はさ……見た目こそ元気そうだけど、心臓発作を起こしたんだぞ？　危うく死にかけたんだぞ？　そんなやつに頭を下げて、息子の面倒を見てくれってなんだよ？　半ズボン穿いたガキじゃあるまいし、ベビーシッターなんて今さらいるかよ。くそっ、侮辱もいいところだ！」

そう吐き捨てると、フローリアンはまたグラスをブランデーで満たした。それまで巧妙に隠していた傲慢な態度が、びっくり箱に押しこめられていたバネ仕掛けのピエロのように飛び出しただけだ。オルソは驚かなかった。

だがロッソは腹を立てた。怒りをこめて両の拳を握り締めるとわなわなと震えだし、首の血管を膨らませた。

「フローリアン、俺にそうしろと言われるまで、お前は金輪際、口を開くな。それに、その減らず口をきちんと頭の回路につないでおけ！」

フローリアンは天を見上げ、うんざりした顔でため息をついた。それからスマートフォンを取り出し、ぼんやりと眺めだした。指を画面の上で滑らせ、ページをスクロールする。

ロッソは椅子に立てかけてあった杖をつかみ、息子めがけて投げつけた。フローリアンは危ういところで身をかがめたが、銀の握りは若者の後ろにあった本棚のガラス戸を叩き割り、写真の額を二枚はね飛ばして床に落とした。ガラスの割れる派手な音がした。

「いったい何……」

「携帯をしまえ」ロッソが鋭く命じた。

フローリアンはしばし身じろぎもしなかった。父親の突然の反応に啞然としたのだろう。そしてスマートフォンをポケットにしまったが、今度はため息をつかなかった。

「いい子だ。さあ、出ていけ」

「でも……」

「ふたりきりにしてくれ」ロッソは有無を言わせぬ声で告げた。

フローリアンは書斎の入口に向かい、ドアを開けて廊下に出ると、乱暴にドアを閉じた。

ロッソはオルソの顔を見た。

「何も言わないでくれ。頼む」

「何も言うことなんてないよ」

　それを聞いてロッソはにやりとした。

「嘘つきめ。お前がフローリアンを昔から、靴に入った小石みたいにわずらわしく思ってるのは知ってるさ。この目は節穴じゃないぞ」

「まさかそんな」

「とんだ大馬鹿野郎になっちまった、それが現実だ。いや、ちっちゃな時から、もともと性格の悪い子どもだったよ。その辺は少し母親に似てるな。お前は覚えていないかもしれないが」

　オルソはボスを見つめた。うなずけばアナイスを性格の悪い女呼ばわりすることになる。だが彼の覚えているアナイスは繊細で、教養もあり、とても優しい女性で、夫とは正反対の人間だった。運の悪い女性だ。動脈瘤の破裂であっという間に夭折してしまった。

　ロッソは何事もなかったように言葉を継いだ。

「だが今のあいつは、ひとに話しても信じてもらえないような、傲慢なうぬぼれ屋に変わっちまった。なあオルソ、簡単な頼みじゃないのはわかってるんだ。だが見たろ？　もし俺がいなくなったら、あいつ、いつまで持つと思う？」

「さあね」

「ふざけるなよ、さっきから当たり障りのない返事ばかりしやがって。俺が答えてやる。このまま何もしなきゃ、せがれを待ってるのは破滅なんだよ」

「でもフローリアンの言うこともあながち間違っちゃいないぞ。俺も体の調子はあんたと大差ないんだから。世話役は誰か別の人間を見つけたほうがいいかもしれない。あんたも心配ない誰か、でも、俺よりもっと若いやつがいい」

「お前ほど貫禄(かんろく)のある男がほかにいないんだよ。それにフローリアンはお前を敬っている。ガキのころからずっとそうだ。じゃあ、頼んだぞ」

打ち合わせの終わりを悟り、オルソは立ち上がった。出ていくつもりだったが、そのままの姿勢でロッソをじっと見つめ、こう答えた。

「わかった。あんたの息子の面倒は見よう。ただし、その前にひとつ頼みがある」

ロッソは愛用の肘掛け椅子から立ち上がったところだったが、そこで動きを止め、オルソを見返した。おもちゃ屋でまたわがままを言いだした息子をにらむような顔だ。

「言ってみろ」

「レモに会わせてくれ」

「電話で話せばいいだろう!」

「会いたいんだ。レモはふたりを見たんだろう? 訊いてみたいことがたくさんある。それに――」

「わかった、わかった」ロッソはうんざりした声でオルソの言葉をさえぎった。そして机をぐるりと回り、両腕を広げて言うのだった。

「さあ、来いよ」

オルソは驚いた。ロッソはこれまでずっと、どんな肉体的接触も嫌ってきたからだ。それでも彼はボスに歩み寄った。そして、ふたりはしっかりと抱擁を交わした。

7

オルソはロッソの屋敷の中庭（パティオ）にひとりたたずみ、閉ざされた玄関のドアの前で、ベニアミーノの車が迎えに来るのを待っていた。あの男にまた会うのが嬉しいわけもなかったが、ロッソに聞かされたいい知らせが、今日という一日を台無しにすることを何人にも、また何事にも許さないはずだった。太陽はすでに高く、日差しはまだ暖かい。オルソはひさしの落とす影を出て、全身で日を浴びた。上着の胸ポケットから、出かける前に巻いておいたマリファナ煙草（ジョイント）を取り出してくわえた。火を点け、煙をたっぷりと吸いこんでから、ごくゆっくりと鼻から出す。ふたりが見つかった！　過去に覚えのないほど大きな多幸感が彼を包んだ。

「ねえ、今の体でそんなもの吸っちゃいけないんじゃないの？」

オルソは右手を見やり、女性の長い脚が二本、地面の上に伸びているのに気づいた。脚はぴったりとしたジーンズに包まれており、運動靴を履いて、家の角の向こうから突き出している。見れば、そこにいたのはロッソの娘、アデーレだった。家の壁に背をもたせて座り、彼女もまた、過ぎ去ろうとしている秋の最後の日差しを楽しんでいたらしい。アデーレは三十三歳、クリムトが描いた女性を思わせる赤い巻き毛をはじめ、野性的な美しさを持つ娘だ。顔立ちはフローリアンのように繊細ではなく、もっといかめしく、めりはりがあって、父親にそっくりなのだが、だからと言って美しさが損なわれているということはまるでなく、むしろその逆だった。オルソは昔から彼女に惹(ひ)かれていた。悩殺的なプロポーションはもちろん、ちょうど今のように、爪を深々と肉まで噛んでいる時ですら蠱惑(こわく)的(てき)な立ち振る舞いも素敵だった。

「やあ、アデーレ」

彼女は答える代わりに、片腕を伸ばし、人差し指と中指を見せた。オルソは煙をもう一服してから、娘にジョイントを回した。

「お前だって葉っぱはご法度のはずだろう?」

「たった一服で薬中(ヤクチュウ)のリハビリ施設に連れ戻されるぞ、っていう脅し?」

「たった一本が命取りになるって言うじゃないか」

アデーレはにやっとした。

「元気そうね」

「ああ、おかげさんで元気だ」

「ねえ、あたしはどんな風に見える？」

オルソはその手には乗らなかった。ひと言褒めたら最後、彼女の誘惑術のひとつが即座に自動的にスタートする罠だ。

「いつ戻ったんだ？」

「一カ月くらい前。ずっといい子にしてるのよ、あたし」

「それはよかった」

アデーレは遠くを見つめてうなずいた。自分の言葉を肯定するようにも見えた。

「あの家は出て、こっちに移ったの。いつまでいるかはわかんないけど」

「ロッソは喜んだろう」

「うん。ここにいれば危ない誘いに乗ることもないだろう、って信じてるみたい……最悪でも、怪しい誰かさんがうぶなあたしをだまして、葉っぱを吸わせるくらいでね」

娘はいたずらっぽい笑みを浮かべ、オルソに吸いさしを返した。そして黙りこんだ。

フローリアンがロッソにとって完璧な息子——学業優秀で、傲慢で、こうと決めたら譲らず、野心家——であったとすれば、アデーレは頭痛の種だった。思春期から反抗的で、父親の課す厳しいルールには逆らい、母親の過剰な従順さを嫌悪した。あとはひどいものだった。早熟なセックス、ドラッグに酒、悪い仲間とのつきあい。もちろんロッソの権力と、残酷な極悪人としての悪名が強力な盾となって彼女を守ろうとしたが、アデーレは頻繁に監視の目をすり抜け、危険な親の存在を隠した。

オルソはまだあの夜の出来事を覚えていた。帰宅途中に、町の郊外で、彼のちょうど目の前で道路を横断するアデーレを見た時のことだ。娘は車の中のオルソには気づかず、ふたりの見知らぬ男たちと腕を組んで歩いていた。当時、彼女は十七歳、男たちはふた回りは年上に見えた。片方は長髪で、チェックのシャツの胸をはだけており、もうひとりはランニングシャツに短パン、サンダル履きのマグレブ人だった。三人はげらげらと笑いながら歩き、アデーレの浮かれっぷりは明らかに異常だった。酒に酔ったか、ドラッグでキマっていたのか、あるいはその両方だろう。そんな状態のロッソの娘を見ていると、オルソは胸が詰まった。彼がいつにも増してグレタに会いたいと思うのは、まさにそうした時だった。今ごろ俺の娘はどこにいるのだろう、オルソはただちにそう思った。思春期にはグレタも母親に内緒で何かやったのだろうか。やはり悪いことをして、今も後悔したりしているのだろうか。それとも世間知らずなものだから、誰かにだまされ、苦しんだりもしたのだろうか。なのに俺はそばにいて慰めてやることも、守ってやることもできなかった……。ふたりにしなだれかかるアデーレ、その尻をもみ、卑猥な目つきで互いに目配せしながら歩道を遠ざかっていく男たちを眺めているうちに、オルソの血は沸き返った。ハンドルを握る手に凄まじい力がこもり、関節が白む。車を降りた彼は、なかば廃墟となった一軒家に三人が入っていくのを見届けた。家を取り囲む庭はもはや、古物商のごみ捨て場のような有り様だった。木製の鎧窓はどれも少なくとも半世紀前には修繕が必要な状態で、外壁のペンキも、窓枠も、屋根も似たような惨状だった。オルソはあたりを見回した。誰もいない。庭先の錆びた鉄格子の門を押すと、きしみながら開き、そのまま外れてしまいそうだった。四段の石段を上がると——足下で石がぼろぼろと崩れる感触があった——そのまま家の中に入れた。玄関のドアがなかったのだ。床には割れたガラスの破片、剝げ落ちた漆喰、ゴミのたぐいが転がっている。壁は落書きだらけで、かびと小便のにおいが壁紙から漂っている。どこか離れた場所で壁に反響する澄んだ笑い声が聞こえた。ふたりの男の興奮したささやきも聞こえる。

　日が沈んでまだ間がなく、残照のおかげで屋内の様子ははっきり見えた。オルソは廊下を進み、かつては大広間であったはずの空間に着いた。たき火の跡がひとつあり、おおかたパーティでもやったのだろう、ビールの空き缶や紙くずが床に散らばっている。アデーレはくすくす笑いながら、汚いマットレスの上に座って両手を上げており、その背後からマグレブ人がTシャツを脱がせようとしているところだった。もうひとりの男はズボンをパンツごと下ろした格好で、それを脱ごうと悪戦苦闘している。気が急いて靴を脱ぎ忘れたらしい。オルソは男たちに近づいていった。ところが途中で空き瓶を蹴飛ばしてしまい、大きな音に連中が振り向き、驚いた顔でオルソを見た。

「てめえ、誰だ？」ズボンを足首まで下ろしたほうが声を荒らげて訊いた。

アデーレは呆けた表情でオルソを見つめている。彼が誰だかわからないらしい。

「おい、お前に言ってんだよ、このゴリラ！」

その呼び方を聞いてマグレブ人は小さく笑い、長髪の男はちょこまかと足を前後させつつ、オルソに迫ってきた。

「一回しか言わないから、よく聞きやがれ。さっさと出ていけ。さもねえと、そのケツにもう一個、穴を空けてやる。わかったか」

オルソは慌てなかった。相手に素早い動きができないのを利用して、彼は二歩前進すると、片足を振り上げ、半裸の男の膝に全体重をかけて蹴り落とした。男の脚は、下げたズボンの抵抗を受けて不自然な方向に曲がり、骨の折れる乾いた音がした。

男は悲鳴を上げて床に転がり、砕けた膝を押さえた。オルソはもう一発、激しい蹴りをお見舞いした。今度は顔の真正面だ。男は失神し、静かになった。

アデーレが笑った。

彼女の後ろにいたマグレブ人が横に動いた。相棒があんまりあっという間にやられてしまったので慌てたようだ。男はポケットから折り畳み式のナイフを出すと、こちらを脅かすつもりか、これ見よがしに刃を開いた。

「失せろ」オルソは部屋の出口を示し、男に退散を勧めた。

マグレブ人は目を剝き、息をはあはあ言わせている。ドラッグですっかりおかしくなっていて、まともな思考もできないのだろう。視線を廊下からオルソへ、オルソから廊下へと何度もさまよわせ、決心がつかぬ様子だったが、やがて飛びかかってきた。オルソはすかさずズボンの腰からサイレンサー付きの拳銃を抜き、至近距離から撃った。男はなお数歩走り、ゴミの山に顔から倒れこんで止まった。

オルソは倒れた男の体に近寄り、足でひっくり返した。即死していた。

次に彼は、足首までズボンを下げて気を失った男も始末した。証人を残さぬためだ。萎えたイチモツを出したまま動かなくなった男を眺めながら、オルソは思った。つまるところ、こいつらは運がよかったのかもしれない。もしもロッソ本人に捕まっていたら、実の娘にとんでもない真似をするつもりだった連中だ、後生だから頭を撃ち抜いてくれと懇願するような目に遭っていただろう。

オルソは汚いマットレスからアデーレのTシャツを拾い上げると、裏表を直してから、そっと着せてやった。娘は抵抗しなかった。やがてアデーレはオルソの首にしがみつき、抱き抱えられて外に出た。娘は頭をオルソの胸に押し付けてきた。リンゴの香りのシャンプーが匂った。車に着く前に彼女は眠り、その夜のことはきれいに忘れた。長年経った今もアデーレにはどうしても説明がつかなかった。あの晩は父親からできるだけ遠い土地に行こうと真剣に思って、わずかな金をポケットに入れて家を出たはずなのに、どうして次の朝、自分の部屋で目を覚ますことになったのか。

また一服してみて、ジョイントがもう空っぽなことにオルソは気づいた。吸い殻を手にしたまま、どこに捨てたものかと迷う。

「六カ月だよ。あの糞みたいな場所にあたし、六カ月もいたんだ」

アデーレは相変わらず地べたに座ったまま、彼のほうはけっして見ずに言った。

「あんたも知ってるように、何も初めてじゃないよ。でも全部、ミキが生まれる前の話。あの子が生まれてからあたし、ずっとまっとうだったんだから。嘘じゃない。レミーと別れた時だって、酒のボトル一本触れなかったし、薬もやらなかった。それなのに、たった一度……あの最悪なたった一度、ちょっとやりすぎて、何日かミキに学校をサボらせただけで、あの野郎、うちの子を連れていっちゃったんだよ？」

あの野郎というのは父親のロッソのことらしい。オルソは見当をつけた。

「あんたより背の高いスラブ人、なんて言ったっけ、確かヴィクトルだよね？　あいつにミキをさらわせたんだよ。連中、あたしんちに泥棒みたいに入ってきてね。ミキはまだパジャマのままだった。あのゴリラみたいな男の腕の中で目を覚ましてさ、わんわん泣いてたよ。そうしてあたしと引き離されて、この家に連れてこられたの。それであたし、もし施設に入らなければ、もう二度と子どもには会わせない、って言われたんだ」

「知らなかったよ」

「でもね、何が一番つらかったかわかる？」

オルソはかぶりを振ったが、アデーレには見えなかったはずだ。彼女の視線はまだあらぬ一点に向けられたままだ。

「とにかく苦しくて、カレンダーばかり眺めて、一週間に一度だけうちの子に会えるはずの日を待ち続けたわ。刑務所にいるみたいにね。でもあいつ、ミキを連れてきてくれなかった。会わせてくれなかったの。絶対に。六カ月のあいだ、一度も会えなかったんだから。電話で話もさせてもらえなかった。ようやく家に帰った時、ミキになんて言われたと思う？『ママ、どこに行ってたの？』だって」

アデーレの目が涙に濡れているのにオルソは気づいた。

「あの子、知らなかったの！　ミキに訊いたわ、『どうして？　おじいちゃんが教えてくれなかったの？　ママは病気だ、病院で病気を治してるんだ、って？』そしたら、そんなこと聞いてないって言うの。おじいちゃんはただ、ママは出ていっちゃった、そう言っただけだって。六カ月もミキはあたしのことを何も知らずにいたのよ。ありえなくない？」

オルソは、ずっと手にしていた、もう火の消えた吸い殻をポケットに入れた。アデーレはまだ宙のどこかを見つめ、膝を抱えている。

「あの野郎、ミキを復讐（ふくしゅう）の道具にしたんだよ。わかる、オルソ？　あたしに今までさんざん苦しめられたものだから、その腹いせに。でもそうとわかったからには、もうだまされるもんか。同じ手が通用すると思ったら甘いんだから。あたし、絶対負けないよ」

「ミキは今、学校か」

「うん。だから、お迎えの時間になるのを待ってるの」

アデーレは濡れた頬を拭きながら、オルソの顔を見た。

「ここしばらくミキったら、ひとの顔を見ると、オルソはどうしてるって訊いてたよ。寂しかったみたい」

オルソは適当な返事を探したが、何も思いつかなかった。

ベニアミーノの車のエンジン音が近づいてきて、静寂を破った。

8

オルソはマルセイユ旧港の遊歩道（プロムナード）を進んだ。まだ朝だというのにもう観光客でいっぱいだ。海風はさほど冷たくなく、過ごしやすい気温だった。多くの人々が町の観光に出発する前に朝食を屋外で取ることに決めたらしく、たくさんある小さいカフェやケーキ屋の小ぶりの鉄のテーブルを前に座っている。港の北側のカフェのほうがいつも混雑しているのは、そこから、町の南の岩山にそびえ立つノートルダム・ド・ラ・ガルド寺院の有名な眺めを楽しめるからだ。だからこそオルソは、反対の南側にある、いつもたいして客のいない小さな店を自分のなじみのカフェに選んだのだった。店に着くと、初めて見る若いウェイターが屋外の空席を指差してきた。オルソは構わず、中に入った。カウンターに立っている男が店主だ。店主は濃い髭の向こうから礼儀正しく微笑み、挨拶の印に軽く手を上げると、紙切れに何か書く作業を再開し、蒸留酒の棚の横にある鏡張りの壁にかけたコルクボードにそれを貼り付けた。オルソはいつものように——不特定多数の人々が利用する店や施設に来た時の習慣だ——そこにいる面々を素早く確認した。ドイツ人らしき年老いたカップルと、幼い子どもを三人連れたイタリア人の家族、それだけだ。子どもたちはきちんと三人並んで座り、嘘みたいにおとなしくホットチョコレートを飲んでいる。怪しい顔ぶれはなく、潜在的な危険も見当たらない。オルソはいつもの席に向かった。ぽつんとひとつ離れた場所に置かれた小さなテーブルだ。そして壁を背にして座った。壁は赤く塗られ、店内の雰囲気を暖かく、居心地いいものにしていた。その位置からだと、店に入ってくる人間はもちろん、右手の大きなガラス窓のおかげで、店に近づいてくる者まで確認ができた。左手には廊下があり、その先には洗面所と鍵で閉ざされた勝手口がある。その戦略的な席はいつでも空いていた。オルソが毎月少し金を払って、キープしているのだ。十五年前、彼がそのテーブルを借りたいと伝えた時、奇妙な申し出のはずなのに、店主は理由を尋ねてこなかった。オルソの正体も知らぬ店主だったが、マルセイユで客商売をしていればどうしても、裏社会の住人をそれと見抜く眼力がある程度、要求される。港周辺の店ならなおさらだ。だからここの店主もオルソの差し出したチップをただちに懐にしまい、お返しに勝手口の合い鍵を渡したのだった。

二十分ほどしたころ、オルソは窓ガラスの向こうに、見覚えのある姿がカフェに近づいてくるのを見た。レモだ。足を引きずって歩き、くしゃっとした焦げ茶のつばの広い帽子を被っている。レモは両脚が若いころから極端なO脚で、からかい半分に〝騎手(ジョッキー)〟と呼ぶ者も多かったが、実際は馬など一度も乗ったことがなかった。でも今は、老いのせいだろう、脚の歪みが余計にひどくなって、まるでトンネルの入口みたいだった。店に入ったレモは、すぐに彼を見つけた。オルソは立ち上がり、何年ぶりという再会に表情をほころばせて友を待った。

ふたりは抱擁を交わした。

レモはオルソを固く抱き寄せ、背中を何度も叩いた。そして帽子を取ると、テーブルを挟んで座った。オルソは相手がひどく老けこんだことに気がついた。樹皮のように無数に刻まれた顔の皺よりも、肉体的欠陥の悪化が印象的だった。もともと大きかった鼻はさらに膨れ上がり、耳も異様に大きくなった上、中から毛まで飛び出している。上半身は肥満し、少し前かがみになってしまった。まぶたは重力に引っ張られたみたいに垂れ、昔は陽気に輝いていた大きな目は、顔の部位のなかでそこだけ縮んでしまったように見えた。いつでも穏やかで明るかった表情に、今は悲しみのベールがかかっている。

「奥さんと娘さんのことは聞いたよ。残念だ」

「うん、ありがとう。マリーザは、気づいた時にはもうあちこちに癌が転移しててね。あとはなんとなくわかるだろう？　妻はいなくなってしまうんだという考えにも、そのうち慣れてしまった。日に日に具合が悪くなっていくのを見ていると、最後には、できるだけ早く楽になってほしい、自分も楽になりたい、そう思うようになった。でもカテリーナの場合は……最悪だった。ある朝、新聞のスポーツ欄を見ながら食事をしてたら、いきなり電話があって……見知らぬ男が言うんだよ、娘さんの車が木に衝突しましたって。そんなの心の準備のしようもないだろう？　無理だよ。二十七歳だった。しかも、ひと月後には結婚式を控えていたんだ」

カフェの店主が近づいてくると、レモは顔も上げずにエスプレッソコーヒーを頼んだ。

「二杯頼む」オルソも頼んだ。

店主はうなずき、カウンターに戻った。

「つらいけど、考えないようにしてなんとかやってるよ。だから今も仕事は喜んで引き受けてる。そうそう、ロッソから電話があって、君が入院したって聞かされた時は驚いたよ……みんな言ってたけど、オルソは不死身だって僕も信じてたからね！」

オルソは苦笑いした。「そのどうしようもない噂には俺も少し参ってるんだ」

「でも、電話の用件を聞かされて、誰を捜すのかわかった時は、心臓が止まるかと思ったよ。まさかと思ったね。覚えているか知らないけど、僕が〈組織〉に入ったのは、アマルの一件が解決して、君がロッソと戻ってきたばかりの時だった」

「覚えてるとも」

「だからみんな、君の噂で持ち切りだった。あんまり同じ話ばっかりしてたもんだから、そのうち実際に何があったかはどうでもいい感じになってさ……一種の伝説みたいになって。僕と君はあのころよく会ってたけど、彼女の話をしてくれたことはなかったよね。ふたりでべろんべろんに酔った時だって」

「そうだな」

店主が二杯のエスプレッソをテーブルに置いてすぐに立ち去り、若いバックパッカーのカップルを店内の反対側の席に案内した。

「俺だって何度、ふたりを捜したいと思ったかしれない。最初の二、三年は来る日も来る日も誘惑と闘っていたよ。元気でやっているのか、何か困っているんじゃないかと心配だったし、説明もなく姿を消したことも謝りたかった。いつもふたりのことを考えてた。特にグレタだ。時が経つにつれ、成長して、変わっていく娘の姿を想像したよ。道で女の子とすれ違えば、そのたび頭の中で計算して、グレタもあのくらいになったのかな、なんて思ってさ。でもアマルとグレタを忘れること、ふたりに会えない寂しさを誰にも打ち明けないことが、ふたりの命を守ることになるのはわかってた。まだ俺がこだわってるってロッソに知られたら、ましてや捜してるなんてばれたら、きっとお前か誰かにふたりを捜せって指示が出て、そして……」

オルソはそこで言葉を止め、カップをつまみ上げると、コーヒーを飲んだ。

レモもロッソのことはよく知っていたから、友人の想像は否定できなかった。

その時だった。オルソはどこか深い場所から吐き気めいたものがせり上がってくるのを感じた。三十歳だった自分の姿が見えた。もっとも親友に近い存在だったレモさえあざむき、俺には会いたくて仕方のない人間などいない、愛すべき人間だって必要ないと、誰の前でも己を偽っていた、あのころの自分の姿だ。年々、オルソの手は血に汚れていった。アマルとグレタに会いたいと思えば思うほど、彼は暴力に没頭し、野蛮な手段で寂しさを紛らわせた。そして何より、あの清浄なふたりにはとても顔を合わせられない人間になろうとしたのだ。かつて深く愛したふたりを己の罪深さで二度と汚したくなかった。

オルソは目を上げ、レモが自分をじっと見つめているのに気づいた。まるで彼の心を読もうとしているようなまなざしだった。

「それで、居場所を知ってるんだって?」

「うん」レモはいくらか誇らしげに言った。「アマル・カロン、一九五二年十月二十四日マルセイユ生まれ。グレタ・カロン、結婚相手の姓はインノチェンツィ、一九七八年三月七日ブレッサノーネ生まれ。娘が生まれた時、君は自分の名字をつけなかったんだな。子どもの居場所がばれないように」

オルソは唾を飲もうとして、喉がからからなのに気づいた。

「どうやって見つけたんだ?」

レモは冷めてしまったコーヒーを飲むと、顔をしかめ、受け皿に置いた。

「こりゃひどい。よく飲む気になるね」

「慣れだ。それで?」

「普通、僕は地域を区切って探索する。まずは僕の尋ね人がある土地に――たとえばどこかの州に――いるものと仮定して、さまざまな情報と照合する。戸籍とか、社会保障とか、銀行口座とか、電話の通話記録とか……。長くやっているうちに、情報を追跡するいろいろなシステムの使い方もずいぶんと上達したよ。今じゃネットにだって、人捜し用のよくできたプログラムとかアプリがあるけれど、そこまでは誰にだってできることだ。僕は自分で発明したなかなか賢いシステムを使ってるんだ。実際、売ろうと思えば、かなり高く売れると思うよ。原理自体は、人々のあいだのつながりを見つけるその辺のシステムと同じものなんだけど、ずっと精度が高い。マリーザは、僕が家に置いてるコンピューターがやたら多いものだから、いつも怒ってたな。ある日、言われたよ。『コンピューターを取るか、わたしを取るか、選びなさい！』ってね」

レモは昔を思い出して微笑んだ。それから話を戻した。

「でも、この手の作業には資金だって必要だ」

彼は親指をひと差し指と中指の腹に擦り合わせた。お金、というジェスチャーだ。

「ロッソはいつも僕に、情報提供者の舌の動きを滑らかにするためのお金を少し持たせてくれている。好きに使えってね。僕はそれを市役所の職員、なかでも選挙人名簿の管理を担当している人間なんかにやるんだ。あの連中は、誰かの現住所を見つけたい時に特に便利だ。とりわけ銀行の出納係は簡単に落とせるね。毎日お金を触っているからかな。とにかく今回はイタリアから始めてみた。すると運がよかった。北の州から調べ始めて、中部の州に移ったところで見つかったよ。ふたりはノヴェーレにいた。トスカーナとラッツィオとウンブリアの境にある、人口およそ一万人の町だ。先週、現地に行って……ふたりを見たよ」

オルソははらわたがきゅっとねじれる感覚に襲われた。まさに掃除女に絞られた濡れぞうきんのように。

「話はしたのか」

「いや。でも、あとを少し追ってみた。君の娘は、さっきも言ったが、インノチェンツィという、自動車整備工場を経営する男と結婚していて、子どもがふたりいる。九歳と十二歳、男の子と女の子ひとりずつだ。だから君はおじいちゃんだ。おめでとう」

レモは微笑み、上着のポケットに手を突っこむと、白い封筒を取り出した。封筒を開き、テーブルの上に置いたのは、一枚の写真だった。

「携帯で撮ったから、画質はいまいちだよ」

オルソは老眼鏡を出してかけてから、写真をつかんだ。無表情を装い、感情の高ぶりを隠しつつ、熱心に写真に見入った。四十前後の女性だ。まだ美しいが、疲れたまなざしをしている。化粧は簡素で、頭は癖の強い黒髪をざっとシニョンにまとめ、若作りで、服装は実用的。外見にあまり構わない感じだが、それがかえって、いたずらっ子のような魅力を彼女に与えていた。短く刈った黒髪の男の子と、長い栗色のおさげ髪の女の子の手を引き、道路を渡っている途中だ。三人はカメラのレンズの方向を同じ集中した表情で見つめている。そちらから車が来ないか警戒していたのだろう。

「銀行の貯金はたいしてないが、借金もない。住んでいる家は悪くないし、持ち家だ。住宅ローンはあと何千ユーロかで片づく。たいした負担じゃない」

オルソはその見知らぬ女の顔を見つめ、見覚えのある特徴を探した。アマルの若いころを彷彿（ほうふつ）とさせるところはないか……まずは黒髪、それから尖った鼻、少し切れ長の黒い目。

レモが封筒から別の写真を取り出すのを見て、オルソはグレタと孫たちの写真を置き、友人の手から直接、新しい写真をもらった。今度の被写体は六十代とおぼしき品のある婦人で、郵便局に入るところをやはり隠し撮りされていた。ズームのせいで画質が悪く、顔立ちはよく見えないが、それでもオルソはどきりとした。婦人の醸し出す優雅で誇らしげな雰囲気に見覚えがあったのだ。いかにも気位の高いその態度に、彼はいつだって夢中だった。感極まって両手が震えてきた。レモも気づいた風だった。

「僕の調べた限りだと、アマルは一度も結婚していないね」

オルソはうなずいたが、写真から目が離せなかった。

「この写真、もらってもいいかな」

「もちろん。裏に住所を書いておいたよ」

オルソは二枚とも裏返した。アマルのほうには〝インテルナ・デッレ・ムーラ通り五番地〟とあり、グレタのほうは〝オーベルダン広場二番地、インノチェンツィ家〟とある。何か言おうとしたが、言葉が出てこなかった。写真を二枚とも上着の内ポケットにしまう。

「ありがとう」

「どういたしまして」

「ところで、お前はまだミラノにいるのか」外した老眼鏡をポケットに入れながら、オルソは尋ねた。

「うん。もう慣れたしね。海が少しだけ恋しいけど、引っ越すには年を取りすぎた」

「誰か、まだ会うような仲間はいるのか」

「いや……ずっと引き篭もってるから、みんなにはとっくに死んだと思われてるんじゃないかな。最近、電話したのだって、トニーノくらいだ。と言っても、あいつの奥さんと話したってことだけど」

「トニーノの具合は？」

「生きてるよ。あれを人生と呼べるものならね。元気だったころのあいつ、覚えてるかい？　一瞬だって黙っていることのできない男だった。いつだってやたらハイで、それこそいっそ撃ち殺してやんなきゃ、じっとしていられないって感じでさ」

オルソはうなずきつつ、トニーノ・ベッラヴィータを思い出していた。シチリア出身のよく笑う男だった。トニーノは、〈組織〉に戦争を仕掛けてきたシチリアマフィアのボス、ジュセッペ・クッリーの首を手土産にロッソの手下となった。ロッソが、モロッコ発シチリア・メッシーナ行きの麻薬密輸業に手を出そうと決めた時のことだ。クッリーを殺したトニーノは、今は亡きボスの一家を丸ごと敵に回した。しかしロッソがトニーノの貢献に感謝し、保護を買って出たのだった。

「今じゃあの聖女みたいな奥さんに尻まで拭いてもらっている始末さ。あの奥さん、あいつにはさんざん泣かされてきたはずなのに、まだ一緒にいるんだ。オルソ、今から頼むけど、僕がもしも脳溢血で動けなくなったら、ここに一発撃ってくれよ。後生だからさ」

レモはそう言って眉間を指差した。

「本気だぞ」

「わかった、わかった」オルソは答えたが、レモが話題を変えてくれることを願った。

レモが時計を見る。

「今日はすぐに帰るのか？　それとも、しばらくこっちにいるつもりなのか？」オルソは訊いた。

「三時の飛行機で帰るよ。そっちこそ、これからどうする？　こうしてふたりを写真で見たわけだけどさ……」レモはオルソが写真をしまったポケットをあごで指した。「どうするつもりなんだい？　ひとつ単刀直入に言わせてくれ。ロッソは自分の考えをはっきりと僕に伝えた。あいつは君が写真を見て、納得し、それ以上の詮索は一切しないことを望んでいるよ。だって、もう安心しただろう？　ふたりは無事で、元気にやっているんだから。わざわざ向こうまで行って、なんになるって言うんだ？」

「確かにそうだ。ふたりは無事だ、そこは俺も納得した。礼を言うよ。でも四十年ものあいだ、この時を待っていたんだ。だから、どうしても行きたい。ふたりに会って、こちらの正体を打ち明けるかどうかはまだわからない。ただ、せめて遠くからふたりの姿を見たい」

レモが椅子の上でもぞもぞしだした。不安が募ってきたらしい。

「困ったな。それじゃ僕が厄介なことになるぞ。ロッソはきっと怒るし、僕のせいにされるに決まってる！」

「安心しろ。ロッソにはこう言えばいい。『オルソには会った。写真を見るだけで満足したと言っていた』って。あとで俺がきちんと話をつけるから」

レモはほっとしたようだ。

「好きにしてくれ。行くと決めたなら、一番速いのはローマまで飛んで、そこからレンタカーでオルテ方面に北上すれば、一時間半でノヴェーレに着くよ」

「ありがとう。でも列車で行くつもりだ」

「マルセイユから？　ずいぶん時間がかかるぞ」

「ああ、わかってる」

「じゃあ、どうして？」

「だって、ふたりを見たら、すぐにまたこっちに帰ってこなきゃならないだろう？　ロッソが今度のことを許してくれたのは、全部済んだら、できるだけ早くまたあいつに力を貸すって約束したからなんだ」

「あいつは君がいないと便所にも行けないからね」

「だから、できるだけ休暇を長引かせたいんだよ。それに、つまるところ俺はまだ病み上がりで静養中の身じゃないか。列車に乗って、のんびり楽しんでくるさ。時間がかかればかかるほどいいんだ」

レモはオルソの気持ちを完全に理解し、意地の悪そうな笑みを浮かべて彼を見た。その時、オルソは気がついた。友人のまなざしから、二度と剝がれそうになかった悲しみのベールがようやく消え、かすかながらも穏やかな光が浮かんでいることに。

9

薄暗い寝室で、オルソはうっすらと目を開いた。ひどく疲れていた。しかし今朝はそれほど早起きする必要がないとわかっていたから、また眠ろうとした。外はもう明るかったが、日差しは厚手のカーテンにさえぎられている。それでもひと筋だけ壁まで届いた光が、低い天井へと伸びていた。光は灰色をしていた。〝曇りか〟彼は思った。これでもうひとつ、ベッドでぐずぐずするための理由ができた。寒い部屋だった。何枚も毛布を重ね、その上から格子柄のウールの毛布までかけたが、ほとんど効果がなかった。額が冷たい。起き上がってボイラーを点火しない限り、いつまで経っても、吐く息は白いままだろう。毛布の山に少しだけ潜って頭を完全に覆い、自分の体温のぬくもりに浸る。その時、背後でマットレスが揺れた。気づかなくても仕方ない、というくらいわずかな揺れだった。もう一度揺れてから、ありがたいことに温かな体が身を寄せてきて、彼のたくましい背中にぴったりと張り付いた。膝がひとつ、彼の両脚を割って入ってきて、太股が一本、彼の太股のあいだに収まった。その直後、ほっそりとした柔らかな片手がオルソの腕に触れ、そこから下に向かって脇腹を滑り、肋骨と腰骨のあいだのくぼみで止まった。手はオルソの腹の前にぶら下がったまま動かない。だから彼は息をするたび、自分の腹筋が女の指の腹に触れるのを感じた。

素敵な感触だった。アマルとそうして触れ合うのも、彼女のにおいを嗅ぐのもオルソは大好きだった。彼が愛撫(あいぶ)の刺激に反応するか、それとも熟睡しているか調べようとして、こんな風にちょっかいを出してくる彼女の常套手段(じょうとうしゅだん)も、いつまで経っても飽きなかった。オルソは身じろぎもせずに待ち、胸の中でにやりとした。数秒後、アマルは手を彼の腹に置き、それからゆっくり胸のほうへと這わせた。同時に彼女が自分の体を彼の背にこすりつけ、上へ下へと動くのを感じながら、オルソは心の中でゲームを始めた。彼女の乳房、腹、腰を感触だけで区別するゲームだ。悦(よろこ)びに体がぶるっと震えた。

彼の心臓のあたりで止まり、胸毛をいじっていたアマルの手を握る。オルソが起きている証のその動作が合図となった。アマルがぽってりした唇をオルソの背中に当ててきた。

まずはほとんど偶然といった感じに、彼の肌にかすめるようにして。それから唇はずっと強く、肩甲骨のあいだに押し付けられ、背骨に沿ってうなじの真下までさかのぼっていった。そこで唇がそっと開いたかと思うと、彼女は何度か軽く彼の肌を噛んでから、舌で柔らかに円を描きだした。その刺激に、オルソのペニスが完全に勃起した。アマルの両手が、隅々まで触れようとするように、彼の体を情熱的にまさぐり、背後からなんとか抱き締めようとしてくる。オルソはアマルのほうを向き、自由なほうの腕で引き寄せると、腰に手を回し、自分の体に押し付けるようにして抱き締めた。毛布の中、こうしてふたりは顔を見合わせた。腰にぶつかる硬いペニスにアマルはすぐに気づき、真っ白な歯を見せ、いたずらっぽい笑みを浮かべて言った。

「あら、おはよう」

オルソも微笑んだが、返事をするよりも、彼女の熱い唇に自分のそれを押し付けたいという耐えがたい衝動に襲われた。アマルの舌に触れながら、彼は思った。今、この瞬間に世界が終わってしまってもいい。こうして一緒にいるだけで彼女が俺にくれるこの満ち足りた気分ときたらどうだ？　この幸せは誰にも邪魔できない。彼女と一緒ならば、憎しみも、絶望も、苦しみも俺は忘れられる。

アマルは彼のパジャマのズボンに手をやって下げようとし、オルソは尻を愛撫しながら、彼女のパジャマのシャツを裾から持ち上げて脱がせようとした。そのあいだも彼は、まるで彼女のキスを糧に生きているみたいに、相手の唇を片時も離そうとしなかった。動作のひとつひとつはぎこちなかったが、熱くたぎる欲望に、細かいことは気にならなかった。

大きな揺れがひとつ。

鉄の車輪がブレーキと接触する甲高い音が長く響いた。

そしてもう一度、大きな揺れがあった。

オルソの目が開き、いったん閉じて、また開いた。数秒して、ようやく自分がどこにいるのかを思い出した。周囲を見回す。車窓の風景から列車が駅に着いたことはわかったが、彼の席からは駅名が見えず、どこの駅なのかわからなかった。あんなにも鮮明でリアルに感じていた幸福な気分が、車内の冷たい照明によって少しずつ消えていくのを覚え、オルソは抑えがたい怒りに包まれた。あたりの様子を観察することで彼は心を静めようとした。乗客の一部は駅に着くのを待ってあらかじめ席を立ち、通路に並んでおり、コートを羽織ったり、携帯電話をチェックしたりしている。

「あの、ごめんなさい」

オルソは正面の席の女性に目をやった。彼に向かって白い封筒を差し出している。

「眠っていらっしゃるあいだに、これ、落とされましたよ。でも、わざわざ起こすのも悪いかと思いまして」

オルソは、レモの撮った二枚の写真が入った封筒を受け取った。

「それはすみません。助かりました」

「いえいえ、そんな。列車って眠くなりますよね」

オルソはうなずきながら戸惑っていた。眠ってしまった自分がひどい間抜けに思えてならなかったのだ。こんな風に気を抜いたのはまったく初めてだった。ましてや、見知らぬ人間だらけの列車の中で寝るなんて、不用心にもほどがある。マルセイユのサン・シャルル駅で車上のひととなった彼は、出発を待ってから、二度も全車両を往復して乗客全員の顔を記憶しようとし、知ってる顔はないか、注意したほうがよさそうな人間はいないかと確認したが、危険はなさそうに思えた。そこで自分の席に座ったのだが、きっと安心してしまったのだろう。前の席の女性に改めて目をやると、目が合ったので、彼はこわばった笑みを浮かべた。女性も優しく笑みを返してくれた。年は多めに見積もっても四十といったところか。服装は古めかしく、オルソの見立てでは彼女が生まれる前にはもう流行遅れになっていたのではないかというようなスタイルで、しかもろくに似合っていない。ぱっちりとした青い目が目立つ顔は、左右のバランスこそ崩れているが、独特な魅力があった。髪は赤茶がかった金髪。個性的な美人だが、疲れのせいか、それとも何か大きな悩みでもあるのか、せっかくの美貌がしおれてしまっている。それに美しく見せるつもりが本人にないのも明らかだった。少し化粧をして髪を上げるだけで、ぐっと魅力的になるだろうに。

「マッテオ、足を下ろしなさい」

マッテオというのは、彼女の隣に座る十二歳前後の少年だった。野球帽を被り、イヤホンで耳を塞ぎ、両足とも座席に乗せている。少年がため息をついて天井を見上げるのをオルソは見届けた。でも、母親とおぼしき女性に背を向けて座っているので、彼女には気づかれなかったはずだ。少年は運動靴を座席から下ろすと、脚を組んだ。

通路にぎっしりと並んだ乗客たちが徐々に下車を始めた。誰かの携帯電話が鳴り、多くの者が本能的にそれぞれのズボンやコートのポケットに手をやった。するとオルソの正面の女性が古い革のハンドバッグを手にし、あちこち探って、電話を取り出した。

「もしもし？」

耳を傾けている彼女の表情が変わる。オルソは悪いと思いながら目が離せなかった。

「失礼ですけど、ご予約は確か……ええ、でも……こちらもお客様のために、ほかのみなさまの予約をいくつも断ったんですよ。それを今さら……」

女性の声は次第に熱を帯び、今では少年も耳を澄ませていた。

「でも、せめて二十四時間前にキャンセルを入れるのが本当でしょう？　失礼ですが、筋が通りませんよ。四部屋ですよ、うちの場合、ほとんど全室なのに……もちろんそうですけど、デポジットをいただいたって、二週間分の収入の埋め合わせにはなりません！　ええ、もう結構です。さようなら」

女性はいまいましげに携帯電話を閉じると、バッグに放りこんだ。怒りで顔が色づき、鼻の上にそばかすが点々と浮かび上がって見えた。少年とちらりと目を合わせてから、彼女は困り顔で指を嚙みだした。

数人の客が乗ってきて、めいめい指定された席に座り始めた。オルソはそのひとりひとりを観察し、昔からの知り合いでもあるかのように分類した。そうして何分か過ぎ、列車が駅を出て、もうみんな座ったころになって、ひとりの男がオルソをかすめるようにして通路を通った。男は少し形の崩れた紺のコートに、安物のチェックのシャツを着ていた。靴は大きく、ズボンは裾を折り返した茶色のコール天。ほどなく別の男が続いた。先の男よりも若干背は低く、もっとずんぐりとした猪首で、安物の三つボタンスーツはサイズがひとつ大きすぎるようだった。頭は両方とも黒髪だったが、前者の額がずいぶんはげ上がり、もみ上げが白髪交じりなのに対し、後者の髪は豊かなのにくしゃくしゃで、ひどく汚れていた。ふたりは知り合いには見えなかった。友だちか何かにしては、やけに距離を置いて歩いていたからだ。ただし先を歩くほうは、車両の端の自動ドアに着くと、ボタンを押してドアを開き、そこで待った。やがて後続の男が追いついたが、前の男を抜こうとはしなかった。ふたりは前後に並んだまま連結部分の短い廊下に出ていったが、ドアが閉まる直前、両者の視線が交差するのをオルソは目撃した。

ふたりにはもうひとつ気になる共通点があった。服の趣味が最悪なところだ。どちらも同じ量販店で買ったのではないかとさえ思わせた。オルソは、ふたり目の男の顔を見ることはできなかったが、ひとり目は二度ばかり振り向いた時に横顔を観察した。どこかで会ったことがある、確かにそう思ったが、それがどこだか思い出せない。自分に腹が立った。人並みはずれた記憶力には幾度も助けられてきたが、今日はどうも不調だ。麻酔が脳に悪い影響をもたらしたのだろうか。まさか耄碌したのか。彼の稼業では許されぬ話だった。

それから一度も駅に停まることなく列車がリグリア州の横断を続け、一時間が過ぎると、オルソも落ちつきを取り戻していた。怪しいふたり組は戻ってこなかったし、あのふたりが真の脅威であったならば、通路をあと戻りして本当に彼がターゲットか確認しようとするはずで、少なくとも最低一回はあの自動ドアから顔を出すはずだからだ。オルソは連結部分のドアから一時たりとも目を離さずにいたが、ふたりの気配はなかった。一度などわざわざ立ち上がって見に行ったが、連結部分の廊下にいたのはスーツにネクタイ姿の男ひとりだけだった。太った男で、額に汗を浮かべながら電話で話し、下品な笑い声を上げていた。ひと目見るだけで、無害な相手だとわかった。席に戻ると、向かいの席の女性は一心不乱に携帯で誰かにメッセージを書いている途中で、少年はまた座席に足を乗せ、膝を抱えて座り、目を閉じて音楽に合わせて頭を揺らしている。オルソは思った。いたるところに危険があるかのような妄想に取り憑かれてしまうのは、アマルとグレタに近づきつつあるという軽い興奮が原因なのかもしれない。その思いに一瞬、オルソは視線を落とした。手にはまだ、例の白い封筒があった。ずっと気を張りつめていたためか、封筒の中身を見たくてたまらなくなった。二枚の写真を取り出し、老眼鏡をかけて、長いこと見つめた。もはや写真の画素のひとつひとつまで覚えてしまっていたが、強い親しみを覚えるようになった四人の顔からやはり目が離せなかった。道路を横断中にグレタと手をつないでいる男の子と女の子に彼はじっと見入った。男の子の強いまなざしは、見るたび、息が止まる思いがした。俺の孫か……。彼はふたりを撫でるように、写真にそっと触れた。

尿意を覚え、写真を封筒に戻した。立ち上がり、連結部分の廊下に出る。電話をしていた太った男の姿はもうなかった。トイレの自動ドアを開け、中にこもった。狭い上に列車が揺れるので、壁に手をつかなければ、倒れてしまいそうだった。ジッパーを下げ、膀胱（ぼうこう）を空にする。ほっとした。それから小さい洗面台で手を洗ったが、鏡に映った顔を見て、すぐに目をそらした。蛍光灯の光は無慈悲だ。気分が暗くなるので、自分の見かけのことは考えまいとした。濡れた手を乾かそうとしたが、紙も何も見つからない。水滴を床に振り落とし、ドアを開けて、ズボンのジッパーを閉じたか確認しようとして下を向いた。いったんうつむいたせいで、ドアの正面に例のふたり組の片割れがいることに気づくのが遅れた。背の低い、ずんぐりしたほうだ。猪首の男は素早く反応し、オルソのみぞおちに力強いパンチを叩きこんできた。オルソはあとずさりし、まったく息のできぬ状態でまた便座に腰かけた。襲撃者はトイレに入り、ドアを閉じ、掛け金を掛けた。

ドアの外側の「toilette」の文字の色が緑から赤に戻る。

激痛にオルソの視界がぼやけた。前にいる男がポケットから何かを取り出したのはわかったが、その何かの正体の確認に時間を無駄にはせず、体がとっさに動いて、男の股ぐらを蹴り上げた。しかし襲撃者は苦痛のうめきを押し殺して飛びかかってきた。みぞおちの激痛は相変わらずだったが、オルソは歯を食い縛り、相手の片手首をつかんだ。高くかかげられた男の手が握っていたのは、鋸刃付きのハンティングナイフだった。すると見知らぬ男はオルソに全身でのしかかり――オルソのほうが背は高いが、座っている分、体勢的に不利だった――自由な逆の手で首を締めてきた。痛みにまだぼんやりしたまま、オルソは男を突き飛ばして立ち上がろうとしたが、コンクリートの塊のようにびくともしない。こうしてふたりは初めて真っ向から顔を突き合わせるかたちとなり、オルソにも相手の顔がよく見えた。実に粗野な顔つきで、無精髭を伸ばし、黄ばんだ歯は隙間だらけ、息はニンニク臭い。おそらく彼より二十は年下だろう。殺意に目を爛々とさせている。まるで見覚えがない男だ。

　ごつごつした手が鉄の万力のように首を締めつけてくる。ほどなくしてオルソはまともに息ができなくなった。あえぎあえぎ相手の首を絞め返そうとしたが、うまくいかない。首にかかった手がもたらす痛みは凄まじく、息は継げず、反撃の手を考えるのも難しくなってきた。その上、吐き気に襲われ、口の中は酸っぱい液体でいっぱいだった。オルソは長い腕を活かし、襲撃者の片目に人差し指を突き立ててやった。相当深く入ったらしく、男は甲高い悲鳴を上げた。喉の手が緩むのを感じ、オルソは息を吸いこんだ。男は涙を流し、傷ついた目を真っ赤に充血させながらも、オルソの頭をつかむと、壁に打ちつけた。そうして首をつかむ彼の手を開かせ、ナイフでとどめを刺すつもりだったのだろう。しかしオルソも負けておらず、相手にナイフを捨てさせるべく、固くつかんだ手首ごと男の腕をねじ曲げた。男はオルソにのしかかったまま、膝蹴りの連打を始めた。その時、列車がカーブに差しかかり、車両がぐらりと揺れ、襲撃者がバランスを崩した。男は後ろによろめき、いったん壁によりかかってからまた飛びかかってきたが、体勢が崩れていた。便座に座ったままのオルソはその機を逃さなかった。すかさず立ち上がると、相手の喉元に手刀を叩きこんだのだ。普通の人間であれば絶命は確実な一撃だったが、男の首は雄牛のように頑丈らしく、苦しげにあえぎこそしたが、たいしたダメージは受けなかったようで、懲りずに突進してきた。そして振り下ろされたナイフをオルソはコートの袖で受けた。生地は裂けたが、腕は無傷で済んだ。ふたたび刃(やいば)が振り下ろされた時、オルソはそれをうまくかわすと同時に、男の顔のど真ん中にストレートを一発お見舞いした。まるで素手で壁を殴るような衝撃があった。痛みの激しさからして、指が何本か折れたかもしれないと覚悟したほどだ。それでも強烈な一撃に相手の足下がふらつくのを見て、オルソはサンドバッグを叩くようにパンチを繰り返した。男は身を守ろうとして勢いよく腕を上げ、その拍子に手を壁にぶつけて、ナイフを落とした。落ちたナイフは便器の陰に隠れた。凶器を失った男は拳に拳で立ち向かってきたが、無茶苦茶なパンチだった。腕こそ筋肉質で電柱のように太いものの、怒りと興奮が男の不利に働いた。狭いトイレではまともに距離も取れなかったが、オルソは相手を好きに暴れさせておき、やがて男のパンチが空を切った瞬間を見極めて、相手の上に両膝から一気に飛び降りた。男の背中が金属の洗面台に激突する。かなりの衝撃だったのだろう、大口を開けてうめいている。オルソはすかさず男の髪をつかみ、後頭部を洗面台の角に繰り返し叩きつけた。必死で身を守ろうとする相手に両腕をつかまれたが、オルソは体の向きを変え、身をよじって振りほどいた。男はきちんと立とうとして、濡れた床で足を滑らせ、よりによってオルソの正面でぺたんと座ってしまった。見下ろされる格好となった男がとっさに左右の腕で顔をかばったのは、幸運な反応だった。続いた膝蹴りの衝撃を緩衝できたからだ。オルソの膝蹴りがふたたび男を襲う。しかし今度の一撃はずっと強烈で、腕のガードもほとんど役に立たなかった。男の頭は後ろにはじき飛ばされ、洗面台の縁にぶつかった。オルソは片腕を振り上げ、襲撃者の脳天に肘打ちを決めた。見知らぬ男は床に崩れ落ちた。

オルソは壁にもたれ、息を整えようとした。心臓の鼓動は格闘が始まった時からどんどん速くなり、今や早鐘のようだ。目がかすみ、頭もふらつきだした。その時、万歳をしてうつぶせに倒れていた襲撃者が手を伸ばし、便器の陰のナイフをつかんだ。男は膝をついて起き上がり、誰かにバケツの水でもかけられたみたいに頭を振ると、便座に腕を乗せ、立ち上がろうとした。オルソはまだ朦朧としていたが、背後から男に飛びかかり、ナイフを持った手を押さえつけ、靴で踏みつけた。そして残された力を振り絞り、敵の首に腕を回し、締め上げた。それと同時に体重をかけて男の体を押さえ、立ち上がらせまいとした。襲撃者はナイフを手放し、左右の腕を目茶苦茶に振り回して、なんとかオルソをつかもうとした。オルソは歯を食い縛った。痛みで頭が破裂しそうだったが、絶対に腕は緩めなかった。次に彼は男の背の中央に膝を当て、全力で相手の首を引いた。男が水槽の魚みたいに口をぱくぱくさせ始めた。やがてその口から舌が垂れ、よだれがどっと流れ出るのをオルソは見届けた。眼窩を飛び出た目はどちらも真っ赤だ。男はうめいている。あと数秒で決着がつくのはわかっていたが、これほどの強敵の場合、時間が来る前に手を緩めるわけにはいかない。限度を超えた激しさで脈打つ心臓をオルソは恐れた。痙攣にでも襲われたみたいに男が脚をばたつかせた。膀胱が緩んだのだろう、ズボンが濡れ、まもなく襲撃者は動かなくなった。

オルソは腕をほどいた。見知らぬ男の頭が床に落ち、重たげな音を立てる。彼は荒い息をつき、落ちつこうとしながら、膝をついたままの姿勢でいたが、体内のアドレナリンのせいで異様に気が高ぶっていた。苦労して立ち上がる。めまいがして、壁によりかかった。意識して鼻から息を吸い、口から吐き出す。やがて動悸は収まり、思考も機能を回復した。痛む手をもんでみると、幸い折れてはいなかった。

男の体を調べた。ポケットをすべて探ったが、出てきたのは財布と古い携帯電話がひとつずつ、それだけだった。携帯は便器に捨てた。財布を開けて、身分証を取り出す。そこに書かれた名前を読んでみようとしたけれど、視界がかすみ、文字が滲んで読めなかった。ポケットに入れておいたはずの老眼鏡を探したが、見当たらない。もう一度だけ目を凝らしたがやはりどうにもならず、身分証はズボンのポケットにしまった。財布もコートで指紋を拭き取ってから、便器に捨て、水を流した。次にトイレットペーパーを少し手に取り、壁、便器、洗面台、ドアノブと、指紋が付いたはずの場所を拭いていった。後始末はもっと丁寧にすべきなのはわかっていたが、時間がなかった。一刻も早くここを出なければならない。床のナイフを拾い上げ、ズボンの腰の後ろに挟んで上着で隠した。トイレのドアを開いた。顔を出すと、ドアの前には誰もおらず、廊下の反対側にも誰もいない。外に出て、ドアを閉めた。彼の席がある車両で、乗客の一部が立ち上がり、上着を着たり、座席の上の棚から鞄(かばん)を下ろしたりしているのが見えた。

窓を見れば、列車は市街地に入り、速度を落としつつあった。そこへ車内放送で、ジェノヴァ・プリンチペ駅に到着するという案内があった。前の車両の様子をうかがうと、そちらも下車の用意に立ち上がった乗客たちで通路が混み合っている。その通路の奥に、ふたり組のうちのどこかで見た記憶のある、額のはげ上がったほうが見えた。男もオルソに気づくと、驚いた顔をした。そして、こちらに来ようとしたが、バッグやスーツケースを持って列をなす乗客の列に邪魔されてなかなか進めず、人々を無理矢理かき分けだした。ある婦人など悲鳴を上げて倒れ、席に座っていた男性の腕に転げこんだほどだった。そのうち、男よりも手前にいた数人の若者が抗議を始め、道を塞いだ。激しい口論が始まったが、オルソは構わず、そこで回れ右をして自分の車両に戻り、座席と座席のあいだの隙間にしまっておいたスーツケースを引き出して、下車のための列に並んだ。この列車にはもう乗っていられない。そうして待ちながら、彼は何度も背後を振り返った。トイレで自分を襲った男の相棒が、今にも真後ろに並ぶのではないかと冷や冷やしていた。これだけひとがいれば派手な振る舞いはできないだろうが、先ほどの襲撃者の執拗な攻撃を思えば、絶対に安全とは言えなかった。でもなぜだ？　長年のあいだに敵なら山ほどこしらえてきたオルソだったが、今日の襲撃が偶発的なものなのか、計画的なそれなのか、判断するための材料がまるでなかった。今は考えず、活路を開くことに集中しよう。そう決めた。

ドアが一斉に開き、オルソは、何も知らぬ群衆に紛れて下車した。体中が痛い。キャリーバッグとスーツケースのあいだを縫うようにして駅の出口を目指した。振り返れば、例の男がちょうど列車を降りようとしているところだった。若者たちにまだ囲まれ、憎々しげににらまれている。男はホームの中央に立ち、オルソを捜してあたりを見回し、彼の姿に気づくと、距離を詰めるべくただちに駆けだした。

オルソは、出口に向かう上りエスカレーターに乗った。エスカレーターの幅いっぱいに並んでしまい、急いでいる人間のために片側を空けておかないのはイタリア人の悪い癖だ。彼は腹が立った。上の階に着くと、ホールを抜け、中央口に急いだ。そこを出たら、すぐにタクシーを捕まえるつもりだった。駅前のアックアヴェルデ広場に出た。コロンブスの彫像が木々に隠れるようにして立っている広場だ。後ろは振り返らず、彼はジェノヴァ人航海者の像のそばを通る道を進んだが、タクシー乗り場には十人以上の列ができていた。駅を見ると、中央口を出たばかりの男が携帯電話を耳に当て、目でオルソを捜しているのが見えた。男はオルソに気づき、道路を渡ろうとしたが、そこで一台の車のクラクションにさえぎられた。足を止めていなければ轢かれていただろう。その車に続き、長いトレーラートラックがやってきて、数秒間、追跡者の姿は見えなくなった。オルソはその隙に道を左に折れ、彫像のまわりに立っている高い木立と、新聞や雑誌を売るキオスクのあいだの空間に身を潜めた。トラックが通過し、道を渡った男が驚いた様子で立ち止まり、彼の姿を捜すのが見えた。電話を切り上げた男が、ちょうど自分のいる方角に向かってくるのを見て、オルソはキオスクの裏をぐるりと回って追跡者をかわし、駅の中央口の前に戻った。すると、列車で彼の前に座っていたあの母子を見つけた。彼女の車なのだろう、ふたりで小型車の狭い荷室にスーツケースをしまっているところだ。オルソは駐車の列と広告の看板に身を隠しながら、ふたりに接近した。

「すみません！」

女性が振り返る。立った姿を改めて見ると、オルソよりも少なくとも三十センチは背が低かった。

「あ、さっきの方ね。なんでしょう？」

「盗み聞きをするつもりはなかったんですが、実は、先ほどのお電話の話を聞いてしまいまして……」

「えっ、ごめんなさい。うるさかったでしょう？　つい、かっとなっちゃって」

「でも、僕にとっては幸いでした」

オルソは視界の隅で、追跡者の姿を認めた。こちらの居場所に気づいたようだ。向こうはまだ広場の反対側にいる。

「幸い？　よくわからないんですが」

「あなたはジェノヴァでホテルを経営されている、そうですね？」

「ただのB&Bで、ホテルなんて、そんなたいしたものじゃないんですけど……」

「なるほど、でも問題ありません。間違っていたらごめんなさい。予約のキャンセルが出たんでしょう？　実はちょうど僕も今、何日か泊まる宿を探しているところでして。部屋を予約したつもりだったんですが……」

オルソは困った顔をして、自分のスマートフォンを彼女に見せた。

「列車を降りる前に、予約なんて入ってないと言われましてね。クレジットカードの支払いがうまくいかなかったみたいなんですよ……まあ要するに、泊まる予定だったホテルが満室でして」

追跡者がゆっくりとこちらに向かって歩きだすのをオルソは目撃した。男がコートのポケットに突っこんだ片手が気になる。

「この手の新しい機械はどうも苦手でしてね。つまり、今日からしばらく泊まれる空き部屋はありませんか、という話なんです」

「いくらでもあるよ！」少年が言い、即座に母親のきつい視線を浴びた。

「こんな風に駅前でお尋ねするなんて、まあ、〝正式な〟手続きじゃないんでしょうね。ただ、僕も長旅でくたびれてしまって、今からホテル探しという気分にはどうもなれないんですよ」

女性はどうしたものかという顔でオルソを観察した。

そのあいだに追跡者のほうは、横切る車を一台待ってから、道路を渡ってきた。片手は相変わらずポケットの中だ。もはや急いではおらず、まっすぐこちらに近づいてくる。あと五十メートルもないな。オルソは見当をつけた。

「そうね、こんな風に部屋の有無を尋ねられるのはわたしも初めてです」

「なんでしたら一週間分の宿代を先払いしましょうか。仮に一週間もせずに発つことになっても、差額は払い戻しご無用です。どうです？」

「どうって、そんなの駄目ですよ」そう言って彼女はにこりとした。「わかりました」

「ありがたい！」オルソは小さな不安を隠しつつ続けた。「では住所を教えてください。タクシーであとを追いますから。ちょっと時間はかかりそうですが……ほら結構、並んでますからね」

「破傷風の予防注射がお済みでしたら、うちの車に乗ってくださいな」

よし、期待どおりの答えだ。

「また大げさな！　僕の車を見たら驚きますよ。何せ買ってから一度も洗ってなくて、しかも、もう生産中止の古いモデルなんですから」

女性は笑顔になって息子に声をかけた。

「さ、あなたは後ろに乗って」

マッテオは後部座席に座った。乗る前にオルソは、追跡者のほうを振り返った。獲物が逃げようとしているのに気づいたのだろう。男が走りだすのが見えた。

オルソは席に着いた。スーツケースは膝に抱えた。

誰も座っていないベンチを男が飛び越えるのが見えた。案外と身軽なやつだ。

女性が運転席のドアを閉め、エンジンをかけた。

キャリーバッグを引きずる中年男がひとり、オルソの追跡者の行く手を塞ぐかたちで立ち止まった。携帯電話を覗きこんでいる。走ってきた男は邪魔者に肩で激しいタックルを食らわせて、地面に倒した。驚いたことに、それでも走るスピードは落ちない。

女性はシフトをローギアに入れるのに少し手間取ってから、車を発進させた。オルソを乗せた車が駐車場を出てまもなく、男がそこにたどり着くのが見えた。息を切らせている。膝に手を当てて前かがみになり、小声で悪態をついているようだ。

「わたし、エルサです。この子はマッテオ。どうぞよろしく」

女性はオルソに手を差し出した。

「エルサさん、本当に助かりました。こちらこそよろしく」そう言ってオルソがエルサの手を握ると、ナイフで切られたコートの袖がぺろんと口を開いた。

10

壁のタイルに両手をついて目を閉じた。熱いシャワーの湯を浴びてリラックスしようとするがうまくいかない。死闘のもたらした全身の痛みは激しくなる一方だった。シャワーボックスを出て、バスタオルで鏡の曇りを拭う。脇腹にはふたつの大きな痣がすでに青々と目立っており、深呼吸を妨げている。みぞおちにもひとつ痣があるが、こちらはそれほど心配いらない。右手を見ると、指の付け根の関節の皮が剝け、赤くなっていた。拳を握ってみようとしたが、中指の付け根が腫れ、残りの指と揃わない。左手を使って動かしてみた。それが関節の炎症のせいで、痺れこそあるが、数日で収まることをオルソは知っていた。鏡にもっと近づき、首を観察してみる。ひどいものだ。黄ばんだ白から黒までさまざまな色の横縞が入った、きついマフラーでも巻いているような有り様だ。だが、何より悲惨なのは肩と首の筋肉の状態で、乱暴な収縮を繰り返した結果、今や頭に頭痛の世界選手権クラスの激痛をもたらしていた。ポーチからアスピリンを二錠出し、水道の水でひと息に飲む。

部屋に戻り、慎重にベッドに腰を下ろした。ちょっとした動きでも鋭い痛みが走り、そのたび息を飲む始末だった。ナイトテーブルのジョイントを一本、手にする。家から持ってきて、シャワーを出たら吸おうとスーツケースから出しておいたのだ。火を点け、煙を深く吸いこみ、アスピリンのアセチルサリチル酸の鎮痛作用をマリファナが助けてくれることを願った。部屋を見回してみる。一連のランプの明かりが、品がよくて温かい雰囲気を醸し出している。内装や家具はシンプルだが、趣味がいい。まるで気づかなかった。エルサに付き添われて部屋に入った時、オルソの頭にあったのは、裸になってシャワーを浴びたい、ただその思いだけだったからだ。暖房の点け方や朝食の時間なども説明されたようだが、聞いていなかった。エルサはおしゃべりを続けたそうだった。新しい客がどんな人間なのかもう少し知っておきたかったのかもしれない。でもオルソは相手にしなかった。もしかすると彼女に対し礼儀知らずな態度を取ってしまったのではないか。そうではないことを願った。彼はいつも地味に振る舞い、余計な注意を引かぬよう、心がけていた。今やそれは生き抜くために不可欠な態度とさえ言えた。誰かに命を狙われているのだから。

いくらか落ちつき、安全も確保できたので、今日の事件を振り返ってみることにした。ふたりの男を車両の通路で見かけた瞬間からエルサの車に乗りこむまでの出来事を順に追ってみる。自分に対する襲撃があのふたりの田舎者——まさに、日曜日に教会に行くための一張羅を着た田舎者という感じだった——のとっさの思いつきだったのか、計画的なものだったのかがやはりわからない。長いキャリアのあいだにオルソは相当な数の敵を作ってきたし、全員のひととなりを把握することなど当然かなわぬ相談だったが、それでもふたりが間違いなく自分を捜していたというのが気になった。その動機を理解するためには、まずはふたりの正体を知る必要がある。

立ち上がって、コートを手に取ると、ポケットをひとつひとつ探り、内ポケットに老眼鏡の硬い感触を得た。出してみると片方のレンズが割れていた。膝蹴りのせいかもしれない。構わずかけた。死体から盗んだ身分証はズボンのポケットに入っていた。彼を殺そうとした男の氏名その他を読んでみる。名はサルヴォ・クッレーリ。年は四十二歳、居住地はレッジョ・カラブリアとある。イタリア南部にあるカラブリア州最大の都市だ。

男の名字とつながる記憶を探してみたが、何も出てこなかった。オルソにとってクッレーリは完全な赤の他人だった。だが、もうひとりのほうが問題だ。あの男には確かにどこか、彼の知っている誰かを彷彿とさせるところがあった。ただ、それが誰だかわからない。頭がまだしつこく痛むせいだ。

オルソはきちんと身支度をして、本物のマフラーを首に巻いた。アスピリンもようやく効いてきた。彼はその小さな建物の内階段を下りた。そこはジェノヴァの旧市街に位置する、一方通行の狭い道沿いに立つ三階建ての家だった。一階はエルサたちの住居として使用され、二階と三階にすべてバスルーム付きの六つの客室がある。一階まで下りたオルソは、ドアの開いた部屋で食卓に肘をつき、斜めを向いて座るエルサを見つけた。火の点いた煙草をくわえ、ぼんやりと宙を見つめながら、考え事に没頭しているようだった。表情は不安げで、少々乱れた髪に電灯の温かな光が金色の輪を描いている。あの独特な顔立ちと古めかしい服装のため、彼女は別の時代の人間に見えた。声をかけたものか、そっとしておくべきか悩んだが、少し長く見つめすぎたらしい。エルサに気づかれてしまった。彼女は悪夢から覚めたような顔をしてオルソを見た。

「こんばんは」彼女は挨拶をしてくれたが、悩んでいるところを見られて戸惑っているようだ。

「こんばんは。すみません……お邪魔でしたか」

「邪魔だなんてそんな、気になさらないで」

オルソは気がついた。この女性(ひと)は普段こそ毅然(きぜん)としていてよそよそしいが、こうしていったん笑顔になると、明るくて気さくな、まるで別人になる。

「どうぞ、お入りになって」

オルソは足を前に進めたが、礼儀正しく入口に留まった。

「足音がぜんぜん聞こえなかったわ。とても物静かな方なのね」

「ひとの邪魔をするのが嫌いなもので」

「お客様がみんなあなたみたいだといいんですけど。ところで何かご用ですか」

「このあたりに携帯電話ショップはありますかね」

エルサは少し考えると、煙を吹き上げて、目にかかった乱れ髪をのけた。

「右手に出てから、歩道を十字路まで歩いてください。そこで道を渡ってからまた右に折れた先にあります。二百メートルか、二百五十メートルくらいかしら」

オルソは礼の印に会釈した。

エルサはまた微笑んだ。先ほどまで顔を曇らせていた暗い思いなどとうに忘れたような、いい笑顔だった。

買ったばかりの携帯を持って店を出ると、オルソは新しい電話番号が使えるようになるのを待った。購入には偽名を使った。警察でも見抜けないくらい本物そっくりな偽造の身分証を利用したのだ。これで誰もオルソと関連付けることがない連絡手段が手に入った。たとえ盗聴されても偽の身分でごまかせる。薬局で買った新しい老眼鏡をかけ、携帯の画面を見ると、もう通話可能な状態だった。ある番号にかけ、待った。やがてフランス語で答える声がした。

「はい」

「オルソだ」

「誰と？」

「ロッソだ」

相手が電話を切った。

オルソは、煌々（こうこう）と輝くバールの看板がすぐそこにあるのに気づき、道を渡って店に入った。見回せば、客はまったくいない。防犯カメラもない。ひどくぼろい店で、客を少しでも呼びたければ、いったん壊してゼロから作り直さないと無理だろう。カウンターの後ろには若い男がひとり立っており、アイスクリームの冷凍庫によりかかってスマートフォンの画面を見ていたが、やがて、注文はあるかという風にオルソを面倒臭そうに一瞥（いちべつ）した。若い割には髭を長々と伸ばし、両手はどの指にも指輪をしている。青い目、うすらぼんやりとしたまなざし。できるものならここを逃げだしたいという気持ちでいっぱいなのはひと目でわかった。

「ミネラルウォーターの小さいボトルをくれ。炭酸の入ってない、冷えてないのがいい」

オルソは、店の入口がよく見える窓際の小さなテーブルを選んで座った。

若者はちょっと顔をしかめ、ペットボトルを手にし、蓋を開けると、グラスと一緒にテーブルに置いた。

「ほかにご注文は？」ぶしつけな声で尋ねてきた。

ちょうどそこでオルソの新しい携帯が鳴った。彼は財布から五十ユーロ札を一枚抜くと、若者に差し出した。

「これをやる。今すぐ店を出て、外で待ってろ。一服するなりなんなりすればいい。とにかく俺の電話が終わるまで入ってくるな。あと、誰も中に入れるな」

若者は唖然とした顔になった。まさかそんな有無を言わせぬ言葉が返ってくるとは思わなかったのだろう。それでもオルソの厳しい表情から冗談ではないとただちに悟ったらしく、一瞬、迷ってから紙幣を受け取り、外に出ると、店のガラス張りのドアを閉じてその前に立った。オルソは、耳障りな着信音を止め、携帯を耳に当てた。

「もしもし」

「どうした？　やっと向こうに着いたのか」ロッソの声はやけにハイだった。「頼むからさ、俺にこんな面倒な真似させて、安全な番号まで使わせて、肝心の用件は、すっかりババアになったお前の女か、血を分け合った実の娘と感動の再会を果たしました、なんてのはやめてくれよ！　お前がすっかり呆けちまったみたいで、あんまり悲しいからさ」

「違う。そういう話じゃない。今、ジェノヴァにいる」

「そんなとこで何してんだ？」

「列車で来たんだが、途中で見知らぬ野郎に殺されかけた。そいつはもう二度と口をきけないが、ひとりじゃなかった。それで俺は次の駅で降りた。そこがジェノヴァだったんだ」

電話の向こうで沈黙が下りた。ロッソが、受け取った情報を頭の中で整理しているのだ。

「ほかに何かわかっていることは？」

「あまりない。敵はふたり組だった。少なくとも、俺が見たのはふたりだけだ。ジェノヴァの前の駅で乗ってきた。俺を始末しようとしたほうの名前はサルヴォ・クッレーリ、イタリア人だ。出身地はレッジョ・カラブリア。たぶん、もうひとりも同じ土地の人間だろうが、確信はない。そいつもジェノヴァで降りて、俺を追ってきたが、ぎりぎりのところで撒いてやった」

「それで今、お前どこにいるんだ？」

「安全な場所だ」

「うーん……クッレーリか。聞いたこともないな」

「俺もだ」

オルソがバールの若者に目をやると、ドアに背を向けて立っていたが、防寒着を持たずに出たので、両腕をこすって体を温めようとしている。

「材料がちょっと少ないが、そのカラブリアの人間を調べさせよう。とりあえず、何が出てくるか楽しみにしてろ」

「わかった」

「お前には本当に腹が立つよ！　あれだけ言ったのに出発しやがって。この野郎、やめておけと言ったろう」

「わかってる」

「お前の『わかってる』は聞き飽きたよ。こっちが心配してやってるのに、いつも勝手に決めやがって。胸糞（むなくそ）が悪い」

「あんたの言うとおりだ。だが、我慢できなかったんだ」

「じっと隠れてろよ。馬鹿な真似はするな」

「また電話するよ」

「駄目だ。何かわかったらこっちからメッセージを送る。そうしたら、電話しろ」

「ありがとう」

ロッソが電話を切るや否や、オルソは携帯のバッテリーを外し、ＳＩＭカードを抜いて、ふたつにへし折った。次に水のボトルを直接口元に寄せると、中身を一気に飲み干した。そして席を立ち、髭の若者のことは一顧だにせず、バールを出た。若者は店に入ると、ミステリアスな大男が遠ざかり、通行人のあいだに紛れて消えるのをガラス越しに見送った。

エルサのB&Bのほうに戻りながら、オルソはひどい疲れを覚えていた。宿を出る前はこう決めていた。ロッソに電話したあとは、十年以上前からジェノヴァに借りている隠れ家にタクシーで向かおう。あの部屋に行けば、また別の電話番号の契約に必要な身分証も手に入るし、金庫に入っている拳銃も持っておいたほうがよさそうだ……。しかし今は一刻も早く宿の部屋に戻り、毛布にくるまって眠りたかった。シャワーを浴びたおかげで少しはリラックスできたが、とてつもない疲労感まで解放してしまったらしい。

そうした隠れ家を持つことに昔から病的にこだわっていたのはレモだった。もともと行動的な性格ではないためか――それどころか、オルソの知る限り、レモはおそらく世界でもっとも慎重な人間だ――彼らのような仕事をする者は、避難したり、身を隠したりできる場所、それも誰にも存在を知られていない場所を絶対に確保しておくべきだと確信していたのだ。それでオルソも次第に、多くの仕事が集中する町に部屋を借りたり、買ったりするようになった。イタリアではジェノヴァとミラノ、ローマとナポリに隠れ家があった。フランスはパリとリオン、マルセイユとナント。ドイツはベルリンとボンにある。ロッソの〈組織〉がメキシコからのコカイン密輸の仲介業によって規模を拡大し、力を付けた九〇年代によく滞在したスペインや北アフリカの各地にもあった。いずれの物件も偽名で契約を結んでいるため、誰もオルソ本人と結びつけることはできない。誰ひとり、だ。〈組織〉の人間さえ例外ではなかった。この一点の重要さについて、レモは異論を認めなかった。隠れ家は自分だけの隠れ家であって、ほかの誰のためのものであってもならないと言うのだった。オルソは年に一度か、一年半ごとに、すべての隠れ家を定期的に巡回した。警報システムを点検し、期限の切れた偽造身分証のたぐいを交換し、郵便受けの中身を確認し、家の中に隠してある銃器をメンテナンスするためだ。

B&Bの玄関に足を踏み入れたオルソは、エルサの家から聞こえてくる皿や食器の立てる音に注意を引かれた。入口のドアはやはり開けっぱなしだ。テーブルの支度をしているエルサが見え、彼女もすぐにオルソに気づいた。

「どうでした？　お店は見つかりましたか」

「ええ、どうも」

「お部屋は気に入っていただけましたか。何か必要なものは？」

「大丈夫です。ありがとう」

「夕食、ご一緒されません？　簡単なパスタですけど」

「B&Bでは朝食しか出ないものとばかり思ってました」

「そのとおりですけど、ちょうど今、わたしと息子の分のパスタを茹でるところだったので……よかったらどうぞ、遠慮はいりませんよ。もちろんサービスです」

エルサはにっこりし、真っ白できれいな歯並びを見せた。

「じゃあ、ありがたくいただこうかな」

オルソは素直に答えてから、はしゃぐ気持ちに自分で驚いた。コートを脱ぎ、ソファーに置いて、いったいさっきまでの疲れはどこにいってしまったのかと不思議に思った。空腹が初戦を制したといったところか。しかしおそらく戦争そのものに勝ったわけではないだろう。エルサの手から皿を受け取り、テーブルに並べていく。体のあちこちがまだ痛むため、ゆっくりと動いたが、苦痛は愛想笑いでごまかした。

「でも、熊(オルソ)なんて、どうしてそんなへんてこな名前なの？」

マッテオが料理でいっぱいの口を開いて言い、夕食の席を包んでいた沈黙を破った。テーブルに着いてからそれまで、少年はひと言も口をきいていなかった。母親が何度声をかけて、反応を引き出そうとしても無駄だったのだ。彼女はそうすることで、もしかすると客人に対してというより、自分自身に対して、うちの子どもは問題児ではなく、感情の波がある思春期に突入したごく普通の少年に過ぎないのだと証明しようとしていたのかもしれない。オルソにとってマッテオの沈黙はむしろありがたかった。彼は小学生から中学生くらいの子どもたちがとにかく苦手で、どう相手をしてよいかわからなかったからだ。ロッソの孫、ミキだけは例外だった。生まれた時からのつきあいだからだ。それでもオルソは、あの子に対しても過剰には打ち解けまいとしてきたし、ずっと他人行儀な関係を保ってきた。

「マッテオ！」

「僕、変なこと言った？」

「失礼でしょう？　謝りなさい！」

「構いませんよ」

「礼儀知らずは許せないんです。この子だってよくわかってるんですよ」

「ごもっとも。でも本人が失礼だと思ってませんからいいんですよ。実際へんてこな名前ですし、僕はマッテオ君の意見に賛成です」

思いがけぬ援軍を得てマッテオは顔を輝かせ、嬉しそうに食事を続けたが、もはや興味津々な様子だった。少年の変化に気づいて、オルソは自分がミスを犯したことを悟った。

しかし、時すでに遅し、だ。

「オルソって本名なの？」

「違う。でも本名みたいなものだ。若いころからみんな俺のことをそう呼ぶからね」

「ああ、そういえば、記録しないといけないので、身分証を見せてくださいね。あとで結構です。着いた時にやりませんでしたから。面倒な話ですけど、今じゃ規則なもので」

「もちろん、問題ありませんよ」

「なんにしてもさ、オルソって名前、イケてるよ」

「そうかい？」

マッテオは自信たっぷりにうなずいた。

「悪くないあだ名よね」エルサも独り言のようにつぶやき、にやっとした。

「似合っているということかな？」

「いいえ、とんでもない……わたしが言いたかったのはそうじゃなくて、つまり……」

エルサは真っ赤になった。

「つまり、僕が熊に似ているってことでしょう。自覚してますよ」

「ぜんぜん似てないです！」彼女は失言を取り繕おうとして声を上げた。

マッテオが母親をせせら笑う。

「心配ご無用です。今のは冗談ですから」

そう言ってオルソは微笑み、ナプキンで口元を拭いた。エルサはほっとした顔になり、彼の笑顔に澄んだ笑い声で応えた。

「ごちそうさま、どれもとてもおいしかったです」

「お粗末さまでした。でも嬉しいわ。わたし、いろんな種類のパスタソースを蓄えてあるんです。時間のある時に作って、瓶詰めにして。瓶ごと茹でて、真空保存するんです。忙しい時は、たとえば今夜みたいに帰りが遅くなった時も、それで夕食がすぐにできちゃうから。あら、ごめんなさい、こんなつまらない家事の話お聞かせしちゃって。話しておいてなんですけど、自分でも退屈しちゃった！」

オルソは笑い、かぶりを振った。彼女に特別な親しみを覚えるようになっていた。

「どうして家の中でマフラーなんてしてるの？」マッテオが訊く。

オルソは答えに窮した。するとエルサが助け船を出してくれた。

「マッテオ、いい加減にしなさい！　お客様を困らせるんじゃありません」

「でも今度は、何も失礼なこと、言ってないだろう！」

「ひとにはそれぞれ事情ってものがあるの」

マッテオは鼻を鳴らし、皿に残ったリガトーニパスタをすべてフォークに刺し、ひと口で片づけた。

「いや、年を取るとね」オルソは穏やかに言った。「ちょっと体を冷やすだけで、すぐにインフルエンザにかかっちゃうんだ。それで、ここ二、三日、少し喉が痛いものだから……君だって喉が痛い時は、こうして暖かい格好をするだろう？」

「ううん、僕そんな格好じゃ、学校には行かないよ！」

オルソの答えに満足した少年は、母親を見て、舌を出した。彼女はお返しに、息子の顔めがけて、ふざけてナプキンを投げた。

「悪い子ね、これでも食らえ……」

マッテオは笑い、自分のナプキンで反撃してから、今度はパンくずを母親めがけて投げだした。

「はいそこまで、もうおしまい！　お客様の前でみっともないでしょ！」エルサは両手でシャツのパンくずを払い、厳しいところを見せようとしたが、オルソには、彼女が我が子とのやりとりを喜んでいるのがわかった。

「やれやれ、オルソさんもきっと呆れてるわ」

「オルソ、で結構です。さん、はいりません」

「オルソ。わかりました……でも、難しいわ」

「気持ちはよくわかりますよ」

「まだ何か召し上がります？　フルーツは？　コーヒーを淹れましょうか」

「もう十分です、ありがとう」

「マッテオ、パジャマに着替えて、歯を磨きなさい。明日は学校があるんだから」

「嫌だ」

「さあ、わがまま言わないの」

「嫌だ！」

マッテオは立ち上がろうとせず、母親をにらんでいる。

「マッテオ！」

「嫌だと言ったら嫌だ！　まだ寝たくない！」

「いい加減にしなさい」エルサがぴしゃりと言った。

突然、マッテオが叫びだした。長くて鋭い、鼓膜が破れそうな叫びだった。オルソは呆気に取られてしまった。コップが破裂しないのが不思議なくらいだ。少年が両の拳をテーブルに叩きつけだした。ヒステリーの発作を起こしたらしい。息子の声に負けまいとエルサも怒鳴った。

「もうたくさん、やめなさい！」

マッテオは言葉をなさぬ叫び声を発し続け、フォークの柄でテーブルをがんがんと叩き続けた。するとエルサは息子の背後に回り、優しくも確固たる態度でぎゅっと抱き締め、暴れるのをやめさせようとした。少年は次第におとなしくなった。そのあいだ彼女はずっと息子の耳に何かささやいていた。オルソにその言葉は聞き取れなかったが、とても温かな声だった。ほどなく少年は暴れるのも叫ぶのもやめたが、まだどう見てもぴりぴりしている。母親は息子が完全に落ちつくまでささやき続けた。やがてマッテオが彼女の質問にうなずくと、エルサは腕を離した。しかしその目は息子から離れなかった。診察直前にベッドの上の虎を見つめる獣医のようなまなざしだ。

マッテオは大きな音を立てて椅子を引くと、立ち上がり、不満げなため息をついて姿を消した。

エルサは居間から息子が出ていくのを待ってから、気まずさをごまかすようにテーブルの皿を片づけだした。

「あの子のこと、許してやってください。わたし……」

「気になさらないでください。本当に」

エルサは汚れた皿を台所に運び、煙草をひと箱持って戻ってきた。しかしとりあえずそれはテーブルに置き、あと片づけを続けた。とにかく手を動かしていたかったのかもしれない。

オルソは立ち上がった。

「部屋に戻ります。ごちそうさまでした」

エルサは煙草をくわえ、ライターを求めてあちこちのポケットに触れていたが、やがて台所に戻った。

11

その部屋はジェノヴァのアルバーロ地区の優美な通りに面した、四階建てのこぢんまりとしたマンションにあった。海に向かってなだらかに下る高台でも、一番上のエリアだ。オルソは必ず高級住宅地に隠れ家を求めた。下町は道が混むからだ。住民の多い下町のほうが目立ちにくいのは本当だが、裕福でまばらな住民に囲まれて暮らすほうが安全だと、時とともに彼は学んでいた。富裕層が他人のことには不干渉であるのに対し、低所得層が集中する地区はしばしば小さな村に似てしまい、住人の誰もが顔見知りだからだ。しかもジェノヴァの隠れ家は最上階にあって、窓からメインストリートを見下ろすことができた。広い通りで、背の高い並木が上品で風通しのよい雰囲気を醸し出している。

オルソを乗せたタクシーが角を曲がり、彼のマンションへと続く道に入った。周囲を見回したが、警戒すべき対象は見当たらない。行き交う車を除けば、大通りに人影はほぼなく、ベビーカーを押す娘がひとりと、スケートボードを脇に抱え、娘とは反対側の歩道を進むニットキャップの若者ふたりくらいしかいない。タクシーにはマンションの正面で停まってもらった。

オルソの靴の革底が立てる音が、広い玄関ホールに反響した。管理人の男性もその音を聞きつけた。朝に配達された郵便を集合ポストに振り分けている途中だったらしい。背が低く、目立つすだれ頭で、いつ会っても同じ毛糸のベストを着ている。管理人はオルソに目をやり、中学校の同級生にでも再会したみたいな笑みを浮かべた。

「おはようございます、マッシモさん！」

「おはようございます、元気でしたか」オルソはあいまいに応えた。小男の名前を覚えていなかったし、何よりも、立ち止まって会話をしたい気分ではなかった。だが管理人のほうは違ったようだ。

「ええ、おかげさまで。ずいぶん長いこといらっしゃいませんでしたよね？」

「ええ、まあ……」

「いつもご旅行でいいですなあ。わたしなんてずっとここで、一歩も動けませんから。なんにせよ、とりあえず健康であれば……」

ありきたりな言葉の羅列に飽き飽きして、オルソは歩みを緩めず、階段を目指そうとした。

「待ってください。郵便があるんです」

管理人は集合ポストの隣にある自分の部屋に入り、すぐに封筒の束を持って出てきた。

ほとんど全部、水道料金や電気代の請求書で、オルソの偽名が宛て先に記されている。

「ありがとう」

「とにかく、いらっしゃって正解ですよ。こういうことはご自分で確認されるのが一番ですからな」

オルソはぼんやりと管理人を振り返った。

「今なんと？」

「工事のことですよ。わたしも工事の人間を家に上げる時は、必ず立ち会うようにしています。今まで勝手にやらせるたび、何か問題が起きましたからね。ふた月ほど前の話ですが、妻の実家もやられました。本当ひどいんですよ、とんでもないところにコンセントを付けやがりましてね！」

管理人の情報を頭の中でまとめるのにオルソは数秒を要した。

「工事ですか」

「ええ、だから今日はいらっしゃったんでしょう？　おっしゃってくだされればよかったのに。妻の兄が工務店をやっていて、とても格安でお引き受けするって話、したことありませんでしたっけ？」

「いや、聞いた覚えがないですね」オルソは相手を注視しながら答えた。

「おかげで恥をかきましたよ。今朝、作業員がお宅に来た時、わたしは何も聞いていませんでしたからね」

　オルソはどきりとした。すぐに返事をしなくては。俺が何も知らなかったのをこの詮索好きな男に見抜かれて、警戒されてはいけない。

「ああ、うちの工事の話ですか。すみません、うっかりしてました」

「なんの工事ですか？　仕切りの壁でも壊すとか？　あのひとたち、何も教えてくれませんでしたから。まあ、とはいえ……プライバシーが最優先ですが」

「でも、うちの部屋の鍵を管理人さんは持ってないですよね？」

「わたし？　もちろん持っていませんよ。ただ、あのひとたち、鍵ならマッシモさんから預かってるって言ってましたよ」

「あっ、そうそう。渡してあったんだ」オルソはうっかりしていたという風に額に手をやった。「工事の人間は何時くらいに来ました？」

「二時間ほど前ですかね」

「何人？」

「三人です」

　オルソはひきつった笑みを浮かべた。

「わかりました。どうもありがとう。失礼します」

〝楽しい語らい〟をいきなり中断された管理人は残念そうな顔をして、また住民宛ての郵便を集合ポストに振り分けだした。オルソは階段を上り始めた。動悸が激しくなり、頭の中では無数の仮定が渦巻いていた。相手がプロだというのはすぐにわかった。高度な技術と装備がなければ、彼の部屋の強化扉を騒ぎにならぬ程度に静かに開くことはできないだろうし、警報システムだって――もはや最新型ではないにしてもかなり値は張った――ごまかせないはずだからだ。二階で足を止め、通りに面した階段の窓に近づく。曇りガラスをほんの少しだけ開き、あまり身を乗り出さぬようにして、通りの向かい側を念入りに観察した。部屋で彼の帰りを待ち伏せする者がいるとすれば、建物の玄関を見張っている人間だって必ずいるはずだからだ。見張りはきっとタクシーに気づき、電話で部屋の中の人間に報告したことだろう。通りを凝視する。動きはない。視界の中には誰もいない。ただし、歩道沿いに並んで停まっている車の中にひとがいるかどうかが、ガラス窓に日差しが反射してわからない。

考えどころだった。しかものんびりしている暇はない。

今来た階段を下り、玄関ホールに戻る。息を殺し、管理人に見られないようにして、地下階へと続く階段を下りた。ドアを開き、天井の蛍光灯に照らされた通路にそっと出る。スマートフォンを取り出すが、電波が来ていない。自分のガレージに向かった。ガレージの中には通りに面した小窓がひとつある。埃(ほこり)だらけの古い椅子を踏み台にして外を覗いてみた。視角は狭いが、十分だ。しかしそこからも、一台だけ、中で待機する人間の有無が確認できない車があった。スマートフォンを出すと電波の強さを示す画面のアンテナは二本立っている。上等だ。隠れ家の壁の中に仕込んでおいた別の携帯電話の番号を探す。壁の内側からコンセントにつないであり、存在を知らぬ限りは目に見えないその携帯は、実は起爆装置だった。オルソはすべての隠れ家にこの〝保安システム〟を仕掛けてあった。その仕組みは、ＳＩＭカードを利用して遠隔操作できる防犯アラームなどと同じだったが、彼のシステムの場合、回路にプラスチック爆弾が接続されているのだった。十年前にパリで、準軍事集団に所属する数人の密売人から買い集めたものだ。オルソは番号を押し、電気が遮断されていないことを願った。仮にブレーカーが下りていたとしても、電源アダプターによってバッテリーが事前に充電されており、携帯が着信可能な状態になってさえいればよかった。スマートフォンを耳に当てて待つ。やがて呼び出し音が聞こえだすと、彼はほっと息をついた。壁の中で響くバイブレーションを想像してみる。壁の真横にいない限り、まず誰にも聞こえないだろう。それに万が一、聞こえた者がいたとしても、それが人生で最後に聞く音となるはずだった。

携帯のバイブレーターがバッテリーの全電力を信管に向けて放った。プラスチック爆弾が炸裂し、壁を突き破る。爆発は隠れ家全体に広がり、憤懣を叩きつけるようにして、客間の大きなふたつの窓を一瞬で木っ端みじんにした。大量の瓦礫とくすぶる木片、そして粉塵の雲が、半径五十メートルに渡り、下の道路に降った。

オルソはガレージの壁が揺れるのを感じ、空から落ちてくる瓦礫を小窓から目撃した。凄まじい音だったが、半地下と地上四階のあいだの距離のおかげでいくらかは緩衝されたはずだ。急いで外に出ると、通路をあと戻りし、階段を上り直し、玄関ホールに出た。管理人の姿が表に見えた。埃まみれになって、最上階を見上げ、両手で髪を掻きむしっている。爆発の振動のためだろう、何十台という車の盗難防止アラームが同時に鳴っている。オルソは一段飛ばしで階段を駆け上がった。急がなくてはならない。マンションの入口を見張っていた人間が、何事かと駆けつけてくるはずだからだ。途中で、ナイトガウンを着た中年女性とすれ違った。正気を失ったような顔で、まだショック状態にあるようだったが、手すりにつかまりながら階段を下りていった。オルソはさらに上った。やがて、階段の途中で抱き合い、動けなくなっている若いカップルを見つけた。娘が男の胸ですすり泣いており、男は彼女の頭を撫で、慰めようとしているのだが、むしろ彼のほうがずっとおびえて見えた。

「早く下りろ！」オルソは怒鳴った。

ふたりはうなずき、転がるように階段を下りていった。

四階に着いた。部屋の強化扉は壁の一部とともに吹き飛び、床に倒れていた。部屋の中の煙と粉塵は薄れつつある。オルソは中に入った。爆発の残した鼻を突くにおいと凄まじい熱気がまだ漂っている。首のマフラーを引き上げて鼻と口を覆う。壁に触れないようにしながら、瓦礫と壊れた家具を避けて歩き、客間に着いた。ここは煙がずっと薄い。ふたつの大きな窓がもはや完全に開放されているためだ。床に偽の作業員のひとりの死体が転がっていた。突き上げた片脚が壁にもたれ、体の残りの部分は真っ黒に焦げて煙を上げており、一部は、焦げた木製のテーブルの下敷きになっている。近くの床に拳銃が一丁あったが、グリップのプラスチックが熱で溶けていた。

　寝室にやってきた。爆発のあった壁からは一番遠い部屋だ。奥の壁に埋めこまれていた金庫が丸見えになっている。目隠しにしていた絵が床に落ちたためだ。爆発で開閉機構が壊れていないことを祈りつつ、オルソは暗証番号を入力した。強化型の扉が無事に開いた。急いで身分証を取り出し、輪ゴムでまとめられた五百ユーロ札の束も取り、全部コートのポケットに突っこんだ。続いて小ぶりなグロック43を取り出し、単列式の弾倉（シングルカラム・マガジン）にもう六発の弾丸が入っていることを確認してから、グリップに納めた。弾丸の箱もひとつ取り出し、玄関に向かいながらポケットにしまう。ところが、もうすぐ廊下、というところで、床の瓦礫が立てる物音を聞きつけた。誰か部屋に入ってきたらしい。オルソは動きを止めた。侵入者が誰にせよ、救急隊の人間ということはありえなかった。爆発からまだそれほど時間が経っていない。建物のほかの住人ということもなければ、ましてや管理人ということもないだろう。もう一度、爆発が起こるのではないかと恐れ、しばらくは誰も入ってこないはずだからだ。瓦礫を踏みつける足音が近づいてきた。オルソが、まだ熱い壁に身を寄せた直後、口にハンカチを当てた男がひとり、角から顔を出した。生き残った仲間はいないかと確認に来たのだろう。オルソは相手のこめかみを拳銃のグリップで一撃した。不意を打たれた男が横向きに倒れるのを見て、オルソはただちに飛びかかり、片膝で相手の胸に乗り、口にグロックを突っこんで、仰向けになった相手の自由を奪った。

男の正体にはすぐに気づいた。オルソが危ういところで逃れた、列車のはげ男だったのだ。男は驚愕に目をみはり、ボディチェックが済むまで表情を変えなかった。ズボンのポケットから弾丸を装塡済みのベレッタが出てきたが、財布のたぐいは見当たらず、だから身分証もなかった。爆死した偽の作業員たちもみな身分証は持っていなかったはずだ。奪い取った拳銃をポケットにしまうと、オルソは相手の口から自分の銃を抜いた。男がとたんに咳きこみだした。

「立て」

男はよろよろと立ち上がった。こめかみに激しい衝撃を受けたせいでバランスがうまく取れないらしい。オルソは相手の上着を引っ張って手を貸してから、自分の前に立たせた。一刻も早く、警察と消防が来る前に、ここを立ち去る必要がある。部屋の購入に使った偽の身分まで家具と一緒に灰と化してしまったからだ。

「馬鹿な真似をしたら頭をぶち抜くからな」銃口を後頭部に突きつけ、オルソは告げた。

「わかったら、わかったと言え」

「わかった」階段を下りながら男は答えた。

ふたりで玄関ホールまで来ると、まだ誰の姿もなかった。一方、玄関の外にはひとの山ができている。全住民に加え、相当な数のやじ馬が外に集まっているようだ。オルソは捕虜を脇に押しやり、地下のガレージに続く通用口に入った。階段を下り、駐車場から表の通りに出るスロープに進む。

男に銃を突きつけたまま、オルソは道路に出て、割れたガラスに黒焦げの木片といった瓦礫で埋め尽くされた歩道を、人垣とは反対方向に歩きだした。拳銃はコートのポケットにしまったが、狙いは前を歩く男の背に定めたままだ。マンションに向かって、ふたりとは逆方向に走っていく者もある。パトカーのサイレンがどんどん近づいてきた。

オルソはあたりを見回した。車がなければ遠くには行けない。道の真ん中で停まっている車が両車線ともに数台あった。爆発の瞬間にマンションの下にいて、落ちてくる瓦礫に直撃されたのだろう。彼は男の首根っこをつかむと、そうした車のひとつに堂々と近づいていった。ドアが開けっぱなしになっており、前に停まったほかの車で逃走を妨げられることもない一台を選んだ。わずかにかがみ、キーが差したままになっているのを確認する。そしてはげ男を運転席に押しこむと、自分はその背後に座った。

「ドアを閉めて、車を出せ」

男は言われたとおり、キーを回し、ギアを入れた。

「右に曲がれ」

道はがらんとしている。車は爆発現場から遠ざかった。

「俺が指示するまでまっすぐ進め。スピードを落とすとか、何かふざけた真似をすれば、撃つ」

オルソは、ルームミラーで憎々しげに彼をにらんでいる男を見やった。顔立ちと目つきを改めて観察してみる。やはりどこか、過去に会った誰かを彷彿とさせるところがあるのだが、肝心の記憶の断片が駄目になってしまったらしい。シートにもたれ、緊張をほぐそうとした。車はかなりのスピードを保って何本もの道を走り、町の郊外に出る大きな直線道路に入った。どこか静かな場所を見つけて、銃を突きつけたまま運転させている男を尋問しなくてはならなかった。訊きたいことはたくさんある。見た目は辛抱強そうだが、オルソにはどんなに頑固な相手でも口を割らせることのできる豊富な経験があった。

直線道路の最後には急カーブが待っていた。男はギアを落とし、カーブに差しかかったが、車のスピードが落ちた隙を突いて、ドアを開け、飛び出した。オルソは完全に不意を突かれた。振り返れば、路面に転がる男の姿がリアウインドウ越しに見えた。

運転手を失った車はコントロールを失い、道端に停まっていた車に突っこんでいった。オルソは首と背中に鞭打ちの衝撃を受けたが、痛みに構っている場合ではなく、銃を手に車を降りた。

男はまだふらつく様子で立ち上がると、道を走って逆戻りを始め、オルソが追いかけてくるかと振り返ったが、急カーブの向こうから猛スピードでやってきた小型トラックに気づかなかった。トラックは男を避けようとしたが間に合わず、もろに正面からぶつかってしまった。アスファルトに叩きつけられた男は一度バウンドして、並木の幹に激突した。相当な衝撃だったはずだ。トラックは急ブレーキを踏み、道路を横切るかたちで停まった。後続する車はいずれもぎりぎりで急停止し、追突をなんとか回避した。

トラックを運転していた男は車を降り、自分がはねてしまった男に近づいた。オルソも軽い鞭打ちをこらえつつ、握ったままのピストルをポケットに隠して近づいていった。運転手の顔が絶望の色に染まるのが見えた。

「気づかなかったんだよ！　本当に気づかなかったんだ！」彼は首を横に振りながら、東欧のなまりのあるイタリア語で繰り返した。

ひと目見るだけで、追跡者がもはや手遅れなのはわかった。頭部は不自然な角度に曲がり、口と耳から出血している。まだ死んでいないとしても、一分もせぬうちにそうなるに違いなかった。オルソはあとずさりして、停まった車のあいだに姿を消した。救急車を呼べと叫ぶ誰かの声が聞こえた。

12

エルサがオルソのデミタスカップにコーヒーを注いだ時、ラジオの午前八時のニュースが、昨日、ジェノヴァで爆発したマンションの部屋から男性の遺体が三つ発見され、部屋の持ち主と思われる男性が行方不明になっていると告げた。彼女は直火(じかび)式のコーヒーメーカーを手にしたまま動きを止め、ニュースに耳を傾けた。捜査陣はまだ三体の遺体の身元を確認できておらず、原因はおそらくガス漏れではないかとしていた。エルサはかぶりを振って、台所に向かった。次のニュースは、サンタ・マルゲリータ・リグレ駅付近で列車のトイレから発見された男性の遺体についての続報で、まだ身元が明らかになっていないとのことだったが、彼女はこちらのニュースには関心を示さなかった。

「カプチーノか、シリアル入りのミルクはいかが? 焼きたてのチャンベッローネ(ドーナツ状の大型パウンドケーキ)もあります。オーブンから出して、まだ三十分も経ってないわ」

「いや、結構」

「せめてオレンジジュースはいかが?」

エルサが失望しつつ期待するような、ひょうきんな表情をしたので、オルソは思わず微笑んだ。

「オレンジジュースはいただきます。ありがとう」

エルサは喜び、台所に向かった。

オルソはきつく巻きすぎたマフラーを緩めた。首の痣は前より薄れたが、まだ怪訝に思われる程度には目立った。ポケットからトリアテックとカルディコルを一錠ずつ取り出し、手術後は毎朝そうしてきたようにコップ一杯の水で両方いっぺんに飲んだ。

エルサはオレンジジュースと、自分のためのアメリカンコーヒーのカップを手に戻ってきた。うるさいCMを繰り返すラジオを消し、腰を下ろすと、彼女はコーヒーを飲みだした。

「喉の具合はいかがですか」

「前より楽になりました」

「いつまで滞在されるかお決めになりました?」

「まだわかりません。客の回答待ちでして。当初の予定より長めに滞在することになっても大丈夫ですか」

エルサは苦い笑みをこぼした。

「ご覧のように、泊まりたいってお客さんの列が表にできているわけじゃありませんから」

そう言ってエルサはまたコーヒーカップを口元に近づけた。オルソは彼女の金色の眉のあいだにある一本の小さな縦皺を見つめた。昨日の晩から気づいていたが、何かに悩んだり、心配すると出る皺らしい。今は壁の上の、目には見えないどこか一点を凝視しているエルサを見て、オルソははたして彼女の懸念が客不足だけなのか、それとも何かほかの理由もあるのだろうかと思った。

「今、観光業界は景気が悪いんですか」

オルソの問いかけにエルサは、やけに熱心に見つめていた、目には見えない何かから視線をそらした。

「うちみたいな宿は出費ばかりかさんで、万年赤字といったところかしら。たとえば、二年前には雨漏りのせいで一番上の階を工事しなくちゃならなくて……フローリングの板は反るし、防水シートも屋根瓦も替えなきゃならなくて、とにかく大変でした。ただでさえ余裕のない時期でしたし。ところで、わたしの自慢のチャンベッローネ、少しくらい試してみません？」

「ありがとう。でも甘いものはあまり好きじゃないもので」

「気をつけたほうがいいですよ。甘いものが苦手なひとって何か問題があるに決まってるもの」

オルソは頬を緩めた。

「本当ですとも。そうだ、こうしましょう。わたしはこれからマッテオを学校に連れていかなくてはいけませんけど、ここのドアは開けておきます」

エルサは上の階に続く階段の脇にある、自分たちの居住スペースのドアを指差した。

「だから気が変わったら、いつでも勝手に入って食べてください。後悔はしないと思いますよ」

そう言うとエルサは空になったコーヒーカップを持って台所に向かった。オルソは椅子を引き、自分も席を立とうとしたが、居間に戻ってきた彼女に、そのまま座っていろという仕草をされた。

「お構いなく、朝食を続けてください。ごゆっくりどうぞ！　では、またあとで」

腰のエプロンを外しながら、エルサはあのまぶしい笑顔を見せてくれた。オルソは彼女が穿いているスカートを見て、いくらか落胆せずにはいられなかった。おそらく百年は流行遅れな上に、まるで似合っていない。

「ええ、またあとで」

オルソはそう言って彼女をなんとなく視線で追ったが、首の付け根に激痛が走り、顔をしかめる羽目になった。列車のトイレでの激闘と車の衝突による鞭打ちのせいで、首を回すとひどく痛むのを忘れていたのだ。エルサに気づかれてしまった。

「どうされました？」

「なんでもないです、心配ご無用」首を触りながら彼は答えた。

エルサが近づいてきた。

「ちょっといいですか」

答えを待たずに彼女は、慣れた手つきで、オルソの首と肩に触れだした。

「凄い凝ってますよ？　ほら、ここなんて！　少しほぐさないと、このまま放っておくとあとがよくないです。ちょっと待って、これを外しましょう」

エルサは手を動かしながらマフラーを外そうとした。オルソは緊張して、その手をつかみ、彼女をびっくりさせた。

「大丈夫ですよ。わたし、理学療法士の資格を持っているんです。しばらく患者さんは診てませんけど、基本は忘れてませんから」

そう言ってエルサはきっぱりとオルソの手を振り払うと、マフラーを外した。しかし、紫から黄色っぽい色に変わりつつある首の痣を見て、言葉を失った。オルソはエルサの驚きに気づいて、ただちに言い訳をした。

「少し前に車で追突されたんです。その時、シートベルトが首にかかってしまってね」

オルソには、自分の嘘を彼女が信じてくれたのか、それとも彼を苦しめている凝りを探りあてることに集中しているだけなのか、わからなかった。とにかくそうやって何秒か、確実かつ繊細なタッチで触れてもらうだけで、もう体がほぐれていくのがわかった。彼女の柔らかな指の腹は肩から首に向かい、そしてまた首から肩へと同じ動作を繰り返した。その円を描く動きには催眠的な効果があった。背中をさかのぼってきた震えに視床下部をくすぐられ、彼は目を閉じた。

やがて魔法は解けてしまった。エルサがマッサージをやめ、テーブルをぐるりと回ると、椅子にかかっていたコートをつかんだのだ。

「もう行かないと。でも、よかったら友だちの療法士の電話番号を教えますよ。彼、とても腕利きですから」

オルソに感嘆した顔で見つめられ、エルサは恥ずかしそうにはにかんだ。彼女が出ていったあと、礼のひとつも言わなかったことをオルソは悔やんだ。

ひとり残されたオルソは、まだ半分残っているオレンジジュースのグラスをじっと見つめた。女性に触れたのはいつ以来だろう？

エルサは、この二日間を目茶苦茶にした一連の出来事からオルソの意識をそらすことに成功した。町で一番安全な場所だと信じていた隠れ家が罠に変わったと悟った時の驚きは、そんなことがありうるとすれば、列車で襲われた衝撃以上に大きかった。命拾いしたのは幸運な偶然に過ぎない。それがオルソには耐えがたかった。自分とロッソのために安全で確実な計画を練ることに半生を費やしてきたのだ。いったい何が起きた？　襲撃部隊を用意するほど俺を始末したがっているのは誰だ？　理由は？　どうやってあの部屋の存在を知った？　偽の身分を使って買ったというのに？　答えのない疑問だらけだった。ただひとつ確かなのは、おそらくカラブリアの連中が絡んでいるということだった。ロッソと敵対するカラブリアの一味は、〈組織〉に負けず劣らず恐ろしく無慈悲なやつらだ。

オルソは頭をまず右に、ついで左に回し、どこまで視線を移動しても痛まないかを試してみた。そして、蒸留酒の瓶を載せたワゴンが食堂の窓の真下にあるのを見つけた。夕食の時はまるで気がつかなかった。作られたのは十九世紀末から二十世紀初頭くらいだろうか、美しいアンティーク家具で、褐色の木材でできており、車輪が付いている。棚は二段あり、上段には、大小さまざまなグラスがレースで縁取りされたナプキンの上に伏せて置かれ、下段には、いろいろな銘柄のジンやラム、ブランデーのボトルが並んでいた。自分でも理由の説明がつかなかったが、その眺めは彼をひどく誘惑した。もうそういうことはないだろうと信じていた、数十年ぶりの感覚だった。オルソはアルコール依存症ではなく、過去にも中毒になったことはなかったが、ボトルにしがみつくことで苦しみから逃れようとした時期が幾度かあった。アマルとグレタを捨てたあと、耐えがたい苦しみに襲われるようになった時、彼はただちにあることを理解した。正気を失いたくなければ、ロッソに命じられた仕事から解放されるたびに、なんとかして気を紛らせる必要がある、と。そこで、酒であればなんでも飲んだ。そうやって飲みながらオルソは、こんなものはやめようと思えばいつだってやめられる、なんなら今日限りにしたっていい、といつも思っていた。要は、世界の酔っぱらい共通の戯言だ。毎朝、二日酔いを抱えながら、そのうち何もかもが変わるはずだ、俺を内側からひっかく悲しみも郷愁もだんだん薄れて、しまいには消えてなくなるはずだと信じていた。しかしそうはいかなかった。愚かな錯覚だ。酔っぱらって前後不覚になった時だけは、娘のことも、娘に対する己の愛も忘れられた。とはいえそんなやり方をいつまでも続けるわけにはいかないことはわかっていた。自分が弱っていること、絶望を抱えていることは誰にも気づかれてはならなかった。ロッソはオルソを以前と変わらぬ戦士だと信じていたし、彼の仕事自体、気の緩みを許さなかった。こうしてオルソはある日、家にあった酒のボトルを全部いっぺんに捨てた。そして、胸のうちの苦しみを最大のモチベーションに変えようと決意した。生きるためにも、そして何より、愛するふたりの命を守るためにも、そうするしかないと悟ったのだ。

メキシコでオルソはマリファナに出会った。彼にとっては革命的な発見だった。反射神経が鈍る効果があるため、タイミングを選んで吸わなければならないが、ジンほど破壊的な力はないからだ。以来、リスクの高すぎる二日酔いよりも、葉っぱを吸ってリラックスすることのほうを好み、特に問題なくやってきたのだった。それが今朝は、ワゴンに並んだボトルに唾が出る思いだった。なぜだ？　オルソはすぐに理由に思い当たった。単純に、フラストレーションのせいだ。アマルの元に向かおうとしていたのに、訳のわからない正体不明の脅威にいきなり行く手を塞がれてしまったという不満だ。それで、何十年ものあいだ悩みの種だったあの無力感が、ふたたび心のドアをノックしているのだった。

オルソはかっとなって立ち上がり、部屋を出た。

13

指輪好きで髭面の若いバリスタは、オルソがまた店に来たのを見て、かなりびっくりしていた。グラスを拭く手を止め、戸惑い顔で彼を見ている。

「いらっしゃい」若者はとりあえず挨拶をして、探りを入れてきた。

オルソはうなずき、前回と同じ席に着いた。若者は少し考えてから、またグラスを拭きだしたが、時々、何か仕事をするふりをしつつ、客の様子をうかがった。しかしオルソは小ぶりのテーブルを前に座り、世界中のビールの広告とステッカーをべたべたと貼ったガラス越しに、なんとなく外を眺めているばかりだった。

ロッソが例のクッレーリという男について調査を約束してからすでに六日が過ぎており、

オルソはいい加減、待ちかねていた。宿の部屋で、来る日も来る日もベッドに横たわり、どうしたらこの状況から抜け出せるかと頭をひねってきたが、今は動きようがない、という結論しか出なかった。ロッソから襲撃者に関する情報が届かぬ限り、打つ手はない。誰が自分の命を狙っているのか、それがわかって初めて対抗策を練り、この袋小路から抜け出すこともできるというものだ。構わずアマルとグレタが暮らすノヴェーレまで行ってしまおうか、とも思ったが、現在の状況が悪化する恐れもあり、執拗に彼を追ってくるであろう残忍な獣どもをふたりの町まで連れていく羽目になることだけは避けたかった。やはり厄介ごとは先に片づけておきたい。

隠れ家の金庫から持ってきた偽の身分証を使って新しい電話番号を入手し、ロッソに連絡する手段を確保すると、彼は約束どおりボスからの連絡を待った。

エルサのところで夕食を食べたのは最初の一度きりで、近所の小さなレストラン巡りを楽しんできたが、忘れられないような美味にはまだ出会えずじまいだった。それでも朝食のたびに彼女とは会っており、ひとつの楽しい習慣となっていた。宿の女主人の礼儀正しい粘りが功を奏し、オルソは彼女の作るケーキを試すようになり、自分でも驚いたことに、甘いものが苦手だという思いこみを改める結果となった。たとえばエルサの作る、松の実と干しぶどう、砂糖漬けの果物が入ったジェノヴァ名物のパンケーキ、パンドルチェも好きなら、粉砂糖がたっぷりかかったビスケット、カネストレッリも大好きだった。相変わらず客は彼ひとりで、エルサのためを思えば胸が痛んだが、ひとの気持ちまで明るくする彼女のほがらかな態度に変化はなかった。頭を回した時の首の痛みも痣もほぼ消えた。理学療法の話はあれから二度と出なかったが、オルソは内心、残念だった。ほんの味見程度しかできなかったエルサのマッサージをもっと受けてみたかったのだ。ただ、頼む勇気がなかった。

オルソはこの六日間、宿のある地区を一歩も出なかった。午後は部屋にこもって腹筋運動やストレッチをしたり、B&Bから数ブロックの場所にある居心地のいい本屋で買った本を読んだりもしたが、たった二枚しかないアマルとグレタの写真を穴が空くほど眺めているうことのほうが多かった。時には、宿と同じ通りにある、パキスタン人が経営するクリーニング屋に洗濯物を持っていくこともあった。一度だけ、少し遠出をして、新しいコートを買いに行った。カラブリアの男に袖を切られた古い一着は修繕のしようもなさそうだったからだ。

同じ建物に出入りするマッテオとは、幸い、滅多にすれ違うこともなかったが、オルソのことをもっと知りたいとでも言いたげな少年の視線には彼も気づいていた。オルソはできるだけ親切に少年と接しようとし、マッテオに会うたび、ひきつった笑みを向けたが、向こうは会釈に応えるそぶりも見せなかった。エルサにしても、息子と唯一の宿泊客の接触を積極的に手助けしようとはしなかった。オルソにマッテオのヒステリーの発作を見られてしまったのをまだ気まずく思っているに違いなかった。

ロッソからの連絡は七日目の午後にあった。

オルソが本屋に入ってすぐ、スリラーとノワールの棚には目もくれずに前を通過し、彼の愛読ジャンルである恋愛小説の棚の前に立ったまさにその時、ショートメッセージの着信があったのだ。文面はたったひと言、〝電話しろ〟だった。

新しい番号で契約したほうの携帯の電源を入れ、連絡役にかけた。ロッソの電話を待ちながらエルサの宿に帰る途中で、例のバールに目が行った。今日も客がいない。オルソは店に入った。

若いバリスタは動揺を隠せぬ様子だったが、グラスを片づけ終えると、勇気を奮い、オルソに近づいてきた。オルソはテーブルの上にこれ見よがしに携帯を置いて座っていた。若者はミネラルウォーターのハーフボトルとグラスをひとつずつ、携帯のそばに置いた。

「炭酸なしの、冷えてないお水です」

するとオルソの眼光が若者を貫通した。青い目の髭面が緊張し、固唾を飲んだ。しかし我に返ったオルソが水のボトルに気づき、感謝の印にあいづちを打つと、若者はほっとして、カウンターの中に戻った。それから二分ほどして、テーブルの上の携帯電話が鳴りだした。若者の視線を受けて、オルソは店の入口を見やり、命令を強調すべくドアを指差した。若者はため息をつき、黒の革ジャンを手に出ていった。

オルソは携帯を取り、耳に当てた。

「もしもし」

「よお、相棒。調子はどうだ？」

声の響きを聞けば、ロッソが前回のようにのんきでハイな気分ではないのはすぐにわかった。これから伝える内容の深刻さを、いつもの口調でごまかそうとしているようだ。

「悪くない。それで？」

「約束どおり、クッレーリの野郎のことをざっと調べさせた。思ってたより時間がかかっちまったが、いよいよご報告だ」

「ひょっとしたらあんたに忘れられたかと思ったよ」

「おいおい、冗談だろう？　お前がそんな場所で、誰かに命を狙われているのに俺は知ったこっちゃないって？　そりゃ、頑固なお前の自業自得だよ？　こっちは行くなと言ったのに、聞く耳持たなかったんだからな」

オルソは何も答えなかったが、ロッソのほうも返事は期待していなかったらしく、何事もなかったように続けた。

「イタリア政府の認識ではこのクッレーリとかいう馬鹿野郎は、財産らしい財産もないただの農民だが、こっちの調査によるとぜんぜん違う。トッレの子分だよ」

「トッレ？」オルソは繰り返し、記憶を探った。その名は彼の中でさまざまな警報ブザーをいっぺんに鳴らし、互いに関連する一連の記憶貯蔵庫の扉を開きつつあった。しかし、すべての点を結んで、目の前にある全体像を浮かび上がらせることがまだできない。

「そう、アントニオ・トッレだ。忘れたとは言わせないぞ」

オルソは沈黙を守った。頭の中で明かりがひとつ灯り、記憶が彼をおよそ十年前に引き戻した。アントニオ・トッレは、カラブリアを拠点にするマフィア組織、ンドランゲタのなかでもとりわけ危険なファミリーの強力なボスだった。トッレはジョイア・タウロ港を支配していた。ジョイア・タウロはイタリア最大のコンテナ取扱量を誇る港で、国際的な麻薬取引には不可欠な仕分けセンターだった。中南米から届くコカインはここで濾過され、精製されたのち、高度な一時保管システムを介して、ヨーロッパ全域とオーストラリアに送られていた。アメリカ大陸からヨーロッパに密輸されるコカインの実に八十パーセントがジョイア・タウロ経由で、そのうち三十パーセントは、ロッソがほぼ十年におよぶ準備工作の末に多くの麻薬カルテルとのあいだに築き上げたコネクションを通じてメキシコから届けられるものだった。

この取引によって生まれる何十億ユーロという額の利益は、トッレとロッソのあいだで二分されることになっていたが、トッレは満足せず、ロッソの〈組織〉をのけ者にし、港での一連の作業を自分たちだけで行おうと決めた。さらに、少なくとも当初の計画では、メキシコのカルテルと仕入れ価格を直接交渉しようともたくらんでいた。トッレの決断はロッソに対する宣戦布告にほかならなかったが、我らがボスは冷静に対応し、〈組織〉の人間たちを例外なく驚かせた。和解に向けた提案が双方のあいだで何度か交わされたあと、中立的な場所で一度会合を開き、そこでトッレがロッソに対し、彼を今後も取引に参加させるための条件を提示する、という話になった。こうしてあるアパートメントで、ボス同士が対面を果たした。ロッソはオルソを引き連れ、老いてなお頭の切れるトッレのほうは長男のチーロを連れてきた。このチーロには人食い鬼(カンニーバレ)というあだ名があった。人前で彼に刃向かった男の耳を食いちぎり、食べたという噂があったためだ。会合の場にはこの四人しかいなかった。ふたつの組織の手下たちはすべて階下の通りで、表面上は落ちついた態度で待っていた。老トッレはちょっとした仕草にも貫禄の滲み出るボスだった。小学三年までしか学校教育は受けておらず、成績もろくでもなかったため、口を開けば生粋のカラブリア方言しか出てこなかったが、数十年のあいだに大きな成功を収め、極めて忠実な手下を大勢抱えていた。なかでももっとも忠実なのは、言うまでもなく、息子たちをはじめとする親族の人間だった。老トッレが浮かべていたひとを馬鹿にした傲慢な表情と、一緒に商売を続けるための条件に耳を傾けるロッソの冷めた表情をオルソはよく覚えている。トッレの提示した条件はロッソにとって圧倒的に不利な内容だった。しかし、重要な港を完全に掌握しているという事実が、トッレ一家の優位を揺るぎないものにしていた。

老トッレは話を終えると——それを四苦八苦して標準的なイタリア語に通訳したのはオ

ルソだった――テーブルの向かいに座るロッソを見つめたまま、あごを突き出し、満足そうな顔で相手の反応を待った。ロッソは杖によりかかって席を立つと、足を引きずりながら老トッレに近づいていき、その手を握った。赤毛のフランス人が自分の足下にひれ伏すのを見て、カラブリアのボスが歯のあちこち抜けた口を歪めて浮かべた笑みを、オルソはまだ鮮明に思い出すことができた。ロッソに手を固く握り締められ、アントニオ・トッレはうなずき、後ろの息子を振り返った。勝利をともに祝おうとでも思ったのかもしれない。

しかしそのにやけ面は長続きしなかった。

ロッソの手下のヴィクトルが――オルソよりもさらに十センチは背が高い、ほとんど巨人のような男が――ハンティングナイフをチーロの首に突きつけていたのだ。オルソも仰天した。ヴィクトルがほんの一瞬で、壁の隠し扉から登場したからだ。そんな仕掛けがあろうとは、会合の前に部屋を調べたトッレの手下も誰ひとりとして気づかなかった。

トッレの笑みはかき消え、今度はロッソが笑う番だった。ロッソは老トッレの手を固く握ったまま、冷酷な笑みを浮かべた。そして老人が手を離そうとすると、その腕に杖で猛烈な一撃をお見舞いした。老トッレの悲鳴と腕が立てた音から、前腕の二本の骨がどちらも完全に折れたのがオルソにはわかった。息子のチーロが興奮しだしたが、ヴィクトルに動きを封じられ、しかも、かみそりのように鋭い刃に皮膚を刻まれると、じっとしていたほうが身のためだと悟ったようだった。

そこまで危険な戦術をロッソが事前にオルソに伝えてくれなかったのは、ふたりのつきあいが始まってから初めてのことだった。オルソは気分を害した。

小柄なロッソは、折れた腕をさすりながら小声でうめいている老人に顔を寄せた。

「おいしいものを独り占めしようっていうお宅の考え、カラブリアのほかのファミリーのみなさんは喜んでなかったぜ」ロッソはきれいなイタリア語で告げた。

「俺としてもご報告せざるをえなかったんだ。大切な商売のパートナーだからな。やっぱりみんなで一緒に、なんでも話し合って、決めなきゃいけない。俺も前までは、ほかのボスのみなさんとは縁がなかったが、お宅のおかげで今じゃ仲間だ。そこでみなさんとひとつ合意にいたったってわけだ。お宅の今度の、まあ、控えめに言っても軽率な決断は、みなさんにとっちゃ大チャンスだって、すぐにわかってもらえたよ」ロッソはにやりとし、せせら笑った。「ンドランゲタの連中ときたら、どいつもこいつもろくでなしだが、まったく金の話だけは真面目に聞くんだよな」

足を引きずりながら、ロッソは席に戻った。

「自分のことを買いかぶって、あんまり高く舞い上がってお天道さまのそばまで行くと……どういうことになるか知ってるだろ？　ああ、もしかしたら知らないか。お宅、教養ゼロだもんな。さてと、地獄に落ちる前に、俺を怒らせたらどうなるか教えておこうか」

ロッソにうながされ、オルソはコートを脱ぎ、老人に迫った。

「オルソ、ゆっくりでいいぞ。時間はたっぷりあるからな」

老いぼれの頭をつかみ、テーブルに三度、激しく叩きつけながらも、オルソは何も感じなかった。続いて彼は老ボスの腰のベルトをつかむと、羽根のように軽々と持ち上げ、椅子のひとつに向かって放り投げた。アントニオ・トッレは顔から床に倒れた。ここ四十年間ばかりずっとそうだが、その時もオルソは同情も慈悲も覚えなかった。体重は老トッレの二倍、年齢は三十も若かった彼だが、人間らしい温情はこれっぽっちも持ち合わせていなかった。床に伸びた老人に近づき、腹を思いきり蹴った。そのあまりの勢いに老人の細い体はコンパスのように折れ、床の上を何メートルか滑った。オルソはその上にのしかかり、両手を首に回して宙吊(ちゅうづ)りにした。老トッレは悲鳴を上げ、唾と血を吐き散らしながら、標準語に訳しようのない呪いの文句を怒鳴った。それでもオルソの頭にあったのは、洗ってもなかなか取れない赤い染みでどんどん汚れていく自分の白いシャツのことだけだった。やがて老人は叫ぶのをやめ、酸欠で顔色が赤黒くなり、ロッソの楽しげな視線を浴びながらもがきだした。

チーロは首にナイフを当てられて棒立ちになったまま、絶望の涙を流していた。

オルソの手は容赦なくアントニオ・トッレの首を絞め続けた。やがて老人の顔色はチアノーゼで濃い紫色に変わり、口から舌がこぼれ、体がぐっとこわばって動きを止めたかと思うと、ぼろ切れのように弛緩(しかん)した。そこでオルソは手を離した。死体が足下に落ちた。

彼はまるで道路の上でつぶれている奇妙な虫でも眺めるように、老人の亡き骸をしばらく眺めた。するとロッソが近づいてきて、ズボンのジッパーを下ろし、死体に向かって放尿した。静まり返った部屋の中で、服の上ではね返る勢いのいい小便の音と、死んだボスの長男のすすり泣きだけが響いた。チーロが父親の処刑に立ち会い、生き恥をさらすことを強いられたのは、ロッソに刃向かえばどうなるか覚えておけという見せしめのためだった。

ジェノヴァのさびれたバールで座るオルソは、携帯電話を耳に当てたまま、うつろな目をしていた。ガラス越しに通りを眺め、刺すように冷たい北風から逃れようと家路を急ぐ人々を見ているうちに、アントニオ・トッレを殺した時、自分がなんとも感じなかったのを思い出した。トッレが汚い悪党だったからでも、それが何十件という殺人を命じてきた老人にふさわしい最期だったからでもない。オルソは知っていた。あの時、相手が罪のない人間であったとしても、きっと自分は同じように淡々と殺していただろう、と。ロッソの命令には必ず従ってきた。何も考えず、言われたとおりにしてきた。四十年のあいだ、俺は魂を持たぬ機械だったのだ。

吐き気が喉をさかのぼってきた。歯を食い縛ってこらえる。

「さて」と電話のロッソは続けた。「ジョイア・タウロの地図にトッレ一家の名はもはや残っていないようだが——構成員は消えるか、こっちの人間になったからな——アントニオの息子ふたりだけは、復讐の機会をずっと狙ってきたらしい。まあ、同じ立場だったら、俺だってそうしたろうよ」

オルソは自分の手の中で息絶えたカラブリア人ボスの顔をはっきりと覚えていた。そうか、列車の男はあいつに似ていたのか！　会ったこともなかったが、確かによく似ている。あれがアントニオ・トッレの次男に違いない。

ロッソはひとり語りを続けた。

「だがな、ひとつはっきり言っておこうか。そんな復讐を連中はどうやって実行に移すつもりだったと思う？　マルセイユまで来て、うちの〈組織〉の呼び鈴を押して、ディナーにご招待して？　あいつらは学こそないが、そこまで馬鹿じゃない」

「じゃあ、いったい何が起きたというんだ？」

「きっと連中はあの列車でたまたまお前を見かけて、願ってもいないチャンス到来に大喜びしたのさ。哀れな年寄りをとんでもない目に遭わせた、血も涙もない鬼畜生を見つけたぞ、ってな」

「そうかな……」

「今度のことはそもそも、お前が頑固だから悪いんだぞ！　そうさ、頑固なんだよ、お前は。どうしてもあのふたりのところに行きたいって、それもひとりで、背中を守る人間のひとりも連れずに出発しちまって。おかげで今じゃ、トッレのやつらに追い回されてるじゃないか」

「だが、もしもあんたの言うように連中がもうそんなに無力なら、どうやって俺の隠れ家を見つけたんだ？　あの部屋の存在は俺しか知らないはずだった。あれはプロの襲撃だった」

「隠れ家？　襲撃？　おい、いったいなんの話だ？」

「あいつら列車で襲撃に失敗してから、俺が昔、ジェノヴァに偽名で買っておいた部屋をどうにかして見つけ出して、そこで待ち伏せしてたんだよ。もう力がないとはとても思えないな」

「俺は連中が無力だとは言ってない。トッレ一家は壊滅したと言っただけだ。だがあの兄弟は今も金だけはたっぷり持ってるから、そうしようと思えば、レモみたいな男を雇うことだってできるだろう。偽名さえ使えば、絶対にばれないとでも思ってたのか？　そうはいかなかったってことさ。このままじゃやばいぞ？　お前、どこに隠れてるんだ？」

「安全な場所だ。心配はいらない」

ロッソに居場所を訊かれるのはこれで二度目だ。オルソは気づいた。

バリスタはバールの入口のドアにもたれ、煙草の吸い殻を投げ捨て、足でもみ消した。そして店内の様子をうかがい、名も知らぬあの大男が中に入るよう合図をしてくれやしないかと願った。

「なんにしても、残りはあと長男のカンニーバレだけだ。次男のほうは俺から逃げようとして、トラックにはねられて死んだよ」

「いい知らせだ。だが、状況は変わらんな。俺はカラブリアの悪党どものことをよく知ってる。いったん何か決めると、もうそのことしか考えられなくなっちまう連中だ。だから俺の言うとおりにしろ。こっちに帰ってこい。今すぐ、だ。車を借りて、マルセイユに戻れ。ここまで来れば、誰もお前に手を出しやしないさ」

「今さら帰れない」

「馬鹿野郎、よく考えろ！　この石頭が！」

オルソの耳は、ロッソに話しかける誰かの声を聞きつけた。ボスが受話器を手で覆い、会話をこちらに聞き取られまいとするのもわかった。相手はフローリアンかもしれない。例によって何か父親に提案しようとして、例のごとく罵倒されたといったところか。

「それで？　意地を張るのはやめろ。お前が大切だから言ってやってるんだぞ？」

「わかってるさ。あんたには感謝している。でももう決めたことなんだ。俺はふたりに会わなきゃならない。ずっとこの時を待ってたんだ。今さら戻れない」

「そこまで言うなら勝手にしろ！　もう俺の助けは期待するなよ？　ふざけやがって。何があったってうちの人間はひとりも送らないからな。いいか、ひとりでなんとかしろ！」

電話が切れた。彼がアマルの元に向かうと決めたことをロッソはまだ怒っているようだ。

そこで仕返しに、孤立無援にするという手段を選んだのだろう。

バッテリーを外し、使ったばかりのSIMカードをへし折ると、オルソは今後の行動を検討した。反撃策を練らなくては。このままいたずらに手をこまねいていれば、向こうが先に俺を見つけるのは明らかだ。水のボトルを開け、ひと息に飲み干しかけたところで、通りの向かい側の歩道を行くエルサが見えた。彼は立ち上がり、バールを出た。

「ああ、よかった！ 今日はちょっと寒いもんで」冷たくなった両手に息を吐きかけながら、バリスタは言った。

オルソは若者には目もくれず、エルサのほうに歩きだした。

「ねえ、五十ユーロは？」髭の若者が大声で抗議したが、無視した。

三十メートルばかり歩いて、彼はエルサに追いついた。

「こんばんは」

彼女は飛び上がり、オルソを振り返った。

「ああびっくり。こんばんは」

「すみません、驚かせるつもりはなかったんですが」

「いえ、ちょっと考え事をしてたもので……いらしたの、気づかなかったわ」

「お帰りですか」

「ええ、でもその前にスーパーに寄ります。そちらは？」

「実は僕も買い物があるんです。ご一緒してもよろしいですか」

オルソの言葉にエルサはまたあの魅惑の笑顔で応え、ふたりは肩を並べてスーパーに向かった。

ショッピングカートを押して商品棚のあいだを歩きながら、オルソは驚いていた。自分の状況はこんなにも最悪なのに、この女性と一緒にいると、心が完全に落ちつき、リラックスできるのはなぜだろう？　昔からの知り合いのような気分だった。しかもエルサには驚くべき能力がひとつあった。オルソの趣味の範疇から遠くかけ離れた話題でも――ジェノヴァの町が長年のあいだにどう変わったかとか、砂糖抜きのスイーツはどうすればおいしく作れるかといった話だ――彼女にかかると魅力的になってしまうのだ。ただし、ひとつ気になることもあった。彼女が自分のことをけっして語らないという点だ。マッテオの父親がどこにいるのかも、額に入れて壁に飾った理学療法士の免状があるにもかかわらず、なぜB&Bを経営しているのかも。

スーパーの各コーナーをふたりでぶらついているうちに、オルソは歯磨き粉とシェービングフォームが切れていたのを思い出して、エルサといったん別れた。そしてどちらも見つけてから、書籍のコーナーで足を止めた。すると、リグリア伝統スイーツのレシピ集が目に留まり、これを買ってエルサにプレゼントしようと決めた。本を片手に彼女を捜し、もと来た道を戻りながら、オルソは思った。女性に何かを贈るなんて四十年ぶりだな……。

やがて、通路の向こう側にふたりのカートがあるのが見えた。カートに近づき、自分の買い物を彼女のそれときちんと分けて入れてから、本人を目で捜す。エルサはもっと先の、肉のコーナーにいた。でっぷり太った、つるっぱげの中年男と話しているところだ。男は奇抜な黒いコートを着ていた。黒地に花柄の刺繍入りで、しかもねずみ色の毛皮の襟巻きまで付いている。オルソは自分が姿を見せてエルサに気まずい思いをさせたらいけないと気を遣い、カートのそばで待ったが、どう見ても彼女は困っている風だった。一応は笑顔なのだが、表情が硬く、列車で初めて出会った時からオルソを魅了してきた、ひとをほっとさせるあの温かな態度とはまるで違う。どうやらエルサはその男に嫌悪感を覚えているようだった。男が笑いながら彼女の肩に触れた時、エルサは不快感をできるだけ隠そうとしながら、そっと身を退けたが、オルソの目には、彼女が明らかに話し相手から離れたがっているのがわかった。だが男はひどくしつこいタイプのようで、彼女の願いはそう簡単にはかないそうになかった。

ためらいを捨て、オルソはカートを押しながらエルサに近づいていった。彼に気づくと、エルサはすぐにほっとした表情になった。そしてオルソのそばにほんの少し寄って男に紹介した。

「ガブリエル、こちら、うちのお客様なの」

相手よりも最低でも十五センチは背の高いオルソは、はげ頭の太った男を真剣なまなざしで見つめながら、手を差し出した。とたんに、男がたっぷりと付けているらしい香水の悪臭に襲われた。甘ったるくて、腐ったレモンの絞り汁の腐臭と薔薇の花壇の香りを掛け合わせたようなにおいだった。

「よろしく」

「ガブリエルです。こちらこそよろしく。お名前をうかがってないようですが……」

男のイタリア語には東欧のなまりがあったが、オルソには相手がセルビア人なのか、アルバニア人なのか、その区別がつかなかった。汗にべとつき、ふにゃりとした男の手の感触に鳥肌が立った。

「リッカルドです。素敵なコートですね」

ガブリエルはうなずいたが、オルソを見る笑顔には戸惑いがあった。彼の正体を見極めるのに苦労しているらしい。オルソにしても、男の不器用な試みに手を貸してやるつもりは毛頭なかった。そしてガブリエルの目をなおもまっすぐ見据えつつ、しばしばエルサのほうを向いては、がらりと表情を和らげ、笑顔になった。

やがてガブリエルの戸惑いは目にも明らかになった。オルソは思った。おそらくこいつは、権力か金の力を頼みに大物気取りになり、普段からなんでも自分の思いどおりになることに慣れているタイプなのだろう……。ガブリエルは、自分のコートに対するオルソの言葉がはたして挑発なのか、単なる褒め言葉なのかわからず、とりあえず判断は棚上げにしたようで、へへっと笑って気まずさをごまかすと、コートに目をやった。

「いいでしょう? 故郷のハンドメイドです。生地はウールとカシミアの混紡で」

「セルビア、それともアルバニアかな?」

「なまりでばれちゃいましたか、いい耳をしていらっしゃる。たいしたもんです」

「セルビアか、アルバニアか、その区別まではつきませんがね」オルソは相手の目から視線をそらさずに答えた。

　ガブリエルも目をそらそうとしなかった。目の前の男がたまたまジェノヴァに立ち寄った単なる観光客ではないのはわかったようだ。

「セルビアです。正確にはニシュって町です。ご存じですか」

「行ったことがないな」

「わざわざ行くほどの価値もありませんよ。あるのは工場ばっかりで、冬が長くて寒い、退屈な町です」

　ガブリエルはそこでエルサのほうを見て、山椒魚(さんしょううお)の皮膚のようにねちっこい笑みを浮かべてから、またオルソと向き合った。

「あなたもこちらの方ではありませんね?」

「ええ」

　オルソの短い返事に続いた沈黙を前にして、ガブリエルはこれ以上の情報を引き出すことはできないと悟ったらしい。戸惑いを静めようとしたのだろう、肉づきのいい両手をこすり合わせ、右手の人差し指のやたらとでかい指輪と、どれも長く伸ばした爪を思いがけず披露する格好となった。

「では、リッカルドさん、お会いできてよかったです。じゃあ、エルサ……」

ガブリエルはエルサを見ると、伸ばした手で彼女の頰を撫でた。

「たまには電話してくれよ。君の電話ならいつだって歓迎だ」

エルサはひきつった笑みを浮かべた。

「わかったわ」

「頼むぜ」その言葉を最後にガブリエルとそのコートは、冷凍食品コーナーの通路を遠ざかっていった。

エルサはオルソとさっと視線を交わしてから、天を見上げた。

「どうしてわたしって、こうも面倒な男ばかり寄ってくるのかしら」彼女はそんな冗談めかした愚痴をこぼして、ガブリエルとの遭遇をどうってことのない話に見せかけようとしたが、その実まだ緊張しているのがオルソにはわかった。続いてエルサはある行動を取って、いい意味で彼を驚かせた。オルソの腕に自分の腕を絡ませると、セルビア人が去ったのとは反対の、レジの方向に歩きだしたのだ。

14

オルソがショッピングカートを押して駆けつけ、どう見ても彼女に不愉快な思いをさせていた会話に割って入った時から、エルサの彼に対する態度が変わった。前よりも打ち解け、好奇心を示すようになったのだ。借りを返そうとしているようにも見えた。そしてオルソのほうも、彼女のそんな変化を見逃さなかった。

B&Bへの帰路からもうエルサはオルソに対して、ジェノヴァでの滞在目的とか、彼の仕事や私生活についてあれこれ訊いてくるようになった。ただしどの問いもけっして単刀直入にではなく、遠回りになされた。

オルソはこの難局をなかなか上手に乗り越えた。

どれもあいまいにぼかしながら答えたのだが、完全に嘘ばかり、というわけでもなかった。たとえばこんな具合だ。自分はもう長年独り身で、医療機器のセールスマンとして出張ばかりしていて、今は予定外の出来事があれこれあったり、約束がキャンセルされたり、信用の置けない客がいたりで、ジェノヴァにこんなにも長く滞在を余儀なくされている。

でも、エルサの宿がとても居心地がいいので、別に急ぐつもりはない……。さらに、彼女と一緒だと、孤独な日々もさほど長くは感じられず、憂鬱さも薄れるとまで言った。

そんな気持ちを伝えた時は少し後悔したが、エルサは喜んでくれたようで、頰を染めた。

ふたりは宿の階段の下で別れた。エルサが自宅のドアの鍵穴に鍵を差しかけたところで、オルソを振り返った。

「今晩、よかったらうちで食べませんか」

オルソは思いがけぬ誘いに動揺した。

「ジェノヴァ風のパスタペーストを朝のうちに作っておいたんです。うちの祖母のレシピで、松の実の代わりにくるみを入れるんですよ」息苦しい沈黙を埋めるべく、エルサは言葉を続けた。「それに、この本から何かアイデアをもらって、ひとつくらい作ってみてもいいし」そう言っていたずらっぽい笑みを浮かべると、彼女は買い物袋からオルソが贈ったレシピ本を取り出した。

「そういうことなら……嫌とは言えませんね」

「あの嫌な男から解放してもらったでしょ？　恩返しをさせてほしいんです」

「恩に着る必要なんてないですよ。僕が勝手にしたことです」

「わかりました。じゃあ、恩返しは忘れます。八時でいいかしら？」

「ええ」

エルサは自宅に入り、オルソは階段を上って部屋に戻った。窓の下の小さなテーブルにスーパーで買ったものを置いてから、コートを脱いだ。暖房は点いていたが、外の寒さが骨まで染みこんでいた。熱いシャワーを浴びてから今後の行動を検討しようと思っていたはずが、ベッドに強烈に誘惑され、そのままベッドに倒れこみ、ぼんやりと天井を眺めた。

心は、エルサが腕を絡めてきた瞬間にあと戻りした。ぞくっとするほど懐かしい仕草だった。アマルもよくそうして腕を組んできたのだ。そして、暖かなストーブが冷えきった体を引きつけるように、記憶は彼を懐かしい快感の思い出に導いていった。目を閉じれば魔法のように、彼の上にまたがるアマルの姿が現れた。あの優しい、大きな笑みを浮かべた彼女。裸の肩を覆う真っ黒な髪で、小ぶりでも完璧な乳房が少し隠れている。汗ばんだ笑顔が陶酔から興奮へと表情を変えた。肉厚な唇を噛みながら、彼女は柔らかな動きで腰を揺らす……。

そこでオルソは横向きになり、膝を折って身を丸めた。例によって、憂鬱の波に心の底を揺さぶられてしまったのだ。

だが、何かが彼の目を開かせた。

物音だ。

部屋の外で床板がきしむ音がする。

彼は身じろぎもせず、耳を澄ませた。

また静寂が戻ってきたが、すぐにオルソはそれを奇妙だと感じ、息を殺して待った。

布のこすれるようなかすかな音がして、また床板が鳴った。古い床の立てる音で気配を悟られぬよう、誰かが非常にゆっくりと歩いているらしい。

胸の鼓動が速まるのがわかった。この宿に来てから、夕方のこんな時間に誰かがこの階まで上がってきたことはなく、ほかに客がいるはずもなかった。疑いが確信に変わる。連中はどうやって俺を見つけた？　見当もつかなかった。

自分の行動を振り返ってみる。どこかで姿を見られ、あとをつけられたのか。移動中は警戒を怠らないオルソだったが、確かに今晩は、守るべきルールをすべて守ったとは言いがたかった。エルサの存在に気をそらされたことは彼自身、すでに自覚していた。

音を立てぬよう、そっとベッドから起き上がる。

部屋に備え付けの金庫に近づき、暗証番号を入力して開くと、グロック43を取り出した。弾倉（マガジン）はもう入っている。初弾を装填し、ドアに近づいた。深く息を吸い、ドアの縦枠に耳を寄せる。

ドアの向こうの聞こえるか聞こえないかという物音から、そこに誰かがいて、部屋の前で立っているのがわかった。

そのままだとドア越しに簡単に撃たれてしまうので、脇の壁に背を張り付けた。数秒待ったが、何も起きない。そういうことなら先にこっちから仕掛けてやろう。オルソは心を決めた。

ドアを勢いよく開く。

目の前で急に開いたドアに仰天し、その場で凍りついたのはマッテオだった。部屋の中からいきなり顔に銃を突きつけられれば無理もない。

オルソは自分のミスにただちに気づき、グロックを上に向けてから、背中に隠したが、時すでに遅しだった。悪態を嚙み殺した彼の唇からうなり声のような音が漏れた。

マッテオの表情は恐怖というより、驚嘆のそれだった。

「それ……本物なの？」少年は尋ねてきた。

アドレナリンが鎮まると、オルソは小さい厄介者に怒りを覚え、鼻面の前でドアを閉じてやりたかったが、なんとか耐えた。銃を見られてしまった。このままではとても面倒なことになる可能性がある。

「そこで何をしてたんだ？」

「何って……僕は……僕は……」マッテオは返事をしようとしたが、何も思い浮かばない様子だった。オルソは苛ついた。その手にはまだ拳銃がある。目の前の少年の顔に弾丸を撃ちこむところだったと思うと、冷や汗が額を流れた。

「とにかく入れ」

オルソはマッテオの腕をつかむと、部屋の中に引っ張った。そしてドアを閉じた。彼が拳銃を見せないようにしながら金庫にしまうあいだ、少年はずっとその後ろ姿を見ていた。オルソが振り返った時、マッテオは神妙な顔でうつむくどころか、彼をまじまじと見つめていた。

「どうして上まで来たんだ？」

「退屈だったから」

「何を探してた？」

「別に何も。おじさんとママが帰ってきたのが聞こえたんだ。僕は階段の裏にいたから、そっちは気づかなかったみたいだけど。それで……つまり、部屋で何してるのかなと思って……」

マッテオは言葉を探している様子だったが、やがてひとつ深呼吸をすると尋ねてきた。

「僕を撃つつもりだったの？」

「それは違う。当たり前だろう？　物音が聞こえて、びっくりしたものだから、銃を構えたんだ」

「僕とママにひどいことするつもり？」

「そうじゃない。マッテオ、俺は君にも、君のママにもひどいことは絶対にしない。誓ってもいい。信じてくれるかい？」

マッテオはうなずいた。「どうしてピストルなんて持ってるの？」

「安全のためだ。いつも旅ばかりしているからね、何が起こるかわからないだろう？　時々、危ない土地にも行くし」

彼の返事の意味をマッテオは考えているように見えた。オルソはこれ以上どうしたものかわからなかったが、あらゆる手を試すことにした。

「マッテオは何歳だ？」

「十二歳。もうすぐ、だけどね」

「マッテオ、ひとつ約束してほしいことがあるんだ。だって十二歳といったらもう子どもじゃない、一人前だもんな？」

マッテオはしっかりとうなずいた。自分でも常々そう思っていたに違いない。

「ピストルを見たこと、誰にも言わないでほしいんだ。とても大切なことなんだ。約束してくれるか？」

マッテオは首をこくりとさせた。

「約束するって、きちんと口に出して言ってくれ」

「僕、約束するよ」

「ママにも言っちゃ駄目だぞ」

マッテオの瞳が迷いに揺らめくのをオルソは見た。先回りをして、言葉を続ける。

「うん、ママに隠し事はよくないよな。それはわかってる。実際、絶対にしちゃいけないことだ」

　オルソはベッドに近づき、そこに腰かけた。

「でも今回は特別だ。だって俺がピストルを持ってるなんて知ったら、ママはきっと心配するだろう？　悪者と勘違いされてしまうかもしれない。そうなったら、いくらこっちが君たちにひどいことをしないと言ったところで、もうママを説得することはできないと思うんだ」

「じゃあ、いざとなったら僕たちを守ってくれる？」

「もちろん。絶対に守るよ」

「ママがね、僕とふたりきりで暮らすのが時々、怖くなるって言うんだ」

「ママが君にそう言ったのか？」

「ううん、電話で話してるのを聞いたんだ。相手はわかんない」

「まあ、知らないひとが次々に出入りするこうした宿をやりながら、マッテオの世話もするんだから大変だな。それも全部ひとりでやってるんだから。ママは偉いよ」

　オルソはマットレスの自分の傍らを二度、手で叩いた。

「おいで」

　マッテオは言われたとおり、彼の隣に座った。

「もし、ピストルを持ってるってママに気づかれたら、俺はすぐにここを出ていかなきゃならない。それでもいいかい？」

マッテオはわからないという風に首をすくめた。

「まあ、どうでもいいと言うなら……本当に出ていったほうがいいかもしれないね」

オルソは立ち上がろうとした。すると少年が声を荒らげた。

「行かないで！」

「いいのかい？」

「うん、行かないでほしい」

「じゃあ、誰にも言わない？」

「言わないよ」

オルソは大きな手を差し出した。その手のひらの中に自分の小さな手が消えるのをマッテオは見届けた。

オルソは満足だった。危ないところだったが、うまいこと状況をコントロールできたと思った。少年も納得したようだ。

「でも、ひとつ交換しようよ」この厄介な若造を部屋の外までお送りしようと、オルソが立ち上がりかけたところで、マッテオが言った。

「交換？」

「そう、貸しを返してほしいんだ。だってこっちがピストルのことを黙っているのは、そっちに貸しを作るってことだよ。だから、僕だって何かしてもらわないと帳尻が合わないだろ？」

オルソは唖然としてしまった。マッテオのことをあまりに見くびっていたようだ。少年はふてぶてしく彼を見つめている。

「なるほど。で、何をしてほしいんだ？」

「うーん、あと何泊するつもり？」

「状況次第かな。まだ決めてない」

オルソは胸の中で、それはこの話し合いの結果次第だと思った。

「まだ何日かは、いるよね？」

「たぶん」

「じゃあ、うちに泊まっているあいだは、毎朝、僕を学校まで送ってよ」

「何だって？　学校に？」

「うん、そうだよ。僕は中学一年生で、学校は近所にある。だから帰りはひとりで歩いて帰ってくるんだけど、なぜか朝はママがどうしても送るって言うんだ」

「そこに、俺がなんで出てくる？」

「ママの代わりに一緒に来てよ」

「でも、どうして？」

その時、階段の下からエルサの声が聞こえ、少年はぴょんと立ち上がった。

「マッテオ、マッテオ、どこにいるの？」

マッテオは部屋のドアを開けた。

「ここだよ、オルソのところだよ！」

階段のきしむ音で、ふたりは彼女が急いで上ってくるのを察した。マッテオがオルソを振り返る。

「どうする？」

オルソに選択の余地はなかった。

「わかった」

エルサが部屋の入口に姿を見せた。

「何してるの？　お客様の邪魔をしちゃいけないって、何度言ったらわかるの？」

彼女は部屋の中をちらりと覗き、オルソを見やった。

「本当にすみません」

「大丈夫ですよ」

「ほらあなたも謝って、行くわよ」

「ごめんなさい」

「別に迷惑してませんから。僕とマッテオはもう友だちなんです。そうだよな？」

マッテオはオルソを振り返り、うなずいた。

「もちろん！」そして母親に向き直って、少年は言った。「僕ら、友だちなんだ」

エルサは思わず笑みをこぼし、息子を下に連れ帰りながらオルソに視線で感謝した。彼は小さな厄介者の背中を見送った。少年は見えなくなる前にちらりと振り返り、にやっと笑ってみせた。

夕食は楽しい席となった。ジェノヴァ風ペーストのパスタは絶品だったし、マッテオも前回の夕食の時と比べ、オルソが一緒でもずっとリラックスして見えた。おかげでエルサも、最初こそ彼を招待したことに息子がどう反応するか気をもんでいたようだが、明らかにほっとしていた。オルソは、彼女が若者のようにはしゃいで食堂と台所を行ったり来たりする姿に見入った。今夜のエルサは珍しく薄化粧をして、いつもより少し上品な雰囲気を漂わせ、青い目と完璧な口元が映えていた。ただし、服のほうは膝まである長いワンピースで、学生服みたいな白い襟まで付いたそれは流行遅れもいいところ、オルソとしては、許されるものならば、あれこれ言いたくなるような代物だった。

実はオルソは、夕食の時間が来た時、マッテオがもしかしたら拳銃を見た話を母親にしてしまったのではないかと恐れつつ、下りてきた。最初はこうも考えた。スーツケースを出して、荷物を詰めこもう。そしてキャッシュで宿代を精算したら、別の目立たない宿に移って、そこを拠点にしてカンニーバレとの問題を解決しよう……。だが、彼にそうさせることを妨げる何かがあった。それは、とある感情だった。オルソにとってはまったく新しい感情だが、そんな簡単な行動も取らせぬ強さがあった。エルサに会えなくなるのはつらいだろうな、という思いだ。

食後のコーヒーの時間となった。ここまでは何ひとつ滞りなく進んだ。そのころにはオルソはもう、マッテオとの約束のことなど忘れかけていたが、少年がいきなりこう切り出して、母親を驚かせた。

「明日はオルソが学校に連れていってくれるからね」

「なんですって？」

「オルソが明日は、僕を学校に連れてってくれるって言ったんだ」

エルサは言葉に窮し、いぶかしげな視線をオルソに向けた。彼はうなずき、少年の言葉を認めた。

「ええ、そうしようって決めたんです」

「でも……駄目、悪いもの。そもそもどうして？」

「約束は約束だよ！」

「マッテオ、聞いて。オルソはお客様でしょう？　お客様に学校に連れていってもらうなんてこと、できないの。残念だけど、我慢して。いい子だから」

マッテオはがっかりして、空になった皿に目を落とした。オルソは少年が余計なことを言いやしないかと不安になり、口を挟んだ。

「エルサ、いらぬ口出しはしたくないんですが、僕のことなら心配いりません。喜んで付き添いますよ。それでも駄目だって言うのなら、あなたの意思は尊重します。でも、どうせ朝は暇だし、学校はすぐそこなんでしょう？　いい散歩になりますよ」

そう言いながらマッテオにちらりと含みのある視線を送ると、少年は笑顔で応え、それから期待をこめた目で母親を見つめた。

「でも、やっぱり……そんなことって……」

「お願いだよ、ママ！」

「ご迷惑でしょ？」

「迷惑なんてこと、ぜんぜんありませんよ。それに約束したのは僕です。僕は約束は守る男です」

「そういうことなら……あなたたち、全部わたしに隠れて決めちゃったのね？　わかりました。でもマッテオ、もう遅いから、パジャマに着替えて、布団に入りなさい。あとでわたしもおやすみの挨拶をしに行くから」

少年はナプキンで口を拭うと、席を立ち、急いで部屋を出ていった。

「あんなに喜んで寝室に行くあの子、初めて見た」エルサは言い、オルソと向き合った。

「ありがとう。マッテオが、人様にご迷惑をかけてしまうところのある子どもなのはわかってます。だから心配ご無用です。何か用事があるとか、やっぱり気が向かないとか、そういうことでしたら、どうぞ遠慮なくおっしゃってください。明日の朝、わたしから説明しますから」

「いえいえ、僕がした約束ですから」

エルサはうなずいた。それから口元をぎゅっと結び、考えこむ顔で、少年が出ていったドアをじっと見つめた。

「あの子、父親が恋しいんです」

エルサはポケットに片手を入れると、煙草をひと箱取り出し、彼に見せた。

「吸ってもいいかしら?」

「どうぞ」

「一本どうです?」

オルソは首を横に振ったが、いつもポケットに入れているライターを取り出して、点火した。エルサは炎に顔を寄せ、煙草に火を点けた。

「だから、あなたに学校に付き添えなんて言ったんだと思うんです」

「わかります」

エルサは何やら物憂げな表情で黙りこんだ。胸が詰まってしまって何も言えない、そんな風にオルソには見えた。彼女の思念が立てる音まで聞こえるような気がした。

「ある日突然、夫は言ったんです。もう何もやる気がしない、って」

　エルサは苛々と煙草を吸い、胸に溜めた煙を鼻から出しながら、ぽつりぽつりと語りだした。

「僕はもう何もやる気がしない、確かにそう言われました。夫は失業して苦しんでたんです。この家はうちの両親が遺（のこ）してくれたものです。どこもかしこも修理が必要な状態でした。わたしは少し蓄えもあったので、理学療法士を辞めて、夫と一緒に直すことにしたんです。あのひと、お金はまったくなかったけど、大工仕事とか水道修理とか、たいていのことはできたんで……。建物を直して、宿をふたりで経営するつもりでした。それが一番の解決策だとわたしは思ってました。そうしてやることがあるうちは、すべて順調でした。でもそのうち修理は完了しました。そして、わたしが役所から経営許可をもらった、まさにその日のことでした。夫から悩んでいると聞かされたんです。何から何までお前に金を出してもらったのがつらい、そう言うんです。マッテオにおもちゃのひとつも買ってやれず、お前に花の一本も買えないのがつらい、って。あのひと、そういうお金の話にひどくこだわってました。家族を養うのは男の役割だって。わたしはいつも、そんな考えは百年は古い、花なんて別に買ってもらえなくてもいい、って答えてました。そんなことが彼の苦しみの原因だなんて思えませんでしたから。それだけの話だったなんて、今も信じられません。わたし、彼に言いました。力を合わせて頑張りましょう、きっとわたしとあなたのあいだも、またうまくいくようになるから、って……本気でそう思っていたんです」

エルサは息を整えるように、言葉を止めた。オルソは気づいた。彼女が皮肉な表情のレパートリーを次々に披露しているのは、悲しみを隠すためだ。

「ある日、マッテオと幼稚園から帰ってくると……あのひとはもういませんでした。何も言わずに、行ってしまったんです。書き置きひとつ残さず、説明ひとつせずに。マッテオが五歳の時のことです。あの子、部屋という部屋を捜し回って……上の階もみんな捜して。パパ、パパって、必死に呼んでた。それからわたしのところに戻ってきたマッテオの顔、今でもよく覚えてるわ。たいした問題じゃないってわたしは言って聞かせました。大丈夫、ちょっと散歩に行っただけよ。大丈夫、すぐに戻ってくるわ。大丈夫、きっと明日の朝には帰ってくるから、って」

エルサは、食べ終わった皿で煙草の火をもみ消し、もう一本取り出そうとして、やめた。

「結局、その日から行方知れずです。夫には親も親類もおらず、つきあいのあった数少ない友人も、何も知らないか、知っててもわたしには教えたくなかったのか……。携帯の番号も変えたようです。元の番号はあれから二度とつながらなかったから」

「それでマッテオは？」

「まだあきらめきれないみたい。週に一度、例の不安発作を抑えるために心理学者に診せてます。発作はいつも急で、いったん起きたら本人にはもうどうにもできないんです。小学校は入学から卒業まで、もう最悪でした。あの子、泣きっぱなしで。先生方はお手上げ、クラスのみんなにはからかわれて。そこまできて、わたしにもようやくわかりました。誰かに助けてもらわないと、あの子はやっていけないって。わたしだって限界でした。ひとりでしたし、B&Bの経営もあったし。最初はひとり女の子を雇って、仕事を手伝ってもらっていたんですけど、やっぱり、経費に加えてお給料まで払うのは無理だと気づいて、辞めてもらうしかありませんでした」

エルサの話を聞きながらオルソは思い出した。アマルもまた、彼の消息が途絶えたまま、地獄のような日々を過ごさねばならなかったのだ。一歳の娘を抱え、たったひとりで。金もなければ、住む家もなしに。

その思いは何十年ものあいだ彼の胸を離れることがなかったが、今度のイメージはあまりに鮮やかで、オルソは頬を打たれたような衝撃を受けた。

エルサがぱっと立ち上がった。

「ごめんなさい。つまらない話を長々とお聞かせして」

「いえ、そんなことありません」

エルサはうつむいている。オルソは部屋に戻るべきだと悟り、席を立ったが、このまま彼女を深い憂鬱の中に置き去りにはしたくなかった。

「ぼちぼち僕は寝ます。ほら、初日から学校に遅刻したくないですからね」

深刻だった彼女の顔に、見ているこちらも思わず頰が緩む、いつもの笑みが浮かぶのを見て、オルソはほっとした。それでも、階段を上りながら彼が考えていたのは、一刻も早くノヴェーレに向けて再び出発したい、そのことだった。

部屋に入ると、オルソは携帯を手に取り、レモにかけた。

15

空気が刺すように冷たい朝だった。空はどんよりと曇り、今にも降りだしそうだ。オルソは、天気予報が当たって大雨になるといけないからとエルサが持たせてくれた傘を持っていた。

マッテオは、一刻も早くたどり着かなくてはならない場所があるみたいに、きびきびと歩いた。背にはカラフルなリュックを背負い、頭には外出する時に必ず被る野球帽。この子みたいに学校に行きたくて仕方がなさそうな人間を見るのは生まれて初めてだ。少年は時おり傍らのオルソを見上げ、まだ自分の横にちゃんといるか確認するようなそぶりを見せた。オルソとしては、こうして二、三回、朝の散歩をするだけで問題が解決することを願っていた。つまらないことで、対カンニーバレ計画から気をそらされたくなかった。俺は今、まともな計画とは言えないが、嫌になるほど具体的な案を頭の中で練り上げている途中なんだから……。そんなことを考えながら歩いていくと、角を曲がったところで不意に、堂々たる建物が姿を見せた。学校だ。大きな校門が開いている。巨大な校舎は道路を挟んだ向かいに立っていた。親たちの車が忙しそうに二重駐車をしたり、慌ただしく出発したりしている。学校を取り囲む低い塀の前には、少年少女がいくつもの群れをなしているのが見えた。

マッテオが足を止め、誰かを捜すようにきょろきょろした。それからオルソに向かってこう言った。

「校門まで一緒に来てね。でもわざと大回りをして、あの連中の前を通りたいんだ」

少年が指差したのは、他のグループから少し離れた場所で群れている少年たちだった。いずれもマッテオよりも年上だ。うちふたりの少年は煙草まで吸っている。あらゆる状況をひと目で分析することに慣れているオルソは、少年が五人、少女がふたりいると数え、すぐに群れの〝ボス猿〟を見いだした。ひとりだけ壁にもたれかかり、みんなのおしゃべりには無関心のポーズを決めている少年だ。年は十六くらいだろうか。マッテオが勇気を奮い起こし、深呼吸をしてからグループに向かって歩きだした。オルソはそばを離れなかった。学校の塀があと十メートルほどに迫ると、マッテオが足は止めずに彼の手を握った。その時、グループの少年のひとりが、塀にもたれた同じ年ごろのボスを肘でつつき、近づいてくるマッテオをあごで指した。すると全員が一斉にエルサの息子を振り返った。彼らの顔に浮かんでいた勝ち誇ったような笑みが一瞬で凍りつき、驚きに変わるのが見えた。マッテオの頬は寒さとおそらくは緊張のために真っ赤だった。問題のグループの横を通過する時、少年の手にぎゅっと力がこもるのをオルソは感じた。そして、通り過ぎたあとは、その緊張した顔が誇らしげな笑顔に変わるのを見た。グループは身じろぎもせず、口を閉ざして、ふたりを見つめていた。彼らの視線は特にオルソに集中していた。そこにいる少年少女は無論のこと、親たちの誰よりも背が高く、おろしたての黒いコートを着た、一メートル九十センチは軽く超えていそうな大男に。

校門に着くと、マッテオはオルソの手を離し、ポケットに両手を突っこんだ。

「ここまででいいよ。ありがとう」

「あいつら誰なんだ?」

「あいつら? なんでもないよ」マッテオはそう答えると、校舎に向かって歩きだし、振り返ることなく中に入っていった。

オルソはその姿を見送ると、首を振って、思わずにやりとした。彼はあの少年がだんだんと好きになりつつあった。

B&Bに向かって歩きながらオルソは、昨晩レモと電話でした会話を思い出していた。自分の身に起きたことを語り、手を貸してほしいと付け足した時、オルソには電話の向こうの友人の反応が目に見える気がした。けっして勇敢ではないレモのことだ、きっと顔は青ざめ、困った時の癖で髪の毛を猛然と掻きむしったはずだ。だがレモが本当にパニック寸前になったのは、ロッソには黙っていてくれとオルソが告げた時に違いなかった。実際、何度も大きな音を立てて唾を飲み、咳きこむ音が聞こえた。オルソはレモが我に返るのを待ってから、何をしてほしいかを説明した。レモに電話をしたのは、彼こそはオルソが無条件で信頼できるただひとりの友人であり、相手が嫌とは言えないのを知っていたからだ。ふたりは四十年来のつきあいであり、オルソはそのあいだ一度もレモに頼みごとをしたことがなかったが、向こうは何度か、個人的な問題の解決にオルソの威を借りたことがあった。ただし、いずれもたいした問題ではなかった。たとえばレモの娘、カテリーナの元恋人の一件もそうだ。その男は捨てられたあとも彼女にひどくしつこくつきまとい、ついには脅迫までするようになった。最初はレモとその妻マリーザも娘が大げさに騒いでいるだけだろうと思ったが、カテリーナから、三十分ごとに――しかも何週間も前から――携帯に届くというメッセージの山を見せられて、レモは助けを求めようと決めたのだった。

オルソは友人に相談された翌日にミラノに向かい、その夜にはもうカテリーナの元恋人のガレージの中にいた。彼は暗闇の中で相手を待ち、メタリックグレーのベンツのクーペに乗った若者がガレージに入り、車を停め、ルームミラーを最後にもう一度眺めて髪を整えるのを見届けた。若者は口笛を吹きながら車を降りたが、実はその直前にもカテリーナに脅迫メッセージを送ったばかりだった。オルソはその男を一瞥しただけで理解した。こいつは金持ちの家のろくでもないぼんぼんで、プライドばかり高く、自分が女に捨てられたという事実を受け入れられないタイプだ。だから若者と話し合った。あるいは、少なくともレモにはそう伝えた。マルセイユに帰投する前、夫婦の家で昼食をご馳走になった時のことだ。マリーザの作る、サフラン入りのミラノ風リゾットにオルソは目がなかった。カテリーナを悩ませていたメッセージは魔法のようにぴたりとやんだ。それから数週間が過ぎたころレモは、オルソがあの晩、例のぼんぼんと〝話し合う〟以上の行為におよんだらしいのを偶然知ることになる。レモは妻にことの次第をこんな風に語った。僕は偶然、あのきざな野郎の父親と知り合いになったんだ。向こうはこっちが、息子の元恋人の父親だとは知らぬまま、「ミラノはもうまともな暮らしのできない町になってしまいましたね」なんて、打ち明け話を始めた。あの野郎、ガレージで〝悪漢〟にひどい暴行を受けて五日も入院したそうだよ。それも、まずはハンマーで自分の車を目茶苦茶に壊すように言われて、それから本人もこっぴどくやられたらしい。相当怖かったみたいで、最初は何度訊かれても、親にも医者にも、階段から落ちたって言い張ったってさ……。「あの日以来」と、〝きざな野郎〟の父親は暗い声で話をまとめたそうだ。「息子はガレージに二度と足を向けなくなりました。昼でも駄目なんです」

レモはその話をオルソに報告し、僕とマリーザはしばらく笑いが止まらなかったよ、と伝えた。しかしオルソは、友人の聞いた話が事実だとはけっして認めなかった。

B&Bに戻ったオルソは腕時計を見た。まだ二時間ある。エルサの家のドアを叩こうとしてやめた。うまく行ったと伝えようと思ったのだが、急に自分が愚かしくなったのだ。うまく行くに決まっているじゃないか。マッテオを学校に連れていっただけだぞ？　どんな危険があるというんだ？　借りた傘をドアノブにかけ、階段を上った。そして自分の部屋に入ると、ベッドに横になった。やるべきことを振り返る。どんな細部も見逃してはならない。降りだした雨が窓ガラスにぶつかる音で気が散った。もう一度、集中しようとしてみる。検討すべき選択も、戦略の候補もたくさんあって、どれも同じくらい有効に思えた。しかし、遠雷が聞こえたかと思うと嵐が始まり、雨という雨が全部、彼の部屋の窓を狙い撃ちにしているのではないかと思うほど激しい豪雨となった。やがて雨音のホワイトノイズがオルソの頭を満たし、心をさまよわせた。彼はグレタを思った。もう四十路のグレタが、子どもたちの手を引いて道を渡る姿。写真を手に取り、改めて眺めてみる。まるで見覚えがない女性だ。赤ん坊だった彼女を思い出そうとしてみたが、無駄な努力だった。娘の顔など、とうの昔に記憶から消えてしまった。最初はあきらめまいとしたが、どうしたって自分はこのままグレタの顔を思い出せなくなってしまうのだと悟った時は、胸が張り裂けそうな悲しみに襲われた。あの目もあの小さな鼻も、みんないつか忘れてしまうなんて。あの子を抱き上げるたびに俺がキスで埋め尽くし、この顔に触れたあの小さな手まで忘れてしまうなんて。

オルソは顔を洗ったが、気分はよくならなかった。全身を包むような気だるさを覚えていた。ただし肉体的な疲労ではなく、ある種の無気力だ。

思えば心臓手術に続く数カ月間も、今と似た奇妙な無気力に取り憑かれた。列車のトイレでの死闘とそれにともなうアドレナリンのおかげで気力が満ち、目が覚めてからは、このぼんやりした気分のことは忘れていた。しかし今また、周囲のことが一切どうでもよくなる無関心な気分が戻りつつあった。

なんとかしなくてはいけない。

チーロ・トッレはあなどれない相手だ。これまでの経験からして、敵は危険で、闘志に燃えているだけではなく、驚くほど用意周到で、遅かれ早かれオルソを見つけ出すに違いなかった。

先にこちらから見つけなくては。

店のガラス窓に強風と雨が叩きつける中、髭面の若いバリスタがレモの前にエスプレッソコーヒーのカップを置いた。レモは疑わしげに店内を見回している。わびしい雰囲気に少々驚き、これではコーヒーにしてもろくな味ではないだろうと不安になったらしい。とこ ろが飲んでみて、見事に予想を裏切られたようだ。オルソは友人の大きな鼻に目を向けたまま、ミネラルウォーターをボトルからじかに飲んだ。レモはコーヒーカップの底に残った砂糖をスプーンできれいにすくって舐めてから、カウンターに戻ったばかりのバリスタにお代わりを頼んだ。そして、情報を聞きたくてうずうずしているオルソと向き合った。

「ああ、カフェイン！　神よ、感謝します。昨日は徹夜で調べたよ。全部、君のためだ」

「ありがとう」

「よし。じゃあ教えるけど、友よ、君の状況は最悪だ」

「それはもう知ってる」

レモは息を吸い、語りだそうとしたが、オルソに手で止められた。髭のバリスタが二杯目のコーヒーを持ってきたのだ。若者はオルソの差し出す五十ユーロ札をつかむと、革ジャンを着て、愚痴のひと言もこぼさずに店を出た。そしてドアの前で傘を開くと、まるで彼を狙い撃ちするように、風にあおられ叩きつけてくる雨からなんとか身を守ろうとした。

オルソにうながされ、レモは説明を始めた。

「そんなに難しくはなかったよ。チーロは自分がジェノヴァにいるのをぜんぜん隠そうとしていないんだ。本人名義の携帯まで持ってる。セキュリティの基礎知識すらない男さ……。ともかく、ここ何年か、ずいぶん努力をしたようだよ。足を踏み入れたバールというバールで高利貸しをやって、まずはスロットマシンで稼ぎだしたらしい。それからヴェンティミリアからジェノヴァにかけての一帯での恐喝、あとは売春を少々ってところかな。ジョイア・タウロ港を仕切っていたパパがいたころに比べたら、今のあいつの稼ぎなんて可愛いものだ。それでもドラッグのやりとりで貯めたかなりの額の金で、ちょっとした軍団を作ったらしい。懐具合をしっかり把握したかったら、あと二日は最低でもくれ。口座の大半は暗号化されていたから、調べるのにもう少し手間がかかる」

「あいつの懐具合なんてどうでもいい」

「よかった」

レモは席を立ち、カウンターに向かうと、目をさまよわせて何かを探しだした。

「わからないのは、向こうがどうやって俺を見つけたか、だ。ロッソは偶然だなんて言ってたけど、どうも納得がいかない」

「残念だけど、その点は僕にもわからないね」

レモはポテトチップの袋をいくつか、甘い菓子をひとつかみ、ビスケットの箱をひとつ選ぶと、全部テーブルに持ってきた。外に追い出されたまま、寒さと雨にさいなまれている若者が、絶望した顔でその姿を眺めている。

「とにかく順に話すよ。僕にわかった限りでは、チーロの手下はジェノヴァの鉄道駅も空港も見張っているようだ。連中の携帯の番号も、それにクレジットカードの番号も結構見つけたから、それでわかったんだ」

「どういうことだ？」

「チーロの正体がわかったあと、僕はあいつの電話の通話履歴を入手して、ちょっと調べてみたんだ。まずは頻繁に連絡を取り合っている相手の番号をチェックした。すると、一時間に一度は電話をかけてくる番号がいくつかあった。いかにも怪しいだろう？　だから最近買った新しいGPS信号発見器を使って、そうした電話の発信地をかなりの精度でつきとめたんだ。あのおもちゃ、馬鹿高かったけど、値段に見合う価値は十分にあるよ。それで、駅周辺エリアと空港のバールやレストランでやけに活発な動きがあるのがわかった。店でクレジットカードの支払いに使うPOSって端末あるだろう？　あれはブルートゥース経由で、携帯やタブレットPCの3Gか4Gのデータ通信回線につなぐか、じゃなきゃ無線LANでネットに接続して、支払いを実行する仕組みなのは知ってるよね？」

オルソは機械的にうなずいたが、話の流れがさっぱり見えなかった。

「そこで僕は、問題のバールやレストランのPOS決済のデータを利用して、この愛すべきコンパクトな装置でクレジットカードの番号を調べて、それを電話番号と照合した。すると五パーセントから十パーセントの誤差はあるけど、カードの持ち主がチーロに電話したのと同じ人間だってわかった。簡単だろ？」

オルソは友を無表情に見つめた。

レモは、自分の説明は思っていたほど明解ではなかったようだと悟った様子だった。

「まあいいや、仕組みの説明はもっと時間がある時にしよう。ともかく、僕はこのシステムを使って、あちこちのレンタカーショップの周辺からチーロにかけられた電話があることに気づいたんだ。君をこの町から出すまいという意思が感じられるね。もちろん、レンタカーのほかにも脱出の手はいくらだってあるだろう。タクシーやバスに乗ったっていい。でも、僕が直接の裏付けを見つけられなかったからといって、カンニーバレことチーロ・トッレがそうした手段を想定していないとは言いきれない。バスターミナルとかタクシー乗り場だって監視下にあるかもしれないし、ないかもしれない。確認にはもっと時間が必要だ。十二時間でここまで調べ上げるのだって、奇跡に近いんだから」

「チーロはどこにいる?」

「僕が思うには……」レモは、空になったポテトチップの袋を丸め、服に落ちたかけらを払い落とすと、上着のポケットからジェノヴァの地図を出して、一点を指差した。

「ここだね」

「そこはなんだ?」

「ビリヤードの台があったり、スロットマシンやアーケードゲームが並んでいたりする店のようだ。グーグルのストリートビューでも確認した。でも、実際はあいつのねぐらのはずだよ」

「どうしてそうだと言いきれる？」

「僕だって確証はない。ただ、昨日の夜、チーロはそこにいた。だから、通話記録を確かめてみたんだ。するともう何日も、朝も昼もあちこち動き回ってるのに、夜は必ずそこにいるとわかった。おそらくあの店は裏手に事務室でもあるか、あいつが住んでる部屋でもあるんだろう」

オルソが考えこんだ顔で黙っているあいだ、レモはピーナッツを砂糖で包んだ菓子の袋を勢いよく開き、かなりのナッツが床に散らばった。レモは中身をひとつかみすると、口に放りこんだ。だが何やら思いついたらしく、すぐに口を開いて、食べかけのナッツのかけらを飛ばしながら話しだした。

「昨日、カラブリアでチーロの弟の葬式があったんだ。あいつは行かなかったが、何度も電話をしていた。たぶん相手は、甥とか叔母なんかだろう。ああいう男が弟の葬式にも出ないというのは、ひどく君に頭に来ていて、敵討ちに執念を燃やしているってことだと思うね」

レモはげっぷをし、袖で口を拭うと、オルソをまっすぐに見た。

「これで相手の居場所はわかったわけだけど、これからどうするつもりだい？」

オルソは相変わらず何も言わずに考えこんでいた。

その時、バールのドアが開いた。ずぶ濡れになったバリスタが何やら言いかけたところで、オルソが言い放った。

「まだだ」

バリスタはため息をついて、また出ていき、ドアを閉めた。

オルソは声に出して考えをまとめだした。

「今のチーロの手下は金目当ての連中ばかりだ。つまり傭兵で、どんな場合でも忠実なファミリーの人間じゃない」

「それは確かだね」

「ならば、あいつさえ仕留めれば、残りの輩は気にしなくてもいいということになる」

「必ずしもそうとは言いきれないけど、その可能性は高いね。でもチーロのまわりは冬眠中の亀よりも守りが固いぞ？」

「だろうな。だが亀は土に潜って、姿を隠す。冬眠中の居場所なんてわからない」

「だから、なんだい？」

「ところが俺たちは、チーロの居場所を知っている」

オルソは敵のねぐらと思われる店を指差した。

「俺たちはやつを待ち伏せる。そして姿を見せたら一気に突入し、息の根を止めるんだ」

「俺たちは一気に突入して、息の根を止める？　どうして〝俺〟じゃなくて、〝俺たち〟

なんだ？」

「頼むよレモ、全部、俺ひとりでやれって言うのか」

「なんだって？　オルソ、気は確かかい？　僕にできることは、もう十分やったろう？」

「そう謙遜するな。お前はまだまだやれる男だ」

レモは苛々と頭を掻きだした。

「オルソ、やめてくれ……。僕が道路の横断より危険なことをするの、一度でも見たことあるかい？」

「現にこうして俺を助けてくれているじゃないか」

「そうさ、そのとおりだよ。だから、君を助けたことを後悔させないでくれ。そもそもどうしてこんな話に構う必要がある？　レンタカーを借りて……いや、僕が借りてやる。それで問題ないはずだ。それから町のどこかで待ち合わせをしよう。ここでもいい、君が選んだこの優雅なバールの前でもいいさ。あとは車でノヴェーレに向かって、アマルとグレタに会えば済む話じゃないか。そしてロッソのところに無事帰る。それで一件落着だ！」

オルソは身じろぎもせずに友を見つめていたが、かすかに首を横に振った。

「どうした？」

オルソは答えず、ボトルの水を飲み干した。

「アマルと娘さんのところには、もう行かないつもりなのかい？」

「もちろん行く。そのことばかり考えてる」

「ジェノヴァを出る方法ならいくらでもあるだろ？　知らないとは言わせないぞ」

オルソは友から目をそらすことなく、うなずいた。

「オルソ、君はロッソのところに戻りたくないんだな？」

オルソは黙ったまま、手の中の空になったペットボトルを見た。

「そうなんだね？」

「迷っている」

「わかるよ」

「無理だっていうのはわかってるんだ。レモ、俺も馬鹿じゃない。だが、できるものならノヴェーレには、過去の暮らしとのつながりを完全に断ち切ってから行きたいんだよ。それに、俺をふたりから遠ざけた一切合切とも縁を切って……」

「なるほどね」

「だからチーロ・トッレとの問題を片づけたい。それも今すぐに。あと腐れないように全部片づけてから、先に進みたいんだ」

「わかったよ」

「黙っていてくれるか」

「安心してくれ」

「なんにしても、チーロの待ち伏せには、お前のほかにも助っ人を呼ぶつもりだよ」

「そうかい。そいつは頼もしいな。先に教えてもらっておいて、本当よかった！」

「カラブリアの連中にまだ恨みを持っている人間をひとり、思い出したんだ」

「ふーん。で、誰だい？」お菓子にかぶりつきながら、レモが尋ねた。

「モーズリーだ」

その名を聞いて、レモは口をもぐつかせるのをやめ、菓子を手にしたまま唖然とし、それから大笑いした。

「俺は本気だ」

レモは笑うのをやめ、オルソを見た。そして冗談ではないらしいと理解した。

「頭がどうかしたんじゃないか」

「何度も考えてみたんだが、あいつぐらいしか俺たちを助けてくれそうなやつはいない」

「それは、モーズリーがまともな人間じゃないからだろう？」

「あと、あいつならロッソに黙って行動しても、特に問題はないはずだからだ」

「違う、単にまともな人間じゃないからだよ。そもそも、あいつがまだ生きているとしての話だけど」

「死んだなら、俺たちにも噂くらい届いたろう」

「どうかな。あいつが死んで喜ぶ人間は山といるだろう？　だから誰も喜ばせないために、こっそり隠れて自殺したって可能性もあると思う」

「ああ、わかってる。昔からちょっと変なやつだったからな。でも、今はあいつ以外に頼れる人間がいないんだ」

「ちょっと変？　君の繊細な言葉遣いには驚くね」

「俺を信じてくれ」

「本気じゃないよね？」

「本気だ。レモ、お前を除けば、ほかには誰もいないんだ。ロッソには、〈組織〉を当てにするなと言われてしまったしな。モーズリーなら、もう何年も部外者だ」

「当然さ！　あんなやつ、もう誰も信用してなかったもの」

「それなら、あいつに失うものはないってことだ」

レモは信じられないという顔で首を横に振った。

「ないだろうね。そんなものは何も持ってないだろうし、昔から何ひとつなかったはずだよ。あいつはまともじゃないから。君に誰か殺せって言われれば、きっと北極にだって行くだろうね。それほど殺しが好きなんだ。でもそのあとどうなるかわかるかい？　命じた君まで殺されてしまうのさ」

「大丈夫だ。なんにしても、あのころはお前、モーズリーとずいぶんと仲がよかったじゃないか」

「それは、いつだっていきなり撃ち殺されそうで怖かったからだよ」

「大げさだな」

「モーズリーが完全にイカレてるのは君だってわかってるだろう！　あいつ、最後はあんなことをして、それだけでも十分恐ろしいのに、年食った今じゃきっと余計に……」

「それは、実際に会って一緒に確かめるとしよう」

「まだ僕をつきあわせるつもりなのかい？」

「レモ、俺とお前はチームなんだよ」

「ごめん、オルソ。僕には無理だ。ほかのことなら遠慮なく言ってくれ。地獄にいる老トッレの電話番号だって見つけてみせるさ。でも、わざわざ人食い鬼（カンニーバレ）なんて呼ばれてる男のところに行って、ママみたいに優しく毛布をかけてやるなんて嫌だ。あだ名だけでも怖くて、漏らしちゃいそうだよ。一緒に行くのが君だろうと、モーズリーだろうと、神様だろうと嫌だね。見ろよ、僕は老いぼれだ。背中なんてひん曲がってるし、足も悪い。あとは天国の妻と娘のところに行ける日を待つだけの身さ。だけど、その日が来るのは、できるだけあとにしてほしいものだね。それにだよ、この僕に何ができる？　どうせ君の邪魔になるだけだろう？」

「レモ、お前にできることならたくさんあるぞ」

「本当に？　じゃあ言ってみろよ、ひとつでもさ」

「モーズリーを見つけてくれ」

レモは口をつぐんだ。そして、救いの綱を求めてオルソを見つめた。すべては趣味の悪い冗談だった、そう笑顔で言ってくれやしないものかと。しかし友人の表情にそんな気配は一切なかった。

だから彼はポテトチップの袋をまたひとつ開いて、手を突っこんだ。

16

バールの店内から、オルソはレモを見送った。例のくしゃっとしたつばの広い帽子を被った友は、激しい雨を避けようとしながら、不器用にタクシーに乗りこんだ。そこでオルソは、髭のバリスタに中に戻れと合図をした。若者はドアを閉め、情けない顔で自分のズボンを見やった。股まで濡れていて、お漏らしでもしたような有り様だ。ガラス窓で砕ける雨粒の向こうに遠ざかっていくタクシーの赤いライトを見つめながら、オルソは、レモがモーズリーを信用しないのも当然だと思った。友を安心させてやりたくて少々甘いことを言ったが、彼自身、モーズリーが扱いに注意の必要な男であることは重々承知していた。

オルソが初めて会ったころのモーズリーは――その本名を知る者は皆無だった――長い首の上に小さな頭が乗った、三十歳の痩せた男だった。オルソは彼より何歳か年上で、すでに多くの人間の命を奪い、山ほどの経験を積んでいた。ただの噂ではなく、実績と過酷な訓練、鋭い頭脳のおかげで無敵の戦士という名声も獲得していた。オルソの実力を疑う者はなく、〈組織〉の中で築いた地位のためもあり、自分でもしばしば、もう俺を動揺させるようなものは何もないし、そんな人間もどこにもいないと思うようになっていた。

だがモーズリーだけは例外だった。

初めて会ったのは、ある蒸し暑い午後、米国のメキシコ国境に近い土地だった。オルソの乗っていた車のボンネットにモーズリーがぶつかってきて、危うくひき殺しそうになったのだ。モーズリーの骨張った手を握った時、オルソは背中がぞくっとした。目つきが独特で、ひとを不安な気持ちにさせる男だった。それは、不自然なまでに執拗な視線のせいもあったが、眼窩に半分しかはまってなさそうな眼球のせいでもあった。元気よくうなずいただけで落ちてしまうのではないかと不安になるほどの出目だったのだ。しかもモーズリーは、まばたきというものをまったくしなかった。鮫の無表情な目を見ているような感じだった。

確かにレモの言うとおり、モーズリーは恐ろしい男だった。

モーズリーは、家と呼ぶにはあまりにも粗末な掘っ立て小屋で生まれ育った。ニューメキシコ州のラス・クルーセスから三十キロほど南に行ったところに、埃っぽいバラックの建ち並ぶ集落があり、そこから少しだけ離れた場所にその小屋はあった。どうして彼の祖父母がチワワ砂漠のそばなんて、おそらくはニューメキシコ州でももっとも過酷な環境の場所に住もうと決めたのかは誰も知らない。ひとつだけ確かなのは、モーズリーの両親はあまりに貧しかったがために、長男の奇妙な性癖を危ぶむ間もなかったということだ。ふたりは、神に忘れられたあの僻地で生き延びるのに必死だった。

モーズリーは集落の誰からも変人とみなされていた。誰とも口をきかず、友だちもいなかった。無論、ガールフレンドもいなかった。いや、それどころか、二十五歳まで童貞だった。ほかに楽しみもないだけに、十四にもなれば、もう学校で自慢できるだけの性体験をたっぷりしているのが普通のその土地では、異常なことだった。

彼には、性的に興奮しすぎて、女性に礼儀正しく接することを忘れてしまうという悪い癖があった。たとえば、小太りで内気なベッキー・サリヴァンという娘と——モーズリーとのデートを承知した最初で最後の女性だ——ひと気のない路地裏でふたりきりになった時のことだった。二、三、質問をしても、彼が何も答えないもので、ベッキーは不安になってきた。見れば、若者はひどく汗をかき、荒い息をついている。彼が自分の股間をひたすらまさぐっているのを見て、彼女は、調子でも悪いのか、家に帰りたければ帰ろうか、と尋ねた。ところが返事の代わりにモーズリーは、彼女のパンツを無理矢理剝ごうとするではないか。彼女は脱兎のごとく逃げだし、顛末を自分の両親に打ち明けた。彼女の両親はただちにモーズリーを警察に訴え、以来、その小さな集落で彼はみなから相当な厄介者扱いをされるようになった。さりとて娼婦の元に通うような金はなかったので、彼も女性はあきらめるしかなかった。

そんなモーズリーのただひとつの気晴らしと言えば、チワワ砂漠の野生動物狩りだった。獲物はプロングホーン、テキサスツノトカゲ、カンガルーネズミなどで、一番捕まえるのが難しいのはハイイロギツネだった。彼に捕らえられた哀れな獣の末路は悲惨だった。若者は獲物が死んでしまわないよう細心の注意を払いながら、何日も何日もなぶりものにしたのだ。問題はその趣味が集落の住人のほぼ全員に知れ渡っており、モーズリーの評判を著しく落としていたことだった。

彼が二十九歳になって数日後のことだ。ロッソがジープに乗って、手下数名と若者の家にやってきた。モーズリーと父親は畑を犂で耕し、老木の根を引き抜こうとしていたところだった。父親は息子にラバと一緒に畑に残るように言うと、家に戻り、やってきたフランス人の男が彼らの家を隅々まで調べるのを妻と眺めた。例の難病にやられるまでロッソは、いつもそうして自ら現場におもむいたものだった。小男はバラックの広々とした地下室に下りると、顔をほころばせ、モーズリーの父親に向かって告げた。ここで、商品の木箱をいくつか預かってもらいたい。もちろん他言は無用だ。

モーズリーの父親は文字もろくに読めぬ素朴な農民だったが、馬鹿ではなかった。だからロッソの要求によって非合法なやりとりに巻きこまれるかもしれないが、少なくともなんらかの見返りは期待できるとすぐに飲みこんだ。そのあたりにはほかにもいくつか、この手の輩から儲け話を持ちかけられた、人里離れた一軒家があるというのは知っていた。集落で一度ならず聞いた話だ。しかしどれも噂に過ぎなかった。国境の目と鼻の先にある、彼のぼろ小屋の地下室は、メキシコから届けられ、米国とカナダに向かうドラッグの格好の貯蔵庫になるということなのだろう。モーズリーの父親が要求を受け入れると、輪ゴムでまとめたドル紙幣の束をボスから直接、手渡された。納品が済めば、もっとたくさんもらえると言う。彼は札を数えもしなかった。ひと目で、生まれてこのかた見たこともないような大金だとわかったからだ。これでようやく妻と四人の子どもたちに、茹でたじゃがいも二個と蕪をちょっとだけではなく、あれこれ食わせてやれる。

ロッソは一週間後に荷物を持って戻ってくると予告した。

家族全員でテーブルを囲んで座りながら、モーズリーはあの異様な目つきで札束を凝視した。母親は不機嫌だった。大金が不幸を呼ぶのを確信していたからだ。しかし夫には、不吉な予言をおとなしく聞くつもりはなく、彼女は口をつぐまされた。

これで俺も金持ちだ。モーズリーの父親は幸せだった。

だが問題はまさにそこだった。それまでできなかった贅沢をして、ついテキーラを飲みすぎたせいもあったのかもしれないが、農民は秘密を守りきれなかったのだ。

四六時中、欲情しっぱなしだったモーズリーは、そのころ床屋の娘に夢中だった。床屋の裏手の路地に留まり、何時間でも壁板の隙間から同い年の娘が床を掃き、切った髪と髭を集める様子を覗いていた。あの不気味な目を壁の穴に当てて、狂ったように自慰をするのだ。ある日の午後、娘の父親が壁の穴を見つけ、そこから我が子を覗く誰かの目に気づいた。男は物置きからライフルを持ち出すと、ズボンに片手を入れたままのモーズリーを不意打ちし、集落中を追い回した。やがて若者はある路地から駆け出したところで、埃っぽい表通りをちょうどやってきた一台のジープのボンネットにぶつかり、ピンボールの玉のようにはじき飛ばされて、地面に転がった。若者の無事を確認すべく、オルソが助手席の窓から顔を出すと、ライフルを抱えた床屋がやってくるところだった。オルソは銃を見てただちに警戒したが、後部座席のロッソが、若者がモーズリーであることに気づいた。ロッソはオルソと一緒に車を降り、床屋にいったい何事かと訊いた。いかにも悪そうな赤毛の外国人が、倒れたモーズリーに手を貸して立たせ、怪我の具合を気にしているのを見て、床屋は怒りを収めるべきだと悟り、すごすごと退散した。モーズリーが服の埃を払っているあいだ、ボスはオルソに向かって、こいつは今度借りることになった家――国境沿いに〈組織〉がドラッグを一時保管するために持っている多くの家のひとつ――の息子だと紹介した。こうしてオルソは、あの不気味な目と初めて対面することになったのだった。

ロッソはモーズリーを家まで送っていってやることにした。ボスとその部下たちはジープでキャラバンを組み、ちょうどあの掘っ立て小屋に向かうところだったのだ。荷台に積んだ木箱を地下室にしまうために。

小屋の前の空き地に到着したとたん、モーズリーは異変に気づいた。玄関のドアが開きっぱなしで、戸口に誰かが倒れているのが見えたのだ。オルソはジープを停めさせた。モーズリーが車を飛び降り、戸口に駆け寄った。他の者たちも続いて車を降り、こちらはゆっくりと小屋に近づいていった。ロッソは念のため、先頭のジープに残った。

モーズリーはポーチにたどり着くと、しばし凍りついてから、がっくりと膝をついた。オルソは拳銃を抜いた。残りの者たちも彼にならった。オルソが若者のところまで来てみると、モーズリーの前で倒れているのは女性だった。モーズリーの母親だろう。手斧で殺られていた。洗い物の篭が地面にひっくり返り、真っ白なシーツが血に染まっている。死体のまわりでは蠅が雲霞をなして騒いでいた。オルソはモーズリーの腕をつかみ、どかそうとしたが、若者は手を振り払い、襲撃者の残党がまだ中にいる危険など顧みず、飛びこんでいった。オルソはあとを追った。

そこで彼らの見た光景は、モーズリーの心に二度と消せない傷を残すこととなった。三人の弟のうち、ふたりが手首を縛られて天井に吊るされていた。喉をかき切られており、床は一面、血まみれだった。室内にこもった熱のせいで、余計に強烈な悪臭が漂っていた。隣の部屋には三人目の弟がいた。窓から逃げようとしたところを、むごたらしく刺殺されていた。オルソの見たところ、その十歳にも満たぬであろう男の子には、少なくとも五十カ所の刺し傷があった。

台所には椅子に座った父親の姿があった。椅子に縛られ、拷問を受けたようだ。こちらも刺し殺されていた。

オルソは目の前の惨劇が素人の仕業であり、不気味な演出に過ぎないことをすぐに見抜いた。おそらくはケミカル系のドラッグでもキメて、その勢いを借りてやったのだろう。メキシコの麻薬密輸組織（ナルコス）の仕業に見せかけようとした下手な芝居だ。

地下室にまだ何もなかったことなど、殺人者たちは知る由もなかったのだろう。

犯人の正体は二日後に発覚した。

モーズリーの父親は、酒場で、間違った相手に向かって儲け話を自慢してしまったのだ。その相手とは、集落の外れのあばら屋に巣くう三人のろくでなしだった。三人は父親にうんと酒を飲ませ、秘密を白状させた。この農民の小屋の地下室にはお宝が眠っている、そう信じこんだ三人は、横取りをたくらみ、目撃者も皆殺しにしようと決めたのだった。

しかしその晩、連中が店にいたところを目撃した者はたくさんおり、全員が三人のろくでなしの身元を証言した。オルソとその手下は悪党どものすみかに押し入り、寝ていた連中を不意打ちした。三人はあろうことか、血まみれの服をまだ着ていた。着替えようとすら考えなかったらしい。ロッソに許されてあばら屋に入ったモーズリーの血に飢えた目を、オルソははっきりと覚えている。そして、三人を好きにしていいと言われた時の、今にも舌舐めずりしそうな、あの表情も。

　モーズリーが三人の相手を終えたのは四日後のことだった。あばら屋は集落から十分に離れた場所にあったので、悪党どもの絶望の叫びは誰の耳にも入らなかった。若者は三人の肉体に対して、この上なく緻密で、あのロッソさえ魂消(たまげ)るほど、ひどく残酷な処理を施した。赤毛のボスはモーズリーをマルセイユに連れていこうと決めた。こいつはすぐにものになるぞ、〈組織〉にとってはいい買い物だ、そう思ったのだ。
だが実のところ、すでに問題を抱えていたモーズリーの頭の中で、その日、何かが取り返しのつかぬかたちで壊れたのだった。

　モーズリーはただちに、危険すぎる男とみなされるようになった。自分の感情をまるでコントロールできないためだ。しばしば発作的に怒りを爆発させ、手のつけようがなくなった。心のブレーキとなるはずの抑制機能をまったく持ち合わせていないらしかった。モーズリーは怖い物なしで、何人たりとも恐れなかった。しかし、何よりも〈組織〉の者たちを驚かせたのは、目的などお構いなしで、とにかく他人に苦痛を与えるのが好きでたまらないという、彼の性格だった。ロッソを除けば、モーズリーがいくばくかの敬意を示す相手はオルソだけだったが、両者の関係は最後まで表面的なものに終始した。モーズリーの頭の中がどうなっているのか理解できた者はいなかったが、そもそもそうしたいと思う者もいなかったはずだ。オルソに命を救われたことも一度あったが、その時もモーズリーの目に謝意は浮かんでおらず、むしろ、自分がまだ生きていることをほとんど不快にすら思っているように見えた。

やがて破局が訪れた。ある時、ンドランゲタのとあるファミリーに属するふたりの男がひとりの娼婦を暴行し、死にいたらしめたのだが、それが、モーズリーなりに愛着を持っていた女だったのだ。彼は車に乗っていた犯人たちの不意を突いてどちらも失神させると、某所のガレージに連れこみ、ひと晩中、ナイフで責めた。ようやく死神がやってきた時、ふたりはおそらくほっとしたはずだ。だがモーズリーは、自分が殺したのが、当時ロッソの商売相手だったファミリーの構成員であることを知らなかった。赤毛のボスは自ら、カラブリアのパートナーたちに約束した。お身内の復讐は、俺がこの手で果たすからどうか安心してほしい、と。

ところがロッソは、モーズリーを殺すと約束しながら、結局、実行しなかった。オルソにはいまだにその理由がよくわからなかった。どう考えてもまともではないあの若者に対し、ロッソはある種の歪んだ同情を覚えていたのかもしれない。二度と自分の前に姿を見せてくれるな、さもなければ殺す、と言い渡してから赤毛のボスは若者を追放した。

以来、モーズリーの行方を知る者はなかった。

17

宿の入口で借りた傘が小さすぎて、これではどうしたって雨に濡れてしまうとオルソが気づくまでにそう時間はかからなかった。強風は赤い生地を右へ左へと翻弄し、冷たい滴があらゆる方向から彼を襲った。道路はもはや氾濫した川も同然の有り様で、どう足の置き場に注意してもかかとまで濡れた。旧市街のあちこちの狭い路地の角では、茶色く泡立つ流れが猛烈な勢いで運んできた細かいゴミやビニール袋がどぶの入口を詰まらせ、雨水が捌(さば)けるのを妨げていた。そんなゴミでできた小型ダムによって池がいくつも出現し、そこを車が容赦ないスピードで突っ切ると、異様な波が立って、歩道に押し寄せた。歩道はミニチュアの海に面した防波堤のようだった。

壁に手をつき、半身だけ頭上のバルコニーに守られた格好で、オルソは頭に触れてみた。髪はびしょ濡れだった。水滴がうなじで合流し、シャツの首から流れこんでいるのがわかる。寒気を覚え、身震いした。

また歩きだそうとしたところで、道を挟んだ反対側の歩道の真ん中を、横殴りの雨にも構わず進むマッテオの姿に気がついた。オルソは腕の時計を見て、下校時刻かと納得しかけ、すぐに少年の様子に違和感を覚えた。やけにぼんやりした顔で、少しも急ごうとする様子がなく、教科書で重たいリュックに雨滴が跳ねるのも構わずにゆっくりと歩き、おかしなことにいつもの野球帽を被っていない。

オルソは左右を見て車が来ないことを確認してから、傘を盾のように構え、雨から身を守りつつ道路を渡った。

「マッテオ！」

少年はちらりと振り向いたが、気づいたというそぶりは見せなかった。それどころか完全に無視を決めこみ、うんざりするほどのろのろと歩き続けた。

オルソは相手の肩を揺さぶり、小さい傘でなんとか覆ってやろうとしたが、十二歳のこの少年は興味がないようだった。そこで彼は少年の前に立ち塞がり、無理矢理、目を上げさせた。マッテオの顔に雨が叩きつける。しかしオルソは少年の目が真っ赤なのを見逃さなかった。泣いたか、今も泣いているのか、そのどちらかだろう。顔を濡らす激しい雨のせいで判断がつかなかった。さらに、片方の頰骨の上に派手な赤い跡があった。

「何があった？」

マッテオは怒りに燃える目を落とし、オルソを押しのけてまた歩きだした。彼は少年の腕をつかむと、両開きの木製の大扉が半分だけ開いた建物の玄関ホールに連れこんだ。そして少年を自分のほうに向かせ、膝を折って、視線を合わせた。

マッテオは歯を食い縛り、両の拳を握り締めて、オルソをにらんだ。

「何があったのか、話してみないか」

「嫌だ」

「わかった。じゃあ帰ろう。ママに話せばいい」

「嫌だ!」マッテオが怒鳴った。

「よかったら、俺もつきあってやるぞ」

「嫌だって言ったろ!」

少年はヒステリーの発作を起こしたらしく、意味をなさぬ音の連なりをわめきだしたが、オルソは相手にしなかった。

「好きにしろ」そう言って彼は立ち上がり、傘を振って少しでも滴を落としてから、また開き、ホールの外に向かった。

「じゃあ、あとでな」

オルソはそれとなく振り返り、少年がまだ拳を握り、歯を食い縛ったままながらも、もう叫ぶのはやめているのを確認した。向こうはオルソがもう少し粘るものと思っていたのだろうが、構わず少年を置き去りにして、大雨の中、まっすぐB&Bを目指した。

エルサの宿の前で後ろを見ると、マッテオはちゃんとついてきていた。前よりずぶ濡れだ。オルソは玄関の大扉を開き、少年が入るのを待ってから、あとに続いた。扉の音を聞いて、エルサが部屋から飛び出してきた。

「いったいどうしたの？」濡れ鼠になった息子を見て、エルサが大声を上げた。「びしょびしょじゃないの！」

彼女の視線を受けて、オルソは言い訳をした。

「すぐそこで会ったんです。その時にはもう、ずぶ濡れで」

エルサはマッテオのリュックを下ろさせ、水が大量に滴る上着を脱がせた。

「どうして傘を渡したのに、差してこなかったの？」

「傘なんてない」

「ないって、どういうこと？」

「なくしたんだ」

その時、エルサは男の子の頬にできた赤い跡に気づいた。

「これ、どうしたの？」

「なんでもない」

「マッテオ、誰にやられたの？」

「誰でもないよ、転んだんだ」

エルサは息子の手を取り、部屋に入った。そして、階段の下に立っているオルソを見やると、ささやくように言った。

「すみません、本当に……」

「気にしないでください」

エルサはドアを閉じた。


部屋に戻るなり、オルソは、濡れた靴と服を脱いだ。髪を乾かし、服を着替える。それからベッドに横になって、本を読んでいたら、誰かが階段を上ってくる音がした。少ししてドアがノックされた。オルソは立ち上がった。

「わたしです」

エルサの声は小さく、温かに響いた。

オルソはドアを開けた。だが、自分の体が入口を塞いでいるのを忘れ、しばし彼女を外で待たせてしまった。彼が慌ててどくと、エルサは困ったような笑みを浮かべ、部屋に入ってきた。オルソは自分の濡れた服がまだ床に散らばっているのを見て、片づけだした。

「すみませんね、散らかってて」

「お気になさらないで……お邪魔したのはこちらですから」

「邪魔なんてとんでもない。座ってください」

エルサは、小さい机の下から椅子を出し、腰かけた。オルソは拾い集めた服を丸め、バスルームに投げ入れると、ドアを閉めた。

「こんな年ですが、気分はまだ下宿暮らしの学生みたいなもんでして」

エルサがまた微笑んだ。今度は左右の頬にえくぼが出た。

「そんなことないわ。毎朝、こんなに部屋が片づいてるお客さんなんて今までいなかったもの」

オルソはベッドに腰を下ろし、待った。

「ひとつお尋ねしたいことがあって……マッテオのことで」

「どうぞ」

「さっき通りでお会いになった時、あの子、何か言ってました？」

「いいえ」

エルサはひとりでうなずくようなそぶりを見せた。

「だって、何かあったに違いないんです。あんなに興奮して、痣までこさえて……。いつもわたしには何も教えてくれないんですよ。朝、何か言ってませんでした？　たとえば、学校のこととか、クラスのお友だちのこととか……」

「特に何も。ほとんど口はききませんでしたね。僕と学校まで行って、挨拶をして、中に入っていきました」

「やっぱり」

「何か心配な点でも？」

「うまく説明できるかしら。マッテオは賢い子だと思うんですけど、ちょっと奥手と言うか、年の割に幼いんです。なかなか心を開いてくれませんし。もちろん、思春期の男の子ってそんなものかもしれません。でも小学校の時みたいな袋小路にまたはまりこみたくないんです。あのころはあの子にとって、毎日が地獄でした。だから何かしてやりたくって。わかります？」

「もちろん」

「でも何も話してくれないから、いったいどう助けたらいいのか」

「マッテオは、あなたが思っているほど子どもじゃないと思いますよ」

エルサは疑わしげな顔をしている。

「それに、彼の口から何を聞きたいんです？」

「何って言われても、よくわかりません。でも、知りたいんです。元気なのか、それとも元気じゃないのか、嬉しいのか、悲しいのか、今度のクラスのみんなとはうまくやっているのか、とか……。もう中学に入って三カ月になるのに、ひと言もなくて。石像でも相手にしてるみたい。それにあの発作があるでしょ？　あれって、何もかも自分の中に閉じこめているせいじゃないかと思うんです。もしかしたら好きな子でもクラスにいるのかしら……わからないけど」

「あの年ごろは、母親にだけは言えないことっていくつもあるものですよ」

「でもあの子には、わたししかいないんです！」エルサは自分が思わず声を上げてしまったことに気づいたようだった。「だけど、おっしゃるとおりかもしれません。ところでオルソ、お子さんはいらっしゃるの？」

　いきなりのその質問にオルソは衝撃を受け、即答できなかった。きっと奇妙な表情を浮かべてしまったのだろう、エルサは後悔した様子でこう続けた。

「ごめんなさい、変なこと訊いてしまって」

　部屋の中に重たい空気が漂った。エルサは立ち上がり、オルソも彼女にならった。

「わたし……ご迷惑でしたね」

「迷惑なんてこと、本当にありません」

　エルサは出ていこうとして、ドアのところで立ち止まった。

「あの、グリーンピース入りのスペッツァティーノ（角切りした肉の煮込み料理）を作ったんです。お好きかしら？」

「いつも親切にありがとう、エルサ。でも別に毎晩、招待してくれなくてもいいんですよ」

　エルサの顔がこわばった。

「おっしゃるとおりね。失礼します」彼女はドアを開けて部屋を出ると、行ってしまった。

オルソはひとり立ち尽くし、ふたりの会話を振り返った。どこか、思ったようには進まなかった部分がある気がしてならなかった。

18

学校に向かって歩くあいだ、マッテオは例によって口数が少なかった。オルソは少年の寡黙さに心で感謝した。将来は何になりたいだのといったつまらぬことばかりしゃべるおしゃべりな子どもがもともと嫌いな上に、今朝はひどい頭痛に悩まされていたからだ。昨晩、兆しのあった軽い風邪が深夜に悪化したせいで、苦しくてまるで眠れなかった。鼻詰まりと喉の痛みだけでも厄介なのに、新たに頭痛まで症状に加わったわけだ。

眠りたくても眠れぬせいで、オルソは暗い考えに次々に襲われた。ひどく悲観的な思いにとらわれ、流血と絶望のイメージが延々と思い浮かぶにいたって、彼は明かりを点けた。時刻は午前四時半、これ以上は眠ろうとしても無駄で、腰にも悪いのはわかっていた。起き上がり、ナイトテーブルの本を取ると、読みかけの恋愛小説の続きを読みだした。そして、エルサと朝食をとる七時半になるのを待った。

今朝の女主人はいつもより冷淡だった。

彼女はマッテオの身支度をし、コートを着せ、ブラシで髪を整えた。少年は不快に思ったはずだが、愚痴はこぼさなかった。

エルサは次に、真面目な顔でオルソにこう告げた。

「なんでしたら、わたしが連れていきますけど」

「いや、僕も出かける準備はできてます」

オルソは少年を見た。頬の痣はまわりが紫色になりつつあった。

「行こうか」

マッテオは返事をせず、部屋の出口に向かった。

学校までは交差点をあとふたつ渡るばかり、という段になって、オルソは少年が普段に増してぴりぴりしているのに気づいた。そこで、足を止め、時間を稼ぐために、ポケットから出したティッシュペーパーで鼻をかんだ。マッテオは待っていてくれた。妙に落ち着きがない。オルソは急がなかったが、少年はどうやら不安からくる発作を起こしかけているようで、呼吸が荒くなってきた。放っておけば、過呼吸を起こしてしまいそうだ。

「大丈夫か」

マッテオはうなずいたが、どう見ても大丈夫ではなさそうだった。

「何か言いたいことがあれば、遠慮なく言えよ。学校に着く前にさ」

少年はオルソを見上げた。さっきから体を絶えず左右に揺らしている。

「誰か会いたくないやつでもいるのか」

隙間ひとつなかったマッテオの沈黙のカーテンがかすかに開くのを見て、オルソはすかさずそこに忍びこんだ。エルサの息子をこうも緊張させる問題を解決するためというよりは、好奇心のほうが大きかった。

「もしかして、昨日の朝の、あのグループの誰かに会いたくないのか」

マッテオは躊躇したが、やがてまたうなずいた。

「僕、あいつらに、オルソは僕のボディガードだって言ったんだ」

「でも、どうして？」

「ふむ」

「もしも僕にひどいことしたら、オルソが守ってくれるって」

「俺の銃の話もしたのか」

「してないよ」

「本当に？」

「本当だよ」

「それで何があった？」

マッテオは少し考える顔になった。返事を頭の中でまとめているのだろう。

「僕が中学に通いだしてから、あの連中、ずっとちょっかいを出してくるんだ。僕だって最初は目立たないようにしよう、ひとりでいよう、とした。しばらくはそれでうまくいったけど、ある日、休み時間に校庭でクラスの女の子と話してたら、あの、高校の連中がやってきて、彼女をからかいだしたんだ。ちょっと太ってるものだから。僕、そういうことを言うのは失礼だって言ってやったんだ」

頭痛が激しくなり、オルソはこめかみをもんだ。

「それで昨日は何があった？」

「トイレにおしっこに行ったら、あいつらが来たんだ。どうやったのかはわかんない。だって、高校の校舎は別だから、こっちには来られないはずなんだよ。まずは帽子を盗られた。ポケットに入れておいたのを盗られたんだ。それからひざまずかされて、顔を便器に突っこまされた。あいつら僕の頭を押さえたまま、水を流したんだ。ここはその時にぶつけた」

マッテオは頬の痣を指した。

「『ボディガードはどうした？　ほら、呼んでみろよ！』なんて言ってさ。お前は阿呆だとか、オルソのことをジジイだとか、あれこれ言って大笑いしやがった」

少年の目が潤みだしたことにオルソは気づいた。

「ディエゴのやつ、スマホでずっと動画を撮ってた。いつもそうなんだ」

マッテオはこらえきれなくなり、紫がかった頬に涙が筋を引いた。

「もうすぐ学校だぞ。めそめそ泣いてるところをみんなに見せたいのか?」

マッテオは首を横に振り、コートの袖で涙を拭いた。

「連中にこんな情けない姿を見られたら、自分で自分のことも守れない男だと思われるぞ」

「でも、本当のことじゃないか」

「ああ、確かにそうだ。お前はただの泣き虫で馬鹿なガキだ。だがな、だからと言って、やつらにそんな扱いを受けても仕方ないってことにはならないんだよ」

同情のかけらもないオルソの物言いにマッテオは驚いている。慣れていないのだろう。

「お前も、せめて連中を喜ばせないようにしないとな」

マッテオはうなずいたが、自信がなさそうだ。

「なんにしても、こういうことは別に秘密にしておく必要はない。ママに相談してみればいいじゃないか」

「嫌だ」

「どうして?」

少年は肩をすくめた。

「動画?」

「好きにしろ。もう行こう。遅刻するぞ」

ふたりは学校の前まで来た。マッテオはオルソの手を取り、道路を横断した。昨日の朝、ふたりをじっと観察していた少年少女のグループはいなかった。マッテオもあたりを見回し、見せつける相手がいないとわかるとオルソの手を離し、うつむき加減で正門に向かった。


オルソは何度もくしゃみをしながら帰路につき、開店直後の床屋に入った。髭を剃り、髪をほとんど五分刈りまで短くしてもらうといくらか気分がよくなったが、早く部屋に戻って、アスピリンを二錠ほどコップの水に溶かして飲もうという思いに変わりはなかった。


B&Bの通りに差しかかったところで足を止めた。

彼のいるほうとは反対側の路肩、まさにエルサの宿の入口の真ん前に後ろ向きで停まっている車を見て、心で警報が鳴ったのだ。通りは狭く、駐車には最悪な位置だった。車は白いBMWだが、派手なリアウィングのせいで、レーシングカーの仮装をした滑稽なセダンにしか見えなかった。運転席には誰かがいて、朝の寒さにもかかわらず窓を開け、左腕をぶらつかせている。タトゥーの入った手には火の点いた煙草があった。

オルソはナンバープレートを読もうとしたが遠すぎた。危険を承知で、警戒しつつ接近する。二十メートルほど手前まで来た時、B&Bの入口から花柄のコートを着たガブリエルが出てきた。セルビア人は左右をさっと見てから道路を渡り、BMWの助手席に乗りこんだ。オルソに気づいた様子はなかった。リアウィンドウのまわりにセットされたポジションライトが点灯し、ボディの下端に張り巡らされた趣味の悪い紫色のＬＥＤがアスファルトを明るく照らした。やがてエンジンをうならせてＢＭＷは勢いよく出発し、角を曲がって見えなくなった。

オルソは宿に入り、エルサの家の前に来た。ドアは開いていた。中を覗いてみたが、誰の姿もない。ドアをノックしてみると、台所からエルサが出てきた。ひと目で、明らかに動揺しているのがわかった。

「どなた？　あっ、あなただったの。何かしら」

「あのセルビアのご友人が来てたんですね」

「ええ、ガブリエルね。ちょっと立ち寄ってくれたの……」

オルソは何も言わずに待った。しかし彼女にそれ以上を説明するつもりはないらしく、それどころか、どこか苛立って見えた。

「それでご用は？」

「実は謝りたかったんです。昨日の夜はぶしつけな態度を取ってすみませんでした」

「大げさね」

「いや、本当に申し訳なく思ってます。ずっと親切にしてもらっているのに、僕ときたら……」

エルサは手を振ってオルソの言葉をさえぎった。

「お客様には誰であれ、親切に振る舞うようにしているんです。そうすれば、次も泊まりにきてくれるかもしれないでしょ？」

「そうですね」

オルソはエルサと目を合わせようとしたが、彼女は応えてくれず、どう見ても気まずそうだったので、玄関に戻ることにした。

「では、またあとで」

エルサは彼を見送り、ドアノブに手をかけて、閉めようとした。ところがそこでオルソが立ち止まり、振り返った。

「ああ、忘れるところだった。今朝、少しマッテオと話をしましたよ」

エルサは手を止め、がらりと態度を変えた。

「どんな話をしたんですか」

「なんでも中学に入ってから、年上の不良グループの標的にされていて、悪趣味ないたずらや嫌がらせを受けているようです」

エルサは衝撃のあまり、まともに口がきけないようだった。

「そんな、誰が……」

「僕の聞いた限りでは、ディエゴという少年がいるようです。不良どものボスかもしれませんが、確かなことはわかりません」

「でも……どうしてあの子、わたしには何も言ってくれなかったのかしら」

「この手のことはお母さんとは話したくないんだとか。心配させたくないのかもしれませんね」

エルサは相当に混乱しているらしく、手が震えている。

「明日、校長に話してみます。いいえ、今から行きます！　そんな連中、みんな訴えてやるわ！」

エルサは衝動的に煙草の箱を求めて服のあちこちをまさぐった。持っていないようだ。

「いい考えとは思えませんね」オルソは言った。

「どうして？　うちの子がいじめられているのに、放っておけって言うの？」

「もちろん違います。僕だけの話だったら、そんな連中、こっぴどく尻を蹴飛ばして、少年院に叩きこんでやりますよ。ただ、それだとマッテオはいつまでも負けっぱなしです。彼に絡む不良どもにしても、それでいじめをやめるでしょうか。ひとつだけ確かなのは、あなたの介入は、マッテオが自尊心を取り戻す助けにはならないということです。彼の自尊心は今、どん底ですから」

エルサはオルソの言葉を振り返り、迷いながらもうなずいた。

「ひとつ、僕に考えがあるんです」

彼女は興味津々という風にオルソを見た。

「マッテオがいじめっ子どもに自分で反抗するかたちに持っていきたいんです。さもないとみんなの敬意はもちろん、自分自身に対するそれも勝ち取れませんから。だからと言って、そのあとで連中をいじめの罪で訴えることができない、というわけではありません。ですが、態度を改めることはマッテオにとって、きっといい効果があると思うんです。もしかすると、あの不安の発作だって乗り越えることができるかもしれない」

「そんなこと、あなたにどうしてわかるの？　もしかして、心理学者なんですか」

オルソはむっとしたが、調子に乗りすぎたかもしれないと反省し、一歩後退した。

「いいえ。おっしゃるとおりですね。余計なことを言って申し訳ない」

そして彼は立ち去ろうとしたが、エルサに止められた。

「ちょっと待ってください。そういうつもりで言ったんじゃないんです。ただ、ちょっとデリケートな状況なもので。それはおわかりでしょう？」

「もちろん」

「わたし、正直言って、何がマッテオのためになるかわからないんです。でも、あなたにはなんだかそれがわかっているような感じがして。どうしてかは知らないけど、そんな気がするの。今のお話だって、筋が通ってるし。それで、どうしろと言うんですか」

「明日、また彼と話してみます。今朝はあえて粘りませんでしたが、僕となら腹を割ってくれるようですし」

当然、エルサも彼のほのめかしに気づいたが、知らぬふりをした。オルソは言葉を続けた。

「不良どもの正体をまずは把握しましょう。次にマッテオの反応を見て、こちらも対応を決めましょう。どうです？」

「どうなんでしょう？　わたしもう、何がなんだか」

「明日か、明後日まで待つことにしましょう。なんにしても、マッテオには何も言わないでください。彼のほうから相談してくるなら、それは構いませんが、そうでない限り、明日の朝、僕からもっと詳しく尋ねてみます。それで状況が変わらぬようであれば……僕から伝えます。お母さんは何もかも知っている、問題解決のためになんらかの対処をしなくてはいけない、と」

エルサはうなずいた。まずは小さく、それからもっと納得した様子で、しっかりとうなずいた。

「わかりました」彼女は答えた。笑みを浮かべている。「何から何までありがとう」

エルサは自然な仕草でオルソの頰にキスをした。それはちょっと前にとった冷たい態度の埋め合わせかもしれず、あるいは、たったひとりの仲間——彼女の頭の中で渦巻く悩みを軽くすることのできる貴重な仲間——への感謝の印だったのかもしれない。いずれにせよ、エルサがドアを閉じたあとも、オルソはしばらく彼女の家の前で立ち尽くしていた。

19

オルソはレモの小型車が揺れるほど激しいくしゃみをすると、鼻をかみ、小さく悪態をついた。隣で運転をするレモがにやりとした。

「何も言ってくれるな、頼むから」オルソがうなった。

「何も言うつもりはないさ、相棒」

レモは黙ってにやにやし続けた。車は高速道路のレッジョ・エミリア（イタリア北部エミリア・ロマーニャ州の町）料金所で停まったところだった。オルソは、二日にわたって悩まされていた頭痛が治まり、ほっとしていた。レモが一分と黙っていられぬ男なのは知っていたから、友人が財布をポケットから出しながら、病気を話題にまた口火を切った時も驚かなかった。

「僕なんて、鼻風邪とアレルギーで、去年の冬はずっと吸入器に張り付いてたよ」

レモは高速料金を払った。

「それだけでも大変だったのに、次は二度もインフルエンザにかかってさ。そのうち一度は腸に来るやつで、ひどい下痢にやられた。ありゃきっと胆嚢まで出ちゃったね」

レモはオルソを笑わせようとして馬鹿笑いをしたが、オルソは無表情のまま、ひとつ鼻をすすると、ポケットにティッシュペーパーの袋をしまった。

「かかりつけの医者は、年を取って免疫システムが弱くなっているんだろう、なんて言ってるけど、僕に言わせりゃ、そんなの嘘っぱちだ。子どものころから、ずっとこうだもの。学校で誰か、同じクラスじゃなくても、ちょっと風邪を引いてるやつがいると、いつも僕はあっという間にうつされて、しかもこじらせて、気管支炎になったものさ。だから君がそうして細菌をばら撒いているからには、たぶん明日は僕も風邪を引くよ。もっとひどい風邪かも。でも皮肉なもんで、あれでマリーザは頑丈だったんだ。三十年間、本当に一度だって、あいつがインフルエンザで寝込んだところを見たことがなかったもんな。おかげで彼女にはずいぶんとからかわれたよ。病弱だ、病弱だって。死んじまう何日か前にも言われたっけ」

レモの顔はもうにやけておらず、明らかに感情の高ぶりを抑えようとしていた。

「あの時、僕らは鏡の前にいたんだ。マリーザが体を洗うのを手伝ってやってたんだけど、こっちはひどい風邪を引いていて、彼女が……もうそのころにはあいつ、体重なんて三十キロもなくてさ……オルソ、冗談抜きに骸骨みたいだったよ……いつもの皮肉っぽい顔で僕を見て、言ったんだ。『ひどい有り様ね、あなたって、本当に病弱なんだから』って。

そして、笑いだしたんだ」

オルソは友人を振り返った。レモはハンドルをぎゅっと握り、泣きだしてしまわぬよう、道路に意識を集中させている。レモが口を閉じるのは、二時間三十七分前にオルソがこの車に乗ってから初めてだった。絶え間ないエンジンのうなり声を除けば静かなもので、オルソの耳は感謝をしていたが、どうにも胸を離れぬあの焦燥感が戻ってきた。一刻も早くカンニーバレことチーロ・トッレの問題を片づけ、ノヴェーレに行きたかった。だから、昨日かかってきたレモの電話はありがたかった。友人は、モーズリーを見つけたと告げ、ただし、レッジョ・エミリアの病院の腫瘍科に入院中だと付け足した。どうしてそんなところにモーズリーがいるのかはわからなかった。でも、あの男の人生はロッソの手下だったころからいつも謎めいていた。

レモはその時、今度の話はここまでだと主張した。腫瘍科に入院中ということは、モーズリーは余命わずかのはずだ、そんな状態の人間がカンニーバレ退治に参加できるはずがないと言うのだった。オルソがそれでもモーズリーに会いたいとこだわると、レモはなんとかあきらめさせようとした。

だが説得は無駄に終わった。

そしてオルソに、あのバールの前で待っているから車で迎えに来てくれ、レッジョ・エミリアまで連れていってほしいと求められ、レモはしぶしぶ承知したのだった。

車がレッジョ・エミリアの市街地に入り、サンタ・マリア・ヌォーヴァ大病院の案内標識をレモと探していた時だった。オルソの携帯にエルサからショートメッセージが届いた。

彼女と電話番号を交換したのは昨日のことで、それが初めて受け取るメッセージだった。内容は、マッテオがここ数日では珍しく、かなり元気に学校から帰ってきたと告げるものだった。何か変わったことがあったのかもしれない、理由を探ってみるつもりだ、と結ばれた文面の最後には、ウィンクをする顔の絵文字があった。オルソは冷たく簡潔な「了解」のひと言を返した。実は彼も絵文字を付けてみたのだが、自分が馬鹿みたいに思えてきて、送信前に消去したのだった。

もう一度、モーズリーのこと、カンニーバレ討伐に頭を集中させようとしたが、エルサのメッセージがここ数日の出来事を思い出させ、それしか考えられなくなってしまった。マッテオがいじめに遭っているとオルソに明かされてから、エルサの態度は変わった。少なくとも、その翌朝、少年が朝食をとっているあいだに彼女がオルソにそっと投げた視線から見るに、変わったように思われた。彼女とのあいだに思いがけず生まれたそんな連帯感が、彼は嬉しくて仕方なかった。部分的にせよ、仲直りの証に思えたのだ。

学校まで少年を送るその朝の散歩に変わった展開はなかった。オルソはマッテオから前日に告白された以上のことを聞かされず、彼にしても少年に洗いざらい白状させる気にはなれなかった。

運命とはなんと皮肉なものか。オルソは思うのだった。

まだ一歳になったばかりの娘、グレタと離れ離れになってからというもの、彼は子どもと関わるまいとして生きてきた。すぐ腹が立って、ガキなどわずらわしいばかりだと思ってしまう彼自身の性格のためもあったが、娘の思い出を裏切ることになるのではないかとためらう気持ちもあった。ところが人生はオルソをしばしば他人の子どもと向き合わせようと仕向けてきた。たとえばオルソは、ロッソの孫、ミキと密接な関係にある。オルソが遠ざけようとすればするほど、あの子は余計になついてしまった。彼にしてみれば不本意なことだったが、運命に常に試され続けているようでもあれば、無慈悲な罰を受けているようでもあった。

そして今、マッテオを相手にまた同じことが起きつつあった。

その夜、オルソは風邪のせいでろくに眠れなかったが、ひとつ気づき、驚いたことがあった。俺はこの、一応きちんとしているが、とてもひとに勧める気にはなれない、こんな宿でなぜぐずぐずしているのか。そう真剣に自分に問いかけてみたのだ。するとその答えが、エルサにある種の魅力を感じているためだ、この気持ちは否定するだけ無駄だ、というものだったのだ。と言ってもプラトニックな感情で、性的な要素はまったくないのだが、それでも彼女のことを考えずにはいられない自分に気づいたのだ。

我ながら己が嘆かわしかった。

六十過ぎにもなって、壊れかけの心臓を抱え、気持ちはいつでもノヴェーレへ、この四十年間ずっと愛し続けてきた女性に向かっているくせに、エルサと特別な関係になりたいという願望はどこか哀れだった。だが、自分でもどうにもならないほど強い気持ちだった。

翌朝、二日前に昼も夜もジェノヴァを叩いた雨が歩道に残していった水たまりを避けて歩きながら、オルソは、マッテオが相変わらず、年上のいじめっ子たちを恐れているのに気づいた。校舎の近くまで来ると、四人の少年たちが壁にもたれ、同年配の少女たちと一緒におり、何やら笑っていた。少年のひとりはマッテオの野球帽を被っている。オルソは前回と同じ連中だと気づき、マッテオに尋ねた。グループの一番奥にいて、仲間たちの陽気なおしゃべりにも関心がなさそうにしているのがディエゴか、と。

マッテオはうなずいた。

オルソの手を握る彼の姿を見て、四人は肘で小突き合い、何やらひそひそ話してから、どっと笑った。

オルソはマッテオのほうを向いた。少年はグループの傍らを通るのを明らかに恐れていた。

「連中から目をそらすな。あいつらがいないふりをするのも駄目だ。靴底にへばりついた糞でも見るようににらんでやれ」

マッテオは聞こえぬふりをしたが、グループのそばまで来ると、歩道から目を上げた。

ほんの一瞬だけだった。それからまた目を落とし、足下のスニーカーをじっと見つめた。オルソは少年が四人と目を合わせられないのを見て、立ち止まった。マッテオがうつむいたまま、息を飲むのがわかった。少年に手を引っ張られても、オルソは動かなかった。マッテオの頬が真っ赤に火照りだした。オルソがその手を固く握り、はっきりしたサインを送ると、少年は非常な勇気を奮い起こし、ついにいじめっ子たちの顔をまっすぐににらんだ。向こうはむっとしたようで、一斉に笑うのをやめた。彼らとしては、無害な少年が仕返しを恐れて、自分たちを見て見ぬふりをしてくれるほうがよかったのだろう。オルソは自分の作戦が当たったのを理解した。ディエゴは校庭を取り囲む低い壁にもたれ、のんびりと煙草を吸っていたが、明らかに苛立ちを募らせていた。残りの三人がなんでもないふりをしているのに対し、とうとうディエゴはオルソを見やり、なんの用だよ、とでも言いたげにあごを上げた。

オルソは身じろぎひとつしなかった。

ディエゴは仲間たちの視線を感じ、このままでは自分のリーダーシップが危ういと思ったのだろう、壁から身を離し、レパートリーのなかでも一番の強面（こわもて）を作ると、オルソに声をかけた。

「なんか文句でもあんのかよ？」

オルソは反応しない。

「おい、あんたに言ってんだよ。もしかしてあれか、聞こえねえのか」

マッテオは立ち去ろうとしたが、オルソにぐっと手をつかまれ、動けなかった。

その状況からどう抜け出したものかわからなかったのだろう、ディエゴは見知らぬ男との直接対決を避けることにしたらしい。煙草の吸い殻をオルソの足下に投げると、少年は言った。「こんな訳のわかんねえジジイは放っておいて、もう行こうぜ」

そしてディエゴは学校のほうに歩きだした。仲間たちもそのあとを追った。マッテオとオルソは彼らが校舎に入るのを見届けた。少年は不安そうだった。

「ねえ、僕、どうすればいいの？」

「お前は学校に行って、いつもどおりにすればいい」

オルソは少年の手を放した。

マッテオはちょっと歩いてから、すぐに振り返った。

「でも、あいつらと会ったら？」

「逃げるな。そして、じっと目をにらんでやれ」

「そんなの無理だよ！」

「じゃあ、トイレに顔を突っこまれても仕方ないな。さあ、行った、行った」

マッテオは絞首刑でも宣告されたような顔をして校門をくぐった。学校の玄関に入る前に振り返って、オルソを捜したが、彼の後ろ姿はすでに遠ざかりつつあった。

風邪がまだ治まらず、オルソはすぐに宿に戻らざるをえなかった。宿ではエルサが興味津々で待っていたが、彼女の息子について語るべきことは特になかった。オルソは気分がよくないと告げ、派手な音を立てて鼻をかむと、階段を上って部屋に戻った。それから二時間ほどして、エルサがノックしてきた。ドアを開けると、彼女の手には重曹とお湯の入ったポットがあった。

「重曹を少しお湯に溶かして、頭からタオルを被って、湯気を吸ってみて。『重曹の湯気は変な薬のスプレーなんかよりよっぽど効く』というのが、うちの祖母の口癖でした」

オルソはポットと重曹の瓶を受け取った。

「こいつはありがたい」

するとエルサは手で〝気にしないで〟という仕草をした。オルソは、階段を下りていく彼女の背中を見つめた。

「エルサ」

彼女は立ち止まり、振り返った。

「はい？」

「いや……なんでもない。本当にありがとう」

マッテオは昼時に学校から帰ってくると、すぐに階段を上り、今日は誰にもいじめられなかったとオルソに報告した。母親に聞かれぬよう小声になりながら少年は、下校の時に四人組とすれ違ったのに、あいつら僕に目もくれなかったと説明した。マッテオを階段の下で待っていたエルサは、少年の話を聞くために部屋から顔を出したオルソに向かってにこりとした。

オルソはその日、残りの時間をずっと部屋にこもって過ごした。

レモからの連絡はなかった。

翌朝、学校に向かう途中でマッテオが、視線は前に向けたまま、オルソにこんなことを言った。

「僕にもあんなピストルがあったら、連中だって絶対に手出しはしてこないんだろうな」

オルソは足を止め、マッテオの片腕をつかみ、自分のほうを向かせた。

「もう二度と俺の銃の話はするな。さもないと本当に、何もかもママにばらして出ていくぞ。わかったか」

オルソの思いがけない激しい語気に、マッテオは身をこわばらせ、うなずいた。彼は少年の腕を放し——もしかしたら強くつかみすぎたかもしれない——また歩きだした。マッテオは追いかけてきて、やがて隣に並んだ。

「銃で敬意を勝ち取ろうなんて考え方はよくないぞ」

「じゃあ、どうすればいいの?」

「自分で考えろ。だがな、お前のほうが相手よりも強いと理解させる方法なんてほかにもいくらでもあるんだ」

「せめてひとつくらい教えてよ」

「にらまれても目をそらすな、まずはそこからだ」

マッテオは思案顔になり、オルソの傍らを黙って歩いてから、学校に入っていった。

その朝、いじめっ子たちはどこにも見当たらなかった。

宿に戻る途中でレモからの電話があった。それが、モーズリーが見つかったという知らせだった。オルソはなんの気なしに帰り道を変更し、レッジョ・エミリアまでつきあってくれと電話の向こうの友人の説得を続けながら、小さな公園を横切ろうとした。建物に囲まれた公園は大雨で沼のようになってしまっていた。わずかなベンチが適当に置かれているのは、芝生であったはずの場所だろう。沼の水面からは遊具も突き出していた。二連ブランコがひとつ、複合遊具がひとつ、スプリング式の木馬がひとつ。どれも打ち捨てられ、手入れ不足と湿気のために錆びだらけだった。オルソは自分の革靴が泥だらけになっているのを見て、公園に入ったのを後悔したが、あと戻りしても無意味なところまで来ていたので、靴下とズボンの裾を汚しつつ、前進した。

やがてオルソは、公園の反対側、彼から一番遠い位置にあるベンチに、マッテオの悩みの種である四人組がいるのを見た。学校はサボることにしたのだろう。

四人のうちふたりは、大麻樹脂（ハシシ）のかけらをライターで温めている仲間の手元に注目している。ディエゴはベンチの背もたれの上に座り、一本の紙巻き煙草から中身の葉を取り出す作業中だ。ハシシと混ぜて吸うつもりなのだろう。

オルソは電話を終え、四人には構わず進もうとした。

「おい見ろよ、あいつだ！」そんな小さな叫びが聞こえた。

視界の端のほうで、全員が自分をさっと見たのがわかった。もう公園の出口の手前まで来ていた。

「馬鹿野郎！」誰かが叫んだ。

「待てよ！」

「こっち来いよ、一緒に葉っぱでもやろうぜ」

「聞こえねえのかよ？」

「まあジジイだからな……聞こえなくてもしょうがねえだろ？」

「ホチョーキ着けろよ！」

笑い声が続いた。

オルソは立ち止まり、方向転換をすると、悠々と四人組のいるほうに向かった。

四人はとたんに笑うのをやめ、顔を見合わせた。ディエゴは手巻煙草用ペーパーの、糊（のり）が付いた一辺を舐め終え、いざジョイントを巻こうというところで手を止め、ゆっくりと近づいてくるオルソをにらんだ。オルソは彼らのベンチまで二メートルほどのところで足を止め、マッテオの野球帽を被った少年を見た。

「洒落た帽子、被ってるじゃないか」

「なんの用だよ？」四人組のなかでもとりわけずんぐりした少年がどすのきいた声を出した。髪を両耳の上まで刈り上げ、てっぺんだけ伸ばして一方に梳いた髪形は、このいじめっ子グループのトレードマークのようなものらしい。オルソはその声を聞いて、相手が乱暴な口調で不安を隠そうとしているのに気づいた。

ディエゴはベンチの背もたれの上に腰かけているため、残りの三人よりも高い位置にいる。ガキ大将は少し迷ってから、ジョイントを巻く作業に戻った。

「で？　いったいなんの用だって、訊いてんだよ」ずんぐり坊主がまた言った。

「そっちが俺を呼んだんじゃないか」

「へえ、そうかい？」少年はにやりとし、そうだったっけ、という風に仲間たちの視線を求めた。

「一緒に葉っぱをやろうって言ってたろう？」

「あんたの聞き間違えだよ。わかったら失せろ、この糞ジジイ！」

ずんぐり坊主の罵倒は、マッテオの帽子を被った少年と、眼鏡をかけたニキビ面の三人目の少年の賑やかな嘲笑を呼んだ。ディエゴはその後ろでジョイントに火を点け、煙を吸いこみ、自分とは無関係な劇でも眺めるように、高みの見物を決めこんだ。

オルソはずんぐり坊主を見つめた。もはやこの少年が対話相手と決まっていたからだ。

「葉っぱを吸う時、ひとに勧めないのはマナー違反だぞ?」

それを聞いたディエゴが挑みかかるような笑みを浮かべ、オルソにジョイントを差し出した。

残り三人は仲間の挑発的な行為に笑い声を上げてから、自分たちの前に立っている、やけに背が高くて、体格のいい老人の反応を待った。すると驚いたことに、オルソがジョイントに手を伸ばし、唇に持っていくではないか。彼は深々と煙を吸った。

「さてと、いい機会だから、お前たちにひとつ頼みごとをしようか。いや、ふたつ頼もう」鼻から濃い煙の雲を吐き出しながら、オルソは言った。

「へえ、言ってみろよ」

「まずは、その帽子だ」

ずんぐり坊主は仲間の頭の帽子を見てから、オルソに向き直った。

「これは、こいつの帽子だ。どうして直接、訊いてみない?」

「どうしてって、今、俺はお前と話しているところだからさ。お前さんがお友だちにお願いして、俺に渡してくれればいい」

「ははは、こいつはいいや」

オルソは素早く半歩前に出ると、ずんぐり坊主にびんたを食らわせた。頭が明後日の方向を向き、ジェルで固まっているはずの髪形が崩れるほどの一撃だった。

ずんぐり坊主は息を飲み、信じられないという顔で、熱を帯びた頬に触れた。

「てめえ、何を……」

残りの三人は表情をこわばらせている。

オルソは禅僧のように落ちつき払って、少年たちをおびえさせた。

「もう一度、頼まなきゃ駄目か」熱く濃い煙をもう一服してから、オルソは尋ねた。

「おい、状況わかってんのかよ？　こっちが四人で、てめえはひとりきり、それも、ただの老いぼれだって……」

オルソはずんぐり坊主にもう一撃、指を開いたびんたを見舞った。ただし今度は、相手がベンチから転げ落ち、両膝と両手をぬかるみにつくほど強力なやつだった。

マッテオの野球帽を被っていた少年は慌てて帽子を脱ぎ、オルソに差し出した。彼は帽子を受け取り、コートのポケットにしまった。

ずんぐり坊主はぱっと立ち上がった。顔は青ざめ、目は怒りで今にも飛び出しそうになっている。少年は泥まみれの人差し指をオルソの顔に向けた。

「触るんじゃねえ、こっちは未成年だぞ。訴えてやるからな。いいのかよ、訴えても？」

我を忘れた少年の叫びは、かすれた金切り声となっていた。

「座れ」

自分の脅しがオルソにはまるで効いていないのを悟ると、ずんぐり坊主は一瞬ためらってから、ベンチに座り直した。オルソはジョイントをもう一服すると、眼鏡をかけたニキビ面の少年に渡した。少年はそれが放射線を発するウランの棒ででもあるかのように、恐る恐る親指と人差し指でつまむと、手をそのまま動かさなかった。

「自己紹介も済んだところで、ふたつ目の頼みを聞いてもらおうか。なんでもお前たちのなかにひとり、映画を撮るのが好きなやつがいるそうじゃないか」

四人はあいまいな顔を見合わせている。

「おい、お前」オルソは、マッテオから帽子を奪った少年を指差して告げた。「携帯をよこせ」

少年は戸惑い、ディエゴを見つめた。しかしリーダーからなんのアドバイスもないのを見て、スマートフォンを取り出し、オルソに渡した。

「暗証番号は？」

少年の告げた番号を入力してから、オルソは写真と動画の入ったフォルダを開き、かなり慣れた手つきで、中身を調べだした。マッテオが主役の動画もなければ、いじめの場面を捉えたそれもなかった。探し物が見つからなかったので、彼はスマートフォンを持ち主に投げ返し、眼鏡の少年とずんぐり坊主のそれも調べた。

「よし、お前たちはもう行っていいぞ」

四人は全員、ベンチから立ち上がった。

「お前は駄目だ」オルソはディエゴに言った。「まだ座ってろ」

ディエゴはまたベンチの背もたれの上に腰かけ、天を仰いでため息をついた。残り三人はどうしたものかと迷っていたが、ディエゴにうながされると、安心したように遠ざかり、公園を出ていった。

オルソはベンチに上り、背もたれの上に腰を下ろした。ディエゴの真横だ。それから少年のポケットを指差した。

オルソは暗証番号を聞き出すと、ディエゴはうんざりした顔でスマートフォンを差し出した。動画をチェックしていった。一番新しい動画は、写真と動画のアルバムアプリを開き、少年の撮影したのだった。ひざまずいたマッテオの頭をずんぐり坊主が便器に突っこみ、学校のトイレにいるマッテオを捉えたものだった。手ぶれの激しい映像だったが、ディエゴがずんぐり坊主に指示を出す声がはっきりと聞こえた。マッテオの頭を押さえつけたまま、誰かがトイレの水を流す。便器から顔を上げたマッテオは吐き気に襲われたらしく、咳きこんだ。苦しむ少年に四人がひどい言葉を投げつけ、小突き回す。頭がびしょ濡れになったマッテオが、いたずら書きだらけの個室の壁にもたれ、わっと泣きだす。

動画はそこで突然終わった。

オルソはフォルダの中をさらに探り、ほかにもマッテオが主役の動画をいくつも見つけたが、再生はしなかった。側面のボタンを押し、画面をオフにすると、隣に座っている少年を見やった。煙草を取り出し、火を点けたところだ。

「そんなの、みんなちょっとした冗談だよ」

「いいや。これで十分、お前を刑事裁判にかけることもできる」

ディエゴは肩をすくめた。

「別に構わないようだな」

「どうでもいいよ」

「これ、ネットのどこかに流したか」

「どれも俺の私的利用のための動画だよ」ディエゴは小賢しい笑みを浮かべてそう答えた。

「興奮するのか」

「なんだって？」

「この手のビデオを見ると、お前、興奮するのか」

「違う！」

「年下の男の子にあんなことしている自分にうっとりしながら、マスをかくんだろう？」

「違う、舐めんじゃねえよ！」

「じゃあ、なんでこんなことをする？」

ディエゴはまた肩をすくめた。

「ひとつはっきりさせておこうか」オルソは言った。「お友だちはみんな行っちまったから、今ここにいるのはお前と俺だけだ。だから、そんなにつんけんする必要はない。お前が格好つけなきゃならない相手は、ここにはいないからな。俺に向かって格好つけてみたって無意味だ。あの間抜けな三人が相手なら、タフで残酷な男のふりも通用するだろうが、こっちはお前なんか話にならないくらいタフにも残酷にもなれるからな。それどころじゃない。その気になれば俺はそれこそあっという間に、お前が今まで出くわしたこともないくらい、最低なひとでなしにだってなれるんだ」

「脅しのつもりかよ？」

「本音を言おうか。お前はきっと、みんなに信じこませようとしているような野郎とはまるで別人なんだ。きっと、ただの寄生虫だな。畑の土の中で腐るぐらいがお似合いの、無意味なやつだ。空気も水も無駄遣いさせるのが惜しいくらいの駄目人間だな」

「本当、よくしゃべるな」

「かわいそうなガキをいじるより勉強でもしたらどうだ？　ついでに偉ぶるのもやめて」

「あんた凄えな！　うちの親父もかなりのろくでなしだけど、さすがにそこまでつまんねえことばっか、次々には言わねえぞ？」

オルソは少年の目を見つめた。そして自分が今、何をしていたか、どんなに上から目線で説教をしていたかを悟り、恥ずかしくなった。みっともない真似をしたものだ。これで二度目か。エルサとうまいこと意思の疎通を図ろうとした時と同じ、哀れで無様な老人だ。

俺は心ない男、それ以外の何者でもないのに。

四人の虫けらどもの前に立った時から、胸の中で炎が上がっていたが、ますます激しくなるその熱にオルソは気づかぬふりをしていた。やがて熱は火山のマグマとなり、胃の入口を突き上げ、今にも噴き出しそうになっていたが、それでも彼は知らぬふりを続けた。

だがこれ以上は無視できない。

俺を蝕(むしば)みつつあるこの怒りはもう抑えられない。

より正確には、もう抑えておきたくなかった。

オルソはディエゴのスマートフォンを、ベンチの座面を構成する木の板のあいだに挟むと、靴底で一気にへし折った。携帯は真っぷたつになった。

「何しやがる！」ディエゴが切れた。「そいつは七百ユーロもしたんだぞ！」

オルソは巨大な片手で少年の痩せた首を握ると、自分の顔から数センチの距離まで引き寄せた。ディエゴは口をぱくぱくさせながら暴れ、首の手を外そうとしたがかなわなかった。オルソは、ボートの底でのたうち回る魚を眺める漁師のように、もがく相手を眺めた。

少年のひとを馬鹿にした表情がようやく消え、まずは不安に、そしてパニックに変わるのを見るのは気分がよかった。

「わかりやすく言ってやろう、犬の糞め。今度またマッテオに近づいたら――時間を訊くだけでも駄目だし、道路の横断を手伝うのだって駄目だ――俺は、夜を待ってお前の家に向かう。そうなったら――お前みたいなガキを生み落とした性悪ママに誓って言うが――運がよくても、お前が次に目を覚ますのは病院のベッドの上だ。変なチューブを鼻やら、お前がチンコとか呼んでる、そのなんの役にも立たねえ股ぐらのでっぱりやらにつながれた格好でな。わかったか」

ディエゴの顔色が紫がかり、こめかみの血管が膨らんだ。口を開け、閉じたがまともに声にならず、目をみはって自分が限界にあることを男に伝えようとしたが、相手の目つきから、呼吸を許してくれる気はこれっぽっちもないらしいと察した。脚をばたつかせてみたが、泥だらけのランニングシューズが木製のベンチの上で滑るばかり。あと一分も持たないだろう、少年はそう確信した。

「わかったかと訊いているんだよ。返事がないようだが……」オルソはディエゴの瞳をまっすぐに見つめたまま、言った。

少年がなんとか頭を上下させた。

「それは、わかった、という意味か」

ディエゴはもっとはっきりとうなずいた。

オルソは手を放した。少年は空気の抜けた袋のように崩れ落ちると、ひとつ深く息を吸ってから咳きこみだし、ベンチの背もたれの上から座面に滑り落ち、首を両手で押さえた。

オルソはぬかるみで汚れないように注意しつつ、ベンチを下りた。

「ズボンのポケットに入ってるナイフを出さなかったのは、賢明だったな」

ディエゴは驚いた顔でオルソを見た。毛細血管が切れたのだろう、瞳が血の海に浮かんでいるようだ。

「あんな動画を見せられたあとじゃ、こっちとしてはむしろナイフを抜いてほしかったんだが。まあ仕方ない」

嬰児（えいじ）のような姿勢で咳きこむディエゴをあとに残し、オルソは公園の出口に向かった。

怒りは静まったが、まだ完全に消えてはいなかった。それはオルソの内に巣くい、いつでも彼に飛びかかる構えでいる怒りだった。自分が自分で嫌になった。俺という男は身近な人間をことごとく、自分がもう四十年も閉じこめられている暗い暴力の穴に道連れにしてしまう。エルサのところに厄介になるのは今夜で最後にしよう。彼はそう決めた。

Ｂ＆Ｂに着くと、オルソはエルサの家のドアを叩き、マッテオの野球帽を彼女に差し出した。そして、いじめっ子たちと穏やかに話し合った、あの子たちもわかってくれたので、きっと今後は手を出してこないはずだ、と説明した。するとエルサは礼を言い、そこで言葉に詰まってしまった。オルソは彼女の視線を避け、急いで部屋に向かうと、そのまま一日出てこなかった。

翌朝、学校に向かってマッテオと歩きながら、オルソは風邪が抜けつつあるのを実感した。少年が彼のほうをじっと見つめているのは、何か訊きたいことがあるのに、勇気が出ないからだろうか。オルソはあえて助け船を出さぬことにした。

道のりのなかばまで来たところで、マッテオが、目は歩道に落としたまま、話しかけてきた。

「オルソってひとりぼっちなの？」

「どういう意味だ？」

「いいひと誰もいないの？　結婚はしていないみたいだし」

「いない」

「家族も？」

「いない」

マッテオは黙って考えこむ顔になり、それ以上、何も訊いてこなかった。オルソは相手の意図がつかめず、なんだかすっきりしなかった。さらに歩き続けるうちに、おそらくはこの少年ともこれきり二度と会うこともないのだろうと思った。やがて一軒のバールのそばを通りかかった。

「今日はまだ早いから、朝食の続きでもどうだい？」

マッテオはどうでもよさそうに肩をすくめたが、オルソに従って店に入った。オルソは少年のためにカプチーノを、自分のためにエスプレッソコーヒーを頼んだ。さらに、彼はサクランボのタルトの誘惑に負け、マッテオはクリーム入りのクロワッサンを選んだ。オルソの習慣に従い、ふたりは店の奥の席に座った。

「俺はお前のママのおかげで甘い物に目覚めたんだ。嘘みたいな話だろ?」

マッテオは相変わらず黙っていたが、毎朝のルーチンを逸脱するこの寄り道をいくらか面白がっているようだった。

オルソはコーヒーを飲んでしまうと、マッテオの瞳をまっすぐに見つめ、尋ねた。

「キューピッドって知ってるか」

「うん」クリームで汚れた唇を動かし、マッテオが答えた。

「なら、キューピッドにまつわる噂は本当だと思っておいたほうがいいぞ。あの小さな天使が放つ矢は、本気を出すと、百発百中なんだ。俺がまだ二十四歳で、仕事の仲間に会う約束があって出かけた時の話だ。会うのはそいつだけじゃなくて、ほかにも友だちが何人かいた。約束の場所は、まあ、あれだ、大人が集まって酒を飲んだり、笑ったりするような店だ。誰か女の子と出会って、楽しく過ごしたいと思って行くやつもいるな。俺たちがあの店を選んだのは、仕事をひとつ片づけたところで、それがまた、とてもうまく行ったのを祝うためだった。幸せな時って、早いところひと息ついて、みんなと喜びを分かち合いたいと思うものだろう？　あの晩がまさにそんな感じだった。でも俺は、約束の時間に遅れてしまっていた。車で行ったんだが、工事で道が塞がれて、ひどい渋滞だったんだ。だから車は途中で停めて、歩いていくことにした。早足で、水たまりを避けながら、俺は歩いた。午後は大雨だったから、たくさん水たまりがあったんだ。それで……はっきりとは覚えてないんだが、下を向いていて、不注意だったんだろうな……なんにせよ、通りに面したドアがいきなり開いて、ばん！　俺は叩きのめされてしまったんだ」

最初はたいして興味もなさそうだったマッテオだが、次第に話に引きこまれる顔になってきた。

「それも倒れた場所が悪かった。水たまりの中さ。想像してみてくれ。こっちはおろしたての、しかも白いスーツを着て、あの晩はネクタイまでしてたんだ。そんなわけで俺は、たぶんあの地区で一番大きくて、一番汚い水たまりに落ちた。スーツが台無しなのはすぐにわかった。パンツまでびしょ濡れだったからな。そりゃあ、腹が立ったさ！　俺を転ばせて、新品の服まで駄目にした間抜けの顔をなんとしてでも見届けてやろうと思った。でもな、マッテオ。天使ってやつが本当にいて、思いがけないタイミングで登場するって話があるだろう？　それで、困っている俺たちを助けてくれるっていう。あれは全部、本当だ。あの時、俺はまだ地面に、いや水たまりの中に座っていた。濡れたネクタイを顔にくっつけたままな。それで、顔を上げたら、何が見えたと思う？」

マッテオはオルソの言葉を待った。クロワッサンの最後のひとかけらを持った手を宙に浮かせ、口を半開きにして。

「天使が俺を心配そうに見つめていたんだよ。あんな道端で偶然に会えるなんてまるで嘘みたいな、物凄くきれいな女の子だった。大きくて真っ黒な目をしていて、ぽってりした唇が、自分のしてしまったことに驚いて大きく開いていた。真っ黒な巻き毛を長く伸ばして、どこか中東っぽい感じがする娘だった。彼女は俺に向かって身をかがめて、手を差し伸べ、立ち上がるのを助けてくれた。こんな完璧な女はいないと思ったね。『ああ、ごめんなさい、大丈夫？　怪我はない？』と彼女に訊かれて俺は、ジャケットからもズボンからも汚い泥をぼたぼた落としながら、『最高の気分さ。何を心配しているんだい？』なんて答えたんだ。まるで何も起きやしなかったみたいに。少し前までの怒りは……あっという間に消えてしまった。彼女は俺が冗談を言っているものだと思ってにっこりしたけど、こっちは本気も本気だった。だって、本当に最高の気分だったんだから。笑った彼女の唇のあいだに見えた歯がまた、暗い道を明るく照らしそうなほど真っ白で、世界一腕利きの彫刻家が彫ったんじゃないかってくらいきれいだった」

　オルソは自分でも驚くほど饒舌かつ滑らかに思い出を語り、十二歳の、まだ半分子どもみたいな少年に向かって、四十年ものあいだ胸に秘め、誰にも打ち明けたことのなかった秘密を明かしていた。

「彼女は申し訳なさそうにしてた。でも、俺のためにあの娘が心を痛めるなんてことだけは嫌だったから、安心させようと思って、こんなスーツ、実は色が明るすぎて好みじゃなかった、とか、こんな暑い晩はちょっとぐらい濡れるのも気持ちいい、とか言って慰めてみたんだが、納得してもらえなかった。だから俺は言ったんだ。じゃあ、コーヒーを一杯ご馳走してくれたら許すよ、って。俺たちはビストロに入った。フランスではバールのことをそう呼ぶんだ。狭くて暗い、ひどい店だった。でもその時の俺には、マルセイユで一番ロマンチックな店に思えた。そこで俺たちは何時間もおしゃべりをしたんだ。店主に閉店時間だって言われて追い出されるまで、俺たちはあの小さなテーブルからずっと離れなかった。行かなきゃならなかった約束のことも、店も、友人たちのことも、俺は一切忘れた。彼女しか見えなかった。それからもずっとそうだった。俺には彼女以外、意味がなくなった。あの娘だけが大切だった」

オルソはバールの壁時計を見た。一限目の授業開始のベルがもうすぐ鳴るところだ。

「それで、そのひとと結婚したの？」

「いや。でも娘がひとりできた」

「でも、どうやって？」

「結婚しなくても、親にはなれるんだよ。さあ、行こう。遅刻するぞ」

学校に着くと、マッテオはすぐに、いつもの壁際にたむろするディエゴと三人のいじめっ子の姿に気づいた。ところがニキビ面の少年がオルソを見て、あいつが来たぞとディエゴをうながすと、驚いたことに四人組は即座に立ち去った。彼らは雨に打たれた蟻みたいに散り散りになり、うつむいたまま、学校の入口を目指して急いだ。

マッテオはいぶかしげにオルソを見た。

「これって、オルソが何かしたの？」

「もう行け、ベルが鳴るぞ」

マッテオは彼の手を離し、正門に向かった。

エルサの息子の足取りから頼りない感じが初めて薄れ、意気揚々として見えた。

オルソは宿に戻り、荷物をまとめた。拳銃も含め、持ち物をすべてスーツケースにしまった。階段を下りると、エルサがいた。バックパックを足下に置いたスウェーデン人の若い夫婦に応対しているところだった。彼女はオルソを見ると、ふたりに笑顔で会釈して、彼のところに来た。

「やったわ、飛びこみのお客さんなの！」

ただそこで彼の足下のスーツケースに気づいて、失望を隠しきれない顔になった。

「ご出発？」

オルソはうなずいた。現金で精算を済ませたが、彼女はまた言葉を失ってしまったようだった。いよいよ彼が宿を出る直前になって、エルサは辛そうに言った。またジェノヴァに立ち寄られることがあれば、会いにきてくださいね。

オルソは自分もそう願っていると答えた。嘘ではなかった。でも心の中では、その願いがかなうことはないだろうと知っていた。

それから十分後にいつものバールに着いた時、オルソはまだ背中にエルサの目が張り付いているような気がしていた。見れば、レモの小型車が道端でエンジンをかけたまま、待っていた。気分は最悪だった。友人も彼の不機嫌にすぐ気づいたらしく、くよくよするな、とでも言いたげな笑顔で迎えてくれた。

レッジョ・エミリアの病院前の広場に着くと、オルソは車を降りた。

レモも降りたが、車のそばを離れようとしない。

「オルソ、僕は腫瘍科には行かないよ。あの中にはとても戻れない。ここで待ってるから」

オルソはうなずいた。

ひと気のない腫瘍科の廊下を歩く。モーズリーの病室はどこかと尋ねたくて、看護師か医師の姿を探したが、誰もいなかった。病室のドアはどれも閉じていたが、一番奥のドアだけ開いていた。オルソはその部屋に近づき、ドアをほんの少しだけ指で押し開け、中の様子をうかがった。

病室は薄暗かった。中年の白髪の看護師がひとり、かなり高齢の紳士の点滴を確認している。老いた患者はかすかな声で何やらくどくどと嘆いていた。

看護師の女性がオルソに気づいた様子はなかった。部屋には四つのベッドが並び、すべて患者で埋まっている。残り三人の患者は身じろぎもせず、暗がりに沈んでいた。看護師は病室を出ようと振り返ったところで、オルソに気づいた。

「何かご用ですか。どなたかお捜し？」

「こちらの科に入院しているはずの、モーズリーという患者を捜しています」

女性の表情がさっと変わった。

「あなた……ウォルターさんのお身内の方？」驚いた声だった。

「知り合いの者です」オルソはこの時、モーズリーの本名を初めて知った。「面会はできますかね？」

「実は……お身内の方にしか本当は面会は許可されていないんですが……でも、ウォルターさんの場合……どなたもお世話にいらっしゃらないみたいですし……」看護師は言葉を濁し、オルソをうながした。「こちらにどうぞ」

彼女はオルソの前に立って廊下を進み、ある閉ざされた部屋の前に立ったが、ドアを開ける前に彼を振り返った。

「ひとつお断りしておきますが、わたしどもがここにウォルターさんを入れたのは、そうするほか、どうしようもなかったからなんです」

看護師はドアを開け、部屋に入った。なんだか物置き部屋みたいな病室だった。彼女は部屋のほぼ一面を占めているベッドに近づくと、横の壁とのあいだに残された隙間に入っていき、窓のそばのレバーを回した。ブラインドがわずかに開き、外の光が差しこむ。オルソはあたりを見回した。そこは正真正銘の物置き部屋だった。天井まであるスチール棚がひとつあり、薬品のたぐいや病棟を掃除するための道具、紙のロールなどがたくさん載せてあり、箒(ほうき)と床用のブラシが何本も立てかけられていた。

オルソはモーズリーに近づいた。病人は病院の寝巻きを着て、仰向けに横たわり、股のあたりまで毛布で覆っていた。ひどく顔がやつれている。ブラインドから差しこむ光の加減で、眼窩が、暗くて空っぽなふたつの小さなクレーターのように見え、目を開いているのか、閉じているのか、判別がつかない。オルソは、看護師がこの風変わりな患者のそばにいることに心からおびえているのに気づいた。彼女は不安を紛らわそうとするように、点滴のチューブを確認した。

「昔からのお知り合いなんですか」オルソを見上げ、看護師は尋ねた。

「そうですね。でも、もう何年も便りがなかったんです。どうして彼はこんな場所に？」

「それが……奇妙に思われるのは当たり前ですが、同室の患者さんたちがわずらわしくって仕方ないって、みなさんに暴力を振るおうとしたもので。ここに隔離するほか、手の打ちようがなかったんです。それに……あの……ご病気なのはわかるんですが、それ以前にちょっと癖があると言いますか……とても変わった患者さんなもので」

「容体はどうですか」

「そのあたりのお話は、担当医とお願いします。ただ、今ちょっと席を外していて……」

モーズリーの手がいきなり跳ね上がったかと思うと、部屋に入った時から明らかに緊張していた看護師の手首をつかんだ。彼女は悲鳴を上げ、蛇にでも触れたみたいに、さっとベッドから離れ、壁際に張り付いた。

薄明かりの中、オルソは初めて、モーズリーの凍るような瞳を見た。老けこんだ顔がかすかににやけた。

看護師はヒステリックな反応をしてしまったのを自覚して、気まずそうにオルソに謝った。

「すみません、わたし……つい……」

彼女は病室を出かけたところで、こう告げた。

「これで失礼します……終わりましたら、ドアを閉めてお帰りください」

そして姿を消した。

オルソは、かつてのモーズリーの残滓とでも呼ぶべき男がもっとよく見えるよう、一歩前進した。

「オルソ……本当にあんたなのか」

男は英語を話したが、何年もともに働いてきたはずのフランス人の仕事仲間のほぼ全員が理解できなかった、あの米国南部の奇妙なアクセントがほとんど失われていた。

「久しぶりだな、モーズリー」

モーズリーは苦しげに唾を飲みこんだ。

「水を、頼む」

オルソはまわりを見てから、部屋を出て、腫瘍科を出たところに飲み物とスナック類の自販機があったのを思い出した。小さなボトル入りの水を買い、戻ってきた。モーズリーはボトルをつかむと、いかにも喉が渇いていたように飲んだが、一部は首と寝巻きにこぼしてしまった。飲み終えると、彼は口元を腕で拭った。骨と皮ばかりとなった腕は、散歩用のステッキのように細かった。

「ロッソに言われてきたのか」

「違う」

「どうしてここがわかった?」

「レモだよ」

モーズリーは微笑んだ。不吉な冷笑と言ったほうが正確かもしれない。薄い唇が開き、残りわずかな歯が覗く。

「〝騎手（ジョッキー）〟か。つまり、あいつもまだ生きているんだな？」

「そうだ」

「座ってくれ、と言いたいところだが、見てのとおり椅子を置く場所もない。なんにしてもここの居心地はそう悪くないよ。案外と……」

モーズリーは言葉を切り、乾いた唇を湿らせた。吐き気のしそうな口臭が漂う。

「少なくとも、ひと晩中、ジジイどものうめき声を聞かずに済むからな。うるさくて眠れなかったよ」

「それで、調子はどうだい？」

「最悪だ。来月まで持たないかもしれないってさ。俺はまだ五十五だぞ。ひどい話だろ？」

「痛むのか」

「ずっとモルヒネが効いてるから大丈夫だ。ロッソは元気か」

「まあな。年ごとにひどくなる持病はいくらかあるが、それでもお前や俺よりもずっと元気だ。それより、今までどこでどうしてたんだ？」

モーズリーはため息をついた。

「どうしてそんなことを訊く？」

「ただの好奇心だ。アメリカに帰ったものとばかり思ってたからな。嫌なら、別に話さなくていい」

「〈組織〉を離れてから、適当な仕事を探してあちこちに行ったよ。主にコートダジュールと北イタリアのあいだだな。金があんまりなかったんだ。昔から俺は貯金ってやつができなくてさ。それから薬物中毒者のためのクリニックに入った。抗不安薬やトランキライザーなんかを飲みすぎたんだ。だが、やばいドラッグはやってないぜ。その手の薬だって、俺のためになるからって言われて飲んだんだ。危険な衝動を抑えるのを助けてくれるから、ってさ」

モーズリーはくっくと笑ったが、途中でやめ、何度か咳きこんでから、ひとつ深呼吸をして落ちついた。

「とにかく薬を飲みすぎたんだ。何年もな。ほとんど植物人間みたいになっちまって、勃(た)つものもしばらく勃たなかったよ。抗不安薬に入ってるベンゾジアゼピンって、記憶喪失になるって知ってたか。俺は、どうせ嘘だろうくらいに思ってたんだけど、そのうち、気づいたらとんでもない場所にいた、ってことが何度も起きるようになった。一度なんてスーパーを出て、次に我に返った時にはボローニャにいたよ。誓って言うが、あんな町、行ったこともなかったし、自分があの時、何をしに行ったのかもわからない。こりゃ限界だとさすがに思ったね。だからボローニャでそのままクリニックに入った。禁断症状は死ぬほど苦しかったよ。何十万回と小便を漏らして、閉じこめられた部屋のドアで手の爪をすり減らしてさ。でも最後には、ざまあ見ろってんだ。俺はやり遂げた」

モーズリーは水のボトルを手に取り、飲み干した。それからティッシュペーパーで、乾いた唇をまた拭いた。

「そこで俺はひとりの女と出会った。やっぱり中毒者だ。ヘロインのな。でも、あいつはもうほぼ回復という段階だった。俺たちはここ、レッジョ・エミリアでしばらく一緒に暮らした。小さな丸いケツをした女でさ……いいケツだけじゃなく、二階建ての屋敷まであいつは持ってた。旧市街の古いお屋敷だ。要するに、吐き気がするほどの金持ちだったんだ。しかもひとり暮らしのな。ある日、俺は理解した。このままこの女のところにいたら、遅かれ早かれ俺はビニール袋をこいつの頭に被せるか、首を掻き切ることになるだろうって。二度ほど、本当に殺りかけた。あとほんのちょっとだったな」

そう言ってモーズリーは、骨と皮ばかりの親指と人差し指を近づけた。

「あの女、指図ばかりしやがってさ。悪夢だった。だから家を出た」

オルソはにやっとした。

「そう、俺は真人間になったんだ。本当だぜ。銃やナイフにも触れていないし、殺しもやめた。まともになったんだ。超が付くくらい、まともさ。それからピザ屋で仕事を見つけてね。そこでずっと働いてた。ただのウェイターとしてな。だがある時、首のリンパ腺の腫れに気がついちまったわけだ。おしまい」

モーズリーは深く息を吸った。長話は体にこたえるようだ。

「化学療法が始まってから、なんの薬を飲まされてると思う？」

「ベンゾジアゼピンか」

「せっかくクリーンになったのに、今じゃ前よりもたくさん飲んでるよ。でもここまで来たら、もうどうだっていいよな。そうだろう？」

オルソはコートを脱いだ。室温は三十度近く、汗が出てきたのだ。

「今度はあんたの番だ。用事はなんだ？　最近神父にでもなって、俺に終油の秘跡を授けにきたってなら別だが、あんたみたいな大物が、マルセイユからレッジョ・エミリアまでわざわざ俺の具合を確かめたり、思い出話を聞いたりするために来るわけはないからな」

「実はひとつ、片づけなきゃならない問題がある。トッレって覚えてるか」

モーズリーはしばし黙って考える顔になった。

「カラブリアのボス？」

「そうだ。その長男が、カンニーバレの呼び名で通ってるんだが、俺の命を狙ってるんだ」

「おいおい、まさか、助けてくれって言うのか……この俺に？」

モーズリーは喉から甲高い音を立てながら小さく笑いだし、震えるように肩を上下させたかと思うと、ついに爆笑したが、すぐに激しく咳きこんだ。湿った咳だった。点滴の針が刺さった腕でティッシュペーパーを取り、口を拭くと、モーズリーはあたかも病院のまわりでジョギングをして、今、帰ってきたばかりのところのように荒い息をつきながら、枕に頭を戻した。

「そうだ。お前に助けを求めにきたんだ。ただし、それなりの事情がある。お前は〈組織〉を出て、もう十年以上になるだろう？　だからなんのしがらみもない代わりに、昔の暮らしが懐かしくもある。違うか？」

「オルソ、俺をからかってるのか。こっちは体のあちこちに癌が転移してるんだぜ？　モルヒネがなきゃやってけねえし、立ってるのもやっとってとこだ。そもそもあんたには立派な軍団がいるじゃないか。ロッソに頼めよ。なんで俺なんかに頼む？」

「俺はひとりなんだよ。ロッソに頼んでも無駄だ。今度の話に〈組織〉の人間は誰も関わらせない、そうはっきり言われたんだ。だから俺はここに来た。お前ならロッソとの縁も切れてるし、自由の身だ。カンニーバレの野郎には武装した手下もいれば、隠れ家もある。俺ひとりじゃたいしたことはできない。やつの息の根を止めるくらいはできるかもしれないが、生きて帰ってはこられないだろう。しかし死ぬ前に俺にはどうしてもやるべきことがある。しかもそいつは、先にトッレとのいざこざを片づけなければ、できない話なんだ」

「偉大なオルソ、あの何事にも動じぬ戦士が、こんなくたばりかけた野郎に頭を下げて、助けを求めるとはな。なんにしても、俺の返事はノーだ」

「わかるよ」

「いや、あんたはわかっちゃいない。俺はロッソに盾つくような真似は一切しないんだ」

「だが、今度の話はロッソとは無関係だぞ？」

「でも、誰かがあんたに手を貸すのをボスは喜ばないんだろう？」

「〈組織〉の人間が関わるのを嫌がっているだけだ。お前はずっと前に足を洗っているじゃないか」

「あのひとは俺にとって、大の恩人だ。俺に家を与え、人生を与えてくれた。だからあのひとの意に反するような真似はしない」

オルソはモーズリーを見つめた。病人は筋状の光が差しこむ小窓を見上げている。

「昔のお前なら、カラブリアの連中の話を聞くだけで怒りに身を震わせたもんだがな」

「卑怯（ひきょう）だぞ。そんな罠にひっかかるもんか」

「わかった、わかった。もういいよ」

オルソはスチール棚に載せておいたコートを手に取ると、何度も埃を払った。部屋を出ようとしたところで、モーズリーを振り返った。もうこちらからは目をそらしている。

「そうそう、知ってるか。ロッソがコカインの入った木箱を内緒で預かってくれとお前の家族に頼んだ時、お前たちみたいにメキシコ国境の近くで人里離れた家に住んでいた別の家族にも、何軒か、同じことを頼んでたって」

モーズリーはオルソのほうに頭をよじった。口は閉じたままだが、ぎょろ目が無表情にオルソを見つめている。

「どの家族も、金と引き換えにブツを隠す仕事を引き受けた。はした金だが、連中にとっては大金だったからな。お前の親父も、ドルの札束を見た時は世界一ついてる男になった気がしたろうな。まあ、ほかの家族にしたって同じだろうが」

「いったい何が言いたい？」

「ロッソがブツの入った木箱を運び終え、隠したあと、あいつの手下はいつもそうした家の住人を皆殺しにしたんだよ。年寄りだろうが、女、子どもだろうが容赦なくな。そうすれば、隠し場所は永遠に秘密のままだろう？　少なくとも薬がそこからまた出発するまではな」

モーズリーは呼吸をやめてしまったようだった。

「俺と最初に会った時のこと、覚えてるか。ライフルを持った男に追いかけられたお前が、俺たちのジープにぶつかってきた、あの時だ。俺たちはお前の家の地下室にブツを隠しに行くところだった」

モーズリーは身じろぎひとつせず、息を詰めている。

「俺たちは、お前とお前の家族も片づけるつもりだったんだよ。ただ、あのろくでなしどもに先を越されちまったがな」

病院までの道中に、レモはカーラジオの故障に気づいた。そこで、病院前の広場でオルソを待っているあいだ、カーラジオを外し、どこかが接触不良でも起こしているのではないかと調べることにした。やがて口にドライバーを一本くわえたまま、彼がふと病院の玄関に目をやると、オルソがひどく痩せた男を連れてやってくるのが見えた。ふらふらと歩いてくるその男は、額こそはげ上がっているが、あとは長髪で、幅広のズボンを穿き、コートを羽織って、足下はサンダル履き、手にはセーターを握り、患者用の水色のシャツを着たままだった。あれは……モーズリーだ。

レモの口からドライバーが落ちた。

「嘘だろう？」

20

メタルグレーのＳＵＶは、午後の道が空いた時間なのをいいことに、コルニリャーノ通りを猛スピードで駆け抜けていった。茶色の古い建物の並びの前で今も揺れる、元気のないシュロの並木の前をＳＵＶは通過し、通りの終わるエルネスト・サヴィオ広場の手前で、そこに停めてあったレモの小型車の横を通った。その助手席にいたオルソはドアミラーを覗きながら、後ろから近づいてくるＳＵＶをずっと見守っていた。抜かれた時、通り沿いの建物がＳＵＶのウィンドウに映りこんでいたため、誰が乗っているのかはまったく見えなかった。オルソはレモの帰りをまだかまだかと待っているところだった。激しく気が高ぶっていたので、そんな待機の時間がひどく苦痛だった。その時、背後で布がこすれるような音がした。振り向けば、後部座席のモーズリーがコートのポケットを探っていた。病人の動作は緩慢で、ほとんどスローモーションのようだ。探し物が見つからぬらしく、苛立って悪態をついている。

改めて前を向くと、いつものように足を引きずりながら車に近づいてくるレモが見えた。オルソの友は運転席に収まると、それまでずっと呼吸を我慢していたみたいに、ほっと息を吐いた。

「僕はこういうことをするには、年を取りすぎたよ」

「お前は、若いころから年を取りすぎだったんだよ」オルソが言い返した。息も切れ切れな笑い声が背後で起き、振り返ったレモが見たのは、何かのケースと格闘しているモーズリーだった。探し物が見つかったらしい。病人はケースを開き、中身を確認している。

「それでどうだった？」オルソは待ちきれず、レモに尋ねた。

「ビリヤード屋にはちゃんと行ってきたよ。でも店の入口に近づいたとたん、中からいきなり男が出てきて、死ぬほどびびったね。しかもそいつが店に入れてくれないんだ。僕も怪しまれないように、ここが駄目なら、近くにバールはないかと訊いたら、ちょうどそこへグレーのＳＵＶがやってきて、店の前の歩道に乗り上げて停まったんだ」

ゆっくりとした動作でモーズリーはケースから注射器を取り出し、針を指で強く弾いて、空気を追い出した。

「何やってるんだよ？」レモが小声で嫌そうに言った。「何もこんなところで打つことないだろう？　移動するから待ってくれよ」

レモは、早口だと通じないことは承知の上でイタリア語で話しかけた。だがモーズリーの鮫みたいな目でにらまれ、背筋に怖気が走ったようだ。病人は手首にモルヒネを打った。

「ＳＵＶには誰が乗っていた？」オルソはバックミラーで道行く車を観察しながら訊いた。

「男が三人降りてきて、運転していた四人目は車に残った。三人のうち、一番背が低いのが、カンニーバレだったよ」

「確かか」

「うん、あれは確かにチーロ・トッレだった。一緒に店に入ったあとのふたりは、片方が迷彩模様のジャケットを着たスキンヘッドの男、もうひとりは、紺のウールのベレー帽に、同じ色のダウンジャケットを着た男だった。ドアが開いた時、中は広い部屋で、壁にずらりとスロットマシンが並んでいるのが見えたよ」

レモはオルソに一枚の紙を差し出した。「SUVのナンバーだ」それからダッシュボードのグローブボックスを開き、小型のタブレットPCを出すと、何か入力して、問題の店の平面図のPDFファイルを表示した。

「これはあの店の土地台帳の平面図だ。一九九三年のものだから、もしかしたら今までに改装された部分もあるかもしれないが、この広いスペースが僕の見たスロットマシンの広間なのは間違いないと思う。そしてこの扉が後ろの大きな部屋に通じている。ここがチーロの隠れ家じゃないかな」

ずんぐりした指を動かして、レモは細部を見せるため画像を拡大した。

「あいつの部屋の壁に開いたこの出入口は、店の非常口だと思う。アパートメントの中庭に出られるようになってるからね」

後部座席であまりよく見えなかったのだろう、モーズリーはやせ細った指でタブレットPCをつかみ、レモの手から奪った。レモは抗議する勇気もなく、何か口ごもるに留めた。モーズリーは相手の不満げな様子には構わず、熱心に平面図を眺めた。

「これは間仕切り壁だな」

メインの広間と奥の部屋を隔てる壁を指してモーズリーは言った。

「元は間違いなく、バスルーム付きのひとつの部屋だったんだろう。バスルームは奥のここだ」

「後ろのドアが本当にあるかどうか確認しないといけないな。脱出口はすべて監視下におかないと」オルソが意見を述べた。

「お前、確かめてこいよ」モーズリーにそう言われて、レモも今度ばかりは腹に据えかねたらしい。

「おいおい！　僕は誰の指図も受けないぞ。特にこいつの命令だけはね！」彼はオルソに向かって不平を言った。

「わかったよ。だが、連中に疑われることなく確認できるのはお前だけなんだ」

「嫌だよ、そんなの！　もうたくさんだ。だから言っただろ、ここに君たちを連れてきたら、僕はもう帰るって」

モーズリーはやれやれと首を振り、オルソを見た。

「言われたとおり、ちゃんと店まで行ってきたじゃないか」レモが抗議を続けた。「チーロの車が来るまで、僕はあの通りを一時間も行ったり来たりしたんだ。頼むから、これ以上の無理はさせないでくれ」

「相変わらず大胆不敵な野郎だな」モーズリーが皮肉をつぶやいた。モルヒネが効いてきたようだ。

レモはモーズリーの手から腹立たしげにタブレットＰＣを奪った。

「僕のだぞ！」

オルソは友人の腕に触れて諭した。

「レモ、そんな危険なことだったら、俺もお前に頼みはしないよ」

「でもどうやって中庭に入る？　あのアパートメントの鍵なんて僕らは持ってないじゃないか」

「住人が入るか、出てくるのを待てばいいだけの話だ」

「あそこでずっと待ってろって言うのかい？　もしも連中に気づかれたら、なんて言い訳をすればいいんだ？」

モーズリーは、みんなで待機中に分け合ったピザが入っていた紙箱を座席から取り、蓋を閉じると、微笑みというよりは凶悪な冷笑を浮かべて、レモに差し出した。

レモはため息をつき、オルソを見やった。彼がうなずくのを見て、レモはタブレットPCをダッシュボードの上に置き、ピザの箱をつかむと、呪いの文句をつぶやきながら車を降りた。残されたふたりは、遠ざかるレモの姿を見守った。

「これでトッレの車がわかったが、どうするつもりだ？」モーズリーが訊いた。

「さあな。一番簡単で安全なのは、ひと通りのない狭い路地かどこかで、車に乗ったやつらをブロックする手だが、レモの話によると、トッレの車は毎度、違ったルートを通るらしい。それに向こうの車をこのおんぼろで追えば、こっちがブロックされて、三人とも殺られちまうだろう」

モーズリーのまぶたが一瞬だけ閉じ、それからまたあのぎょろりとした目を剝いた。オルソは驚いていた。病院を出てからあれだけモルヒネを打ってきたのに、どうして眠気に負けずにいられるのだろうか。

「そういえば、せっかく来てもらったのに、まだ礼も言ってなかったな」

モーズリーは肩をすくめ、昼寝をすべく横になった。顔にかかった長髪を払いのけ、手に残ったひとふさを床に捨てる。

オルソは、ドアポケットに入っていたジェノヴァの地図を手に取り、開いた。

レモはアパートメントの玄関まで来た。マジックミラー張りの例の店から通りをさらに五十メートル奥に進んだところだ。店の入口には紺のダウンジャケットを着た男がいて、ドアに背をもたせ、建物の谷間に差しこむ午後の淡い日差しを楽しんでいた。だからレモは姿を見られぬよう大回りをした。各戸のインターフォンのボタンが並んだパネルの前に立つと、彼は住人の名前を確認するふりをした。

十分後、買い物用のキャリーバッグを持った女性が玄関から出てきたので、レモはその隙に侵入に成功した。ピザの箱を水平に持って玄関ホールを進みつつ、あの店の非常口を目で探した。するとエレベーターの前に、少し開いた鍛鉄製の小ぶりな門があった。近づいてみてすぐに、自分の探していた通路だとわかった。ところがレモが開こうとしたまさにその時、門が内側から勢いよく開かれ、中庭から出てきたふたりの男と鉢合わせになった。片方は黒く長い髭をたくわえ、大きく開いたシャツの胸元から派手な金の鎖を覗かせた男、もうひとりは両耳の上を剃り上げ、口髭を生やした男だ。レモはふたりににらみつけられたが、とっさにエレベーターを振り返り、呼び出しボタンを押した。それでも仲間が門にチェーンを回し、南京錠(なんきんじょう)をかけているあいだ、もうひとりの男は、エレベーターの前で動かない老人の後頭部からけっして目を離そうとしなかった。錠をかけ終わると、ふたり組は建物の出口に向かった。レモは汗びっしょりになったランニングシャツが背中に張り付くのを感じ、寒気を覚えた。いったん開けたエレベーターの手動式のドアをまた閉じると、彼も玄関に向かった。一刻も早くそこを逃げだしたかった。でも、歩いているうちに考えてしまった。ふたりがあの門に錠前をかけたということは、中にはもう誰もいないはずではないか。そうじゃなきゃ、開けっぱなしにしておくはずだ。

レモは立ち止まった。

外に出たいのを必死にこらえ、彼はあと戻りした。

小さな門の前でレモはポケットからキーホルダーを取り出し、先の尖った道具をふたつ選ぶと、それを南京錠の鍵穴に差しこんだ。そして時々、手を止めては、怪しい物音がしないかと耳を澄まし、またピッキングを再開した。玉のような汗が額からあごへ、いくつも流れ落ちた。何度か試すうちに、錠はかちりと音を立てて開いた。できるだけ静かにチェーンを外してから、レモは中庭に足を踏み入れた。古いプラスチックの椅子が積み上げられ、タイヤのない、錆だらけの自転車が数台、ぼろぼろの壁に立てかけてある。店の非常口はどこだと見回すと、鉄の扉がふたつ、三メートル間隔で並んでいた。片方は緑色、もう片方は暗い灰色に塗装されている。どちらも高い位置に金属製の格子で保護された四角い窓があり、そこから内部の明かりが漏れていた。レモは土地台帳の平面図を思い浮かべ、ふたつの扉の両方が店に通じているということはありえないと結論した。どちらが正しい出口か見極める必要がある。

錠前を破った門を振り向けば、立ち去りたい衝動にかられたが、門の傍らに積み上げられた椅子の山に目が行った。音を立てないように気をつけながら椅子をひとつ取り、緑の扉の前に置く。ジャケットの袖で額の汗を拭き、椅子に上った。爪先立ちにならないと、窓から中は覗けないとわかった。彼は深呼吸をひとつして、両手で格子につかまると、ぐっと体を起こした。小さな窓から見えた中の部屋は、思っていたより広々としていた。シーツの乱れた大きなダブルベッドがひとつあり、ベッドの頭のほうにナイトテーブル代わりに木箱が置かれ、その上に明かりの点いたランプと新聞が数部あった。テレビもあって、画面では古い映画が流れており、その前に男がひとり、背もたれの低い肘掛け椅子に座っていた。男は片手で睾丸（こうがん）のあたりをまさぐりながら、携帯の画面に見入っている。レモに対して斜めに背を向けており、顔は見えない。男は時おり顔を上げてはテレビの映画を見て、また携帯に目を戻すという動作を繰り返した。

そこへ、少し前にレモが出くわした長い髭の男が入ってくるのが見えた。髭の男と肘掛け椅子の男は短い会話を交わしたが、何を言っているのかまではわからない。座っているほうは身振り手振りが激しくなり、やがてリモコンでテレビを消し、そこで急に動きを止めた。暗転した画面に、扉の小窓がはっきりと映りこみ、その中央に、部屋を覗いている侵入者の頭が見えたのだ。肘掛け椅子の男が自分のほうをさっと振り向くのを見て、レモは心臓が止まりそうになった。

カンニーバレと目が合った。

カラブリア人は興奮して何かを叫んだが、その声はレモにはかすかにしか届かなかった。胸をばくばくいわせながら、とっくに地面に飛び降りていたからだ。中庭の出口に向かいかけたところではっと思いつき、非常口のドアノブを自分が乗っていた椅子でつっかえ棒するため、あと戻りした。椅子の背をうまいことドアノブの下にはめ込むと、レモは中庭を横切った。誰かがドアを開けようとしている音がしたが、椅子が邪魔で開けないようだ。鍛鉄の門を出てすぐに、プラスチックの割れる音がして、緑の扉が開いたのがわかった。

レモは門を閉じた。

誰かが駆け寄ってくる足音がする。

カンニーバレことチーロ・トッレが全体重で門に体当たりしてきたのは、レモがチェーンに南京錠をかけた、ほんの一瞬あとのことだった。チェーンは緩かったが、扉を閉じておくには十分だった。チーロは隙間に手を突っこんで侵入者のジャケットをつかもうとしたものの、レモがあとずさりしたため、空振りに終わった。それでもレモはバランスを崩して、尻餅をついてしまった。

「てめえ、何者だ?」チーロはほとんど正気を失ったようになって怒鳴った。「こっちに来い、悪いようにはしねえから!」

レモは激しい動悸を覚えながら立ち上がった。チーロはもう一度、門に肩から体当たりし、次に足蹴にしたが、無駄に終わった。その背後から長い髭の男が現れ、腰の銃を抜こうとして、チーロに手首をつかまれ、止められた。それからカラブリア人は手下を引き連れ、部屋に駆け戻った。

レモは相手の意図をただちに悟った。建物の表から回りこんで、彼の逃亡を阻止するつもりなのだ。パニックに襲われながらレモは足を引き引き、玄関を目指し、ポケットから携帯を出してアドレス帳を開き、オルソの番号を探した。動揺のせいで正常な判断ができず、オルソの名を見つけるためにイニシャルを入力するという単純な操作さえ、ありえないほど難しかった。レモは足を止め、深く息を吸ってから、まぶたをこすると、視界を曇らせる汗を払った。そしてもう一度、挑戦してみた。すると、友人の名を偽名で登録してあったのを思い出した。ＩＣＥ（in case of emergency）、緊急連絡先の頭文字だ。ようやく番号を見つけ、かけた。

　だがその時、目の前の玄関の扉が勢いよく開き、薄暗かったホールを真っ白な光が包んだかと思うと、シルエットしか見えなかったが、三人の男たちが飛びこんできて、最後に背の低い男が入ってきた。チーロに違いない。レモは少しあとずさりしてから、振り返ってまた走りだしたが、あっという間に追いつかれてしまった。


　モーズリーは目を閉じて窓によりかかっていたが、オルソの携帯が鳴ると、はっと頭を起こし——窓ガラスに脂の跡が残った——ここはどこだという風にあたりを見回した。オルソは地図を畳み、電話に出た。

「レモ、どうした？」

　答えはなかった。しかし離れた場所から数人の声が聞こえ、携帯の送話口が服にこすれる音がした。不明瞭な声はどれも、カラブリア方言だった。その時、うめき声がひとつ聞こえた。おそらくレモだろう。また聞こえた。声を絞った嗚咽（おえつ）のような声。誰かが友人の手から携帯を奪ったのがオルソにはわかった。黙って耳を傾ける。

「おい、通話中だぞ。ＩＣＥ？　誰だよ、ＩＣＥって？」

　そして衝撃音があり、電話が切れた。

オルソは携帯をポケットにしまい、通話のあいだにまたうとうとしだしたモーズリーを揺さぶった。

「起きろ、レモが連中に捕まった！」

モーズリーは数秒かけてようやくオルソの言葉の意味を理解すると、シートから体を起こした。

オルソは車を降りて後ろに回り、荷物入れのハッチを開けた。そこにはモーズリーが病院を出たあと自宅から持ち出した、花柄の大きなダッフルバッグがあった。バッグを開けると、中には銃身を切り詰めたライフルが一丁、拳銃が数丁、弾倉と銃弾の箱、肉屋で使うような大型の包丁が二本、ハンティングナイフが数本、ほかにも折り畳み式のナイフや、金属製の道具があれこれ入っていたが、オルソはあえて無視した。モーズリーがやってきて、肩を並べてバッグの中を覗いた。

「さあ、どうする？」モーズリーは不明瞭な声で言った。

「レモは持っててせいぜい五分、というところだろう。まだショックで心臓が止まっていなければ、だがな。サイレンサー付きの銃はあるか」

モーズリーは黒いグロックを手に取り、弾倉を確認し、全弾装填されているのを見ると、金属製の筒と一緒にオルソに渡した。オルソはサイレンサーを拳銃の銃口にねじ込んで装着すると、背中とズボンのあいだに挟んだ。

そしてそのまま店に向かおうとしたところを、モーズリーに腕をつかまれた。

「待て」

オルソは振り向いた。

モーズリーのまぶたはどちらもなかば閉じ、目の前の彼に焦点を合わせようと努力していた。立っているだけでも相当につらそうだ。全力疾走したあとのように荒い息をついている。

「あんたひとりがこのまま突入したところで、何も解決できないぜ。レモはすぐに殺られちまうだろうし、あんたにしたって蜂の巣にされるか、一週間ぐらいかけて、ゆっくりと切り刻まれる羽目になるだろうよ」

「お前は車に残れ。やっぱり連れてくるんじゃなかったよ。まともに立ってられないじゃないか」

「そのとおり、俺はもう駄目さ。だが今に始まった話じゃない。だから死ぬのは少しも怖くない」モーズリーは疲れきった様子で車によりかかった。ふた言か三言ごとに言葉を切っていったん呼吸をし、また言葉を続けるという具合だ。「それによ、こんなぼろぼろな俺が店に近づいても、連中だって目の前にいるのが、実は極めつけにたちの悪い、最低野郎だなんて思いやしないだろう？」

オルソはほんの少しだけ口元を緩めた。

「その点は賛成だ」

「だから、こうしないか。あんたは裏から、こっちは表から入るんだ。まずは俺が派手に騒げば、みんな表に来るだろ？　そうすりゃ、あんたがレモを救い出す時間だって稼げるはずだ。どうだい、俺の作戦は？」

「ひどいもんだ」

「よし。じゃあ、行け」

「気をつけろよ」

「大丈夫。モルヒネが効きまくってるから、これじゃ、キンタマを切られたって何も感じやしねえよ」

モーズリーは口を開き、微笑みらしきものを浮かべた。オルソが遠ざかるあいだ、一度揺らめいてから車にもたれ、のんびりとダッフルバッグの中身を物色しだした。

オルソはまず店のある大通りの様子をうかがうと、敵に気取られず道の向かい側から店を観察しようと、道路を渡った。

十中八九、トッレの手下たちはオルソの顔を知っているはずだった。店の前を通ると、ベレー帽の男がやはり表に立っていた。ただし今やぼんやりとドアによりかかってはおらず、かなり警戒している様子だ。

オルソは立ち止まらずに先に進んだ。アパートメントの玄関を過ぎ、カラブリアの連中の目も届かぬほど遠くまで来てから、ふたたび通りを横断し、あと戻りした。レモの入った玄関に来ると、あたりの様子をうかがいつつ、インターフォンのパネルの前で待った。数分後、中年の夫婦が中から出てきた。オルソは礼儀正しく微笑みかけ、紳士らしくドアを押さえ、ふたりを通してやってから、侵入した。急ごうとしたが、視界の隅のほう、エレベーターの近くに誰かがいるのに気づいた。壁に張り付いて隠れ、そっと前方を覗けば、長い髭をたくわえた男が鍛鉄製の小さい門の前に立っている。オルソは腰のグロックを抜き、ひと差し指を引き金にかけたまま、コートのポケットに入れた。動悸が激しくなるのがわかった。考えてみれば、もう二日は心臓の薬を飲んでいない。彼は隠れるのをやめ、エレベーターに向かって堂々と歩きだした。アパートメントの広い玄関ホールに革底の立てる音が大きく反響する。髭の男は真っ黒なあご髭をいじりながら、近づいてくるオルソをじっと見つめた。オルソは急がず、歩き続けたが、あと数メートルというところで男が息を飲んで、またすぐ平静を取り繕うのに気づいた。男の腕が革ジャンの裾をめくろうとするようなそぶりを見せる。オルソはポケットの中ですでに銃を構えており、男が手を止めてくれることを願いながらも、狙いを定めていた。だが、男は平然と手を動かし、腰の銃のグリップをつかんだ。

オルソの銃弾が至近距離から放たれた。サイレンサーが、ビールの缶を潰した時のような音を立てる。片目を撃たれた男は、背後の白い壁に血しぶきと脳のかけらを残し、声も立てずに崩れ落ちた。

オルソは鉄の門に近づいた。中を覗いたが誰もいない。男の死体のかかとをつかみ、階段の下の目立たぬ一角まで引きずっていく。次に、ホールにあった大きな鉢植えを、男の血で汚れた壁の前に置いた。それから、銃口にねじ込まれた金属の筒を門の錠前に向け、銃声に誰も気づかぬことを祈った。サイレンサーは使うたびに消音効果が弱まり、銃声がだんだん大きくなってしまうものだからだ。片腕で顔を覆い、撃った。

チェーンが、弾の命中した蛇のように身をよじり、彼の足下にぐしゃりと落ちた。オルソは門を開け、中庭の様子をうかがった。はたしてモーズリーは無事、店の入口にたどり着いたのか、それとも薬の副作用で記憶があやふやになり、明後日の方向に行ってしまったのだろうか。どっちにせよ、もうあと戻りはできない。ふたつある金属の扉の片方が少し開いているのを見て、オルソはプラスチックの椅子の山に身を隠しつつ、そちらに向かった。ドアの横の壁に背を押し付けながらドアノブに手を伸ばした時、中から誰かがドアを押し、大きく開いた。

オルソは息を殺し、動きを止めた。出てきたのは白い服を着た外国人だった。でっぷりとした腹をしており、汗まみれで、コック帽を被っている。扉は確かにキッチンに通じており、鍋釜の立てる音がし、蒸気も漏れ、誰かの大声まで聞こえてきた。

「おい、次の注文行くぞ！　もたもたするな！」

コックは目を閉じ、煙草を味わった。まるで、限られた自由時間を楽しむ囚人のようだ。

「さっさと戻れ！」キッチンの中から男に向かって怒鳴る声がまたした。

「今行くよ」コックは不服そうに答え、最後にもう一服してから、遠くに吸い殻を放り投げた。そして扉を閉めようとドアのほうを向いたところで、壁に張り付いているオルソに気がついた。銃はすでに背に隠してある。コックは動きを止め、戸惑う顔をしたが、やがて自分には関係のないことだと決めたらしく、キッチンに戻り、ドアを閉じた。

オルソはほっと息をついた。こっちの入口ではなかったのだ。もうひとつのドアに耳を寄せると、中からぼんやりと聞こえてきたのは、誰かの叫ぶ声、そして、いつまでもやまぬ、くぐもったうめき声だった。レモだ。

その時、扉の錠が二度、回る音がした。オルソがドアの前を離れるのと、スウェットスーツを着て、スニーカーを履いた若者が顔を出すのはほとんど同時だった。年は二十と少しくらいか、頭はこめかみの高さまで剃り上げ、上だけ少し伸ばしている。携帯で誰かと話していたが、きつい方言のせいでオルソにはひと言もわからなかった。

若者は通話を終えた。そして、ポケットに携帯をしまおうとして向きを変えたところで凍りついた。彼の顔に向けてオルソが片手で銃を構え、逆の手のひと差し指を口の前に立て、声を出すなと脅していたからだ。銃を振って、横に行けと指図されて、若者は素直に従った。おびえた様子はまるでない。

「誰だ、あんた？　なんなんだよ？」強いカラブリアなまりのある声で若者は抗議した。

「もうひと言でもしゃべったら殺す」小声でオルソは答えた。「わかったら黙ってうなずけ」

若者はうなずいた。

扉が開いた今や、レモのうめく声が前よりもはっきりと聞こえた。オルソの友人は咳きこみ、すすり泣きを始めた。

「ジュセッペ！」中から誰かが叫んだ。「中に戻って、ドアを閉めろ！」

若者は身じろぎもせずオルソをにらんだ。オルソは身振りで指示を出し、うなずいた。

「ああ、今行く」若者は大きな声で答えた。

その瞬間、遠くから連続した騒音が聞こえてきた。店の厚い壁のせいでくぐもってはいるが、何かが炸裂する音だ。部屋の中がにわかに騒がしくなった。オルソが先ほど聞いた男の声に、いくつもの声が重なり、さらなる爆発音が続く。オルソはそれがモーズリーの仕業であることを願った。若者にグロックを突きつけたままひとつ深呼吸をし、部屋の中を覗いた。しかし誰かの姿を認める間もなく、背後で砂利を踏む速い足音が聞こえ、振り向いた。若者が駆けだし、開けっぱなしになっていた鍛鉄の門を抜けていくところだった。拳銃を向けたが、相手の姿はすでになかった。オルソはまた部屋の様子をうかがった。

レモがベッドの横にいるのが見えた。床にうずくまり、手首を壁際の温水ラジエーターに縛りつけられている。顔とシャツの襟が血まみれだ。友人は震え上がり、しゃくり上げていた。うつむいているため、慎重に部屋に入ってきたオルソには気づいていない。その部屋にはほかに誰もいなかったが、隣の広間で立て続けに起きたふたつの爆発音を聞いて、オルソは床に伏せた。そこへスキンヘッドの男が悲鳴を上げながら部屋に入ってきた。男は片手で腹を押さえ、勢いよく噴き出す血をなんとか止めようと無駄な努力をしていた。

レモは片腕で顔を覆い、身を縮こまらせている。

男がばたんとドアを閉めた直後、ショットガンの放った大型獣用の散弾が壁板に巨大な穴を開け、木くずと破片を部屋中にばらまいた。

「畜生!」痛みに顔を歪め、壁にもたれかかった格好で、男は怒鳴った。そこで彼はオルソに気づいた。ベッドの横の床に腹ばいになり、自分に拳銃を向けた相手を見て、スキンヘッドの男は急いで銃を構えようとしたが、あっという間にオルソに仕留められてしまった。男は壁に赤い半円の染みを残し、横に滑り落ちた。

そして不意に、圧倒的な静寂が訪れた。聞こえるのは隣の広間で誰かが上げる苦痛の声とレモのすすり泣きだけだ。

オルソは起き上がり、姿勢を低く保ったまま、レモの元に向かった。友人は体を震わせ、完全にパニックに陥っているようだった。顔を上げさせると、左右の頬に大きな痣があり、唇が裂け、片目など、ひどく膨らんでスモモのようになっており、大きな鼻からひと筋、べっとりした真っ赤な血が流れている。相手がオルソだと気づくと、レモは子どものように大泣きを始め、友の片脚にしがみついた。

「おい！」モーズリーの声がして、オルソはぱっと立ち上がり、ドアに近づいたが、そこから顔を出す勇気はなかった。

「モーズリー！」大声で呼びかける。

「こっちは片づいたぞ！」

「よし。今、開ける」

オルソはドアノブをつかみ、ドアの残骸を開いた。そしてそこから、スロットマシンの広間の様子を観察した。

火薬のにおいが漂い、煙が凄い。床には死体がいくつか転がっている。壁によりかかって座りこんでいた男が、喉も裂けよとばかりに悲鳴を上げ始めたかと思うと、急に黙り、それきり動かなくなった。

モーズリーは煙の中から現れた。病気でしわくちゃになり、痩せこけた顔が、カラフルな蛍光灯の光に照らされている。B級映画のゾンビみたいだ。手にはまだショットガンを持ち、足下はサンダル履きで、口を開けっぱなしで苦しげに息をし、ひどく興奮した表情を浮かべている。オルソは広間を横切って相手に近づいた。

「怪我はないか」

モーズリーは自分の脇腹に触れ、血に汚れた手を見つめた。

「それがよ、マジでなんにも感じねえんだ。普通だったら、痛くて死にそうなはずなんだがな」そしてにやりと笑った。それは、オルソの記憶にある昔のモーズリーと同じ、あの狂人めいた表情だった。

「レモは？」モーズリーが尋ねてきた。

「生きてる。だが、トッレの野郎が見当たらない。ここなのか」オルソは、床の男たちの死体を見回しながら訊いた。うつぶせになっていた二体をひっくり返してみたが、チーロ・トッレらしい男はいなかった。

「いないな」

オルソは裏の寝室に戻り、ベッド脇の木箱の上にあった汚れた皿に載っていたナイフで、レモを温水ラジエーターに縛りつけていたロープを切った。モーズリーはその様子を部屋の入口でじっと見ていた。

そして、彼が背後を振り返ったまさにその瞬間、その部屋のバスルームのドアが勢いよく開き、サブマシンガンを構えたチーロ・トッレが雄叫び（おたけび）を上げて、飛び出してきた。

オルソはレモに肩を貸したまま床に転がった。カンニーバレが銃を乱射する。そこへモーズリーが盾のごとく銃口の前に立ち塞がり、ほぼ全弾をその身で受けた。シャツがずたずたになった。モーズリーが口をかっと開けてカンニーバレにつかみかかり、相手が銃を構え直すのを妨げたその隙に、レモの体重から自由になったオルソが拳銃をつかんだ。彼のグロックとチーロのサブマシンガンが構えられたのは同時だったが、撃ったのはオルソのほうが早かった。弾丸はモーズリーの背中を貫通して、チーロの肺に命中した。カラブリア人はモーズリーの死体と折り重なるようにして床に崩れ落ちた。

オルソは立ち上がり、チーロに近づいた。口を大きく開き、こちらをにらんでいる。肺のスポンジ状の組織に血がどんどん染みこんでいき、息がもうできないのだろう。やがて、その顔が何かを見上げるように天井を仰ぐと、カンニーバレは息絶えた。

チーロの首には今なお、この男の父親をオルソが殺したあの晩、ヴィクトルのナイフが刻んだ傷跡がはっきりと残っていた。

オルソは改めてレモを立ち上がらせた。レモはぶるぶると震えており、まるでクレバスの縁にでも立っているみたいに、彼のコートに必死につかまっている。オルソはスロットマシンの広間から外に出ることにした。すぐに通りに出て、なるべく早く車に戻りたかったのだ。煙は薄れつつあったが、まだ広間を漂っていた。何台ものスロットマシンが時おり照明をチカチカさせながら、賑やかに電子音を響かせて、歩くふたりに向かって風変わりなBGMを奏でた。周囲を見回すと、モーズリーのぶっ放した大型獣用の散弾のせいで、店の入口にあるバールと大広間を隔てる壁の一部が崩壊していた。バールの壁は漆喰が穴だらけで、椅子がいくつもひっくり返っている。テーブルの下でふたりの娘が――片方はジーンズを穿き、もう片方は裸足で、網タイツを穿いていた——静かに泣きながら、抱き合い、おびえていた。オルソとレモが通っても、顔を上げる勇気はないらしく、両手で頭を抱えて小さくなり、ずっとうつむいていた。ウールのベレー帽を被った見張り役の死体がバールのドアの手前に横たわり、つっかえ棒の役目を果たしていた。誰も入ってこられないように、モーズリーがそこに置いたに違いない。男は喉を掻き切られていた。オルソは、死体の着ていたダウンジャケットのフードをつかむと、店の中のほうに引っ張ってどかし、ドアを開けた。そしてようやく彼らは外に出た。

グレーのSUVは元どおり、店の前に停まっていた。窓から突き出た運転手の片腕はぴくりとも動かず、フロントガラスの内側にどす黒いしぶきが飛び散っているのが見えた。オルソはレモが車を停めた場所を目指した。

レモは泣くのはやめたが、友人の腕にしがみついたまま、ロボットのように脚を動かしている。

小型車のところまで来ると、オルソは助手席のドアを開き、障害者を車に乗せる介護ボランティアのようにレモが座るのを手伝った。そして反対側のドアに回って、運転席に収まると、エンジンをかけて、出発した。

レモは無表情に助手席の窓から外を眺めていたが、数分が過ぎたころ、オルソを振り返った。無事なほうの目から大粒の涙が次々にあふれ出している。

「大丈夫か」オルソは前方を向いたまま尋ねた。

レモはため息をついたが、何も答えなかった。

「病院に行こうか」

「家に帰りたい」

21

オルソは四時間以上ぶっ通しでレモの車を運転した。一度も止まらず、最後までひと言も口をきかずに。

そしてミラノに到着し、レモのアパートメントの玄関のちょうど目の前に、一台分だけ空いていた駐車スペースに車を入れた。

「ついてるな。いつもはこの辺、絶対に空いてないんだよ」長い沈黙を破り、レモが言った。オルソとしてはもっと意味深い言葉が聞きたかった気もしたが、そんな日常的な言葉のおかげで、激烈な体験をしたばかりのふたりの気持ちが落ちついたのも確かだった。レモは、家に寄ってくれ、コーヒーでも飲んで少し休んでいくといい、と言ってくれた。オルソは、車を降りる友人の様子から、体中が痛み、まだショック状態から抜けきっていないのをひと目で察した。

ふたりはレモの家に入った。オルソがその家に来るのは実に久しぶりだったが、中の様子は記憶とかなり異なっていた。今や住まいというよりも、コンピューターショップの倉庫のようだった。さまざまな電子機器のパーツ、ケーブル、各種コンセント、コンピューターのモニター、プラズマテレビのたぐいが壁と言わず、床と言わず、あらゆる表面を覆っている。ふたりは大きな段ボール箱――どの箱からも、色とりどりのケーブルが絡みついたキーボードが顔を覗かせていた――のあいだを縫うようにして、台所にたどり着いた。

オルソは、電子機器も書類のファイルも積み重なっていない、ただひとつの椅子に腰かけ、レモが鏡を見るためにバスルームに向かうのを見送った。あちこちにできた溢血斑と、すでに固まっている血糊のせいで、レモの顔は化け物のようだった。鏡を見ながら彼は、腫れ上がったまぶたに改めて触れたが、いじらないほうがよさそうだと理解した。それから顔を洗い、蛇口の水で鎮痛剤を飲むと、台所に戻り、別の椅子の上のがらくたをどかして、そっと腰を下ろした。

「医者に見せないと駄目だぞ」オルソが言った。

レモは首を横に振った。

「管理人がいなくて本当によかった。こんな顔を見られたら、なんと言い訳したものか」

「大丈夫だ。きっと向こうもお前だとはわからなかったろうし」

レモは微笑んだが、裂けた唇のせいでこわばった笑みになった。

「いいひとなんだ。マリーザが生きていたころ、僕はロッソの仕事で彼女に知られたくないようなことがあると、手紙でも伝言でも、場合によっちゃコンピューターの大切なファイルでも、あのひとに預けたものさ。信頼を裏切られたことは一度もないね」

オルソもバスルームに向かった。ところがズボンのジッパーを下ろしてみてから気づいた。どうにもリラックスできないのだ。膀胱が収縮しており、死ぬほど痛い。銃撃戦の緊張がすべて下腹部に集中してしまったらしい。レモの血で汚れたシャツとジャケットを脱ぎ、車のスーツケースを取りに行かずに済むようにと友人が出してくれたシャツを着た。みっともない柄入りで、ずいぶんと小さかったが、我慢した。

レモは、どうせ自分は使えないからとオルソに車を貸してくれた。僕はこのざまじゃ一週間は家を出られないと言うのだった。別れ際、ふたりは戸口で抱擁を交わした。痛むだろうに、レモはオルソをぎゅっと強く抱き締めると、つぶやいた。

「ごめん、何もかも僕のせいだ」

「それは違う。とにかく片づいてよかったよ」

「そうだね」レモは答えたが、オルソの目を見上げる勇気はない様子だった。

「連絡をくれ、お前の具合が気になるから」オルソは友人にそう告げると、エレベーターに乗った。

ミラノからローマに向かう高速道路に乗り、オルソは飛ばした。ノヴェーレに一刻も早く着きたかったので、休憩はしないことに決めた。先に進めば進むほど、葉っぱを吸いたくなったが、ストックはもう何日も前に底を突いていた。仕方なく、ラジオを点けて気を紛らわせようとした。チャンネルを次々に変えてゆくうちに『ロング・トレイン・ランニン』が耳に飛びこんできて、手を止めた。ドゥービー・ブラザーズのノスタルジックな名曲だ。「愛もなく、お前は今どこにいる?」と歌う声は、小さいスピーカーのせいで音が割れた。二番か三番が終わるころ、オルソはその歌詞が、自分が長年抱えてきたむなしさと憂鬱をよく表していることに気づいた。チャンネルを変えてしまおうかとも思ったが、結局、曲の最後まで、トム・ジョンストンの言葉が魂を掻きむしるにまかせた。次の曲——コールドプレイの曲だったが、彼には無意味なノイズとしか思えなかった——がかかっているあいだにオルソの車は、建築家のカラトラバが設計した、有名な白い大陸橋をくぐった。レッジョ・エミリアICの近くだ。とたんにオルソはモーズリーの最期を思い出した。オルソの目の前で、彼の盾となって、チーロ・トッレの銃弾の雨を受けて崩れ落ちた骨と皮ばかりの体。あの瞬間、オルソは何も感じなかった。そうして振り返ってみても、やはり特に感慨は湧かない。

どんな出来事にも動じぬほど、感情を徹底的に麻痺させたこんな生き方を続ける意味などあるのだろうか。彼は己に問うた。

アッティリャーノICに着いたのは日没のころだった。高速料金を支払い、いかにもウンブリア州らしい田園風景の中を行く国道でノヴェーレを目指す。晩秋の紅葉した木々が不快な北風に揺られ、あたりが宵闇に包まれるまで、大量の落ち葉が複雑なきりもみ降下を演じ続けた。

とあるカーブを曲がり終えたところで、「NOVERE」と記された横長の白い看板が右手に現れた。助手席の窓を通過する看板を、オルソは期待と好奇心の入り混じった気持ちで見送った。

やがて丘の上に町が見えた。輝く街灯の連なりが、つづら折りの滑走路のようにオルソの行く手を示していた。庭付きの一軒家と大きなアパートメントが交互する道を何本か走り、小さい広場の中の駐車場に到着した。広場の前には、アーチを描く大きな石造りの門があった。町の入口だ。車を降りた彼は体を伸ばし、凝り固まった背骨を鳴らした。首と膝も痛い。

リアハッチを開き、荷室からスーツケースを取り出した。モーズリーの花柄のバッグもまだそこにあり、しかも口が開いたままだった。明日には中身ごと、なんとか処分しなくてはならない。

旧市街へと続く中世の石門をくぐり、上り坂の歩道を歩いた。北風が勢いよく吹きこんで通風口のようになったあちこちの狭い路地から、凍えるような風が吹きつけてくる。それほど遅い時刻ではなかったが、町にはひと気がなかった。坂のてっぺんに一軒だけ、一応まだ開いている服屋があるにはあったが、ウールのショールをしっかり巻いた店主とおぼしき女性がシャッターを閉じようとしているところだった。

オルソは一軒のホテルにたどり着いた。町の中心的な広場と思われる場所に面した宿だ。広場には、鐘楼付きの古い教会がひとつ、周囲の建物を見下ろすようにして建っている。あたりを見回すが、やはり誰もいない。ホテルのガラス張りのドアを押し、頭をぶつけないように注意しながら中に入った。来客を告げる耳障りなブザーが鳴った。玄関ホールの壁は黄色と赤と緑のストライプ入りの壁紙で覆われていた。たぶん、六〇年代のものだろう。年代物の調度品――真鍮のランプ、壁のリトグラフ、すり切れた青い小さめのソファー、木製のカウンターなど――が、やや狭苦しいものの、居心地のよい雰囲気を醸し出している。強い香のにおいが漂っているが、炒めたたまねぎの香りもする。やがてカウンターの後ろの扉から、なんだか冴えない感じの中年の小男が姿を見せた。灰色の髪は頭頂部と左右にわずかにしか残っておらず、茶色のベストを着て、手には新聞を持っている。ずらした老眼鏡を鼻に乗せた小男は、驚いた顔でオルソを見上げた。

「こんばんは……」

「こんばんは。今この町に着いたばかりなんですが、今夜、泊めてもらえますか」

フロント係は質問が理解できなかったみたいにオルソをまじまじと見つめると、はっとしたようにコンピューターの電源を入れた。それは、一世紀前で時間が止まったようなその場所でただひとつ現代を思わせるものだった。

「すみません、お客さんがいらっしゃるとは思わなかったもので。ご予約はされてませんよね？」ウンブリア州中部特有の平板なイントネーションで男は尋ねてきた。

「はい」

「何か身分証明書をいただけますか」

オルソは偽造の身分証を財布から取り出した。

「ご宿泊はいつまでのご予定で？」

「まだ決めてないんですが、まずいですかね？」

フロント係は鍵を差し出し、微笑んだ。

「いいえ、まったく。二階です。ご夕食がまだでしたら、近くにロゼッタという食堂(タヴェルナ)がありますす。ホテルのフロントに勧められた、とおっしゃっていただいても構いません。ほかにも……」

「いや、結構」オルソはさえぎった。「今日はもう寝ますから」

オルソはスーツケースをいったん手にしてから、思い直し、コートのポケットからアマルとグレタの二枚の写真を出して、相手に見せた。

「実はこのふたりの女性を捜しているんですが、ご存じですか」

老眼鏡をかけて写真をちらりと見たフロント係に、やや警戒するような目を向けられて、オルソは愛想笑いを浮かべた。

「いえ、わたしは親戚の者でして、ふたりがこの町に住んでいるのはわかっているんですが、残念ながら住所を知らないもので」

小男はその答えに安心したらしく、もう一度、今度は丹念に写真を眺めたが、やがて首を横に振った。

「どちらも見かけたことがある気はするんですが。ええ、確かに見たことのある顔ですよ。でも、どこのどなたかまでは存じ上げません。そもそも、ほら、ノヴェーレの人間でしたら、うちの宿には泊まりにきませんから」

オルソはうなずき、写真をポケットにしまうと、二階の部屋に向かった。

22

柔らかすぎるマットレスのせいもあって、オルソはその夜、何度となく目を覚まし、やがて時間の感覚を失った。ナイトテーブルのランプを点け、腕時計を見ると、針が止まっていた。次に携帯を探したが、バスルームで充電中なのを思い出した。起き上がり、厚手のビロードのカーテンを開けると、日差しに目がくらんだ。目を細めて外の様子をうかがう。朝の陽光が教会のファザードを燦々と照らし、北風も収まったノヴェーレは、昨晩の陰鬱さが嘘のようだった。広場では農作物の市が開かれていて、十軒ほどの出店が並び、多くの買い物客の姿があった。大半は女性だったが、幾人か年老いた男性もおり、台に並べられた果物や野菜の箱を覗いている。

オルソは歯を磨き、鏡を見た。灰色の硬い髭がぽつぽつ伸びてきているのを見て、剃ることにした。伸び放題の眉毛も、そのままではいかにも悪人面なのでカットする。服はダークグレーの洒落たスーツと白いシャツに決めた。ネクタイを手に取り、襟元に当ててみたが、結局またスーツケースの中に投げ入れた。シャツの第一ボタンを外し、黒いコートを着て、外に出た。

市場へと足を進めながら、オルソは、いつアマルとグレタに会ってもおかしくはないのだと気づいた。彼は慣れぬ高揚を覚え、目の前を行き交う婦人や、足を止めて紙袋に野菜を入れている婦人の顔をひとりひとり、注意深く眺めだした。

そのうち胃が、もう二十四時間近く何も食べていないと訴えだした。広場に面したバールの看板を見つけて入り、店内を見回す。安全を確認してから、コーヒーとサンドイッチを頼んだ。

オルソは奥まった席に着くと、二枚の写真を取り出して、裏返した。グレタの写真の裏には「オーベルダン広場二番地」とある。スマートフォンの地図アプリで住所を検索してみた。町の中心部ではなく、やや郊外だった。次にアマルの写真を裏返し、「インテルナ・デッレ・ムーラ通り五番地」と画面に入力する。すると、今いる場所からそう遠くないとわかった。こっちから始めてみよう。

ナビゲーターの指示に従い、オルソはほんの数分でアマルの住所に到着した。町の古い防壁、またはその名残に沿って、歩道が続いている。通りに面した家々はどれも少なくとも前世紀の建築で、その多くは早急な修理が必要そうだった。ところが五番地の家だけは奇跡的に、玄関の扉のみならず、建物全体が新しかった。完全に改修の済んだ二階建ての一軒家だ。漆喰もぼろぼろなら、屋根瓦に雑草が生えた、同じ並びのほかの建物に比べると、まっさらなその家の外観はどこか尊大で、浮いていた。

オルソはしばらく通りの向かいでたたずんでいた。どうしたものかわからなかったのだ。でもひとつだけ確かなことがあった。いつまでもそうして立ち尽くしているわけにはいかない。不審者だと思われてしまう。彼は道を渡り、呼び鈴の下にある小さな真鍮の表札を見た。アマル・カロンと書いてあるものとばかり思っていたら、デ・サンティスとあった。名字だけで、名前はない。彼は戸惑った。レモは言っていたではないか、アマルは一度も結婚をしていないと……。正直なところ、オルソはそれを聞いて嬉しかったのだ。

そこへ、自転車に乗り、郵便局員のジャケットを着た二十歳くらいの若者がやってきて、三番地の郵便受けに封筒を一通入れた。若者は二度ほどペダルを踏み、オルソのいる扉のところまで来ると、革鞄の中を覗いて、封筒を二通、取り出した。

「おはよう」オルソは少々気まずい思いで挨拶した。

「おはようございます。デ・サンティスさんですか」

「えっ？」

「ステファノ・デ・サンティスさんじゃないんですか？」

「いや、違う」

若者は失礼を詫びると、郵便受けに封筒を入れ、去っていった。

オルソは迷った。思いきって呼び鈴を鳴らして、適当な話をでっち上げようかとも思った。でもアマル本人が扉を開けたらどうする？　しかも彼女がこちらの正体に気づいたら？　そう思えば平静ではいられなかった。抑えきれない、尋常ではない恐怖に襲われた。

オルソは苛立ちと敗北感でごちゃ混ぜになりながら、来た道を戻った。レモの車を停めた駐車場まで戻ると、やはりナビの指示に従って、オーベルダン広場を探した。車は町の郊外でも道幅の広い、活気のある通りを進んだ。やがてナビの音声がはきはきと命じるままに右折すると、そこが目的地だった。オーベルダン広場の二番地は、鉄筋コンクリート造りの六階建ての新築マンションで、まだ舗装の新しいロータリーに面して建っていた。ロータリーの内側に植えられた木々も若く、高さが一メートルと少しくらいしかない。建物の正面にもちょっとした植込みがあった。

オルソはインターフォンのパネルに近づき、そこに並んだ名字のなかに、インノチェンツィまたはカロンの名がないか探したが、どちらも見つからなかった。小さな表札をひとつひとつ再度確認し、手書きだったり、印刷されていたりする名前を読んでいったが、無駄だった。ただし二軒だけ、名前の記されていない部屋があった。名前のラベルが剝がれてしまったか、名前を書くのが面倒だったのか、プライバシーを尊重する意識がマンションの共通ルールに勝ったのではないか。オルソは藁をもつかむ思いだった。その時、レモンの小型車の横に別の車が停まり、高齢の男女が降りた。そして派手な赤いショートコートをまとい、同じ色の口紅をした女性が彼を指差し、つばの狭い黒い帽子を被った相方の男性がうなずくのが見えた。ふたりが近づいてきた。

「失礼ですが……あれはあなたのお車ですかな？」老紳士はオルソに尋ねた。

「ええ」

「あれはわたしの停める場所なんですよ。どれも住人専用の駐車場でして」

「それは知りませんでした。すみません。すぐにどかします」

老紳士は自分の言い分が通ったことに満足した様子で、妻を見やった。彼女のほうは不満そうだった。見知らぬ男の抗議を期待していたのかもしれない。しかもその男が、さっさと車を移動すればよいものを、余計なおしゃべりを始めるではないか。

「ついでのようで申し訳ないんですが、こちらのマンションにインノチェンツィさんという一家はいませんかね？」

「インノチェンツィ？　さあ、わたしは知りません。テレーザ、お前は知ってるかい？」

「聞いたことないわ」婦人はそっけなく答えた。

「ちょっとすみません……」

オルソはグレタの写真を取り出し、老紳士に見せた。老人は眼鏡を外し、コートのポケットから老眼鏡を出してかけた。

「名前はグレタです……名字はカロン。インノチェンツィは夫の名字です」

老紳士は首を横に振ると、写真を返した。オルソは婦人にも見せようとしたが、彼女はさっときびすを返し、マンションの玄関のほうに歩きだしてしまった。

また車に乗って、石門の前の広場に戻ると、オルソはそこに停車して、どうするべきかとしばし悩んだ。そして思い出した。レモの説明によれば、グレタの夫は自動車整備工場を経営しているはずだ。こんな小さい町だ。自動車整備工場がそういくつもあるはずない。

彼はスマートフォンを取り、グーグルで検索してみた。するとノヴェーレにはそうした工場がふたつあるが、どちらのオーナーもインノチェンツィではないという結果が出た。しかし、そんな検索結果だけでは無意味だった。オーナーの名前が検索エンジンのデータベースに登録されていないだけかもしれず、工場に別の名前が付いている可能性だってある。たとえば先代のオーナーの名前だ。彼はふたたび車のエンジンをかけ、そこから二キロほど離れた場所にあるひとつ目の工場に向かった。昨晩、ノヴェーレに来る時に使った道沿いだ。

自動車整備工場はガソリンスタンドの隣にあった。オルソは車を降り、レンガ造りの小屋に近づいていった。小屋は鉄製の大扉が開け放たれていて、周囲の柵の正面と両脇に車が数台停まっていた。中に入ると、整備工とおぼしき、大きな腹をした髭の男が、床の作業用の溝の中に立っていた。片手に明かりの点いたライトを持ち、もう片手で、白いバントラックの腹から何か外そうとしているようだ。それがなんであれ、男がつぶやく罵り文句と、何度も挑戦を繰り返しているところを見るに、作業が難航しているのは間違いなさそうだった。

「おはようございます」オルソは挨拶をして、相手の注意を引きつけた。

溝の中の整備工は、ほんの少しだけ顔を出して客人の顔を見た。手にはグリスまみれのモンキーレンチがある。

「おはようございます。なんでしょう?」

「こちらはステファノ・インノチェンツィさんの工場ですか」

「いいえ、わたしのですが」

「それは失敬。ノヴェーレには自動車整備工場がもう一軒あるそうですが、もしかして、そっちがインノチェンツィさんでしょうか」

「九月二十日通りの工場のことでしたら、違いますね。あそこのオーナーはジャコモ・トルティです」

「本当ですか」

「ええ、わたしの弟ですから」

オルソはむむとうなった。

「では、ステファノ・インノチェンツィというひとをご存じですか」

「知りませんね。お役に立てませんで」

そう答えると整備工は、住所を記した紙切れを手に立ち尽くすオルソには構わず、厄介なボルトの元に戻った。

オルソの指が一瞬、宙で止まったのち、決意したように、〝De Santis（デ・サンティス）〟と記された呼び鈴に向かった。そして彼は待った。

扉が開き、戸口に現れたのはひとりの少年だった。少年はオルソを爪先から頭までじろりと見つめた。

「やあ、おうちにお父さんかお母さんはいるかな?」

少年は振り返って家の中に向かい、大声で怒鳴った。

「ママー!」

すると今度は、四十前後のとても背の高い女性が現れた。髪をまとめ、シルクのブラウスにスーツのパンツを穿いている。不釣り合いなのは、笑顔の羊を模した大きなスリッパだけだ。

「どうして、そう大声を出すの?」女性はオルソに気づくと表情を変えた。

「おはようございます」

「おはようございます。いきなりすみません。実は、アマルという名前の女性を捜していまして」

「アマルさん?」

「アマル・カロンです」

「聞いたことありませんし、知人にもいませんね。どうして我が家に?」

「こちらの住所にいるとうかがったもので。本当にご存じないですか。たとえば、みなさんよりも前に住んでいた方の名前だったとか」

「それはありえません。ここはもともとわたしの実家でしたから」

オルソはアマルの写真を見せた。

「この女性をご存じありませんか」

「ええ、知りません」

「こちらはどうです？」

女性はグレタの写真をアマルのそれより念入りに眺めた。

「この方はお会いしたことがあるような気もするんだけど、もしかしたら勘違いかもしれません。お役に立てなくて申し訳ないわ」


車の中でオルソはレモの電話番号を入力したが、友人の携帯は電源が入っていないか、電波の届かぬ場所にあるようだった。不満が急激に募って、肩の凝りが肩甲骨から這(は)い上がり、うなじで意地悪く立ち止まるのがわかった。

アマルとグレタの写真を取り出す。これまではつい、ふたりと子どもたちにばかり目が行ってしまったが、初めて背景の細部に注意してみた。すると、グレタが子どもたちと一緒に写っている通りに、どこか見覚えがある気がしてきた。意識を集中する。そう、写真の右下に写ったこの花屋だ。インテルナ・デッレ・ムーラ通りに向かう途中、この店の前を通った。

現地に着いたオルソは、そこが写真の場所であることをただちに理解した。さらに数メートル前進し、花屋のキオスクを画面右下に入れて、通りの風景をスマートフォンのカメラで切り取ってみた。正確な撮影地点が見つかった。彼はあたりを見回し、花壇の上の、道端よりもいくらか高い位置にあるベンチを見つけた。そちらに向かい、ベンチに腰を下ろした。

そしてそのまま、オルソはそこを動かなかった。二度、通りの向かいにあるバールにトイレを借りに行ったが、それ以外は同じベンチにずっと座っていた。またレモに電話をしてみたが、やはりつながらない。

街灯が点き、もはや人足も途絶えると、オルソはホテルの部屋に戻った。

寝入り際、胃の入口あたりに嫌な感触があった。〝腹が減ってるだけさ〟そう自分に言い聞かせてから、ベッド脇のランプを消すと、部屋が一気に真っ暗になった。それはこの上なく暗い闇だった。

23

次の日、オルソは朝早くから例のベンチに座り続けた。正午近くになって教会の鐘が鳴りだすと、ほぼ同時に北から冷たい風が突風となって吹きつけてきた。鐘楼の呼びかけに北風が応えたかのようなタイミングだった。オルソはコートの襟を立てて、じっとこらえた。

そうしてひとりで座っていると、一時間また一時間と時が経つにつれ、いくら待っても無駄ではないかという気持ちが強くなったが、あきらめたくなかった。オルソはかすかな望みにしがみついていた。まばらな通行人に紛れてアマルが通りかかるのではないか、写真が撮影された時と同じ場所をグレタが、もしかしたらまた子どもたちを連れて通るのではないか、そんな夢想をやめられなかった。そこまで大きくはない町だ、十分にありえる話じゃないか。

しかし、太陽がすでに沈みかけ、寒さも厳しくなってくると、やっぱり駄目かもしれないと思った。

昼に二度、レモにまた電話をかけてみたが、返事はなかった。つながらないという音声案内が流れる。何があったのだろう？　もしかしたら、あんな風に部屋に置き去りにせず、病院に連れていくべきだったのかもしれない。あの年であれだけの暴行を受ければ、ちょっとした出血が命取りになる場合もある。でも、もしも、この沈黙の裏に何かほかの理由があるとしたら？

最悪のシナリオをいくつか想定し始めたところで、オルソは不意に現実に引き戻され、通りに目を引きつけられた。ひとりの女性が、自分で運転してきた車から降りたところだった。遠い上に、後ろ姿しか見えないが、髪の毛がグレタのそれと色も長さも同じに思えた。女性は後部座席から男の子をひとり降ろすと、勝手に道を横断せぬよう、手をつないだ。ふたりはオルソが見下ろす通りを歩いてきた。彼は目を離さなかった。だが、女性との距離が十メートルを切ると、彼女が写真のグレタに少しでも似ていると思ったのは、空想のいたずらに過ぎないとわかった。

それから少しして、オルソは尿意を催した。寒さにひとつ身震いしてから、バールに向かった。

エスプレッソコーヒーを注文してから、店の奥の小さなトイレにこもる。用を足しながら彼は疑問に思った。どうしてバールの店主という人種はどいつもこいつも、真冬に便所の窓を開けっぱなしにしておきたがるのだろう？　これじゃ室温が氷点下まで下がるじゃないか。

ジッパーを閉め、凍える前に急いで外に出た。手を洗い、ハンドドライヤーで乾かす。しばし温風のありがたみを味わった。彼のコーヒーはもうカウンターに用意されていた。オルソはソーサーに乗ったデミタスカップをお気に入りの小ぶりのテーブルに置くと、隣のテーブルに誰がいるかは気にかけず、カップを唇に近づけた。隣の客は、男の子と女の子、ふたりの子どもを連れた女性で、店主のバリスタが注文の品を運んでくるのを待っているところだった。

やがて店主がトレーからホットチョコレート二杯とティーポットひとつを取り、三人の前に置いた。オルソはその横で老眼鏡をかけ、また携帯を確認した。まずありえない話だったが、レモから連絡があったのに着信音を聞き逃したのではないかと思ったのだ。その時、視界の片隅に、隣のテーブルの男の子の姿が見えた。椅子の上に膝立ちになり、背もたれに両腕をかけて、こちらをじっと見ている。オルソは老眼鏡を外した。そんな気分ではなかったが、男の子に微笑みかけてやった。だが、そこで彼は凍りついてしまった。相手の目を見て、気づいたのだ。それが、自分がそれまで何度となくうっとりと見つめ、撫で、会える日を夢見てきた、あの顔だと。写真では髪がもっと短くて、もっと暗い色に見えたが、目の前の男の子の髪は金色に反射し、前髪がもっと長くて、両耳の上なんて反り返っていた。でも間違いない。あの子だ。グレタの息子だ。

胸が早鐘を打つように動悸を始めたが、オルソには静めようがなかった。こちらに背を向けて座っている母親に目を向けてみる。男の子の隣の席で、ティーカップに紅茶を入れているところだ。ショートカットの黒髪をヘアバンドでアップにしている。彼女は息子が膝立ちで後ろを向いているのに気づいて、振り返り、男の子の肩を優しくつかんだ。

「なんて格好をしてるの？　さあ、きちんと座りなさい」

オルソにはひと目で彼女だとわかった。薄化粧、娘時代は早熟だったに違いないと思わせる顔つき。母親は男の子がオルソをじっと見ているのに気づいた。

「そうやってひとをじろじろ見ないの。失礼でしょ！」

そして彼女は彼に謝った。

「すみませんね……」

不意を突かれたオルソは何やら口ごもったが、まともに言葉にならなかった。女性は微笑み、息子の前にホットチョコレートのカップを置くと、また前を向いた。

「いいえ、ちっとも失礼なんかじゃないですよ！」オルソは声を上げた。必要以上に大きな声が出てしまい、冷や汗をかいた。

女性はもう一度、オルソを振り返り、それから、男の子よりも二歳ばかり年上の娘を見て、大丈夫かしらこのひと、とでも言いたげな顔をした。少女は片手で口を塞いで笑った。オルソは両手が汗ばむのを感じ、ズボンで拭いた。そして立ち上がったのだが、その動きはあまりにぎこちなく、脚をテーブルにぶつけてしまった。端のほうに置いてあったコーヒーカップが床に落ちて割れた。隣の三人はぱっとオルソを振り返り、初めて相手がどれほどの大男だったかに気づいたようだった。立ち上がった彼は、天井にほとんど頭が触れそうだった。女性は自分の紅茶に目を戻し、娘たちにもそうさせた。

「あの、すみませんが……グレタさん？」

彼が話しかけている相手はわたしらしい、そう女性が理解するまでには数秒がかかった。

彼女は周囲を見回してから、自分を指差して言った。

「えっ、わたしですか」

「ええ、すみません。驚かすつもりはなかったんです」

「大丈夫ですよ」

「お子さんたちまで驚かせてしまって」

「いいえ、誰も驚いたりしてませんから、ご心配なく。本当に」

彼女が苛立ち始めたのにオルソは気づいた。グレタと話したいと焦るあまり、不審な振る舞いをしてしまったらしい。リラックスしようとしてみたが、どうにも興奮してしまって、まともにものが考えられなかった。

「お嬢ちゃんもお坊ちゃんも、とても可愛いですね」

「ありがとう」

「お名前は？」

「ヴァネッサとピエトロです」女性は答えたが、その声はいかにも仕方なく答えているという風だった。

「こんにちは、ピエトロ君。こんにちは、ヴァネッサちゃん。よろしくね」

「はい、ご挨拶も済んだことだし、あなたたち、ほら、チョコレートを飲みなさい。冷めちゃうから」

そう言って彼女はオルソに背を向けた。話はそこまで、あとはもう邪魔をしてほしくない、そんな気持ちだったのだろう。しかし彼は動かなかった。同じ場所に立ったまま、おやつを食べる三人を眺めていた。誰がなんと言おうと、そこを動くつもりなどなかった。彼女はオルソのそんな意思に気づいたらしい。見知らぬ男の視線を自分と子どもたちの上に感じたのだろう。今度は厳しい顔でにらみつけてきた。

「何かご用？」

「いいえ、お構いなく」

オルソはまたじっと立っていたが、やがてさっと腕を前に動かし、彼女に向かって手を差し出した。

「お会いできてとても嬉しいです」

女性はオルソの手を握らぬわけにはいかなかった。

「こちらこそ……」

「グレタさん、ひとつお願いをしてもいいでしょうか」

「わたしにできることなら……でも、その前にひとつ言わせてください。わたしのこと、どなたかと人違いされていませんか」

「え？」

「人違いだと言ってるんです」

「それはありませんよ。あなたはグレタさんでしょう？」

「わたしはグレタなんて名前じゃありません。どうしてそんな風に呼ばれなきゃならないのかしら」

オルソはその答えにむっとした。自分を追い払おうとする彼女の態度にも腹が立った。

「わからないな。どうして嘘をつくんです？　嘘をつく必要なんて本当にないのに」

「あなたがそうおっしゃるなら、きっと本当なんでしょうね……でも、今はわたしたち、おやつの時間なので放っておいてくださいな。すみませんけど」

「僕は……話をしたかっただけなんです」

オルソはやはり立ったまま、そこを動かなかった。どう話の穂を継いだものかわからない。無力だった。

「あの、すみません……」

彼女は聞こえぬふりをした。

男の子がオルソのほうを見たが、母親はそのあごを引いて、チョコレートのカップに顔を向けさせた。

「あの……」

「いい加減にしてください」彼女は言い返し、店主に向かって手招きをした。店主は気づいたようだ。

「もしかしたら僕は、あなたに何か勘違いをさせてしまったかもしれませんね。そういうつもりではなかったのですが、謝ります。きっと、頭のおかしな年寄りだと思われたのでしょう」

「いいえ、ぜんぜん」

「さもなきゃ、なんだろう、アルツハイマーにかかっているんじゃないかとか。でも、そうじゃないんです」

「そんなことちっとも思いませんでした。とてもお元気そうだし」

オルソは彼女が適当に答えているのに気づいた。そこへ店主がやってきた。

「ドナート、悪いんだけど、この方、ちょっと変なの。なんとかしてくれないかしら?」

「お客さん、何か問題でも? なんでしたら、わたしが聞きますが?」

「いいえ、問題なんて。僕はただこのひとに、あなたの名前を知っていると言っていただけです」

「それはよかった。さ、お願いですよ、こちらへどうぞ……」

そう言いながら店主は、手にしていたふきんを肩にかけると、オルソの横に立ち、出口を指差した。ドナートは筋骨隆々とした男で、Tシャツの袖を切り落としてわざと目立たせている上腕二頭筋には、エスニックな文様のタトゥーが入っている。女性は先行きを恐れて見ていられなくなったらしく、ティーカップの中で自分が回しているスプーンに目を落とした。でも少女と男の子は興味津々で、母親に怖い目でたしなめられても、どちらもオルソが気になってならない様子だった。

「あの本当に、僕は、何も間違ったことはしちゃいませんよ。カップは割りましたが、でもそれだけです。すみません……いや、弁償させてください」

「心配ご無用。たくさんありますから」

「そういうわけにはいきません」

オルソは財布を出したが、ドナートに冷たくあしらわれた。

「いらないと言ったら、いらないんですよ」

「グレタ、許してくれ。君に迷惑をかけるつもりはなかったんだ」オルソはそこを一歩も動かず、女性に告げた。

「ねえ、ママ。どうしてこのひと、ママのことをグレタなんて呼ぶの？」男の子がそう尋ねても、彼女は答えなかった。

「あんた、出ていってくれないと警察を呼びますよ」ドナートが大きな声を出した。客がいっぺんに口をつぐんだ。

「警察？　どうして？」

「頼むから、出てってくれ！」

「しかし……」

堪忍袋の緒が切れたか、店主はオルソの腕をつかんだ。酔っぱらいや乱暴者の扱いには手慣れているのだろう。だがオルソは簡単に相手の手から自由になると、逆にその腕を易々（やすやす）とねじり上げて引き寄せると同時に、男の膝の裏を蹴ってバランスを崩してやった。店主は気づけば床に仰向けになり、喉をオルソの靴で押さえられて、何がどうなったのかわからないという顔をしている。女性が勢いよく立ち上がり、子どもたちを席から引っこ抜くようにして抱き寄せた。三人そろって恐怖の表情を浮かべ、壁に背を張り付けている。

オルソは強烈な不安に襲われた。恐ろしい悪夢を見ているようだった。しかもそれは、目が覚めて安堵することのできぬ種類の悪夢だった。自分の娘だと信じていた女性がおびえ、子どもたちを抱き締めて守ろうとする姿を見るうちに、彼ははっと我に返った。そして、真実は最初から目の前にあったのに、それが真実であると認めることを自分が拒否してきたのだ、と悟った。

ドナートの首から足をどける。手を貸そうとしたが、男はひとりで立ち上がった。オルソは両手を上げ、努めて穏やかな声を作って詫びた。

「みなさん申し訳ない。怖い思いをさせてしまって。そんなつもりではなかったんです」

続けて彼は、女性に向かって言った。「あなたのおっしゃるとおりでした。人違いをしていたようです。あなたはグレタではないんですね。ステファノ・インノチェンツィの妻、グレタ・カロンだとばかり思っていました」

彼女は首を横に振り、震える声で答えた。

「違います。そんなひと、ぜんぜん知りません」

オルソはなおたたずんでいたが、やがて目が覚めたように、あたりを見回した。

店内の誰もが彼を見つめている。

「失礼します」

出口にたどり着いた。背中にみんなの視線が張り付いているのがわかった。だがそれも、ガラス張りのドアが北風にあおられて、大きな音を立てて閉じるまでのことだった。

早足で歩きだす。脇腹が痛んだ。よりによって、悪い心臓のあるほうだ。あの女性と子どもたちの視線をまだ感じた。死ぬほどおびえた三人の視線は、誰のそれよりも痛かった。

24

ノヴェーレからミラノへの移動ははてしなく長いものとなった。

オルソはもうへとへとだったが、それでも車に乗り、出発した。一刻も早くミラノに戻りたかったのだ。ノヴェーレのバールで過ごしたわずかな時間以来、重苦しい不安に包まれ、まともに息ができなかった。車に乗って初めて、彼は自分の息が荒く、口だけで呼吸しているのに気づいた。鼻から息を吸い、深く吐き出してみたが、まるで効果がない。レモの小型車で、もともと低い性能の限界まで飛ばした。エンジンが不平をこぼすのがわかったが、構わなかった。もっとスピードを出したくて何度も無意識に上のギアを探したが、五速以上のギアはなく、速度計の針も時速百三十キロの目盛りから先にはまず進もうとしなかった。珍しく百四十キロに達すると、シャシーの振動が耳をつんざくばかりに激しくなった。

一度だけ、燃料計の針が限りなくゼロに近づいたので車を停めた。給油のあいだ、またレモに電話をしてみたが、相変わらず通じなかった。ガソリンスタンドのコンクリートの床に携帯を叩きつけてやりたい気持ちをこらえ、ポケットに突っこんだ。

ミラノに着いた時には真夜中近かった。車が町に入ってまもなく細かな小雨が降りだし、路面は街灯の明かりを反射する鏡に変わった。オルソは痛む目をこすり、長時間にわたり同じ運転姿勢でいたために生じた坐骨（ざこつ）神経痛に何度も歯を食い縛った。やがてレモのアパートメントのある通りに入ったが、何かがオルソに警戒を呼びかけた。気持ちとしては、友人の部屋に急ぎ、玄関のドアを叩いて、必要とあればドアを打ち破って、よくもアマルとグレタのことであれだけ嘘を言ってくれたなと詰め寄りたいところだったが、ここ数日、レモが一度も電話に出なかったのがどれだけ異常な事態かも理解していた。

最初に見つけたスペースに駐車した。レモのアパートメントまではあと百メートルほどある。車を降りた。脚が痺れ、細かく震えている。荷物入れのハッチを開き、暗かったが手探りでモーズリーのバッグの中から自分のグロック43を出そうとした。だが見つかったのは、三八口径の五連発リボルバーだった。薬室を開いてみると、弾は装塡済みだった。薬室を元に戻し、銃身の短いリボルバーをコートのポケットに入れた。グロックに比べると命中精度は落ちるが、サイズ的にずっと扱いやすい銃だ。そして友人の部屋を目指して歩きだしてしばらくは刺すように激しかった腰から腿にかけての痛みも次第に軽くなり、やがてほとんど気にならなくなった。レストランの大きなガラス窓の前を横切る。ポストインダストリアルなスタイルの内装が施された店だ。もう遅い時間なのに、テーブルの大半はまだ客で埋まっていた。細かな小雨は激しくなることもない代わりに、やみもしない。オルソは、店の入口に立てかけてあった傘を一本取ると、足は止めずにそれを開いた。

アパートメントの入口まで四十メートルを切ったあたりから、彼は、停まっている車の列を念入りに確認しだした。どの車にも誰も乗っていないようだ。傘をやや前に傾け、風にあおられた雨を避けるような格好で歩く。顔を隠すためだ。レモのアパートメントの玄関のよりによって真横に、金物屋の大きなネオンサインの看板があって、道路を真昼のように明るく照らしているのが見えた。入口を見張っている者があるとすれば、そこを通るのは危険すぎる。オルソは手前の角を曲がり、別の入口を探した。アパートメントの周囲を回り、裏手に出たところで、地下駐車場に通じる急なスロープを見つけた。だが鉄のシャッターが閉まっており、侵入のしようがない。スロープの前を通り過ぎてまもなく、オルソはなんとなくズボンのポケットに触れ、はっと立ち止まった。ポケットからレモに渡された鍵束を出して、よく見てみた。自動車のキーと、レモの家の鍵と思われるもっと大きな鍵のほかに、ひとつ、フクロウのかたちをしたキーホルダーがあって、そこに、ふたつのボタンが付いた小さな黒いリモコンがぶら下がっていた。片方のボタンを押してみる。何も起きない。もう片方を押す。すると、地下駐車場のスロープを上りきったところにある黄色いランプが点滅を始め、シャッターががらがらと上がりだした。オルソは急なスロープを下り、駐車場の中に入った。入ったとたん、蛍光灯が瞬きながら点灯したのは助かった。

居住階に続く内階段を見つけ、上がった。唾を飲みこもうとしたら、喉にテニスボールほどもあるものがつかえていて、吐き出すことも嚥下することもできないのに気づいた。彼はレモの部屋の前まで来た。ドアは閉まっており、呼び鈴を鳴らしたものかどうか迷ったが、鳴らさぬことにした。友人の鍵束を出し、強化扉用の鍵を探す。ふたつ目の鍵が正解だった。ドアを開け、中に入る。ドアは閉めきらず、寄せておくだけにしておいた。客間から届く遠くおぼろな光が、廊下に散らばる大きい段ボール箱とモニターを避けながら前進するのを助けてくれた。ドアが開きっぱなしの客間の戸枠から廊下の中央に向かって、一本、長い影が伸びていた。オルソは暗い部屋のひとつひとつを確認しながら進んだが、ひとの気配はまるでなかった。ただ、どの部屋もたんすの戸が開け放たれ、引き出しがいくつも床に投げ捨てられていた。客間の入口まで来た彼は、中の様子を眺めた。

廊下の影の正体はレモだった。

レモは椅子に座り、頭を後ろに反らした格好でぴくりとも動かない。レモの背後にある小さいテーブルの上のランプが点いていたため、オルソの目には友人が真っ黒なシルエットにしか見えなかった。彼はあたりを警戒しながら部屋に入った。大便と恐怖の強烈な悪臭を除けば、客間には何もなかった。レモに近づき、光に邪魔されぬよう、正面から様子を観察した。首に茶色い革のベルトが巻き付いている。喉仏のあたりで、たるんだ肉にバックルがほとんど食いこんでおり、ベルトの末端はうなじから振り子のように垂れていた。開いた口から舌は少ししか出ていないが、ボールのように大きく膨らみ、口の中をほぼ埋めている。いつでも目やにだらけで、小さかった目はすっかり変わりはて、眼窩から飛び出し、哀れみを乞うような表情で目の前を凝視している。チーロ・トッレの暴力が残した紫色の痣は、死後に皮膚が青ざめたためか、どれもうほとんど目立たなかった。大きい耳があったはずの場所には、左右とも血みどろの固まりしか残っておらず、軟骨の残骸からシャツの襟にかけて、どす黒い大量の流血の跡があった。腕はどちらも腰の脇にだらりと垂れている。オルソの友人はズボンの中で大便を漏らしていた。部屋に漂う悪臭の源だ。

レモの前には、何も載っていない椅子が一脚あった。誰かがそこに座って彼を尋問し、断末魔まで見届けたのだろう。そしてもうひとりがレモの後ろに立ち、首のベルトを締める役目を務めたのだろう。

レモの額に触れてみた。冷たい。肘関節が曲がるか確認すべく、腕を動かしてみる。死後硬直はまだ始まっていない。殺されてから六時間以上は経っていないということになる。殺人者が何か痕跡を残していないかと部屋の中を見回したが、オルソにはそれがプロの仕事であることはすでにわかっていた。玄関のドアの鍵をこじ開けた跡はない。レモが自分の意思でドアを開いたということだ。争った跡もなかったが、友人がこうした場合に抵抗するようなタイプでないことを彼は知っていた。

痕跡らしい痕跡は徹底した家捜しの跡のみだった。電子機器やケーブル、コンピューターで元から散らばっていた家の中が、今や、開けっぱなしのたんすの扉、床に落ちた書類やファイルで、さらに大変なことになっていた。オルソはキッチンからバスルームの棚にいたるまで、すべての部屋を注意深く調べていった。便器まで確認した。だが、興味深いものは何ひとつ見つからなかった。

友人の亡き骸の前に立ち、彼は答えを探し求めた。だが今さらレモに何が教えられるはずもない。オルソは頭を振り、次に両手で抱えた。鬱憤のあまり、叫びだしてしまいそうだった。脚がふらついたが、殺人者の椅子を使いたくはなかったので、そこを離れ、ソファーに座った。

よく考えるんだ。

誰がレモを殺した？　ロッソの手下、いやまさか、ロッソ本人なのか。レモが殺されねばならなかった理由がわからない。連中は何を探していた？　レモが何を隠していたというのだ？　それになぜ、あんな風にわざわざ拷問を加えてから殺した？　モーズリーと一緒に、俺の作戦に協力したからなのか。そんな馬鹿な。俺を助けたから、それだけの理由で、ロッソがレモを始末させるはずがないじゃないか。

少し離れた場所で息絶え、座っている友人を見つめているうちに、オルソは絶望と無力感を覚えた。どうしてレモはアマルとグレタのことで俺に嘘をついたのか、その理由を知る術はもうなくなってしまった……。その時、ソファーの肘掛けの脇に置かれた、小型の丸いテーブルの上の写真立てにふと目が行った。額縁の中、どこかの庭か田舎の草原で、ずっと若いころのレモとマリーザがカメラに向かって微笑んでいる。ところが母親の腕に抱かれたカテリーナのほうは、写真の枠外、彼女の左手にあるらしい、何かにおびえたような顔をしている。犬か何かだろうか……。オルソはたびたび彼らの家に食事に招かれ、その写真を何度も見たことがあった。そしてそのたび、夫婦の幸せそうな表情と、カテリーナの視線に浮かんだ混じりっけなしの恐怖の不調和に強い印象を受けた。だから、五、六歳の女の子がいったいどんな怖いものを見たのか、レモかマリーザにいつか訊いてみたいとずっと思っていた。

だがそれもかなわぬ望みとなった。

何か覚えているはずだろう？　オルソは頭を掻きむしった。レモと交わした最後の会話も振り返ってみたが、正しい方角に自分を導いてくれそうな手がかりは何も思い出せなかった。しかしそこでまた彼は、レモが妻と一緒に写っている最初の写真に目を戻した。何かが胸の奥で、そこにヒントがありそうだ、その写真から始めてみろ、と告げていた。オルソの第六感は滅多に外れない。大切なのは、勘に素直に従うことだ。つまり、カテリーナかマリーザのどちらかが、問題を解く鍵になりうるということなのか。そうだと直感は告げていたが、それがどう鍵となるのかが、わからない。オルソは客間の写真という写真を観察していった。ほぼすべての写真が、哀れなカテリーナを捉えたものだった。誕生から大学卒業までの成長の記録だ。しかし、たどるべき道はこれではないという気がした。

ソファーに戻り、さっきと同じ姿勢で座った。そして最初に見たレモとその妻の写真を見つめた。マリーザ。鍵となるのは彼女だ。そうに違いない。自分をピンチから何度も救ってくれた驚異の記憶力を頼りに、改めて振り返ってみた。

マリーザ、マリーザ、マリーザ……

何かが頭の中でかたちになりつつあった。カンニーバレ討伐からそこに戻ってきてすぐ、レモが亡き妻の思い出話をしたのをオルソは思い出した。ロッソのための調査を友人が妻を隠していたこと、マリーザに見つからないようにするため、手紙やUSBメモリーを管理人に預かってもらうようになったこと……

管理人か！

オルソは、友人の悲惨な亡き骸を目の当たりにした瞬間に失った活力がよみがえるのを感じた。もしかしたら管理人がレモから何か預かっているのかもしれない。ひとつの可能性でしかないが、試してみる価値はある。しかし、こんな夜更けに下まで行って、管理人室のドアをノックするわけにはいかない。それに、遅かれ早かれ誰かがレモの死体を発見することを計算に入れれば、顔を見られたくはない。

階段を下り、玄関ホールに着いた。するとガラス張りのドアがあったので、中を覗いてみた。大きな机が狭い部屋の床面積のほぼすべてを占めていて、その上に、封筒の束、各種料金の払込用紙の束、透明ビニールで包装された雑誌が一冊、それぞれまとめて並べてある。アパートメントの住人宛の郵便物に違いない。壁の一面は、小さい引き出しのたくさんある、背の高い木製家具にほぼ占有され、その向かいの壁には大きな十字架上のキリスト像がかかっている。十字架のすぐ脇には閉ざされたドアがひとつ。おそらくは管理人の住まいの入口だろう。

ガラス張りのドアを開けてみようとしたが、鍵がかかっていた。古い錠前はひと目で、ごく簡単に破れるタイプだとわかった。普段からキーホルダーとして利用している鉤針でピッキングに成功した。ドアはオルソが思っていたよりも軽くて、勢いよく開いてしまい、ガラスが窓枠の中で派手な音を立てて揺れた。彼は歯を食い縛り、じっと動かず、管理人がいるはずの部屋から少しでも物音が聞こえてきやしないかと耳を澄ませた。そのまま一分が過ぎ、誰も目を覚まさなかったらしいとオルソは判断した。中に侵入する。ドアは引き寄せただけで、開けておいた。部屋の様子を観察したが、特に目を引くものはない。机の上の封筒ぐらいなものか。次に、壁の大きな家具の前に立ち、小さい引き出しをひとつずつ開けていったが、全部空っぽだった。

だがその時、机にもひとつ引き出しがあるのにオルソは気づいた。中を見ると、鍵束がいくつかと宣伝のちらしが数枚、封筒が二枚、入っていた。老眼鏡をかけ、携帯の照明で封筒を照らしてみる。片方は白い封筒で、封がされていた。

ひっくり返してみると、表に〝オルソ（Orso）〟と記されていた。

25

オルソは地下駐車場を出ると、アパートメントの裏手からレモの車を目指した。激しくなった雨にも構わず歩いた。車に乗り、ドアを閉める。ボディとフロントガラスに勢いよくぶつかってくる無数の雨の滴はもはや単一の騒音となり、途切れることなく鳴り続けている。彼はポケットから白い封筒を出し、はやる気持ちを抑えつつ開いた。出てきたのは四つ折りに畳んだ一枚の紙で、文面はコンピューターで書かれていた。

やあ、オルソ。君ならこの手紙を見つけてくれるんじゃないかと思っていたよ。君には僕に訊きたいことがたくさんあるだろうね。こっちだって説明したいことが山ほどある。でも、僕があんまり勇敢な男じゃないのはよく知ってるね？　だから君の目を見て話すのはあきらめ、こうして手紙を書くことにした。そう、僕は卑怯者だ。昔からずっとそうだった。まだガキに毛が生えたような時分に、ロッソと初めて会った時から、もう僕は卑怯者だった。あいつが大学に来て、金と引き換えに僕にどういうたぐいの調査をさせるつもりでいるのかをにおわせた時、本当なら僕は、「結構です、興味ありません」とでも言って、さっさと逃げるべきだったんだ。でもロッソの頼みを断れば殺されるんじゃないかと思って、怖かったから、あいつのために働くようになった。僕らが出会った時のこと、覚えているかい？　こっちは〈組織〉に入ることを認められたばかりだった。あいつに命じられた最初の人捜しをあっという間に片づけたご褒美だった。まるで昨日のことのようによく覚えているよ。僕は君の手を握り、君の目を覗きこんで思ったんだ。この男は信頼できる、ってね。君の瞳には深い悲しみがあったが、僕は何も尋ねなかった。君は寡黙な若者だったし。それはずっと変わらなかったな。それにこっちはまだ新入りだったから、その時は、いったい君に何があったのかなんて知りようがなかった。〈組織〉に残るために、君が何をあきらめなければならなかったのか、なんてことは。

あの時、僕が見つけ出した捜し人は、アマルとグレタだったんだよ。

そうだ、友よ。ロッソに依頼された最初の仕事は、君の大切なふたりの捜索だったんだ。妻と娘の名に誓って言うが、僕はまだ君の駆け落ちのことなんて知らなかったし、アマルが君の恋人で、グレタが君の娘だなんてことも知らなかった。ロッソはただふたりの名前を僕に告げて、なんとしてでも捜し出せって指示したんだ。与えられた情報はわずかだったから、ほとんど無理な依頼だったよ。身元もよくわからない女性とその一歳の娘を見つけろだなんて。でも、僕はやり遂げた。白状するけど、あの悪魔めいた赤毛の小男がこの手を握り、褒めてくれて、今日からお前もファミリーの一員だ、と言った時、僕は子どもみたいに有頂天だったよ。ようやく自分の技術を誰かに認めてもらえた、ってね。そのうち僕と君は友だちになった。いや、君はあの〈組織〉の中で、僕にとってただひとりの友人だった。そして、何カ月か過ぎたころだったと思う。連中の噂話でようやく知ったんだ。よりによって君が、ロッソの右腕と呼ばれるあのオルソが、一年前に何もかもをなげうって、僕が捜せと言われた女性と逃げたことがあったらしい、と。あちこち聞き回って、自分の懸念がみんな当たっていたことを僕は知った。ロッソがアマルたちを見つけた現場に立ち会った男も、ひとり見つけた。口を割らせるのに凄く苦労したよ。もう名前も忘れたけど、あの当時で五十は超えていたから、とっくに死んでると思う。とにかく、そいつは言ったんだ。これは秘密だ、誰にも言うな、特にオルソにだけは言うな、って。僕は黙っているって約束した。するとその男は、酒をさんざん飲ませたおかげもあったけど、洗いざらい話してくれた。ロッソは君の大切なふたりを車に積みこませてから、どこか森のような場所で殺したそうだ。それも、赤ん坊もろとも、自分の手で始末したがったそうだ。ロッソのやつ、君という、誰よりも信頼していた手下を失いかけて、相当に腹が立ったみたいなんだ。オルソを連れ去った女がまだどこかでのうのうと生きていると思うと、耐えられなかったらしい。ああ、オルソ、それを知った時、僕はどれだけ苦しんだことか。そして今、君がどれほどつらい思いをしているか、僕には想像だにできないよ。

視界が曇り、涙があふれて、オルソはそれ以上、手紙を読めなかった。老眼鏡を外し、まだ雨でびしょ濡れのコートの袖でまぶたを拭う。歯を食い縛ってみたが、どうにも嗚咽が止まらなかった。苦しみをすべて解き放ってしまったほうがいい。そんな気がした。胸でつかえている苦しみのダムを決壊させて、絶望を涙と嘆きの声に変えてしまったほうがいい。彼は心の声に従った。手紙を助手席に置くと、オルソは泣いた。こんなに泣いたことは今までないというほどに激しい、絶望の涙を流した。体を折り、ハンドルに額を預け、しゃくり上げ、身を震わせながら泣いた。外はどしゃ降りの雨が続いている。実際には数分の出来事だったはずだが、何時間も、何日も泣いた気がした。ついには胸が空っぽになり、へとへとに疲れたが、心の中では新たな感情が徐々にかたちをなしつつあった。じわじわと膨らむ、暗い怒りだ。オルソはハンドルから顔を上げると、また手紙を取った。老眼鏡をかけ直し、目が焼けるように痛んだが、ぎゅっと唇を結んでまた読みだした。

僕はこれまでずっと、ロッソにアマルの居場所を教えたことを後悔してきた。それが四十年も経った今になって、あの最低な男は僕に電話をよこして、こう言ったんだ。「オルソがアマルとグレタの姿を最後にひと目見たいと言っているから、適当な替え玉を見つくろって、安心させてやれ」あいつ、君を説得してふたりのところには行かせないか、行ったとしても遠くから見るだけで、接触はさせずに済ませられると思いこんでいた。オルソは絶対に俺のところに帰ってくるって自信満々だったもの。こんなことまで言ってたよ、「俺のところに戻るほか、オルソに何ができる？　あいつには俺しかいないんだよ。あれは俺がいなきゃ、なんの価値もない男だ」

　だが君にロッソの元に戻るつもりはなかった。そうだろう？　僕にはわかったよ。最後にはあいつも、そうと察したらしい。だから、トッレ兄弟に狙われていると君から聞かされた時、僕はすぐに、ロッソが手を回したに違いないって思った。証拠はないよ。でもそうだと思う。きっとカラブリアの連中がジェノヴァに腰を据えたのを知っていたんだろう。僕があいつに伝えたのは、君がなんにしてもノヴェーレに向かうこと、それも列車で行くこと、このふたつだけだ。ロッソの野郎は、アマルとグレタの死を知られるくらいなら、いっそのことオルソを殺してしまおうと考えたんだ。君がどんな反応を示すかわからないからね。おおかたいつもの調子で、トッレ兄弟に約束をしたんだろう、オルソを仕留めたら、お前たちをまた一級の商売のパートナーにしてやる、とかさ。あの人間のくずみたいな野郎は自分の手を汚そうとすらしなかった。全部、トッレ兄弟にやらせようとしたんだ。

　僕がカンニーバレ退治を手伝ったのは、せめてもの罪滅ぼしのつもりだった。

　もしかしたら、どうしてノヴェーレなんて町を選んだのか、そう思っているかもしれないね。理由はあんまり簡単で、書くのが恥ずかしいくらいだ。うちの両親があの町の出身なんだよ。実家を売った関係で、僕はあのころちょうど公証人に会いにノヴェーレに行くことになっていたんだ。それで、アマルとグレタに見えそうなふたりの女性を向こうで見つけて、携帯のカメラで撮影した。まだふたりが生きてるって、君に信じてもらうために。

ひとつ、正直に言わせてくれ。君に今、真実を伝えられて僕は嬉しいよ。秘密を守り続けるのはもう耐えられなかった。何度も打ち明けようと思ったさ。でも、そうしたらロッソに、僕だけならともかく、妻と娘まで殺されてしまうのは間違いなかった。だが今となっては僕も、ひとりぼっちのじいさんだ。二日前からロッソの電話に出ていない。これで僕は終わりだ。ちゃんとわかってる。死ぬのは物凄く怖いけど、誰に殺されるにしても、あまり苦しませないでほしいと願っている。

親愛なるオルソ、君がこの手紙を読んでいるとしたら、その意味するところはただひとつ、君がまだ生きているということだ。それに、君にはひとつ有利な点もある。ロッソが君を恐れていて、あの世に送りたがっているのを今は知っているからね。あいつは僕からは何も聞き出せないよ。だって僕は、君がジェノヴァのどこに隠れていたのかも知らなければ、これからどこに隠れるつもりなのかも知らないもの。仮に君を捜すのを手伝えと言われたって、これじゃお手上げだ。

友よ、許してくれ。また会える日ができるだけ先になることを祈っている。

レモ

オルソはレモの手紙をゆっくりと四つ折りにし、上着の内ポケットにしまった。また口だけで息をしているのに気づいた。しかも今度は歯まで食い縛っていた。ごちゃ混ぜな感情からなる旋風が体の中でどんどん勢いを増し、まともにものが考えられない。あまりの苦痛に全存在を圧倒されていた。突如としていろいろなイメージが心に湧き上がる。炎のように赤く燃える空と、どこまでも続く、風に揺れるひまわりの花、花、花。両親と暮らしたぼろ家の、傷だらけの黒い木の床と、泥に沈む靴。かびの縞模様が浮き上がった汚い壁と、じりじり音を立てる電球。そしてオルソは呆然とするほどはっきりと思い出した。最後にアマルを見た時のあの光景だ。興奮して泣きやまないグレタを腕に抱きながら彼の横に座り、こちらを見つめていた彼女。

「これっきりってこと、ないわよね？」

「きっとうまくいくから、安心しろ」

そう、あの時、彼はアマルに言ったのだ、「きっとうまくいくから」と。

アマルがその言葉を信じたふりでうなずき、ドアを開け、車を降りる姿がまざまざと見えた。

オルソは震えだした。よくもやってくれたな、そう声に出して叫んでしまいたかったが、唇は凍え、心は傷だらけで、舌は麻痺していた。怒りが強引に前に出てきて、絶望を脇に追いやった。彼が今、ひしひしと感じている欲求はただひとつ、この激しい怒りを発散したいという物理的なそれだった。外の雨はそんな彼の気持ちに呼応するように、今や豪雨と呼ぶべき激しさで、数メートルより先は何も見えない。

オルソはドアを開け、車を降りた。雨には構わず、車の後ろに回り、荷物入れを開いた。モーズリーのバッグの中を引っかき回して、自分のサイレンサー付きグロックを見つけた。マガジンの弾を確認してから、またグリップに収め、背中とズボンの腰のあいだに挟む。コートのポケットにはまだモーズリーの三八口径が入っている。さらに金属製のバールを一本取り出すと、リアハッチを閉じ、レモのアパートメントに向かって歩きだした。バケツをひっくり返したような大雨で、路面の冠水はくるぶしの高さに達していた。溶けた氷のように冷たい水だったが、オルソは気にしなかった。バールを手にした幽鬼のように、彼は姿を隠そうともせずに前進した。またレストランの前を通過したが、今度は歩道ではなく、道路の真ん中を歩きながら、斜めに並んで停まっている車を一台一台確認していった。そして、ロッソの手下がまだレモのアパートメントの玄関を監視していますようにと心から願った。

この雨では車の中の様子をうかがうのも困難だったが、彼は自分の有利を自覚していた。車内で誰が見張っているにせよ、リアウィンドウから外のオルソの顔をそれと見分けるのはまず無理だからだ。アパートメントの玄関付近は金物屋のネオンサインのおかげで確認も楽だった。まもなく、玄関から数メートルの位置に停まった一台の中に、待機する誰かの影を見つけた。彼はそっと接近し、手前の二台のあいだに身を潜めた。わずかに頭を上げると、問題の車の中にふたりの人間が座っているのがはっきりと見えた。ひとりは運転席、もうひとりは助手席だ。中から曇ったガラスと大雨のせいで顔はわからない。オルソは残念だった。ロッソの手下ならば、彼はひとりひとりの長所と短所を完璧にそらんじていたからだ。だがすぐに、ここしばらくはそうでもないか、と思い直した。ロッソとトッレ兄弟が手を結んだことすら、俺は知らなかったのだから。あの心臓手術に続く数カ月でどれだけの変化があったのだろう？　せめてふたりの男が銃を手に持っているのか、ダッシュボードの上に置いてあるのかくらいは確認したいところだった。しかしふたたび頭を上げた時、息絶えたレモの表情が一枚の写真のように脳裏をよぎった。そしてその直後、苦しみに歪んだ友の顔に重なるようにして、アマルの顔が見えた。オルソの記憶どおりの若く、美しい彼女が、レモの代わりにあの椅子に座り、首をベルトで締めつけられている。あっという間に怒りが沸騰し、車のふたりが武器を持っていようがいまいが、心底どうでもよくなった。マシンガンを持っていようが、手榴弾を持っていようが、アメリカインディアンの格好で羽飾りを頭に着け、戦闘用のペインティングを顔に塗りたくっていようが知るものか。せめていくらかでも落ちつき、怒りに我を忘れぬよう、ひとつ深呼吸をすると、オルソは問題の車に背後から迫った。そして運転席の横まで来ると、彼はバールを振りかざし、窓に向かって打ち下ろした。ガラスが粉々に砕けるほど強烈な一撃だった。悲鳴がしたが、構わず両腕を車内に突っこみ、運転手の首根っことコートの襟をつかむと、割れた窓からそのまま引きずり出した。男を背中から地面に叩きつけると同時に、背中のグロックを抜く。仰向けになった男の胃をひと蹴りしてから、すかさず助手席に銃を向けた。ところがそこにいたのは若い娘だった。眼鏡をかけ、栗色の髪を真ん中で分けた娘が、恐怖に目をみひらき、両手を握り締め、口を半開きにしたまま身をこわばらせている。ふたたび悲鳴を上げようとしていたところに拳銃を突きつけられ、声を押し殺したようだ。オルソは足下を見下ろした。すると、彼が泥と雨水の中に叩きのめしたのは、娘と同じ年ごろの若い男だった。高校生か、せいぜい大学一年生にしか見えない。

「畜生！」オルソは怒鳴った。体内でアドレナリンが大量に分泌されたせいで五感が鋭敏になり、じっとしていられなかった。車の屋根を拳で一度叩いてから、後ろを向いて銃を腰にしまった。それから隣の車の屋根に両手をつき、何度も深呼吸をした。落ちつきを取り戻すと、オルソはまだ立ち上がらずにいる若者を見やった。今は座っているが、うつむいている。雷鳴と豪雨の音に紛れて、車の中の娘の嗚咽がはっきりと聞こえた。地べたの学生に向かって手を差し伸べると、相手が戸惑いながらも手を取ったので、ぐっと引き上げた。体重の軽い、背の低い若者だった。蹴られた腹が痛むらしく顔をしかめている。黒い巻き毛が頭に張り付き、そこから垂れた水が、顔に毎度異なる筋を描いて流れ落ちる。

「許してくれ。君たちには怖い思いをさせてしまったが、何も心配することはない」

オルソはそう言うと、ポケットから財布を出し、百ユーロ札を三枚抜いた。手持ちの現金はそれで全部だった。紙幣を差し出された若者は、何がなんだかわからぬ様子で受け取った。

「窓の修理代だよ。俺が間違って壊したんだから」

若者はうなずき、初めて娘に目をやって、大丈夫だ、とでも言いたげに首を振った。娘はいつの間にか泣きやんでいる。

「大丈夫か」腹をさすっている若者を見て、オルソは尋ねた。

「あんた……警察のひとなのか」そんな答えが返ってきた。

オルソは返事をせず、車のドアを開けた。若者は乗れと言われているのだと察し、黙って従った。

「さあ、行ってくれ」

若者はエンジンをかけた。

「本当に大丈夫か」

「うん、大丈夫だ。ありがとう」若者は、まだ水の滴る濡れた髪を額からかき上げた。そして、ギアをリアに入れると、駐車スペースから抜け出した。娘はオルソを振り返り、別れの印に手を振った。あるいは、少なくともそのように彼には見えたが、助手席の窓ガラスに落ちては跳ねる大量の雨のせいで、本当のところはよくわからなかった。不意に寒気に襲われ、彼は胸を抱き、そして思った。自分は危うくあの娘の頭を撃ってしまうところだった……。赤いテールランプが消え、危険な夜に飲みこまれていくまで見守る。車が大海原に沈んだようにも見えた。レモの小型車のほうに戻ろうと歩きだして初めて、濡れた服の重さに気づいた。雨水が髪を伝ってシャツの襟首から服の中に入り、ズボンをまるで布製の雨どいのように通って、靴の上から流れ出てくる。靴下は、もう一滴だって水は吸えないというほどにずぶ濡れだった。彼は歩道をあと戻りした。とりあえずレモの車に戻って、このひどい雨から身を守ろうと思った。そこから車までの道のりを照らすただひとつの明かりは、例のレストランの照明だった。オルソが店の入口に差しかかった時、煙草を吸おうと店から出てきたふたりの男性客が入口のポーチで足を止めた。ふたりのうち痩せたほうがライターを顔に近づけ、煙草に火を点けた。まさにその瞬間、オルソはそちらを見やり、今度は友人らしき相手にライターを差し出している男のねじ曲がった鼻に目を吸い寄せられた。全身の神経を千ボルトの電流が流れる思いだった。あの、のみで削ったような顔立ち、曲がった大鼻。ベニアミーノだ。

オルソは足を止め、もうひとりの男に視線を移した。ニコライだ。ベニアミーノと一緒に、ロッソの家までオルソを車で送ったあの猪首の、金髪の若者だ。

大雨の中で立ち止まったために、彼はただちにふたりの警戒を呼んだが、向こうはすぐにはそれがオルソだと気づかなかった。道の向かいにある別の店の明るい看板のせいで顔が陰になってよく見えなかったのだろう。しかし、それもつかの間の話だった。ベニアミーノが小さな目をみひらき、煙草を捨てるのが見えたが、オルソは構わず、赤いマントを前にした闘牛のように突進し、相手の首を両手でつかんだ。ベニアミーノはあとずさりしようとして、足を滑らせ、背中から倒れた。オルソも一緒に倒れ、ベニアミーノの上に横たわる格好となったが、首にかけた手は放さなかった。猛烈な怒りにかられていた。ニコライがもみ合うふたりに飛びかかってきて、オルソの首を絞め、手を放させようとしたが、オルソは耐えた。ベニアミーノの顔色が濃い紫に変わり、男は雪の上に寝そべった子どもみたいに左右の腕を動かしながら、もがきだした。ベニアミーノは次にオルソの顔をつかもうとしたが、雨に濡れた肌が蛇の皮膚のようにぬめってうまくいかない。ニコライがオルソの首にかけた手にさらに力をこめ、食い縛った歯のあいだから、何かロシア語をつぶやいた。オルソはいきなり頭を後ろに振って、若者の顔に命中させた。乾いた枝が靴の下で折れるような音がした。鼻の軟骨が砕けた音だ。

血の噴き出す鼻を押さえながらニコライが後退すると、その隙にオルソは、左手でベニアミーノの喉仏を押さえたまま、サイレンサー付きのグロックを抜き、引き金を引いた。雄羊に頭突きでも食らったみたいにニコライが後ろに弾き跳び、歩道に倒れ、雨の下、そのまま動かなくなった。オルソはベニアミーノの頬に熱い銃口を押し付け、フランス語で尋ねた。

「レモを殺ったのはお前か」

ベニアミーノがうまく口をきけないのを見て、オルソはぎりぎり息ができる程度に手を緩めた。男は咳きこんだ。

「答えなければ、撃つ」

「俺じゃない。マルセルが殺ったんだ」

「誰だそいつ？」

「名字は知らない。本当だよ」

オルソは記憶にあるマルセルを総ざらいした。

「眼鏡をかけた、太った野郎か。五十くらいの？」

「そう、そのマルセルだ」

マルセル・デ・シュメト。フランス系ベルギー人の元看護師で、極めつけに残酷な拷問のエキスパートだ。レモは死ぬ前にひどく苦しめられたに違いない。その思いがすぐに頭をよぎった。

「ほかには誰がいた？」

「ニコライ……とフローリアンだ」

「ロッソの息子？　馬鹿言うな」

「本当だ、嘘じゃない！　本当にあいつもいたんだ」

「フローリアンとマルセルは今どこにいる？」

「店の中だ」

オルソは店に目をやったが、入口のドアの向こうは玄関ホールで、客のいる広間は見えなかった。この位置からだと、大きなガラス窓からも店内の一角しか見えない。

「レモの家で何があったのか説明しろ」

「俺たちが行くと、あいつは中に入れてくれた。待っていたみたいだった。フローリアンがあいつの前に座って質問をした。マルセルは両耳を切り落として、ベルトで首を締め上げて、あいつにしゃべらせようとした」

「フローリアンは何を吐かせようとしたんだ？」

「カンニーバレのこととか、あんたと何を話したかとか。一番知りたがってたのは、あんたの居場所だ。でもレモはなんにも知らなかった。フローリアンはすぐに飽きちまって、マルセルに始末を任せた」

「それでレモを殺してから、みんなでレストランに来たって？　お前、俺を馬鹿だと思ってるんだろう？」

オルソは拳銃をベニアミーノの額に突きつけた。

「やめてくれ、お願いだ」

男は泣きじゃくりだした。

「神かけて言うが、本当の話なんだよ。ロッソはあんたの行方をあちこちで捜している。

フローリアンは親父に内緒でオルソを見つけて、驚かせてやろう、てめえの腕前を披露してやろうと決めたんだ。それで俺とニコライを連れ出して、マルセルを呼び出した。哀れなレモが死んじまったあと、俺たちは少し、あいつの部屋であんたを待った。でも、フローリアンが腹が減ったって言いだしたんだよ。俺たちは、せめて建物の入口だけでも見張っておいたほうがいいって言ったんだが、フローリアンのやつ、耳を貸しやしなかった。こんなこと言ってたな。『オルソみたいなやつのことなら、俺はよく知ってる。あいつはここには絶対に帰ってこないよ。それにどこにいようと、俺がきっと見つけてみせる』だから俺のせいじゃない、俺はフローリアンに巻きこまれただけだ。俺はぜんぜん関係ない！　ただの運転手役だよ」

ベニアミーノは本気で泣きだした。鼻水まで流し、今にも心臓麻痺を起こしそうな有様で、吐き気がするような眺めだった。

「レモがあんたの友だちなのは知ってたよ。俺は指一本、触れるつもりはなかった。俺はただの運転手だ。そんなの知ってるだろ？　下っ端も下っ端の運転手だよ！」

ベニアミーノはユダのように嘘つきな最低野郎だが、それでもオルソの性格はよく知っているはずだから、自分の余命がいくばくもないことを理解したのだろう。それで理性のねじが吹き飛んだらしい。

「俺は関係ないんだ。オルソ、嘘じゃないって。信じてくれよ。俺たち、友だちじゃないか」

その時、レストランのドアが開き、ひと組のカップルが笑いながら出てきた。まずは女性、ついですぐに男性の順で、彼のほうはまだレインコートを着ている途中だった。若い娘はひと目で、ひざまずいたオルソ、ベニアミーノに向けられた拳銃、雨の下で倒れているニコライの姿に気づいた。笑顔が瞬く間に恐怖の表情に変わり、彼女は悲鳴を上げだした。ベニアミーノはオルソの意識がそれた隙を突いて、彼を突き飛ばし、向かいの壁に立てかけられていた傘の列もろとも転倒させた。そして、悲鳴を上げる娘につかまって立ち上がると、その恋人を突き飛ばし、レストランに逃げこんだ。突き飛ばされた若者のほうは、まだ何が起こったのかわからぬ様子だった。

オルソは起き上がり、ラグビー選手のように肩のタックルで若いカップルを弾き飛ばし、ふたりのあいだを抜けて、猛烈な勢いでレストランに飛びこんでいった。フローリアンとマルセル広間中央の四人席にたどり着き、こちらを指差すのが見えた。フローリアンとマルセル――馬鹿でかい太鼓腹をした眼鏡の中年男――がオルソを振り返った。

フローリアンが青ざめた。迫りくるオルソを見て震え上がったのだろう。ロッソの息子はさっと立ち上がると、厨房目指して大急ぎで逃走を始めた。マルセルも席を立とうとしたが、大きな図体のせいでフローリアンほど敏捷には動けず、逆にテーブルと椅子のあいだに挟まって身動きができなくなってしまった。フローリアンは自分の行く手を塞いだ老婦人——トイレから席に戻る途中だったらしい——を礼儀のかけらもなく突き飛ばした。彼女の上げた悲鳴が、その時、完全にヒステリーを起こして店内に戻ってきた娘の悲鳴と重なって響き、数人の客が何事かと立ち上がった。

オルソはフローリアンを追おうとしたが、視界の片隅で、ベニアミーノが腰を曲げ、椅子にかけたジャケットのポケットから何かを取り出そうとしているのを目撃した。拳銃だ。相手に銃を構える間を与えず、オルソが先に撃った。サイレンサーは銃声を少ししか消してくれなかった。ベニアミーノは肩を撃たれ、隣のテーブルにどっとぶつかり、皿やグラスの載ったテーブルクロスを巻き添えにして床に倒れた。それが合図の銃声であったかのように、人々はパニックに陥り、一斉に立ち上がった。客もウェイターもあらゆる方向に駆けだし、残りの者たちは腹ばいになって床に伏せた。

オルソは混乱には構わず、追跡を続けた。彼は厨房のスイングドアを押し開け、出てくるところだったウェイターを打ち倒した。ウェイターの持っていた二枚の皿が壁にぶつかって割れる。しかしその衝撃にも、オルソの歩みはほとんど緩まなかった。湯気の立ち上る鍋、油の音を立てるフライパンのあいだを彼はどんどん進んだ。その怒りの表情にひるんでコックも助手も脇にのき、拳銃に気づいた様子もなかった。オルソは厨房の奥のドアがまだ揺れているの見て、そちらに向かったが、手前で足を止めた。ドアの向こうでフローリアンが銃を構えて待ち構えている可能性があるからだ。ドアの向こうをそっと覗いてみる。誰もいない。外に出て、あたりを眺めたが、激しい雨と乏しい照明のせいで様子がよくわからない。

夜闇の中をさらに数歩前進したところで息苦しさを覚え、オルソは大きく口を開けてあえぎだした。視界がかすむ。なお歩いたが、胸郭にずんと重い感触があった。

〝まだ待ってくれ、頼む！〟彼は願い、レストランの入口へと戻る歩道に出た。

走って逃げてくる客と何人もすれ違いながら進む。道の反対側を逃げる人ごみのなかにフローリアンの姿を見つけた。ロッソの息子は人々をかき分けようとしてバランスを崩し、濡れた歩道に倒れた。

胸の痛みの尋常ではない激しさに、意識が朦朧としつつあるのをオルソは自覚した。足がますます重くなってきた。雨が弱まり、こぬか雨に変わったことにも気づかなかった。

ベニアミーノが見えた。オルソに撃たれた肩を右手で押さえ、その手を血で真っ赤に染めながら、転んだフローリアンの元に駆けつけ、手を貸して立ち上がらせようとしている。

だがそこでオルソは肋骨にとてつもない圧迫感を覚えた。まだ拳銃こそ握っていたが、立ち止まらざるをえないほどの痛みだった。ふたりとの距離は三十メートルほどしかないがどうしようもない。彼は背を折り、膝に手をついた。

大型トラックのように猛然と体当たりしてきたマルセルに、オルソはぎりぎりまで気づけなかった。彼は横向きに吹っ飛ばされてコンクリートの上を滑り、グロックを落としてしまった。拳銃が歩道に跳ね飛ばされる。マルセルはオルソに立ち上がる暇を与えず、百十キロの全体重をかけて飛び乗ってきた。オルソは胃と肝臓を狙ってくる相手のパンチを避けようとしたが、かなわなかった。視界がぼやけ、肋骨が激しく痛んだ。このままでは気を失ってしまう。失神すれば、数秒で殺られてしまうだろう。なんとかしなければ。オルソはコートのポケットを手探りし、モーズリーの三八口径を取り出した。もうほとんど目は見えなかったが、構わず正面に向かって撃った。

マルセルが息を飲み、手が止まった。

その瞬間、オルソにもやっと相手の頭が見え、もう一度、撃った。元看護師の眼鏡が吹き飛ぶ。額を撃ち抜いた弾丸の勢いでマルセルはいったん立ち上がり、そして背中からどっと倒れた。オルソは必死に起き上がった。頭がくらくらした。三八口径をコートのポケットに戻し、グロックを拾い上げ、ズボンの腰にしまう。レストランの明かりはなお道路を照らしているが、店内にはもう誰も残っていなかった。ベニアミーノとフローリアンは足を止めて、オルソとマルセルのどちらが勝つか眺めていたが、オルソが立ち上がるのを見るやいなや、黒いセダンに飛びこんだ。テールランプが赤く灯り、改造エンジン特有の轟音(ごうおん)が響くと、セダンは猛スピードで夜の町を遠ざかっていった。

オルソはそれとは反対側の、レモの車のほうに歩きだした。ほとんどスローモーションだったが、胸の激痛をなんとかこらえられる程度に抑えるには、そうしてゆっくり歩くしかなかった。

最後の力を振り絞り、なんとかレモの車にたどり着いた。遠くのほうから近づいてくるパトカーのサイレンが聞こえる。

オルソは猛烈なめまいに襲われていた。

二度目の挑戦でドアノブをつかむことに成功し、ドアを開けると、彼はシートに倒れこんだ。服はずぶ濡れの上、夜の冷えこみまであるのに、額には玉のような汗が浮かんでいる。

目を上げれば、ルームミラーに、一台のパトカーの点滅する青い光が遠くの建物を照らしているのが見えた。

26

彼の弱った心臓の状態を刻印した方眼用紙の帯が勢いよく切り取られた。女医は――心臓病の専門医だ――検査結果を注意深く読みだした。上半身裸で、胸のあちこちに吸盤を張り付けられたオルソはそんな彼女を見守った。彼女のやや緑がかった茶色の瞳は、彼に母親の瞳を思い起こさせた。とはいえ、オルソの母親の瞳はおそらくそんな色ではなく、実は彼もよく覚えていなかった。つまりそれは、母さんの瞳もこんな色だったらいいなと思わせるような瞳だったのだ。女医は中年で、威厳があり、優雅で、まるでドレスでも着ているかのように白衣をまとっていた。心電図をカルテに挟むと、彼女はようやく、大丈夫ですよという顔でオルソを見てくれた。

「何か起きたのは間違いありませんね。ご旅行の途中に、この町で急いで救急外来をお探しになった。そうでしたね？」

「ええ」

「適切なご判断でした。でも、状態は安定したようです。手術のあとに処方されたお薬はきちんと飲んでいますか」

オルソは疲れた顔でうなずいた。女医は、機械から延びる電極を彼の体に固定していた吸盤を外していった。それから患者の胸に走るいくつもの傷跡を興味深げに眺めだし、肝臓のあたりに残されたふたつの紫がかった痣に目を留めた。

「最近、事故か何かにお遭いになったんですか」

「家具にぶつけたんです」

「ここ数日、強いストレスを受けるようなことはありました？　何か、非常に疲れるご活動でも？」

「まあ、そうですね……」

彼女は患者をじっと見つめた。

「服がびしょびしょですね」

「わかってます」

女医はうなずいた。あたかもオルソの心を読み、自分はすべてを理解したとでも言いたげに。だが本当にそんなことができるなら、今ごろ一目散に逃げだしているはずだ。

「きっとかかりつけの心臓のお医者さんからすでに説明があったと思いますが、絶対安静が一番です。信じてください。心配事はみんな、いったん忘れてしまいましょう。簡単な話ではないのはわかっています。でも、人間は時々、自分を大切にしてやらないといけないんです。だってそれは本人にしかできないことでしょう？　ちょっとした健全なエゴイズムのせいで人様に迷惑をかけるなんてこと、まずありませんから」

彼女は母親めいた仕草でオルソの肩に優しく触れた。

「さ、もう服を着ていいですよ。問題はなさそうです。でもよろしければ、一時間くらいしてから念のために再検査をしたいところです。ちょっとしたら、また戻ってきますね」

そう言って女医はカルテを手に診察室を出ていった。オルソはベッドに腰かけ、ランニングシャツを着て、冷たいシャツのボタンをのろのろと留めた。どうして俺は救急外来になんて来たんだろう？　彼は自問した。深い悲しみに縛り首のロープみたいに心を締めつけられ、生きる気力などこれっぽっちも残っていないのに。ハンガーのジャケットを取ると、携帯が振動しているのに気づいた。時計を見る。午前二時半。

ミラノを去ったオルソに行くあてなどなかった。できるだけ遠くに行きたい。それしか考えていなかった。最初はとても運転に集中できるような状態ではないと思っていたが、やがて涙も止まり、マルセルのパンチが脇腹に残した痛みも、なんとか耐えられるレベルになった。胸の激痛だけがしつこく続いていた。それで一時間ほど高速道路を走って、適当な出口で降り、ほとんど何も考えずにパヴィアの町に着き、まっすぐ総合病院の救急外来を目指したのだった。

携帯をつかみ、点灯したディスプレイの表示を読む。非通知着信。

彼の番号を知る者はごくわずかだ。着信を拒否しようかと思ったが、好奇心に負けた。

「はい」

「オルソ、俺だ」

ロッソの声は奇妙に暗く、いつもの甲高いそれではなかった。オルソは不意を打たれた。ロッソと対決する心構えはまだできていない。それでも電話は切らなかった。

「いったい何がどうなってんだよ？　説明しろ。いや俺も、フローリアンの野郎の言い分ならもう聞いている。あいつはお前を見かけ、お前に襲われ、銃をぶっ放されたと言ってる。お前、俺の息子に銃を向けたのか。自分が何したか、わかってんのかよ？　それから、マルセルを殺ったそうだな。どうなってんだ？　オルソ、イカレちまったのか」

オルソは答えかけて、口を閉じた。

ロッソは構わず続けた。

「あと、カンニーバレとやり合ったそうだな。フローリアンは俺に黙ってレモに会いに行った。レモならお前の居場所を知ってると思ったそうだ。だが、あいつが着いた時には、レモはもう死んでいたそうだ。さて、今度はお前の言い分を聞かせろ。説明してみろよ、オルソ。何もかも勘違いだった、そういう話であればいいと俺は思ってる。お前は俺の戦士だ。俺は、ずっとここでお前の帰りを待っているんだぞ？　それなのに、まさか、そこまでお前がおかしくなっちまったとはこっちだって思いたく……」

「四十年だ」オルソはボスの長話をさえぎった。

「なんだって？」

「四十年。長かったよ」

「オルソ、頼むぜ、夜の二時半だぞ？　しかも、お前はフローリアンに向かって銃をぶっ放したんだぞ？　四の五の言わずに、今どこにいるのか、いったい何があったのか、説明してみろ。今すぐ、この電話で言え。盗聴の心配ならない。仮に安全じゃなかったとしても、この際、そんなことは徹底的にどうでもいいけどな」

「俺はあんたに四十年間、忠実だった。ずっとあんたの隣にいたよ。一度だって裏切ったことはなかった。それもみんな、ひとつの約束のためだ。その約束をあんたは守らなかった」

「なんの話だ？」

「アマルとグレタの話だ！」

電話の向こうの沈黙は何よりも雄弁だった。少なくともオルソにとっては。

「俺はあんたを信じていた。俺が〈組織〉に戻ればふたりには手を出さない、そういう約束だったな？　あんたは確かにそう約束した。なのに殺すなんて！」

「誰にそんな馬鹿な話を聞かされた？」

「嘘だって言うのか。自分の息子と娘の命にかけて嘘だと誓えるか」

「オルソ……」

「俺が〈組織〉に戻ってすぐ、レモにふたりを捜せと言わなかったか。それで、あんたが自分でわざわざ始末しに行ったんだろ？」オルソは奥歯を嚙みしめ、声を押し殺して続けた。それは人間の声というより、怒りに満ちたうなり声だった。「アマルたちが生きているのが我慢ならなかったんだろ？　俺がいつかそのうち、あんたを放り出して、またふたりのところに行ってしまうんじゃないかって心配だったんだな？　ところが俺はあんたに忠実だった。ずっと裏切らなかった。あんたのことを何百万回と助けたよな？　何度、俺に命を救われた？　俺も覚えてないよ。ところが、これがあんたの恩返しか」

「オルソ、お前、今、まともじゃないな。頼むぜ、もう遅いんだ。マルセイユに戻ってこい。それからふたりで話そう。何もかも説明してやる。とにかく、みんなお前の勘違いなんだから」

「うるさい、もうたくさんだ！」怒りがついに激しい叫びとなって口をつき、看護師がひとり顔を覗かせた。オルソにひとにらみされて男性はうつむき、診療室のドアを元どおりに閉じた。

「おい、調子に乗るのもいい加減にしろよ」愛想よく、おだてるような調子だったロッソの声がいきなり、大理石のように硬化した。だがオルソは気にしなかった。もはや一線は超えてしまった。今さらあと戻りはできない。

「あんたは無慈悲だった。信じた俺が馬鹿だったんだ。慈悲なんて弱い人間のものだって、あんたいつも言ってたもんな。いいとも、その言葉、しっかりと肝に刻もうじゃないか」

「なんだオルソ、俺を脅す気か」

「しかも俺と差しでやり合うのが怖いもんだから、カラブリアのトッレなんてよこしやがって」

「トッレ？　俺が？　いったい何を……」

「黙って最後まで聞け！」

ロッソが沈黙した。彼の怒号に驚いたらしい。オルソはその隙に言葉を続けた。

「今ごろトッレ兄弟はふたりとも、地獄で糞の山をスコップで片づけてるとこさ。あんたのスコップも用意してあるってよ」

電話の向こうから、嫌味っぽく笑う、低い声が聞こえてきた。笑い声は次第に大きくなり、ついには心からの大笑いに変わった。

「楽しそうだな？」

「まあな。どう言えばいい？　お前は薬の飲み過ぎでラリっちまったらしいな、相棒。いや、ちょっと待て。違うな、薬のせいじゃない。心臓発作ってやつは、一度起きると、人間ががらっと変わっちまうことがあるらしい。そんな話を聞いたことがある。しかもな、ふたつのパターンがあるそうだ。まず、これが一番よくあるパターンだが、びびりになっちまう。とにかく、なんでもかんでも怖がるようになるらしい。何しろ死神とご対面しちまったんだから、仕方ないよな？　よくわかるぜ。だが、お前の場合、それはないな。あのオルソが、俺のオルソが、弱虫になるって？　絶対にありえない！　ふたつ目のパターンは、発作のあと、心のブレーキがきかなくなるんだとよ。そうさ……生意気で、横柄になるんだ。もちろん、気持ちはわかる。何せお前、死神の冷たい胸にいったんは抱かれたくせに、むげに追っ払っちまったんだからな！」

ロッソがまた笑った。大鎌を持った死神がオルソに厄介払いされる場面を想像して愉快になったのだろう。そのうち笑うのはやめたが、ボスがまた口を開いた時、オルソには、満足げに歪む小男のひび割れた唇が見える気がした。「お前、今、俺は無敵だって武者震いしているんじゃないか。死ぬ気がしないんだろう？　その話を初めて聞かされた時、俺は思ったね。『オルソにどっちかの変化があるとしたら、賭けてもいい、どんだけ珍しいパターンだろうが、あいつの場合はこっちに決まってる』ってな。だから相棒、俺はお前を許すよ」

オルソはロッソの馬鹿げた話を最後まで黙って聞いた。口を挟むこともできなかった。自分の脅しをあっさり受け流されてしまったのがショックだった。彼にしてもロッソが長年のあいだにどれだけ強大な権力を持つにいたったかはよくわかっていたから、あの男が誰かの死を望めば、その人間は必ず不幸な最期を迎えることになるのは知っていた。しかし、だからと言って不安はなかった。今さら失うものなどない。それに、彼はそこらのチンピラとは訳が違う。ロッソは俺に対してある種の畏怖を覚えているという自信がオルソにはあった。あいつは俺がどれだけ危ない存在となりうるかを知っている。ふたりのゲームはまだまだ始まったばかりだ。

「今いるところから動くな。誰か迎えをよこすから。お前は何もしなくていい。こっちで全部手配するよ。だから居場所を教えろ。車を送るからさ。それでまずは俺のところで休め。それから話し合おう。な？」

オルソは黙っていた。怒りが胸の中で圧力を増しつつあった。

「おい、なんとか言えよ」

「迎えなんていらない」

「へえ、そうかい？」

「こっちから行ってやる。でもその前に、あんたの馬鹿息子のところに寄る。あいつは緊急事態の対応にかけちゃ凄腕だな。俺を見たとたんに震え上がって、ちびってたぞ。顔なんてシーツみたいに真っ白になって、しっぽを巻いて逃げだしやがった。あんたはのんびり寝てるがいいさ。こっちは馬鹿息子と遊んでから、ジャンキー娘にも会いに行くから。娘の相手が済んだら、あんたのベッドルームのドアをノックする前に、ミキをさらいに行こうか。そうすりゃあの子も、俺がおじいちゃんに何をするか見物できるだろう？　当然、あとでミキも同じ目に遭うわけだが」

「さんざん世話になっておいて、そんなどこかのチンピラみたいな台詞をよくもしゃあしゃあと吐けるもんだな？」

「さんざん世話になった、だと？」オルソには皮肉っぽく笑い飛ばす余裕もなかった。

「オルソ、オルソ、オルソ……お前はまだわかってないのか。俺はな、お前に無理矢理、何かをさせたことなんて一度だってないんだよ。自分で何言ってるかわかってんのか。お前は俺とよく似た人間なんだ。あの店で初めて俺たちが会った時、お前、何歳だった？　十八か、十九か？　あのころの自分が抱えてた怒り、覚えてるか。その怒りを外に引っ張り出すのを、誰が手伝ってやった？　そう、この俺だ。あのままじゃお前はどのみち首でも吊ってるか、どっかの阿呆どもとグローブで殴り合いを続けて、さんざん頭を叩かれて、そうだな、五十にもなるころには、看護師に下の世話をしてもらって、よだれを拭いてもらっていたろうよ。この俺が、お前を今のお前にしてやったんだ。さもなきゃ、親父みたいな駄目人間になってたところだぜ？　違うか、オルソ？　お前だって、俺の言うとおりだってわかってんだろ？」

オルソは、耳に携帯を押し付けている自分の手が震えだしたのに気づいた。歯を食い縛る。肝臓が痛み、胸の痛みもぶり返していた。

「だから、脅し文句なんかより、むしろ感謝してもらってもいいくらいなんだがな。俺がお前を、誰もが恐れ、尊敬する、立派な男にしてやったんだから。ただの操り人形のくせに、怖い物なしって顔で町をぶらついているようなチンピラとは訳が違う。この俺が、お前を作ったんだ。もちろん、相棒、お前だって努力をしたさ。何を言おうが勝手だが、なんとなく目の合った相手がお前を恐れているとわかった時のあの喜びと満足感……あのびんびんくるような快感に替わるものはないぞ。自分には、どんな人間の生き死にも決める力があると気づいた時のあの快感、そいつは俺たちだけのもんだ。どんなドラッグもいい女もあれにはかなわんさ」

ロッソはいったん黙った。息を整えようとしているようにも聞こえた。興奮してしゃべったせいか喉をぜいぜい言わせ、今にも息が止まりそうだ。ロッソの病状は日増しに悪化しているらしい。オルソはそう察した。

「だからな、昔のぼせたあの馬鹿女と一緒になってたら、今ごろはきっと幸せだったなんて言葉は聞かせてくれるな。この俺が、お前を幸せにしてやったんだ。生まれた時からてめえの中に棲んでいた獣をお前が引っ張り出せたのは、誰あろう、この俺のおかげなんだからな！」

ロッソの声がまた大きくなってきた。

「それがどうだ？　今さら四十年前の女を持ち出して、俺をびびらせようっていうのか。本当ならお前は俺の靴でも舐めながら、礼を言うべきところなんだぞ？　わかってんのか。お前がまだ生き永らえているのは、俺がそうと決めたからだ。その点、しっかり頭に叩きこんでおけ、そしたら……」

オルソはスマートフォンの画面の赤いボタンを押し、通話を中断した。でもしばらくはそのまま、画面を呆然と見つめていた。疲れがどっと襲ってきた。救急外来の効きすぎた暖房も息が詰まった。コートの袖に腕を通すと、彼は診療室を出た。廊下には先ほどの心臓病専門医がいた。水色の制服を着た看護師の女性と、誰かのカルテを吟味しているようだ。女医はカルテから目を上げ、オルソに気づいた。

「ちょっと待ってください！」

オルソは彼女には目もくれず、そのまま通り過ぎた。

救急外来を出ると、寒空の下、煙草を吸いに出てきた看護助手の男がふたりいて、オルソは白い煙の中を抜けて通るかたちになった。リアハッチも開けたままなら、警報ランプも点いたままの救急車が一台停まっているスロープを下り、暗くてひと気のない、病院の地下駐車場に向かう。

車に乗って何分かは、ただ座り、ハンドルをにらんでいた。

ロッソの言葉がまだ頭の中で響いていた。

息子と娘、孫まで殺すと言った自分の脅し文句を思い出し、我ながら説得力がないと思った。本気でフローリアンや小さなミキに八つ当たりをして、ロッソへの恨みを晴らすつもりなのか。それであの男が反省するとでも？　心臓に有刺鉄線でも生やしてそうな男だぞ？　それに、言葉どおりに実行するとしたって、どうするつもりだ？　お前はひとりきり、老いぼれで、あちこちガタがきてるが、向こうには山ほど手駒がいるんだぞ？

そして連中はすでに俺を捜している。

姿を消す必要があった。ロッソから隠れろ。何よりもあの男に俺を見つけた喜びを味わわせないために。オルソはもうこの世にいない、ざまあ見やがれ、などと思わせてなるものか。生きてやる。ロッソの思いどおりにはさせない。そのためだけでも、生きてやる。

レモの車を手放すべきなのはわかっていた。ここに停めたままにしておこう。誰かがこの車を見つけるまでには相当の時間がかかるはずだ。クレジットカードと銀行のカードを割り、携帯も壊せ。追跡を許すものはすべて破壊しなくてはならない。手元にある現金は六千ユーロ。何かうまい手を思いつくまでは、これでしばらくしのぐしかない。マルセイユに戻れば、自宅の衣装部屋の壁に小型の隠し金庫があって、五百ユーロ紙幣で五百万ユーロ入っている。誰も知らない隠し場所だが、少なくとも今はとてもそこまでたどり着けそうにない。とりあえずは忘れるべきだろう。

オルソは車を降りた。財布を取り出し、クレジットカードをすべて四つに折り、ゴミ箱に捨てた。

次にスマートフォンを出し、壊そうとした。

ところが地面に叩きつける前に、ひとつ思い出した。ロッソの電話に出た時、画面上のショートメッセージのアイコンが、受信メッセージが一通あると告げていたのを。

メッセージを開く。

エルサからのメッセージだった。

27

タクシーはB&Bの十メートルほど手前で停まった。オルソは運転手に五十ユーロ紙幣一枚を差し出した。釣り銭を待つあいだ、ルームミラーに映った自分の顔を見て、ここ数日の出来事にどれだけ内側から──まるで病のように──蝕まれたかに気づいた。傍らのシートに置いてあったスーツケースを持ち、彼は車を降りた。午後の空は一面、雲に覆われていた。真っ白で、凹凸があり、家々の屋根に触れそうに低い雲だ。雪でも降りそうな天気だったが、奇妙に生暖かい。オルソは宿の玄関に向かって歩きだした。興奮はなかったが、なんだか少し緊張する。エルサのところで過ごした日々がいくらか懐かしいのと、やはり、彼女にまた会える喜びのためだろうか。ほかに理由は思い当たらなかった。

携帯を破壊し、SIMカードをへし折る前に、彼女の短いメッセージをオルソは繰り返し読んだ。「こんばんは、オルソ。もう遅い時間ですが、今夜はなんだか眠れません。それであなたのことを考え始めてしまいました。実は伝えるべきことなんて、まるでないんです。あなたが行ってしまってから、わたしとマッテオが寂しがっているという事実のほかは。遅咲きの思春期の女の子みたいにつまらないこと書いて、馬鹿みたいなのはわかってます。断っておきますけど、何もお客さんみんなに、こんなメッセージを送っているわけではありませんからね。でも書いてみたかったの。どうかお元気で。深夜に送ったこのメッセージのせいで、あなたが目を覚まさないといいのですが」

オルソはその文面を心に刻み、真言（マントラ）のように唱え続けていた。なぜならエルサの素朴な言葉には、アマルとグレタがもうこの世にはいないという確証を得た時から彼の胸を離れぬ暗い思いを和らげる効果があったからだ。あのふたりはもういない。それどころか四十年近く、ずっといなかったのだ。

しかもふたりは、俺のせいで死んだ。

玄関の大扉をきしませながら、オルソは狭い廊下に入り、エルサの家の前に立った。ドアは開け放たれていて、部屋の中からクッキーか何か、オーブンで焼き上げたばかりのお菓子のいい香りが漂ってくる。オルソの胃が激しい不満の声を上げた。いつから何も口にしていない？　一日か、それとも二日？　そして、エルサの声が聞こえた。話し相手の声がしないから、電話中なのだろう。彼は中に入ったものか迷った。予告もなしに来たから、ひどく驚かれてしまう恐れもある。それとも彼女が現れるまでそこで待つか。そうして迷っていると、イヤホンを着けたエルサが箒で床を掃きつつ、居間に入ってきた。今日の彼女は、ゴム紐（ひも）で縛った髪のせいでなんだか学生みたいな雰囲気で、暖かみのある色の照明が金髪に当たって、とび色の不思議な反射ができていた。ハイウエストのジーンズを穿き、紺のビロードのシャツを着て、スニーカーを履いており、腰にはクリスマスの絵柄の入ったエプロンを巻いている。彼女にしては珍しく、服装が本人の美しさをよく引き立てていた。シャツから靴までどれもシンプルだが、均整の取れた体つきをやっと包み隠さず披露する格好だった。

「ええ、問題なんてありません。でも見積もりに窓枠の交換料金が含まれていないみたい。だから合計にその分も足さないと駄目ですね。ちなみに、別の会社からいただいた見積もりでは……」

エルサはなんの気なしに目を上げた。そして、スーツケースを手に、目の前に立っているオルソに気づいた。彼女は自分が何を言いかけていたのかを忘れ、真っ赤になった。それから彼に微笑みかけ、戸惑いを隠そうと無駄な努力をしながら、中に入るよううながし、通話を締めくくろうとした。

オルソは居間に入り、ドアを閉じたが、まだ座らなかった。自分を見てエルサが顔を赤らめた時は、彼女に近づき、ぎゅっと抱き締めてやりたくなった。

エルサは電話相手に急いで別れを告げ、イヤホンをうなじの後ろに回して外すと、箒につかまり、好奇心いっぱいの笑顔でオルソを見つめた。

「こんばんは」オルソがまず沈黙を破った。

「昨日のメッセージの苦情が言いたくて戻ってきた、とかじゃないといいんですけど。だって……あれじゃ、文句を言われたって仕方ないですし」

オルソは微笑んだ。

「いや、とても嬉しかったです。返事もしないで、すみませんでした」

「とんでもないです。座ってください。お疲れみたいね？」

オルソはスーツケースを床に置き、テーブルの椅子をひとつ引き出して座った。そのあいだにエルサはいったん台所に姿を消したが、またすぐに戻ってきた。その手には、できたてのケーキを載せた皿があった。皿の上にはガラスの覆いが被せてある。先ほどまでのクリスマス柄のエプロンとヘアゴムは外してきたようだ。

「実験作なの。生地はトウモロコシの粉で、チョコレートのかけらやらリンゴやら干しぶどうやら、いろいろと入れてみました」

ガラスの覆いを持ち上げ、ケーキをひと切れ切り分けるエルサの姿にオルソは見とれた。彼女はそれを小皿の中央に丁寧に載せると、彼の前に置いた。オルソはふた口で片づけたくなるのをこらえ、少しずつ味見をした。すぐには甘味が感じられず、そのことにまず意表を突かれた。フルーツにビターチョコレート、そしてトウモロコシの粉は、最初は素直に混じり合おうとしなかったが、ふた口、三口と食べるうちに、口の中で奇跡的なハーモニーを奏で、オルソにほとんど爆発的な喜びをもたらした。

「これは本当においしい」

「ありがとう。このケーキをなんて呼んだものかまだ決められなくて」

オルソはじっくり味わって食べ終わると、お代わりはいかがと尋ねてきた彼女に向かって、残念ではあったが、首を横に振った。

「あれこれ、いろいろと入ってるものだから、マッテオは『寄せ集め（ラ・チャンフルサリア）』なんて名前がいいって言うんですけど」

「ぴったりな名前だと思いますよ」

エルサはようやく腰を下ろし、テーブルを挟んで向き合ったオルソを見つめた。ふたりともそのまま口を開かなかったが、気まずい沈黙ではなかった。その魔法めいた瞬間をどちらも壊したくない、そんな雰囲気だった。しかしまもなく、何かが変わった。彼のほうが自分の有り様を思い出したのだ。疲れきった顔、しわくちゃの服、どう見てもシャワーを浴びるべきその姿。オルソは恥ずかしくなった。

「本当のことを言ってもいいかしら？　実は予想外でした」

「何がです？」

「こうしてまた会えるなんて」

「もしかして、がっかりさせてしまいましたか」

「いえ、ちっとも」

エルサはオルソが言葉を継ぐのを待ったが、彼が黙っているのを見ると、自分もケーキをひと切れ取り、食べた。そして、チョコレートで汚れた親指をちょっとしゃぶった。

「僕の部屋はまだ空いてます？　それとも貸してしまったかな？」

「もちろん空いてます。行きましょう」

エルサは立ち上がり、壁の小さな木製パネルから鍵を取った。

「あれから三日間、外国のカップルがひと組、泊まりました。予約も二件入ってるんです。たいした変化じゃないですけど、つい期待しちゃいますね」

「マッテオは？」

「宿題をするってお友だちのところに行きました。もうじき、夕食の前に迎えに行きます」エルサは答え、入口のドアの上にかけてある時計を見上げた。

「彼は、このごろどうですか」エルサと踊り場まで来たところで、オルソは尋ねた。

「調子いいみたいです。前より落ちついてますし。少なくともわたしの目にはそう見える、って意味ですけど。あまり口をきいてくれませんから。たとえば、教えていただいたいじめっ子たちのことだって、あの子、少し触れただけで、それもたった一度きりの話なんです。それでも、ああして穏やかな顔をしているのを見ると、こっちもとても気が楽です」

ふたりは階段を上った。エルサは部屋のドアを開け、オルソを先に入れた。部屋は、彼が去った時そのままの状態だった。清潔で、温かで、居心地のいい空間。オルソは急に気分が悪くなり、まともに息ができなくなった。

「じゃあ、わたしはこれで失礼しますね。ゆっくりシャワーでも浴びたい、どうもそんな感じですし」

「あなたには何も隠し事ができませんね」

エルサは破顔したが、オルソはとても笑える気分ではなかった。スーツケースをベッドの上に置き、あたりを見回した。俺はこの部屋で、愛するふたりとの再会の瞬間をひたすらに待って、幾日も過ごした。このベッドに寝そべって、アマルとグレタだと思いこまされていたふたりの女性の写真を穴が開くほど見つめながら。胸に熱いものが込み上げてくるのがわかったが、ガキみたいに泣きだすのだけはご免だった。それも、よりによってエルサの前で。

「では、またあとで。なんでしたら、夕食を一緒に召し上がりません？　マッテオがきっと喜ぶわ」彼女が言った。

「いいですね」オルソは承諾した。

しかし彼の答えに熱はこもっていなかった。エルサも気づいた様子だったが、何も言わずにドアを閉めて立ち去り、彼を窮地から救ってくれた。

熱いシャワーを浴びても、リラックスできなかった。シャワーボックスのガラスの滑らかな壁に背を滑らせ、床に座ったオルソは、勢いよく叩きつけてくる湯が、我が身に起きたことを振り返ろうとする頭を邪魔してくれることを願った。気が紛れるのではないかと思ってエルサの宿に戻ってきたが、すぐに、見当違いもいいところだったと気づいた。現に今もオルソは、シャワーの湯で立ちこめる蒸気の雲の狭間に、苦しみと痛みに歪んだレモの顔を見ているところだった。しかも、無残なオーバーラップのように、レモの顔立ちにアマルのそれが重なる。若く、美しい彼女の顔。ぽってりとした官能的な唇。その唇が大開きになり、舌がみだらに外に突き出す。彼女の細い首をロッソの小さい汗まみれの手が絞めているためだ。自分の思念が窒息寸前のアマルからグレタに移ろうとするたび、オルソは己の頬を打ち、別のことを考えようとした。頭の中で次々に彼の注意を引こうとする無数の凶暴なイメージとは違う何かを見たかった。だが無駄だった。オルソの人生は残虐行為だらけだったからだ。ほかに何を考えろと？　部屋を出た時も、抱き上げられ、足をばたつかせる幼いグレタのイメージがまだ頭を離れなかった。なんとかしなければ、そうは思うのだが、何をどうすればいいのかわからない。彼が夕食に下りてくるのを待っているはずのエルサに気づかれぬよう、オルソは足音を忍ばせて宿を出た。ああして招待を承諾したものの、今となっては、彼女とその息子と行儀よく食事をし、どうでもいいような会話をし、無理に笑顔を作り、壁の振り子時計の音にうんざりしながら座っていなければならないと思うと、耐えきれなかった。

例のバールに入った時も、オルソの眼前にはまだ、グレタの無残な姿があった。髭のバリスタが彼に気づき、読んでいたスーパーヒーロー物のコミックを閉じて、立ち上がった。注文を取りにこようとしたのだろう。ところがオルソのほうから近づいてきて、何やら覚悟した顔でカウンターの中に入ってきたものだから、若者はおびえ、あとずさりをした。大男が片腕を上げるのを見て――ブランデーのボトルを取るためだったのだが――殴られると思った若者は、両腕で顔を覆った。しかし、オルソがいつもの、奥の小ぶりなテーブルに向かい、ボトルの中身をグラスに注ぐのを見ると、ほっとした顔になった。

最初、アルコールが喉を焼いたが、やがて彼は忘れかけていた習慣を思い出した。まず飲みこみ、それから口を開け、息をするのだ。そうすれば、ブランデーが口蓋にぶつかった時のショックも和らぐ。頭がぼんやりしてくるまでに、そう時間はかからなかった。

昔、アマルとグレタを見捨てたことを忘れるため、そして、ふたりに会いたいという片時も胸を離れぬ気持ちを押し殺すために酒に溺れた時は、いつだって隠れて飲まねばならなかった。あの時の選択がそこまでオルソを苦しめていることをロッソに悟られたくなかったし、何より、アルコールのせいで腕が落ちる危険を悟られてはならなかった。常に百パーセントの状態であることが要求されていたからだ。しかし今となっては、オルソの飲酒を妨げる理由など何ひとつなかった。

効果ありと見て、彼は深夜まで飲み続けた。

そのあいだ、ほかの客も何人かやってきたが、店の片隅でグラスを前にうつむき、ボトルから手を放さぬ無表情な男のことなど、ほとんど誰も気にしなかった。

日々は極めてだらだらと、どれも同じように過ぎていった。アルコールはオルソの忠実な友となり、酩酊（めいてい）という名のペットとなり、頼もしげな顔で肩を叩く敵となり、彼はこの敵を全力で信頼した。食事はほとんどしなかった。胃が激しく痙攣して、身をよじる羽目になった時だけ、何か口に入れたが、とにかくまた飲めるようになりさえすれば、食べるものなどなんでもよかった。彼は堕落を続けた。オルソの肉体そのものがひとつの癒えぬ傷口であり、その傷口が塞がる希望などなかった。珍しく外出する時は、エルサに会うのを避けた。彼女のスケジュールならばすでに知っていたし、なかなか去ろうとしない絶望の時を誰かと分かち合うつもりにはなれなかった。それに彼女に今の俺の状況をどう説明しろというのか。言葉が見つかる気がしなかった。

しかしある日、恐れていた事態が発生した。オルソが静かに階段を下りていった時のことだ。二日酔いのせいで、ひどくのろのろとしか動けなかった。髭を剃ることは剃ったが、この上なく苦労した。何もかも忘れさせてくれるブランデーの味が、すでに口の中に広がっていた。そこへいきなりエルサが、一階の家から出てきたのだ。彼女は上の空で、マッテオと一緒だった。オルソが気まずく、もごもごと「おはよう」と告げると、彼女は礼儀正しく挨拶を返してきた。ただその目は興味津々といった風で、同情も混じっているように見えた。一方、少年はぱっと笑顔になり、オルソが口を開くより先に、彼にぎゅっと抱きつき、頬を胃のあたりに押し付けてきた。オルソは驚き、相当な努力をもってマッテオの背を撫でてやった。それからまたエルサを見やった。きっとあれこれ詮索される、何か役に立てることはないかなどと尋ねられる、そう思ったのだ。そこで彼は先回りして、こわばった笑みを浮かべながら、ひとと会う約束があるので、自分はもう失礼しないといけない、でも近いうちにまた会おう、というようなことをあたふたと告げた。鍵を手に、今や怪訝な顔をしているエルサと、相変わらず無邪気な笑顔のマッテオを置き去りにして、オルソは出ていった。

その日、オルソはいつも以上に飲んだ。エルサに出くわしたからだろうか。さびれたバールで、古くさいテーブルを前に座る彼は、一見、正面を見つめているようで、その実、いくつものぼんやりした姿が行き来するのをなんとなく眺め、カウンターの上でコーヒーカップが立てるくぐもった音を聞くともなしに聞き、壁で温風を吐き出すぼろいエアコンの絶え間ない作動音越しに、遠いクラクションを聞いていただけだった。

やがてバリスタの恋人――両腕はタトゥーだらけで、黒のストッキングの上にホットパンツを穿いた娘――が凍えた手に息を吹きかけながら、店に入ってきた。そろそろ閉店の支度をしているころだろうと思っていたようだ。ところが若者にはとても、オルソに声をかけ、店から追い出すような勇気はなかったので、まだ飲ませていた。昨日までは閉店時間が近づくと、オルソは必ず立ち上がり、しわくちゃの紙幣を数枚テーブルに残し、ふらつきながらも店内を横切って、ガラス張りのドアを開け、夜の中に消えていったのだが、その晩はまるで腰を上げる気配がなかった。さらに一時間が経つと、娘が爆発した。無害な酔っぱらいにしか見えぬ客に、どうして自分の恋人がそうも気兼ねするのか、さっぱりわからなかったのだ。娘はもう寝たかった。時刻は十二時。いつもならば十一時には店を閉めるというのに。若者は彼女を見やり、うなずくと、勇気を奮って、オルソのそばまで行った。大男は横の壁に頭をもたせ、窓の外を眺めている。

「すみません」

オルソはバリスタのほうに顔を向けたが、瞳はうつろだった。

「もう遅いので、閉めたいんですけど」

オルソは反応しない。どうしたものかわからず、若者は恋人を見やった。娘は天を仰いだ。濃いあご髭をひと掻きしてから、彼はオルソに向かって身をかがめて声をかけた。

「大丈夫ですか」

するとオルソが初めて若者に気づいたように見えた。いったんは立ち上がろうとしたがかなわず、また椅子に座った。それから若者の手を借りて、なんとか立った。

オルソが財布を出し、紙幣を探そうとするのを見て、バリスタは言った。

「いいえ、今日は結構ですから」

若者は財布をオルソのズボンのポケットに戻し、バールの戸口まで連れていった。

「開けてくれ！」彼は恋人に告げた。

娘が入口のドアを開くと、オルソはその縦枠にもたれ、ふらつきながら礼を言った。

「ありがとう」

すると若者が笑顔で応えた。

「いえいえ、そんな。もし車が必要でしたら……」

「車？　今日はわたしたち、歩きよ？」娘が口を挟んだ。

「そうじゃなくて、タクシーでも呼ぼうかと思ったんだよ」若者は答え、恋人をきつくにらんだ。オルソはのろのろと首を横に振った。彼女は相変わらず合点がいかぬ様子だった。

「いや、歩いて帰る。大丈夫だから」オルソはそう答え、若者を安心させようと思ったか、微笑んだ。しかし、そこで前かがみになると、若者のズボンに向かって酸っぱい液体をもろに吐いてしまった。

オルソは玄関前の階段で足を止め、そこまで彼の巨体を苦労して支えてくれた若いカップルに向かって言った。

「ここだ」

ふたりの肩から腕を外すと、また足をふらつかせたが、その場でぐるりと旋回するようにしてバランスを取り直した。

「本当に大丈夫ですか、上まで僕らが付き添わなくても？」

「ああ。もう世話になりすぎたよ。ありがとう」粘つく口でオルソは礼を言った。それだけでも、かなりの集中力を要した。

バリスタはオルソが階段の最初の数段を危なっかしい足取りで上るのを見て、恋人に尋ねた。

「大丈夫だと思う？」

彼女は若者の手をつかむと、強引に連れ去った。このままでは彼がオルソに部屋まで付き添い、服を脱がしてやり、下手をすると、おやすみのお話まで語って聞かせるのではないかと不安だったのだ。

オルソは鍛鉄製の手すりにつかまりながら、玄関の大扉にたどり着いた。そして扉を開き、自分の部屋へと続く階段の下まで来た。何度も壁を探り、明かりのスイッチを探したが見つからない。暗いが、そのまま上ることにした。ただ廊下がぐるぐると回って見えた。壁に手をつき、歩きだす。階段の一段目に足を置き、ぐっと踏みこみ、また一段という具合に上りだした。そして最初の踊り場まであと半分というところまで来て、彼はこれという理由もなく、後ろを振り返ってみたくなった。そこでまた壁に手をつこうとしたのだが、固い漆喰の表面に触れるはずの手が空振りをしてバランスを崩し、背中から落ちてしまった。階段を転がり落ちながら、オルソは後頭部を強打し、瞬く星を見た。落ちた先は、よりによってエルサたちの部屋に続くドアの正面の、フローリングの上だったが、彼は気づかなかった。途中で意識を失ってしまったのだ。

激しい物音にエルサはぱっと目を覚まし、びっくりしてベッドから飛び下りた。そしてしばらくネグリジェ一枚で立ち尽くし、階段の方向に耳を澄ませた。階段はちょうど彼女の寝室の隣にあった。エルサはナイトガウンの袖に手を通すと、廊下を目指した。家のドアを開け、明かりを点ける。すると、階段の下でオルソが仰向けに倒れているではないか。大慌てで彼の上に身をかがめたが、呼吸をしているとわかり、すぐに落ちついた。

肩に手をやり、揺すぶってみる。

「オルソ……大丈夫？　どうしたんですか」彼はぴくりともしない。エルサは彼の頬を軽く叩いた。

「起きなさい！」

なんの効果もなかったが、まもなく相手がひどく酒臭いのに気づいた。彼女は立ち上がり、やれやれと首を振った。

「上等だわ。でも、どうしろって言うの？」エルサははっきり声に出して言った。階段をひと目見ただけで、この大男を部屋まで自分が運び上げるのは、ほぼ不可能だとわかった。かと言って、ここにひと晩中、寝かせておくわけにもいかない。もう一度、起こそうとしたが、やはり目を覚ましてくれなかった。エルサはため息をつくと、自分に活を入れて、彼のかかとを両方とも持ち上げ、超人的な努力をもって家の中まで引きずり、自分の寝室に向かった。途中で手を止め、息を整え、ついでに息子の部屋を覗きこんだ。マッテオは眠っており、何も気づいた様子はない。寝室に着くと、彼女はオルソをベッドの足下まで引きずり、ドアを閉めた。深夜で暖房は点いていなかったが、エルサは汗まみれだった。ガウンを脱いでから、オルソの脇を抱えて、どうにか二度目の挑戦でベッドに寝かせることに成功した。オルソがまだ本当に失神したままなのを確認すると、彼女はネグリジェも脱いだ。寝る時、下着は身に着けない習慣なので、それで丸裸だった。でも、いきなり目を覚ましたオルソに、素っ裸でいるところを見られたらどうしよう？　考えるだけで恥ずかしかったので、引き出しを開け、短パンを穿き、ブラジャーを着けた。変じゃないかと鏡まで見たが、すぐに馬鹿馬鹿しくなってやめた。

オルソのコートを脱がせ、ジャケットも脱がせた。彼は無反応で、目を覚ましそうな気配はなかった。酸っぱいにおいのするシャツのボタンを外して脱がせると、胸が剝き出しになった。すると、肌を飾り立てる派手な傷跡の数々が自然と気になった。ひとつ、新しい傷跡が胸骨のあたりにあったが、ほかの傷跡にも強い興味を引かれた。肝臓のあたりにふたつ、紫に変色した痣があったが、きっと階段から落ちた時にぶつけたのだろうと彼女は思った。年の割にはたくましい、鍛え抜かれた体つきにも驚いた。筋骨隆々だが、過剰に盛った筋肉ではない。無駄な脂肪ひとつない。今もハンサムだけど、若いころはとんでもない美男子だったに違いない。エルサはそう確信した。

ベルトを外し、ズボンのボタンを外した。男性を相手にこんなことをするのは何年ぶりだろう？　まるで思い出せないところを見ると、はるか昔のことに違いなかった。

靴を脱がせ、ズボンを引き抜く。それからベッドの上に立ち、オルソの体を枕のほうに引っ張った。うまくいった。羽毛布団を彼の体の下から引き抜き、かけてやった。さんざんに押したり、引いたりされたのに、目を覚ますどころか、小さくいびきまでかきだしたオルソを見て、エルサは思わずくすりとした。それから、肘掛け椅子に十着ほどかけてある、どれも一日程度しか着ていない自分の服の上に彼の服を片づけると、エルサは考えてしまった。やはりマッテオと一緒に寝るべきだろうか。でもあの子のベッドはシングルだし、どうしてまた急に自分と寝たりするのかと詮索されるだろう。それは面倒だ。上の階まで行けばベッドはいくらでもあるが、オルソをひとりにしたくない……。エルサは自分の寝室に留まることにした。朝が来たら、今夜の過剰なもてなしをマッテオに気づかれないようにすればいい。

明かりを消し、羽毛布団をめくってオルソの隣にもぐりこむ。

目が闇に慣れ、街灯が寝室をオレンジ色に染めても、エルサは落ちつかない気分で天井を見つめていた。このひとは何者なんだろう？　彼のことなど何ひとつ知らないけれど、オルソにはどこか、わたしの気持ちを穏やかにしてくれるところがある。うまく説明はできない。でも、彼といるとほっとする。

エルサは枕に頭を預けたまま横を向き、彼の横顔を見つめ続けた。

それからかなり経って、エルサはようやく目を閉じた。そして、朝は絶対に彼よりも先に目を覚まさないといけないと思った。

だが、そうはいかなかった。

オルソが先に目を覚ましたのだ。

28

一方の耳から反対の耳まで灼熱した鉄棒で貫かれた。目を開けたとたんにオルソが覚えたのは、そんな痛みだった。

その激しい痛みに加え、うなじのすぐ上にできたこぶまで痛んだ。胃はもんどり打ち、肥料を撒いた土でも口に突っこまれたみたいに気分が悪かった。痛みが和らぐことを願いつつ、もう一度目を閉じ、もっとゆっくりと開いてみる。体はまだあえて動かさなかったが、次第に目覚めだした五感が、彼がパンツ一丁で見知らぬ場所に横たわっているという現状を主人に対し慎重に報告した。わずかに頭を動かすと、白いカーテンが見えた。窓にはシャッター式の鎧戸が下りていたが、完全に閉めきってはなく、いくつもの小さな丸い光点がカーテンの生地に穴を空け、部屋の中を照らしていた。頭をゆっくりと、反対方向に向ける。閉じたドアが見え、自分と一緒にベッドに寝ている誰かがいることに気づいた。女性だ。こちらに背を向け、穏やかに呼吸をしている。裸の背中を黒いブラジャーが両断している。髪の毛はエルサのそれのようにも思えたが、まさか彼女のはずがない。まだぼんやりしていた上、ひどい頭痛のせいで簡単な思考もまともにできなかった。ナイトテーブルの上のラジオ内蔵型目覚まし時計は、六時五十五分を告げている。わずかに体を動かし、恐る恐る起き上がってみようとしたが、ただちに頭痛からドクターストップがかかり、枕に頭を戻した。彼の動きでマットレスが小さく揺れたのにエルサは気づいたらしく、目こそ覚まさなかったが、寝返りを打って、オルソのほうを向き、枕を抱いた。

やはり彼女だとわかると、オルソはこの機にエルサをじっくり観察させてもらうことにした。穏やかな寝顔にかかる前髪、肌は滑らかで、皺は小さいものが目のまわりにあるだけ。軽く開いた唇の隙間から、彼女が楽しそうに笑うたびにオルソが見とれてきた完璧な歯並びが顔を覗かせている。薄暗がりの中、鼻筋の中ほどに浮かぶそばかすも見えた。そばかすはそこから、目のちょっと下まで続いている。オルソは、どうして自分はこんなところにいるのかと思ったが、その疑問がきちんとかたちになる前からもう、理由はさほど重要ではないと悟った。くつろいだ気分だったし、頭痛さえなければ、こんないい朝を迎えるのは本当に久しぶりだ、と言ってもよさそうだった。彼女ができるだけ長く目を覚ましませんようにと願いながら、オルソはじっとしていた。

数分後、エルサが唇を閉じ、唾を飲んだ。そして目を開けた。オルソは彼女の前に横たわり、片手に頭を乗せて、その様子を眺めていた。するとエルサがふたたびまぶたを閉じた。視線が彼を認識せず、そのまま突き抜けたみたいな仕草だった。しかし、まもなく脳が正常に反応し、彼の存在を報告したのだろう。エルサはベッドを飛び下り、そこに突っ立って、オルソを見つめた。寝ぼけた頭をどうにか覚まそうとしている顔だ。

「ああ、ごめんなさい」エルサはしどろもどろになって謝った。「ついうとうとしちゃって……」

自分がブラジャーに短パン一枚という姿で彼の前に立っていることに気づいたエルサは、シーツを引っ張り、胸元を隠そうとした。

「その、本当なら……こっちが先に目を覚ませば平気だろうと思って……」

オルソはふっと笑った。髪はくしゃくしゃ、戸惑いに目をみひらいたエルサは、とても魅力的だった。しかもそのプロポーションときたら完璧に近かった。なぜこんなにも美しい体を、しばしばありえないほど洒落っ気のない服を着てまで、隠そうとするのか。彼にはわからなかった。

エルサはオルソの笑顔に気づいた。

「馬鹿みたいでしょ？　わかってます」

「そんなことありません。僕が笑ってるのは、本当はこちらが謝るべきところなのに、あなたが謝ったりするから……ご迷惑をおかけしましたね。それに僕は感謝もしなきゃ。どうやら、すぐに出ていったほうがよさそうだ」

そう言ってオルソはマットレスから体を上げたが、動作が急すぎたらしい。激痛が脳天を突き抜け、彼の顔を歪め、動きを凍りつかせた。エルサはオルソの苦しげな表情に気づき、彼がうなじに手をやるのを見た。

「もう少し寝ていたほうがいいかもしれないわね。夜中に階段から落ちた時、ずいぶんと派手に頭をぶつけたみたいですから」

「ああ、そういうことか。通りの真ん中でも歩いていて、車に轢かれるか、誰かに殴られたのかと思いましたよ」

エルサは片手でシーツを胸元に当てたまま、逆の手で引き出しを探りだした。

「転がり落ちてきた時、凄い音がしたから、首の骨を折らなかっただけ儲け物ですよ」

目覚まし時計が七時ちょうどに鳴り、ザ・ブラック・キーズの歌の最後の部分が低い音量で部屋に流れだした。エルサはボタンを押し、ダン・オーバックのギターソロを中断した。

「慌てることないわ。ここでゆっくりしていてください。わたしはマッテオを起こして、朝食を用意しないと。それに……ほら……わたしの部屋からあなたが出てくるのをあの子に見られたくないから」

「そうですね。じゃあ、ここにいます」

エルサはうなずき、引き出しから取り出したセーターとズボンで前を隠しながら、ぎこちなくあとずさりをして、ドアを開いた。

「エルサ」

彼女が足を止めた。

「なんとお礼を言えばよいのか」

「そんな。気にしないで」そう答えてエルサは、やはり後ろ歩きのまま出ていき、ドアを閉じた。

ひとりになったオルソが目で自分の服を探すと、肘掛け椅子に雑然と脱ぎ捨てられ、積み重ねられた服、ナイロンストッキング、Tシャツ、くしゃくしゃのズボンの山の上に、丁寧に畳んで置いてあった。

慎重に座ってみる。

鋭い痛みに何度も襲われたが、うまくいった。服のところまでたどり着き、しかもそれを全部身に着けるまでには、まだまだ時間と忍耐が必要だとわかった。

十五分ほどして、エルサがアメリカンコーヒーのカップを持って戻ってきた。オルソは腹まで毛布で覆い、曲面を描くヘッドボードに背を預けた格好でまだ座っていた。

「飲んだら気分がよくなるかと思って」

エルサは息子に聞かれぬよう、小声で言った。オルソはやはり座ったまま、湯気を上げるコーヒーカップを得がたい天の恵みでもあるかのように見つめた。

「ああこれは、ありがたい」

カップを受け取ると、そのぬくもりだけでもう気分がよくなった。アメリカンコーヒーは嫌いだったが、喉がからからで、酸っぱい嫌な後味がしていたこの時ばかりは、苦いくせにとても甘いその飲み物がこの上なくおいしく感じられた。エルサは、二枚のジーンズの下敷きになって肘掛け椅子の腕にかかっていたコートを着ると、オルソに向かってすぐに戻ってくると身ぶりで伝えた。

彼女がマッテオを学校まで送りに出かけた物音を聞き届けてから、オルソは慌てず、ゆっくりと立ち上がった。五分近くかけてズボンを穿き、シャツも同じくらい時間をかけて着た。エルサが寝室のドアをノックした時、彼はまだボタンと格闘しているところだった。

「エルサだね、どうぞ」

彼女は少し恥ずかしそうに入ってきたが、先ほどよりもリラックスして見えた。マッテオが家にいないからだろう。

「気分はどう？」エルサはコートを脱ぎ、それを無造作に椅子のほかの服の上に投げつつ、彼に尋ねた。

「隠れて酒を飲んでいるところを見つかった、思春期の少年みたいな気分ですよ」

エルサは微笑んだ。オルソはシャツのボタンを留め終えたが、反吐(へど)のにおいがあまりにきつくて、結局また脱ぐことにした。するとエルサが洋服ダンスから男物のセーターを出して、渡してくれた。

「夫のものですけど。というより、夫のものでした」

オルソはセーターを着た。柔らかで、彼女の香りがした。

「コーヒー、よかったらお代わりいかが？」

「是非。いただけるなら、どんな大金でも払いたい気分ですよ」

それを聞いてエルサがにやりとした。

「その必要はございません。朝食は宿代に含まれているもの。お忘れ？　さ、こちらへ」

居間の食卓でオルソは二杯目のアメリカンコーヒーを飲んだ。嘘のようだが、一杯目よりもおいしかった。今度はエルサも一緒に飲んだ。例の寄せ集め(チャンフルサリア)ケーキがガラスの覆いを被ってまだテーブルにあったが、何か固形物を嚥下すると思うだけで、気分が悪くなった。

エルサは無言で彼を見つめている。オルソはカップをテーブルに戻し、ひとつ深呼吸をした。

「もしかしたら僕はあなたに、昨夜のなんと言うか……大人げない行為について説明をすべきかもしれませんね」

「そんな必要、まったくありませんよ」

「でも、訊きたいことがあったら……なんでも訊いてください」

「胸にずいぶんたくさん傷跡があるんですね」

「ああ、そうでした。服まで脱がせてもらったんでしたね」

エルサは赤面したが、恥ずかしいのを笑ってごまかした。

「でも、今回限りの特別サービスですからね」ケーキからチョコレートのかけらをむしり、口に運びながら彼女はやり返した。

オルソも笑った。そして、頭痛が和らぎつつあることに初めて気づいた。

「部屋まで運んで、ベッドに寝かせるのは大変でしたよ。うちの車と寝ようとして、ここまで引きずってきたらこんな感じじゃないかってくらい。それも、ハンドブレーキがかかりっぱなしの車！」

「それはそうでしょう。すみませんでした」

「でも、やり抜いたわ。一回こうと決めたら、わたしって……ラバみたいに頑固なんです。うちの血筋ね。あの子もそうでしょう?」

「確かに。なんにしても胸の真ん中の新しい傷は、少し前に心臓を手術した時のものです」

「もう心臓は大丈夫なんですか」

「ぴんぴんしてますよ」

「でも、傷はほかにもいっぱいあったわ。脇にもひとつ」

「ええ」

「何があったんですか。まるで銃で撃たれでもしたみたい」

「いろいろな事故のせいです。お話しする価値もないようなことばかりですが」

「でも、どんなお仕事をなさってるの?　まさか、獰猛な動物専門のハンター、ってことはないでしょう?」

オルソは彼女の冗談ににやりとした。エルサが知らず知らず、真相の間近にまで迫ったのが愉快だった。でも黙っていた。

「ほら、言ったでしょ?　わたし、いつだって子どもみたいに図々しくなっちゃうんです。最初はちょっとした好奇心のつもりが、どんどん失礼なことを訊いちゃうんです」

「なんでも訊いてくれと言ったのは僕のほうですから」

「でも、ご自分のこと、話すつもりはあんまりなさそうですね」

「ご覧のとおり、もともと、おしゃべりなほうではないので。昔からこうなんです。ただ……ここ数年は話し相手もあまりいませんでしたから、口下手が余計にひどくなったかもしれません」

「それはつまり、そんな自分を変えたいってこと？」エルサが探るような目で追及してきた。

オルソはしばし考えてから答えた。

「いや、どうしても変えたいってわけじゃありません」

彼の正直な答えがエルサは気に入った様子だった。

「ご家族とか、奥さんとか、誰かおしゃべりの練習ができるお相手はいないの？」

「いません」

エルサはうなずいた。しかし、そこでオルソは言葉を継ぎ、彼女を驚かせた。

「昔、僕にはある女性がいました。特別なひとでした。彼女は僕の人生を変えてくれました。ありふれた文句のようですが、本当です。娘もひとり授かりました。グレタと言います。でも、四十年も前にふたりの行方はわからなくなってしまった。心臓の手術を受けたあと、僕はふたりを捜そうと決めました。そう、よくある話でしょう？　年寄りが時の流れのあまりの速さに驚いて、過ちを今さら償おうというんです。哀れですよね」

「いいえ。別にあなたは哀れでもないし、年寄りでもないわ」

オルソは冷笑をこらえるように、鼻を鳴らした。

「ありがとう。でも、お世辞は結構」

オルソはカップに残っていたコーヒーをひと息に飲み干すと、お代わりが台所にまだあるという仕草をしたエルサを手で制した。

「ともかく僕はふたりを捜すことにしたんです。もしかしたら向こうだって僕と再会し、無事だと知れば喜ぶかもしれない、なんて思って。ふたりが穏やかに暮らしていて、今の新しい生活を僕に語ってくれたらどんなにいいだろう……そんな夢を見ていました。それが無理なら、気づかれないように、遠くから姿を見るだけでもいいと思っていた」

「なんとなくですけど、『しかし』と続きそうな感じですね」

「ええ。ふたりはもうこの世にいない、それもずっと前からいなかったのがわかりましてね」

「それはお気の毒に」

「酒を飲めば楽になれるかと思いました。悲しみを振り払うのを助けてくれるんじゃないかって」

「駄目だったのね」

「駄目もいいところでした」

「余計につらくなった、そうでしょう?」

「ええ。でもあなたといる時だけは違います」

エルサがまた赤面した。とりあえず髪を耳の後ろにまとめ、どうにか恥ずかしさを紛らわせようとしている。

オルソはそんな彼女の瞳をまっすぐに見つめた。この手の状況はいくらでもうまくやり過ごす自信のあったエルサも、言葉が出てこなかった。彼女は立ち上がり、テーブルを回ってオルソに近づくと、脚を開き、彼の太股にまたがって、キスをした。

相手の唇の思いがけぬ柔らかさを知り、ふたりとも驚いた。

29

アマルとグレタはもういないのだとわかると、オルソは時が急に止まったような気がした。

ところがエルサとキスをしてからは、日々がとんでもない速さで過ぎるようになった。

あの朝、昼時に学校から帰ってきたマッテオは階段を二段抜かしで駆け上ってきて、オルソの部屋のドアをノックした。彼が開けると、少年は大喜びをし、堰を切ったようにあれこれ語りだした。学校でいじめっ子たちに悩まされることはもうなく、最近は理系の科目の勉強もうまくいっていて、学年の最初にテストで失敗した分も取り返しつつあるという。クラスメイトにひとり気になる女の子がいるという告白まであったが、これは絶対に僕とオルソだけの秘密だとのことだった。オルソは右手を上げて他言無用を誓った。

マッテオは、オルソがまだ拳銃を持っているかどうかも尋ねてきた。だが質問の前にあたりを見回し、声を低くして、誰かに聞かれていないか警戒する気遣いを見せた。オルソは、もう持っていない、と答えた。

嘘ではなかった。

レモの車をパヴィアの病院の駐車場に捨てる前に、彼はモーズリーのバッグから三八口径とサイレンサー付きグロックのどちらも取り出し、分解して、鉄道の駅に向かって歩きながら、銃のパーツを道沿いのゴミ回収用の容器、ゴミ箱、排水溝に捨てていき、完全に始末したのだった。

マッテオはがっかりした顔をしたが、それも一瞬のことだった。

その翌朝から、少年によってオルソは正式な通学付き添い人への昇進を果たした。彼としてはその責務は避けたいところだったが、エルサの息子をがっかりさせたくなかった。それに、マッテオの喜びには思わずこちらも嬉しくなるほどの感染力があった。

エルサとのキスにその後の展開はなかった。

オルソは、あの短くも濃密な時間のことを繰り返し思い出した。彼女はあっという間に彼への接近を果たした。そしてふたりの唇はひとつになったが、あたかも何かの偶然か、ものの弾みのようなキスだった。でもエルサは次に彼の顔を両手で挟み、そっと開いた唇を重ねてきて、彼の舌を求めた。わずか数秒の夢のような時間、コーヒーの味と、エルサの食べたチョコレートの味が、彼女の唾液の繊細な味と混じり合った。それからふたりは唇を離したが、見つめ合う瞳は離れなかった。

だがそこでオルソの瞳をよぎった影に、エルサはただちに気づいた。彼が急に遠ざかってしまったように思えて、彼女は顔を遠ざけ、首をかしげて、愛らしくすねてみせた。

「わたし、無神経すぎたかしら？　そういう気分じゃなかった？」

エルサが自分から離れていくのを感じたオルソは、相手の腕をつかんで止めた。

「行かないでくれ」

そう言ってオルソは彼女を抱き寄せた。エルサは彼の力強い腕に身を任せ、その太股に座ったまま、自分の胸を彼の胸に預け、彼の首筋に顔をうずめた。そうしてふたりはしばらく互いに体を密着させていた。やがてどちらも脚が痺れだしたころ、エルサは上半身を若干後ろに反らせて、顔にかかった髪を脇によけ、彼を真剣に見つめた。

その時、誰かが呼び鈴を鳴らし、ふたりの心地よい沈黙を破った。予約よりも早くやってきたフランス人の若いふたり組だった。

オルソはエルサに別れを告げ、自室に戻ったが、階段を上る前、彼女が相手の頬まで緩ませるあの笑みを浮かべ、片言のフランス語で懸命に若者たちを歓迎する姿を見た。

その晩、オルソはエルサたちと食事をした。マッテオは驚くほど雄弁だった。息子がいつになくたくさんの言葉を発するもので彼女までびっくりしていたほどだ。少年は母親とオルソの注目を独り占めにして、ふたりにはまともに会話をさせなかった。オルソにはかえってありがたかった。まだあの突然のキスを消化しきれずにいたからだ。夕食のあいだ、彼はエルサと愛情のこもった視線やいたずらっぽいそれをずっと交わし合ったが、それ以上のことはなかった。オルソはこんな嘘をついた。携帯電話と財布を盗まれてしまい、財布にはクレジットカードも身分証もすべて入っていた。幸い現金は別にいくらか持っていて、大金ではないにせよ、それで新しいクレジットカードができるまでの何週間かは十分に過ごせる、と。しかし本音を言えば、カードの再発行はしないつもりだった。居場所を追跡されたくないからだ。携帯にしても話は同じだが、レモのアドバイスどおりに自分以外の誰も知らない偽の氏名と偽造の身分証を使えば、理屈の上では追跡は不可能なはずだった。いずれにせよ、当面は携帯も持たずに済ますつもりでいた。

マッテオが母親に慌ただしくベッドに追い立てられてから、もう部屋に戻って寝ようという時刻になると、オルソはエルサにおやすみの挨拶をした。エルサの家の入口に立つ彼は、初デートを終えた十四歳の少年だってここまでひどくはないだろう、というほどにかちかちで、ぎこちなかった。エルサは明らかに笑顔以上の何かを期待していたが、彼には時間が必要なのだと理解してくれたらしい。

翌朝、オルソはマッテオの通学に付き添った。すると以前に彼が公園で懲らしめたいじめっ子の四人組とすれ違った。四人は学校をサボることにしたらしく、オルソに気づくなり、道を変え、路地に入っていった。リーダーの少年が憎々しげに自分をにらんでいるのをオルソは見た。建物の陰に消えるまで、少年の視線は彼から離れなかった。

宿に戻ったオルソは、夕食の時間がもう待ち遠しかった。またエルサとマッテオと一緒に過ごせるからだ。カンニーバレの一件が解決するまで、彼にとってそのB&Bで過ごす時間は、気分がよい時でも退屈で、それ以外の時はとにかく耐えがたい時間だった。しかし今となっては、そんな鬱屈した感情も遠い過去の話に思えた。オルソはよく本を読み、散歩をし、定期的に体を鍛えるようになった。アマルとグレタの姿が不意にまぶたに浮かび、弱った心臓を離れぬ深い悲しみを思い起こさせることもたびたびだったが、エルサとマッテオとまた夕食をともにすれば、そんなつらさもぱっと消えた。少なくとも自室に戻って、またひとりになるまでは。

彼は、フランス人の若いふたり組が三日間の宿泊費を支払い、チェックアウトする際の手続きまで担当した。ちょうどエルサが外出中だったので代役を務めたのだが、久しぶりにひとの役に立てたという充実感があった。タクシーの窓から笑顔を見せるふたりを見送りながら、オルソは自問した。こんな風に余生を生きていくことも俺にはできるのだろうか。わずかなもので満足し、その日暮らしではあっても、彼を愛情ゆえに大切にしてくれ、恐れることのない者たちに囲まれて過ごす日々。人生はこうした選択の機会をそうそう与えてくれないものだが、オルソにとっては二度目の機会であり、彼は幸運を自覚していた。ただ今度は四十年前と比べると、姿を消し、追っ手に二度と見つからず、目立たずに生きるという選択がずっと具体的に実現可能に思えた。実を言えば、オルソはあの列車に乗りこんだその瞬間から、つまりトッレ兄弟に遭遇する前から、暴力にはもううんざりしていた。彼の人生を支配してきた暴力、そして、結局のところ——あの時はまだ知らなかったが——彼から何もかもを奪い去った暴力に飽き飽きしていたのだ。もしかすると、新たな人生を生きようという決意は、己の罪悪感を軽くしたいという気持ちの裏返しに過ぎぬ可能性もあったが、オルソにはひとつ、自ら代償を払い、深く思い知らされたことがあった。暴力は暴力しかもたらさない、という事実だ。彼がこれまでのように暴力で暴力に反応するのをやめれば、ロッソのレーダーにもひっかからずに済むだろうし、エルサとマッテオを含め、誰にとっても有益なはずだ。部屋に戻り、ドアを閉じながら、オルソは思った。この決意を俺はひとつの使命（ミッション）に変えなくてはいけない。一生をかけて追求すべき目標にするんだ。

そう思うと、気分がすっきりした。

それから三週間が過ぎた。エルサはその三週間、滅多に来ない宿泊客をもてなすオルソの奮闘ぶりをおおいに楽しんだ。彼がフランス語に英語はもちろん、スペイン語まで流暢なのには驚いたが、サンクトペテルブルクから来た老夫婦を相手にロシア語まで少し操るのを聞いた時は卒倒しそうになった。あとでエルサはオルソに尋ねた。ジェノヴァの場末のこのちっぽけな宿にたどり着くまでに、いったいあなたはいくつの人生を生きてきたのか、と。

するとオルソは真剣な顔になり、こう答えた。

「たったひとつだよ。でも間違った人生だった」

夜はたいていエルサたちと一緒に食べた。変化が起きたのはある晩、マッテオが寝て、いつもよりも長めにエルサとふたりきりで過ごした時のことだ。長居できたのは、彼が近所のワインショップで大枚払って買ってきた、とてもおいしい赤ワインのおかげもあった。

窓の下にある蒸留酒の並んだワゴンに目が行くたび、オルソは相変わらず心をそそられたが、ワインをグラスに注いで耐えた。エルサは煙草に火を点け、マッテオはずいぶんと前にオルソが目撃したようなヒステリーの発作をもう起こさなくなったと語った。中学校に入学してからはおよそ一週間に一度の頻度で起きていたことを考えれば、楽観的になってもいいはずだという。オルソは、彼女の煙草の本数が減ったことからも、エルサは精神的に前よりも落ちついているらしいとすでに気づいていた。だからそうと指摘すると、はたして彼女は微笑んだ。

部屋に戻ろうとして立ち上がったオルソを送り、エルサはいつものように階段の下まで来た。しかしオルソが上の階へと足を踏みだす前に、彼女は勇気を奮って言った。

「あのね、このあいだわたしたちふたりがしたことを考えてみたの。そんなにたいしたことじゃないわ……でも、わたし嬉しかった」

「エルサ、俺は……」

「待って、最後まで言わせて。あなたがこの話題を今日までずっと避けてきたのはわかってる。きっと何か事情があるんでしょう？ ただわたしは……何もなかったふりはできないの。だってあれは、なんとなくでやったことじゃないから。それで思ったの、もしかしたらあなただって、本当はもっと先に進みたいんじゃないかって」

オルソはうつむいた。

「そうは言っても、あなたが望まないことを無理矢理させるのはよくないでしょ？ だから、自分に言い聞かせたわ。『今はこのままでもいい。もしかしたらそのうち、何か変わるかもしれないし』って」

彼はうなずいた。

「でもね、ひとつ、ふたりでしたいことがあるの。あなたさえよければ、だけど」

「なんだい？」

「よかったら、一緒に寝てくれないかしら？」

オルソは片足を階段の一段目に乗せたまま、驚いた顔でエルサを凝視した。

「ただ並んで寝るだけよ」エルサは笑顔で続けた。「あの時、あなたは意識がなかったけど、同じベッドで寝るのって……なんと言うか、とにかく素敵だったの。だから思った。何も間違ったことじゃないって。ふたりで寝ると、守られている気がして、ひとりより寂しくないもの。マッテオはいったん寝ると絶対に目を覚まさないし、夜中にこっちのベッドに入ってくることだって、もう何年もないし」

「でも君は俺のことなんて何も知らないじゃないか」

「オルソ、そんなことはどうでもいいの。今、この目に見えるものならちゃんと知ってるから。それはわたしをほっとさせてくれるの」

オルソはエルサを見つめたまま動かなかった。エルサは自分の言葉を後悔したかのように唇を噛んでいる。

「でも嫌なら、元どおり友だちのままでもいいわ」

「よし、三十分で戻ってくるから、待っててくれ」

オルソは部屋に戻り、シャワーを浴びて、歯を磨いた。清潔なパジャマを着て、スリッパを履き、階段を下りる。

閉ざされたドアを彼はそっとノックした。エルサがドアを開けた。裸足で、ネグリジェを着ている。

「ワインをもう一杯飲む？」

「いや、いい」

「じゃあ、来て」

音を立てぬよう注意しながら、ふたりは短い廊下を進み、寝室に着いた。ベッドの左右にあるナイトテーブルの上のランプだけが灯されており、暖かで、居心地のよさそうな雰囲気だとオルソは思った。

エルサは寝室のドアに鍵をかけ、羽毛布団をめくると、ベッドに入った。オルソは彼女に背を向ける格好でベッドに腰かけ、スリッパを脱ぎ、靴下を脱いだ。それから自分も布団の下に入った。

どちらもしばらく、ふたつのランプが天井に描く光の輪を見つめていたが、やがてエルサが彼のほうを向いて尋ねた。

「ねえ、やっぱり気まずい？」

「いいや。そっちは？」

「平気」

　ふたりはまた少し黙ったが、今度はオルソが会話を続けなくてはいけない気分になった。

「理学療法士の仕事だけど、またやりたいとは思わないのかい？」

「覚えていてくれたのね。最初はそう思った……でも今となっては、あんまり昔のことだから、誰かに『学校は懐かしい？』って訊かれるのと同じ感じ。懐かしいは懐かしいんだけど、もう過去の話。過去には戻れないもの。わたしもひとつ質問していい？」

「いいよ」

「間違った人生を送ってきた、そう言ったじゃない？」

「ああ」

「あれってどういう意味？」

　オルソは自分が危ない領域に足を踏み入れつつあるのに気づいていた。エルサに伏せてきたことがふたりのあいだにひとつの均衡状態を築き上げてきたが、そんなものがいつまでも長続きしないのは明らかだった。慎重に、正しい言葉を選ばなくてはいけない。

「ひとに自慢できるような人生ではなかった、それだけのことだよ」

「ずいぶん謎めいてるのね」

　沈黙。

「そのうち教えてくれる？」

「そこまで重要なことかい？」

「ただの好奇心。それに少し怖いから……」

「怖い？　怖がる必要なんてないよ」

「わたしだけなら別にいいんだけど、マッテオがいるから」

オルソはうなずいた。「君が心配するようなことは何もないんだ」

エルサは安心した様子で彼を見つめた。

「さて、そろそろ寝ましょうか」

「そうだね」

エルサは自分の側のナイトテーブルのランプを消し、壁のほうを向いた。

「おやすみなさい、オルソ。あと、ありがとう」

オルソは数分間、そのまま待った。頭の中ではさまざまな思いが渦巻き、その騒がしさときたら、隣のエルサを起こしてしまうのではないかと思うほどだった。彼女と同じベッドで横になるのは素敵だったし、軽い興奮も覚えたが、アマルとグレタを失った苦しみがまだ痛烈すぎた。しかし何よりも耐えがたいのは、ロッソにあざむかれたという失望と怒りのほうだった。あんな男を信用したがために、無意味な選択で人生を棒に振ってしまった。それが悔しくてたまらなかった。

寝てみようかと彼は思った。これほど異様な状況で心がざわついているとあっては、どうせ無理に決まっているが。ナイトテーブルのランプを消し、体を伸ばす。彼女の邪魔にならぬよう、できるだけ静かに動いたつもりだった。するとエルサが暗闇の中でオルソのほうを向き、片手を伸ばしてきた。そして彼の手を探し当てると、握り締めた。

それから二分は過ぎただろうか、オルソは眠りに落ちていた。

翌朝、日の出のころに彼は目を覚ました。窓から入ってくる薄明かりを見て、もう起きないといけない、マッテオに母親と一緒に眠っているところを見せるわけにはいかないと思った。エルサを起こさぬようそっと布団をめくり、ベッドを出た。そしてスリッパを履いていたら、いきなり彼女の声がして驚かされた。

「もうちょっとしたら、一緒に朝食にする？」

「いいね」

オルソは部屋を出て、音を立てぬようにドアを閉じた。

マッテオと学校に向かって歩きながら、オルソは奇妙な一夜を振り返った。普段であれば睡魔が訪れるまでに一時間はかかるのに、ほとんどすぐに眠りに落ちたというのも奇跡的だった。それに、目が覚めて、自分がどこにいるのかを理解した時のあの軽やかな気分ときたらどうだろう。オルソは幸せだった。早く少年を学校に送り届け、宿に戻りたくて仕方なかった。

マッテオはずっとしゃべりっぱなしで、オルソは何度もうなずいたが、その実、何も聞いていなかった。やがて、校舎の全容が視界に入る交差点の手前で少年が足を止めたので、オルソは何事かと注目した。

「ほら、あの娘だよ」

マッテオは、痩せっぽちな少女を指差した。三つ編み一本にまとめた金髪が毛糸の帽子から垂れている。

オルソはうなずいた。

「見送りはここまででいいよ。彼女に、ひとりじゃ学校にも来られない男だなんて思われたくないしね」

「それもそうだな」

そしてマッテオは少女を追い、早足で校門に向かった。彼女のほうはちょうど校門をくぐったところだ。

オルソは来た道を戻った。少年と同じく、足取りは軽かった。B&Bに宿泊客はなく、予約もしばらく入っていない。この機にエルサと何か一緒にしてみてもいい。たとえばスーパーに買い物に行くとか、彼女がいつも不満を漏らしている流しの排水管の防臭弁を分解してみるとか。それとも、そっと忍び寄って驚かしてから、キスしてしまおうか……。今はそれも悪くないと思った。それにエルサが彼のキスを待っているのも知っていた。

玄関の大扉を開き、エルサの家のドアの前に立った。よくあることだが、ドアは寄せてあるだけで開いていた。勢いよく中に入り、あたりを見まわして彼女を捜したが、すぐに甘ったるい強烈なにおいに気づいた。五感がただちに警戒態勢に入る。建物に入った時からその悪臭には気づいていたが、彼女に会いたいという思いが妨げとなり、集中できずにいたのだ。覚えのあるにおいだった。

居間の大きなテーブルの角にひとり、二十五歳くらいの筋骨隆々な若者がいた。後ろ髪は伸ばし、両サイドを剃り上げた髪形は、八〇年代に流行ったもので、デニムのジャンパーの上にダウンベストという格好も三十年前のスタイルだ。若者は携帯電話から目を上げた。急に入ってきたオルソに驚いたらしい。

「誰だ、お前？」立ち上がりながら、若者は言った。明らかに東欧のなまりだ。

左手から物音がして、オルソが振り返ると、頭をポニーテールにまとめ、ごわごわした髭を生やした、やや馬面の中年男が台所から入ってきた。手には小型の直火式コーヒーメーカーがあり、上部をくるくる回して、下部と組み合わせているところだ。派手なシャツの胸元には、黒く濃い胸毛と太い金の鎖が見えた。

「エルサはどこにいる？」オルソは尋ねた。

「こいつ、ノックもしないで入ってきたぜ」若者はテーブルを回り、馬面の男に告げた。

「ただの客だろ」馬面は興味なさそうに答え、台所に戻った。

「お前、客なのか」八〇年代風の若者はオルソの前に立ち塞がった。オルソよりも背は低いが、恐れる様子はない。

「宿の主人はどこだ?」ほとんど吠えるようにしてオルソは言い返した。それと同時にあたりの様子を観察した。格闘の跡はなく、ほかに仲間がいる気配もない。

あまり賢そうではない若者がにわかに不吉な笑みを浮かべた。何か新しい遊びでも思いついて、それを試してみようと決めたみたいな顔だ。挑みかかるような態度を取り、腰に両手を当て、いかにも楽しそうだ。

「それで?」オルソは尋ねた。今度は相手の目をまっすぐににらんだ。

「それで、なんだい?」

「エルサはどこだと訊いたはずだが」

「奥さんは忙しいんだよ。邪魔しちゃ駄目なの。わかったか?」

若者はオルソの胸を人差し指で何度もつついた。心臓の真上だ。

「ところで俺も、お前は客なのかって、さっきから訊いてんだけど?」

オルソはその指をつかんで、へし折ってやりたい衝動にかられたが、耐えた。

「ああ、客だ」

「じゃあ、奥さんと話したいなら、待てよ。俺たちだって待ってるんだから、お前も待て」

若者は軽く股を開いて立ち、オルソの前を動こうとしなかった。オルソははらわたが煮えたぎる思いだったが、そこはエルサの家であり、挑発に乗りたくなかったから、椅子を出して座った。若者はその様子を満足げに眺めると、オルソの肩をぽんぽんと二度叩いて、元の席に戻った。

濃厚な香りが居間に広がり、馬面の男が台所から出てきた。火傷をしないように鍋つかみで、コーヒーメーカーの取っ手を持っている。テーブルにはすでにデミタスカップがふたつ並んでおり、男はそのどちらにもコーヒーを注いでから、オルソを見た。

「飲みたきゃ、ちょっと残ってるぞ」男の言葉には若者のような東欧のなまりはなく、ややジェノヴァなまりがあった。オルソが首を横に振ると、馬面は肩をすくめ、カップにぎりぎりいっぱいまでコーヒーを注ぎ足してから、テーブルの天板を痛めぬよう、受け皿の上にコーヒーメーカーを置いた。

若者が自分のカップを取ろうとしてテーブルにぶつかり、ジェノヴァ男のコーヒーがこぼれた。

「馬鹿野郎！　何しやがる？」男は席を立ち、台所に向かった。

「てめえのせいだろ？　そんな、なみなみと注ぐから悪いんだよ！」若者は答えつつ、オルソに向かってにやっと目配せした。そしてカップを取り、息を吹きかけた。

オルソは、カップを持った若者の手に注目した。どの指にもトランプのマークを模したタトゥーが入っていて、手の甲には中央に蜘蛛のいる蜘蛛の巣のタトゥーがある。前にも見たことのあるタトゥーだ。いったいどこで見たのだろう？

そこへ馬面の男が、皿洗い用のスポンジを持って戻ってくると、こぼれたコーヒーを丁寧に拭き取ってから、自分も腰を下ろした。

コーヒーの芳香にもかかわらず、甘ったるいにおいがまだあたりに漂っていた。その時、オルソの脳内のとあるシナプスが、若者の手のタトゥーと甘い悪臭をショートさせ、前にどこでその手を見たのか、彼は一気に思い出した。あのＢＭＷだ。大きなリアウィング、紫色のＬＥＤで飾り立てたあの車、何週間か前にこの宿の前に停まっていたあの悪趣味な車、オルソの目の前でガブリエルが乗りこんだあのＢＭＷの窓から突き出ていた手だ。それにこの吐き気がするようなオーデコロンは、スーパーでエルサからあの男を紹介された時に嗅いだにおいだ。ということは、今この瞬間に、あのセルビア人が彼女と一緒にいるということなのか。オルソはあのガブリエルという男がやたらとエルサの気を引こうとし、彼女のほうは逆にいかにも嫌そうにしていたのをよく覚えていた。ガブリエルの訪問直後にオルソが宿に戻ってきた時、なんでもないふりをした彼女の顔に浮かんでいた、あの不安げな表情も忘れられない。

今日はＢＭＷが前回とは違い、宿の玄関の前には停まっていなかった。そこにあれば、オルソも気づいていたはずだ。もしかすると隣のもっと広い通りに停めたのかもしれない。

この時間ならば、あちらのほうが簡単に停められるからだ。エルサがガブリエルと一緒にいると思うと、落ちつかなかった。どちらも自分のスマートフォンに集中しているチンピラふたりの沈黙をいいことに、オルソは残りの部屋のほうに耳を澄ませ、助けを求める声らしき物音がかすかにでもしないかと注意した。エルサならばまずひとりでも大丈夫だろうとは思ったが、あの男は信用ならない。一度会っただけだが、あのセルビア人が権力に酔うタイプなのはすぐにわかった。権力もあれば、豊かな資金のおかげもあって、目の前のふたりのようなチンピラを手下に抱えることができるのだろう。ただしあのガブリエルという男が、独特な服の好みと派手な車からも明らかな、肥大したエゴの持ち主でありながら、直接対決は好まぬタイプであることにもオルソは気づいていた。

若者はスマートフォンで何か読んでくすくすと笑い、それを仲間に見せた。馬面の男も笑ったが、愛想笑いのようだ。

オルソはひたすら座って待つのが耐えきれなくなっていたが、なおこらえた。やがて、エルサの声だろうか、若干高めの声で発せられた言葉がいくつか耳に届いたので、彼はもっとよく聞こうと、さらに神経を集中させた。ふたりのチンピラには何も聞こえなかったらしい。声のくぐもり具合からして、エルサとガブリエルは彼女の寝室に閉じこもっているようだ。しかしなぜ、よりによって寝室に行った？　ここで話すわけにはいかなかったのだろうか。

オルソの心は余計に乱れた。よくない傾向だ。この手の状況では、感情的になればならなるだけ、頭の切れが鈍ることくらい彼も先刻承知だった。

寝室からエルサの声がまた聞こえた。相変わらず何を言っているのかわからないが、これまでよりも鋭い、金切り声だ。ふたりのチンピラもスマホから顔を上げた。若いほうはにやりとし、仲間に目配せをしてから、また画面に目を戻した。

なんだ今の目配せは？ 向こうで何が起きているのか知っているのか？

数秒の静けさに続き、今度は悲鳴が聞こえた気がした。だが確信はなかった。救急車のサイレンがすぐに重なり、よくわからなくなってしまったのだ。

俺の思い違いなのか。それとも本当にエルサが悲鳴を上げた？

あの野郎とふたりきりなんだぞ？ やっぱり助けが必要なんじゃないか。

続いて、家具を床の上で引きずるような音がした。あるいは椅子だろうか。俺はどうしてまだ座っている？ どうして動かない？ オルソは自問を繰り返した。耐え抜くつもりでいたが、もはや彼の頭は片道切符の旅に出発してしまったらしい。オルソは立ち上がると、寝室のある廊下のドアに向かおうとした。しかし若者が片腕を伸ばして行く手を塞ぎ、駄目だという風に首を振り、視線で元の椅子を指した。

「おとなしく座ってな、じいさん」

馬面の男はいかにも無関心そうに、携帯の画面を見つめている。

オルソは抵抗せず、にやにやと自信たっぷりな若者をにらみ返した。相手が表情を変える暇もないくらいの速攻で殴ってやりたかったが、必死にこらえた。握った拳の中で爪が手のひらに食いこむ。

「煙草はあるか?」彼は歯を食い縛って尋ねた。「煙草は健康に悪いんだぜ、知らねえのかよ?」

「ねえよ」若者は答えた。

馬面の男が煙草の箱をポケットから出すと、オルソの顔は見ずに差し出した。オルソは箱から一本抜いて、口にくわえつつも、エルサの寝室から聞こえてくる声や物音を聞き取ろうと、耳を澄ませた。テーブルにあったライターで煙草に火を点け、煙を吸い、落ちつこうとしてみる。そしてまた椅子に座った。

さらに二度ほど煙草を口元に持っていったころ、エルサの寝室のドアが開く音がして、廊下に響く男の声がぼんやりと聞こえてきた。

そして居間のドアが開き、にやけ面のガブリエルが、毛皮の襟巻き付きの、花柄の刺繍が入ったあのコートを腕にかけて、入ってきた。八〇年代スタイルの若者とポニーテールの馬面男が立ち上がり、出ていく構えを取った。ガブリエルのはげ頭に続き、エルサが現れた。目を落とし、頬が赤い。憔悴(しょうすい)しきった顔にも見えた。オルソがいるのに気づくと、煙草を吸いながら〝大丈夫か〟と視線で尋ねてきた彼に向かって、こわばった笑みを浮かべた。ガブリエルもオルソに気づき、下卑たにやけ笑いを凍りつかせた。ほんの一瞬ではあったが、その顔に失望の色が浮かんだ。男はエルサを振り返って言った。

「このお客さんまだいたんだな。知らなかったよ」

「そうよ、覚えてたの？　そういえば、少し前に紹介したわね」

エルサの言葉はぎこちなかったが、ガブリエルはオルソを指差しながら、芝居がかった仕草で逆の手を自分の顔の前でひらつかせた。

「お名前は確か……ああ、おっしゃらないでください。今、思い出しますから……リッカルドさんだ！」

オルソは慌てず騒がず、ふたつ並んだ空のデミタスカップの一方で煙草を消してから、答えた。

「素晴らしい記憶力ですね……ガブリエルさん」

「お互い様、というところですな。ご存じですか、記憶というのはとても重要な道具なんです。親父がいつも言ってました。『なんでも覚えておけ。遅かれ早かれ、なんだって役に立つんだから』ってね。でも運命ってのは皮肉なもんです。そんなことばかり言っていた本人は本当に物忘れが激しくて、実際、生活に行き詰まって死にました。さてリッカルドさん、どうですか、こちらの宿のご感想は？」

「とても快適ですよ」

「そうでしょうとも」ガブリエルは笑った。「さもなきゃ、こうしてお戻りになることもなかったはずだ。それにつまるところ、エルサの最高のおもてなしに夢中にならないお客さんなんていますかね？　彼女にはどんなお客さんでもすっかりくつろがせる才能があるでしょう？　エルサ、気をつけろ、あんまりもてなすと、ただの親切をそれ以上の何かと勘違いされてしまうからね」

エルサは微笑んだが、かなうものなら姿を消したい、そう思っているようにオルソには見えた。ガブリエルは構わず、舞台に立った役者のように、どんどん勝手に話を進めた。

「もしかしたら妙な思いこみをするお客さんだっているかもしれない。無理もない話だ。でもこちらの謎の紳士、リッカルドさんは心配なさそうだ。違いますか」

オルソは無表情に男を凝視した。ガブリエルもにらみ返してきたが、やがて目をそらし、エルサを振り返ると、汗でぬらぬらした太った手で彼女の頰を撫でた。あとずさりをして男の手を避けたいのをエルサがこらえているのがオルソにはわかった。

「愛しいエルサ、僕らの話し合いは済んだし、言い忘れたことはないと思うんだが。何かあったら、僕の居場所はわかってるね？」

花柄のコートを着ながらそう言うと、ガブリエルは手下ふたりにうなずいてみせた。ふたりは何も言わず、先に宿を出ていった。

自分も出ていく前に、ガブリエルはオルソに近づいてきた。

「それでは、近いうちにまたお会いすることになると思います」

「そうなんですか」オルソはさも意外そうに聞き返してから、エルサを見やった。

「ええ、もちろん。僕とエルサは今や共同経営者ですからね！」ガブリエルはそう答え、彼女を見た。「言っても構わなかったよね？　それとも、僕らふたりだけの小さな秘密だったっけ？」

「いいえ、そんなことないわ……」エルサは困った顔で答えた。

「そりゃ、そうだよね。我らがリッカルドさんに隠し事なんてあんまり失礼だ。そうでしょう？」

そう言ってセルビア人は握手を求めるように、派手な指輪をした片手を差し出し、吐き気のしそうな甘ったるいにおいをあたりに振り撒いた。オルソは立ち上がり、相手を見下ろした。それからその手をぎゅっと握り締めた。つるつる滑るタコでも握ったみたいな感触がした。ガブリエルは力強い握手から逃れようとせず、むしろオルソを見つめ、いやらしい笑みを浮かべた。上唇が汗に光っている。男の舌が塩辛い水滴を舐めた。

そのあと、エルサはひどく不機嫌で、言葉少なだった。オルソとしては訊きたいことがいくつかあったが、今は明らかにその時ではなかった。でも彼女をひとりにしたくなかったので、もう何週間も預けっぱなしだというシーツの換えを受け取りに、一緒にクリーニング店に行き、受け取った袋を車の荷物入れに乗せるのを手伝った。帰り道、エルサが煙草に火を点け、煙を追い出すために窓を少し開けた。すると、そこから入ってきた冷たいひと筋の空気がもろにオルソのうなじに吹きつけた。彼女は何度か煙草を口元に寄せてから、彼が寒さから身を守ろうとコートの襟を立てたのに気づき、煙草を投げ捨て、窓を閉めた。

「ありがとう」

「いいえ。それより、ごめんなさい。苛々するとわたし、暑いのも寒いのも気にならなくなっちゃうから」

「エルサ、俺が口出しするような話じゃないのはわかっているんだが……」

「そのとおりよ、あなたには関係ない話なの」

オルソは口をつぐんだ。エルサが唇を噛んでいるのは、あまりに無愛想な返事をしてしまったのを後悔しているからに違いない。

宿の近くでエルサは車を停め、エンジンを切った。オルソはドアを開けようとしたが、彼女に降りようとする気配がないのに気づいた。

「うん、わたしだってわかってる。ガブリエルは陰険で、恐ろしい男よ。でも断るのがもったいないくらい魅力的な話を持ちかけられたの」

「無理に打ち明けてくれなくてもいいんだよ」

「でも説明したいの。いいでしょ？　あなたにはわかってほしいから」

　オルソは何も答えなかった。エルサが言葉を継いだ。

「わたしが銀行に借りているお金の返済を肩代わりしてくれるって言うの。それだけかって思うかもしれないけど、少なくとも二十万ユーロはあるの。このままじゃ、絶対に返せない額よ。それで、わたしが路頭に迷わずに済むように、あのひと、うちの共同経営者になろうって言ってくれたの。僕のコネを使えば、セルビアとアルバニアから観光客を山ほど呼ぶことができるから、って。親がセルビアでホテルチェーンを経営しているから、業界には詳しいらしいのね。それで言うの、『君の宿はジェノヴァの一等地にあるんだから、僕と手を組めば大儲けできるはずだ。成功には正しい人脈が必要なんだよ』って」

「あいつを信用しているのか」

「わからない。でも思ったの。あのひとだって成功の自信がなければ投資なんてするはずがないでしょ？　あんな風だけど、言ってることは間違ってないんじゃないかな。確かにうちは立地は最高だけど、宣伝に力を入れてこなかったし、ＰＲの戦略もないし。マーケティングとかその手のことはぜんぜん駄目だから。でもあのひとはその辺が上手だし……少なくとも本人はそう言ってるの。嘘には思えなくて」

「ただ、あのガブリエルって男が俺はどうも気に入らないんだが」

「それはわたしだって。でも、隙を見せないように注意すればきっと平気」

「そんなにお金に困っていたんだね」

「みんなに言いふらして歩くわけにはいかないもの」

「言ってくれれば、手を貸したのに」

「あなたからは同情もお金もほしくないの。ガブリエルのお金は施しじゃなくて、あくまでもビジネスよ」

「それはわかる。でも、ガブリエルの申し出のこと、今までどうして話してくれなかったんだい？」

「今、話してるわ」

「契約にはいつサインをしなくちゃいけないんだ？」

「たぶん、来週」

「じゃあ、もう決めたんだね？」

「オルソ、いい？　あなたはどうせいつか、今までの宿代をまとめて払って、出ていってしまうひとなの」

オルソはエルサの言葉をさえぎり、そんなことには絶対にならないと叫びたかった。俺はいつまでもここにいる、君をがっかりさせるくらいなら、誰かに殺されるほうがましだ、そう叫びたかった。

しかしあえて黙っていた。

エルサは目を潤ませ、こう続けた。「でもわたしは……わたしはずっとここに残る。それに、マッテオのことだって考えなきゃならないもの」

オルソは彼女を見つめ、わかるよという風にうなずいた。ガブリエルのような男なら俺は何十人と見てきた、あいつの資金源は間違いなく売春だ、この片脚を賭けたっていい——そう告げる勇気はなかった。エルサは『観光客を呼ぶ役に立つ』などと言っているが、あの男が言う『セルビアとアルバニアのコネ』というのは、生きた人間を売り買いする商人どもとのホットラインに違いない。哀れな娘たちをさらい、むごい仕打ちを加えた上で、高い需要のある土地へと送り届ける最低な商売だ。

そしてエルサのB&Bは、ガブリエルが経営を掌握したが最後、そんな商売にうってつけの宿となるだろう。

30

バールのドアを開くと、若いバリスタが身をこわばらせたのがわかった。オルソは店内を見回し、例によって客が皆無なのを確認した。かなり努力してできるだけ柔らかな態度を取ると、笑顔で中に入った。

「やあ」

若者は、七〇年代の製品と思われる蛍光灯が照らすカウンターの向こうで、酒のボトルを磨いている途中だったが、その手を止め、オルソに注目した。その視線には若干の不安もあったが、妙に友好的な態度への好奇心も浮かんでいる。

オルソはカウンターに近づき、スツールに腰かけた。

「何か……何かお作りします？」

「うん、うまいコーヒーを一杯もらおうかな」

オルソがまだにこにこしているので、若者は戸惑いつつも、ただちに後ろを向いて、仕事に取り掛かった。大男と視線を合わさぬよう気をつけて、うつむいたまま、まずは客の前にデミタスカップの受け皿を置く。続いて、熟練した素早い手さばきでコーヒー豆を挽き、ホルダーに入れた粉を丁寧に圧縮してから、エスプレッソマシンの蒸気吹出口に装着する。カップを抽出口の下に置き、熱い茶色の液体が出てくるのを待つ。

オルソは髭のバリスタが作業を終えるのを待った。そして若者がカップをカウンターの受け皿の上に置くと、話を切り出す前に、淹れてもらったエスプレッソをすすった。

「本当においしいね」

若者はうなずき、眉毛の上のボディピアスをいじった。相当に気まずそうだ。

「このあいだの夜のことだが、まだ礼も言ってなかったね」

「そんな、僕は……」

オルソがまあまあという風に手を上げると、若者は黙った。

「本気で感謝しているんだよ。親切にしてくれて本当にありがとう。俺の面倒を見る義理なんてなかったのに。おまけに君の服に吐いてしまった記憶まであるんだが」

「ええ、そのとおりです」

「悪かったね。はっきりとは覚えてないんだが、あの晩、君のほかにも娘さんがひとり、付き添ってくれなかったっけ？」

若者の表情がまたこわばった。

「ええ、僕の彼女です。でも、どうして？」

「代わりに礼を言っておいてくれないか。みっともないところを見せたな」

「気にしないでください。飲みすぎなんて、バールじゃよくあることです。僕も慣れてます。とにかくお元気のようで、よかったです」

「ああ、おかげさんでね」

オルソはコーヒーを飲み干すと、カップを受け皿に戻し、若者を見た。

「いつからここで働いているんだい？」

「もう五年にはなるはずですが、一応、七年前からいます。というのは、オーナーがいたころは、まだパートだったもので。オーナーが働くのが嫌になって引退してからは、フルタイムで働いてます」

オルソはうなずいた。

「彼女はもっとまともな仕事を見つけろって言うんですが、そう悪い仕事じゃないんですよ」

「彼女は何をしてるんだ？」

「ボディピアスとタトゥーの店をやってます」

若者は袖をめくり、葉と花の付いた潅木が何本も複雑に絡み合ったカラーのタトゥーを自慢気に披露した。タトゥーは手首から肩まで続いていた。

「これ、彼女が入れてくれたんです」

「かっこいいな」

ずっとリラックスした様子で、若者は満足そうにうなずいた。

「実は……そうだ、そもそも君、名前はなんて言うんだい？」

「アルトゥーロです」

「よし。アルトゥーロ、ひとつ訊きたいことがあるんだ。この界隈をうろついている男なんだが、スキンヘッドで、毛皮の襟巻きが付いたコートを着たやつを知らないかい？　コートには刺繍がいっぱい入ってるんだが」

「もちろん知ってますよ。ガブリエルです。この地区の人間ならみんな知ってます。派手に飾り立てた車に乗ってるやつでしょう？」

「大当たりだ。あの男のこと、どう思う？」

「好きじゃないですね」

「どうしてまた？」

「たとえば、一度この店に、連れの男とふたりで来たことがあって、その時あいつ、僕の彼女のお尻ばかり眺めてたんです。それから連れとくすくす笑いながら、ずいぶんひどいことを言ったんですよ。声も潜めずにね。そりゃ、僕の恋人だなんて知らなかったでしょうが、いくらなんでも礼儀知らずですよ、あれは」

「そうだね。ほかには？」

「それだけです。時々店の前を通りますよ。でも何をしている人間なのかは知りません。忙しく働くタイプじゃないのは確かですが。朝となく昼となくぶらぶらしてますから」

「どこに住んでいるか知ってるかな？」

「いいえ。でも彼女が言ってました。ある晩、町を歩いていたら、うちの店でガブリエルと一緒だった男に迫られたって。それがただのナンパ野郎かと思ったら、名刺を渡されたらしいんです。名刺には水商売か何かの店名が入っていたそうです。それで、『もしも仕事を探しているようだったら、連絡をくれ。僕はまさに君のような女の子を探しているんだ』なんてこと言われたらしくて。お立ち台のダンサーとか、コンパニオンとして雇いたいって話だったみたいです。ノーラは即座には断りませんでした。男が腹を立てるんじゃないかって、不安だったみたいです。ノーラっていうのは僕の彼女のことです」

「うん、そうだろうと思った」

「彼女、そいつが凄く怖かったらしくて、考えてみるって答えて、立ち去ったそうです。ただ、その男、どうも単なるコンパニオンを探している感じじゃなかったって言うんですよね」

「どんな男だったか聞いたかい？」

「ええ、長髪を後ろでポニーテールにまとめていて、馬面だったたって」

オルソはうなずいた。

「でもどうして、あいつらのことがそんなに気になるんです？」

「そのガブリエルってやつに話があるんだが、どこに住んでいるかがわからなくてね」

「残念ですけど、僕も知りません。誰に訊いたものかも、ちょっと思い当たりませんね」

「でもポニーテールのほうを見つけたら、ガブリエルにもたどり着けるかもな」

「そいつにしたって、どうやって見つけるんです？」

「その男にもらった名刺、ノーラはまだ持ってるかな？」

「さあ……どうでしょうね」

「彼女に訊いてみてくれないか」

「じゃあ、電話してみましょうか」

「いい考えだ」

「彼女、仕事中なんですけどね……」

「そうしてくれると、本当に助かるんだがな」

「わかりました」

若者は携帯を手に取り、電話をかけた。少し待ったが、やがて答える声があった。

「やあ、ノーラ……うん、ごめん、わかってるって。すぐに済む話なんだ。ほら、先月、お前に言い寄ってきたっていうあの男の名刺、まだ持ってるかい？　覚えてるかな、ほら……あのポニーテールの……そうそう」

彼は送話口に手を置いて、オルソを見た。

「今、探してます」

若者は注文を書くのに使っている付箋紙とボールペンを手にすると、何やら書きだした。

「ありがとう、愛してるよ。じゃ、あとで」

彼は付箋紙を切り取り、誇らしげにオルソに渡した。

「思ったとおりでした。彼女、とにかくなんだって捨てられない人間なんですよ！」

オルソは紙切れに記された住所にタクシーで向かい、十番地ほど手前で降りた。ひとまず落ちついて目的地を観察するためだ。見上げればそこには雄大な水道橋があった。ビザーニョ谷のモラッサーナ地区を両断するジェイラート川にかかる、歴史ある水道橋だ。車が雑然と路肩に停められ、二重駐車も珍しくない道沿いの歩道を進むうちに、低い二階建ての、打ち放しコンクリートの建物に目が留まった。平らな屋上からパラボラアンテナが何本も、まるで道路を盗み見るように顔を覗かせている。小さな建物の前に停まっている車のなかには、ガブリエルのＢＭＷもあった。壁の番地表示を読む。付箋紙に書かれたそれと同じだ。

真昼のディスコの入口めいた、寂寥とした大扉の前に立ち、〝会員限定〟と記されたプラスチックのプレートの下の呼び鈴を押した。

ほどなく扉が開き、暗闇からぬっと年老いた男が顔を見せた。長い白髪を肩に垂らし、白いＴシャツの上に黒のベストを着て、まぶしそうに片手を目の上にかざしている。

「はい、ご用は？」

「こんにちは、ガブリエルさんに会いたいんですが」

「ガブリエル？」

老人は日差しに目が慣れてきたらしく、前に立つオルソを頭のてっぺんから爪先まで改めて眺めた。

「ストヤクさんのことなら、今いませんが。お宅はどちらさんで？」

「知り合いの者です。いつ、どこで彼に会えるかご存じですか」

「わたしはあのひとの秘書じゃないんでね」

老人はドアを閉めようとしたが、オルソは一歩前に出て扉をつかんだ。

「すみませんが、急いで相談したいことがありまして」

「ちょっと、手を離してくださいよ」

「電話番号か、家の住所でもご存じないですかね？」

「知りませんって。手を離しなさいったら！」

「おい、じいさん、何事だ？」

声は老人の後ろから聞こえてきた。

「こいつがドアを閉めさせてくれないんですよ」

暗がりから現れたのは、四十台の額のはげ上がった男だった。ごわつく髭を生やし、つぶれたような顔で、あごがしゃくれている。顔立ちとなまりから、オルソは相手がスラブ系だとすぐに見抜いた。やはりセルビア人だろう。雌にセックスアピールをする孔雀の雄みたいに、男はぬらりと光る上腕二頭筋と白いランニングシャツの下の胸筋をぴくぴくさせてから、老人をわざと乱暴にどかし、胸の前で腕を組んでオルソの前に立ち塞がった。

「なんの用だ？」

「そこの方にも丁寧にお願いしたんですけどね、ガブリエル・ストヤクさんにお会いしたいんです」

「わかった。だがなんで会いたい？」

「相談したいことがあるんですよ。駄目ですか」

「何を相談する？」

「商売のことです」

「商売ってどんな？」

「あんた、ストヤクさんには似てないな」

「なんだよ、いきなり？」

「ストヤクさんにはちっとも似てない、そう言ったんだよ。遠い親戚ってこともなさそうだ。そんなあんたが、いったいなんの権利があって、俺がストヤクさんにどんな話をするつもりかを詮索する？」

　男は相変わらず腕を交差させて立っていたが、一瞬、強面が揺らいだ。鋭い返事をひねり出そうとしたのかもしれない。オルソは男に先んじて、一歩前に出ると、相手の目をにらみつけたまま、もっと近くから、ずっと低い声でこうささやいた。

「でも、もしかしたら、あんたとストヤクさんのあいだには、血のつながりじゃない、何か特別な関係があるのかもしれないな。たとえば恋人同士だとか。そういうことなら謝る。相談の内容だって打ち明けようじゃないか」

「恋人同士？　この野郎、何を……」

「違うなら、気をつけたほうがいいぞ。あのひとの商売にあんたが勝手に口を突っこもうとしたと知ったら、ストヤクさんはきっと怒るだろう。まあ、俺もあのひとのことはよく知らないから、ひょっとしたら案外、話のわかる人間なのかもしれないが。だが、俺だったら無茶苦茶、腹が立つだろうな」

セルビア人は完全に戦意を失ったようだった。男はしばしオルソを力なくにらんでいたが、この面倒な状況を解決してくれそうな誰かを呼んでこようと決めたらしい。

「ここで待ってろ」

男はそう言うと、オルソの鼻先で扉を閉じた。

一分ほどして扉がまた開き、今度は、先ほどの筋骨隆々のセルビア男と一緒に別の男が登場した。馬面にポニーテールのあいつだ。向こうもオルソが誰だかすぐに思い出した風だった。

「これはこれは、B&Bのお客さんじゃないか」

「こんにちは」

「ガブリエルを捜してるって？」

「噂はあっという間に伝わるもんだな」

馬面はにやりとし、ニコチンのせいで虫歯になった犬歯を覗かせた。

「入れよ」

馬面にあごでうながされ、先のセルビア人の憎々しげな視線を浴びながら、オルソは建物の中に入った。ほの暗い廊下を馬面のポニーテールを追って歩く。閉めきったままの空間に特有なにおいとカーペットのかび臭いにおいが、ガブリエルの香水の反吐が出そうな甘いにおい——もはや内装に染みついて離れないのだろう——と渾然一体となっていた。

やがて行く手に、透明なビニールカーテンの向こうに小ぶりなテーブルとビロードの肘掛け椅子がいくつも並ぶ広いダンスフロアが見えたので、そちらに向かうのかと思ったら、暗い階段を下って、もっと広い部屋に連れていかれた。カラフルな電球もいくつか点いているが、主な照明は白い蛍光灯一本だ。壁際には、おそらく古い映画館で使われていたものと思われる木の椅子が列をなしている。どこかの診療所の待合室のような雰囲気だ。部屋の片隅には黒髪の少女がいた。ひと房だけ長く、ブルーに染めた髪が肩まで垂れていて、おびえた表情で腫れぼったい目をみはっている。ダウンジャケットにタイトなジーンズという格好で、寒い朝なのに、裸足にゴムのサンダル履きだった。少女はまるで罠にかかり、猟師に銃を向けられた子鹿みたいに、馬面の男とオルソを見つめた。彼の見たところ、十六歳になるかどうかという幼さだった。

「座れよ、コーヒーか水でも飲むか」

「いや、結構」

「あれがガブリエルのオフィスだ」

馬面の男はオルソの真正面にあるドアを差した。

「今は外しているが、すぐに帰ってくるはずだ。それまでつきあってやりたいところだが、俺もやることがあってね」

そう言いながら男は少女に向かって、さっと人差し指を立てた。

「まったく、嫌な仕事さ」にやけ面でオルソに目配せをすると、男は少女を引き連れ、廊下のひとつに姿を消した。ドアが開き、閉じる音がした。ひとり残されたオルソはあたりを見回した。陰鬱な雰囲気に圧倒される気がした。だが、この手の場所ならばいくらでも見てきたはずの彼だった。もっとひどいところだってあった。たとえばメキシコ・シナロア州の州都クリアカンの売春宿は、懲罰のための虐殺か、ギャング同士の抗争を終え、コカインですっかりハイになった麻薬商人どもが、あらゆる年齢の娘たちに飛びかかっていくような場所だった。タイ国境に近い、ミャンマーの沿岸地域の売春宿もひどかった。そこは、メタンフェタミンの取引に特化した東南アジア最強の麻薬密輸組織が拠点を置く土地で、悪臭漂うバラックでは、娘たちが完全武装の男たちの暴力に繰り返しさらされ、ほとんどの者は無事に娑婆に戻れなかった。そんな場所を山と見てきたはずの俺が、こうして今、この椅子に座っていると、その手の人生に激しい抵抗を覚えるというのか。あの少女の尊厳が完全に無視されたこの状況が我慢ならない？　真っ黒な歯をしたあのポニーテール野郎と寝なきゃならない彼女に、ぞっとするほどの同情と哀れみを覚えることが、今さら俺はできるようになったというのか。

オルソが物思いにふけっていると、上の階からひそひそ声が届き、誰かが階段を下りる足音が聞こえてきた。まもなく先の尖った靴が見え、花柄の刺繍が入ったコートのビロード地の裾が見え、すぐにガブリエルの全身が見えた。驚いた顔だが、いくらか楽しげだ。

オルソは立ち上がり、真っ先に鼻に飛びこんできた甘ったるいにおいに息をこらえつつ、男のぬめりとした手を握った。

「これは驚きましたね。どうやってここがわかりました?」

「あちこちで尋ねてなんとか。いきなり、すみませんね」

「まあ、お気になさらず。どうぞ、こちらへ」

そう言ってガブリエルは、まだ階段に立っていたボディビルダーのセルビア人をぶっきらぼうな仕草で追い払った。男はオルソを嚙みつきそうな目つきでにらみながら、上の階に戻っていった。ガブリエルはコートのポケットから鍵束を取り出し、オフィスのドアを開けると――強化扉だ――明かりを点け、中に入った。天井の周囲に配された蛍光灯が瞬き、照らし出された広い部屋は、赤一色に統一されていた。娼婦のひもらしい趣味で細部にいたるまで揃えた部屋というものがあるとすれば、その部屋がまさにそうだった。カーペットも赤なら、ガラス製の机の前に並んだ二脚のプラスチック製の椅子も赤だ。そうしたなかで壁にかかった大きなバルカン諸国の地図だけが、若干のオリジナリティを添えていた。ガブリエルは脱いだコートを大げさな手つきでソファーに投げ捨て、机の向こうに回ると、壁の地図を背に肘掛け椅子に座った。それからオルソに向かって、プラスチックの椅子のひとつを指差した。

「正直に申し上げますが、突然のご訪問にこちらは興味津々ですよ。なんでも商談にいらしたとか……さ、聞かせていただきましょうか」

オルソはコートを着たまま、椅子に座った。

「簡単な話です。エルサの宿の共同経営者になるという契約をあきらめてもらいたい」

「ほほう、またどうして？」

「考えたんですよ。あの宿はわたしの余生にぴったりの投資になるかもしれないと。年金で彼女の借金を返済してやり、わたしはわたしで、まあ言ってみれば、目標をひとつ持てるわけです。この年になると、人生の目標を持つことがとても大切になるんですよ。そうは思いませんか」

ガブリエルはいかにも、という風にうなずいた。

「でも、まだまだお若いじゃないですか」

「だが、年寄りは年寄りです。それにね、昔からホテルを経営するのが夢だったもので。B&Bじゃホテルにはかなわないかもしれませんが、夢がかなり現実に近づくのは事実ですから」

オルソは口を閉じ、相手の反応に意識を集中した。ガブリエルははげ頭の汗をハンカチで拭きながら、ぱっと笑顔になった。

「お気持ちはわかりますよ」

「ただし当然ながら、まだ正式ではないにせよ、そちらがもう契約を結んだも同然のお話に横入りするのは褒められたことじゃありません。そこで、お互い後味の悪い思いをせずに済むよう、ガブリエルさんには、お詫びの印にいくらか差し上げるというのはどうかと思いましてね」

「そうですか。それはまたご親切に」

「とんでもない。なんでもきちっと片づけるのが好きな性分でして」

「それで、お話を承諾したら、おいくらほどいただけるんですか」

「二十万ユーロでいかがでしょう？　あなたが肩代わりするはずだったエルサの借金と同額です。そちらの懐はまったく痛まず、しかも儲かるというわけです」

その提示額についてオルソは熟考を済ませてあった。ローマのサンタ・マリア・デッラ・ニマ通りにある隠れ家の金庫には、四十万ユーロの現金があるはずだった。爆発したジェノヴァの隠れ家とは別の偽名で契約をした部屋だから、誰にも見つかっていないはずだ。

「間違っていたら、すみませんが」椅子の上で座り直し、ガブリエルが尋ねてきた。「エルサは、この取引のことを何も知らないんじゃありませんか」

「正解です。この話は、わたしたちのあいだだけに留めていただきたい」

ガブリエルはうなずいた。その顔には、階段を下りてきた時と同じ嘘臭い笑みがあった。まるで、もはや罠にかかった鼠をおもちゃにする猫のようだ。しかも自分のかぎ爪からまだ逃げられるという偽の希望を哀れな鼠に与え、もてあそぶ猫だ。

「まあ、なんと申しますか。とてもありがたいお話ですな。あなたも太っ腹なことだ。ですが、ひとつ公平なアドバイスをさせてもらいましょうか。長年、汗水流して働いて、せっかく手にされた年金をエルサの宿のような商売に注ぎこむのは、かなり危険な賭けですよ。正直申し上げて、そんな無駄遣いをさせる気にはなれませんね。何も、そちらさんのご提案に乗れば、労なく二十万ユーロもいただける商売人として言うんじゃありません。むしろ、エルサの友人として、それに失礼でなければ、あなたの友人として言ってるんです。観光業ってやつは、目のきく人間が必要なんです。切り盛りがきちんとできて、ずっと業界で働いてきた、そう、この僕のような人間がね。はっきり申しますが、経験もない人間にB&Bなんて任せたら、はなから負けは目に見えてます。だから僕の良心が許さないんですよ。あなたとエルサのような真っ当なおふたりが――しかも彼女なんて子どもまでいますからね。そこを忘れちゃいけません――事業に失敗して、路頭に迷うような目に遭うのを見過ごすわけにはいかないんです」

「それはご親切に。でもね、わたしはうまくいく気がするんですよ。ただの新米の自信過剰かもしれませんがね」

オルソは椅子の上で腰を落ちつけてから、あたりを見回すのをやめ、ガブリエルの目をまっすぐに見つめた。

「もちろん、わたしには経験が不足しています。それは確かだ。ですがあなたのご商売にしても、手広くやっておいでのようだし、派手に儲かる可能性もあるんでしょうが、エルサの宿とは別の道を選択するという手もあるはずだ。違いますか。あんな部屋数が六つか七つしかない宿では、ガブリエルさんほどの方が扱われるビジネスの規模にはまるで足りないでしょう?」

オルソがそう言って、相手が背にしたバルカン諸国の地図を指すと、ガブリエルの顔から陰険な笑みが嘘のように消えた。

「セルビアとアルバニアから届く商品をさばくのに、エルサのB&Bひとつで済ませるつもりだった、ということはないはずですね?」オルソは淡々と続けた。「それによく考えれば、エルサの小さな宿に対してご予定の投資額は、期待できる儲けには釣り合わないはずだ。そこでわたしの提案を飲んでいただければ、危ない投資もせずに済むでしょう?」

ガブリエルは汗をだらだらとかいていたが、表情を見る限り、オルソの言葉がそれほどこたえた様子はなかった。男は、ソファーのそばの壁で小さくうなっていたエアコンのリモコンを手にすると、スイッチを切った。これで部屋で音を立てているのは、ジーッという蛍光灯の通電音のみとなった。

「なんのお話だかさっぱりですね。僕は観光とホテルで食べている人間ですよ?」

「本当はよくおわかりのはずだ。そうでしょう、ガブリエルさん? どうします? こちらの提案を拒否するのは正直、難しいんじゃありませんか」

ガブリエルは、ふたりの会話が始まった当初とはまた別の笑みを浮かべてオルソを見つめた。目の前にいるのが、簡単に手玉に取れる男ではないと気づいたらしい。

「どうもあなたは本性をごまかしているような気がするんですが、僕の勘違いですかね?」

「さあ、どうでしょう。ひとってやつは、なかなか底が見抜けないものですからね」

「それは本当だ。この店をあなたがつきとめたというのも面白い。それもこんなにすぐに。エルサだって知らないんですよ?」

「運がよかったんです。それだけの話です」

「あなたは何者なんです?」

「ただの年金暮らしの年寄りですよ」

「誰であろうと不思議じゃないが、ただの年寄りってことだけはありえませんね」

「褒め言葉と受け取っておきましょう」

ガブリエルは机の上の付箋紙に何か書き留め、真面目な声を出した。

「さて、これ以上はお時間の無駄というもの。僕も急ぎの用事がいくつかありますし。彼女の宿の共同経営者になる、口頭でもそういう取り決めをしたからには、僕にとってそれはもう決まった話なんです。もちろん僕なりの勝算があり、僕にとっても、商売にとっても状況は有利だと判断したということです。だから二十万ユーロぐらいじゃ投げ出せません。それに、エルサに対してあんまり恥ずかしいじゃないですか」

「わかります。その程度の恥を気にされるような方にはとても見えませんがね。花束のひとつも渡せば、あと腐れなく済む話じゃありませんか」

「なかなかユーモアのある方だ。ともかく、二十万ユーロがそちらさんの最後のオファーなら、この話はここまでにしましょう」

オルソは、彼を追い立てるようにガブリエルが肘掛け椅子から立つそぶりを見せても、座っていた。するとセルビア男はまた腰を下ろし、うんざりした風に両手を広げた。

「まだ何か？」

「二倍、出しましょう。四十万ユーロです」

ガブリエルは驚かず、考えるような顔をした。

「本当にあの宿がお気に入りなんですな。それとも、ご無礼を承知で言いますが、それほどあのご婦人がお気に入りだ、ということですかね？」

「どちらも当たり、ということにしておきましょうか」

「おおいにわかりますよ。エルサは実に魅力的だ。では、こちらも提案させていただきます。その四十万ユーロにさらに借金返済分の二十万ユーロを合わせるとおっしゃるなら、ようやくあなたもまともな計算ができるようになった、と言っていいでしょう。でもね、そうなりますと、状況をもう少し説明する必要が出てくるんです。先ほどは申し上げませんでしたが——僕も紳士ですから——エルサの借金は銀行のものだけじゃないんです。実は僕からも何度か貸しましてね。まあ、彼女、ほんの一部しか返せていないんですよ。かわいそうだとは思いますよ。出費はかさむし、子どもだって育てなきゃならないし、観光客はなかなか来ないし。なんでしたら、エルサに訊いてくださっても結構。僕はこれまで一度だって、借金の返済を強引に迫ったことはありませんし。こっちだって、高利貸しじゃないんですから」

実はオルソは、エルサから共同経営の話を聞かされた時から、もうすでにこの手の内情があるのではないかと疑っていた。ガブリエルと契約を結んだが最後、彼女は宿の建物の所有権を奪われ、二度と取り返せぬばかりか、銀行の借金を返済し終わっても、この男に対し生涯返せぬ借りを負うことになるに違いない。

「それでつまり？」

「つまり、若干の利子に、僕が失った商売の儲けと面目丸つぶれの賠償を加えて、八十万ユーロで手を打ちましょうか」

ガブリエルは肥えた腹の前でぷっくりした両手を組み合わせると、さあ、どうする？という顔でオルソを見つめた。

オルソは立ち上がり、机に近づくと、片手を差し出した。不意を突かれたガブリエルも、ぎこちなく席を立って、まずは握手をし、それから反対の手も重ねて契約締結の印とした。

「これで今度の問題は解決した、そう思っていいですね？」

「もちろんですとも。ご安心ください」

「わかりました。それではまた近いうちに。見送りは結構」

オルソは回れ右をして、広いオフィスをさっさと横切ると、部屋を出て、強化扉を閉じた。一階に続く階段に差しかかった時、遠くからかすかに聞こえる物音に気づいた。途切れ途切れのうめき声。おそらくは、あの髪をひと房だけブルーに染めた少女だろう。すすり泣いているのか、それとも苦痛の声なのか。オルソはため息をつき、拳をぎゅっと握ってから、階段を上った。うめき声はもう聞こえない。改めて嗅げば、一階の空気は地下ほど淀んでおらず、かびのにおいも、ガブリエルの香水のにおいもそこまできつくなかった。来た道を戻り、出口に向かったが、誰にも会わなかった。少し開いたドアの隙間から、バケツを床に置き、デッキブラシを持って床掃除をするあの老人を見かけただけだ。

ようやく出口に着き、ドアを開けた。日差しに目を貫かれて、建物の中がどんなに暗かったかを知った。ほんの少しだけそこの歩道に留まって深呼吸をしてから、足早に立ち去った。今出てきたばかりの空間とガブリエルという男が残した不快感を振り払いたかった。だが、どうしようもなかった。そのおぞましさは、毒のあるツタのように彼の身にまとわりつき、離れようとしなかった。

やるべきことは何か。あのろくでなしが約束を本当に守るかどうかを見極める方法はただひとつ、金を払うことだ。

要求された金額を揃えるには、マルセイユの我が家に帰るしかない。とてつもなく危険な道だが、ほかに選択肢はなかった。

31

大聖堂は絶好のロケーションから、夜闇に沈むマルセイユの町を見守っていた。扉を閉じた堂々たる教会を見上げれば、入りこむ隙などまずなさそうだったが、フランスの南沿岸を少なくとも一週間前から叩き続ける北風は侵入に成功し、身廊にまで達していた。冷たい隙間風にさまざまな旗が揺れている。身廊の左右のアーチの上に固定され、縦二列に並ぶ長椅子の上に垂れ下がる旗は、昔からこの大聖堂のシンボルのひとつだ。北風に一斉に揺れる布は、シンクロダンスでも舞っているように見えた。オルソは側面の小さな扉から教会に入り、中からチェーンをかけて扉を閉じた。柱に身を寄せ、頭上で風に舞う白地に緑十字の聖ラザロ騎士団の旗を見つめる。

オルソはこの大聖堂を愛し、来るたびに覚える安らぎを愛していた。特に、観光客の入場が認められない時間帯に訪れるのが好きだった。周囲をよく眺め、ほかに誰もいないとわかると、彼は長椅子のひとつに腰を下ろし、聖ラザロ礼拝堂の中央にある金色の聖人像を眺めた。伝説によればこの礼拝堂には、ベタニア出身の聖人の頭蓋骨を収めた聖遺物箱が祀られているという。

靴を見つめながら背を曲げると、ひどい疲れを覚えた。マルセイユ市内に入ってからというもの、車を運転する彼の緊張は際限なく高まり、ジェノヴァ駅で盗んだ車を停めて、どうやら尾行はされていない、俺の帰投に誰も気づいていないようだ、と結論してからも、まだ安心できずにいた。〈組織〉の手の者がどこで耳を澄ませているかわからないからだ。とりわけマルセイユ市内は危険だった。ロッソの給与台帳にはあの男の目となり耳となる、年齢もさまざまな何百という人間の名前がある。その一部は明らかに殺し屋だが、残りの見張りには学生、銀行員、弁護士、商店主といった思いがけない者もいた。夜もここまで遅いとほとんどの見張りは眠っているが、警戒中の者も必ずいるはずだった。

オルソの自宅はそこから直線距離にして五百メートルも離れていなかったが、危険な場所に踏みこむ前に、いったん教会で休憩し、座って考えをまとめようと思ったのだ。ドライブのあいだ、本当にマルセイユに戻るべきなのか、オルソは一度ならず自問した。これは正しい選択なのだろうか。せっかく人生を変えようと決めたのに？　エルサとマッテオに挨拶もせず、こっそり出発するのもつらかった。下手をすればジェノヴァには二度と戻ってこられなくなる恐れもある。それはわかっていたが、余計な説明をして、ふたりを心配させたくなかった。

その時、教会の中で反響する誰かの足音があり、オルソの答えなき自問を止めた。顔を上げると、オリヴィエ神父の姿が目に入った。神父は祭壇に向かい、低い位置にある戸棚を何やら探っていたが、やがて自分を凝視する視線に気づくと、手を止めて、振り返った。そして視線の主がオルソだとわかると、近づいてきて、横に座った。神父はオルソの記憶よりも老けていた。若々しい表情と丸い顔は相変わらずだったが、前に会った時よりも痩せている。角張った眼鏡は二十年前からずっと同じで、神父に瞑想的な雰囲気を与えていた。

「こんばんは、オルソ」

「どうも、神父さん」

「びっくりしたよ」

「まだ裏口の鍵を持ってるんです」

「そうか」神父はうなずいた。「すっかり忘れてた。しばらく来なかったものな。元気だったか」

オルソは答えず、肩をすくめた。

「お前さんを捜している者たちがいるぞ」

「知ってます」

「ここにも来た。二、三週間前かな」

「すみません」

「と言っても、司祭館を覗いてから、あたりを軽く調べたくらいなものだ。それで帰っていったよ」

「よかった」

「何か食べるか。それとも、喉が渇いているんじゃないか」

「大丈夫です。ありがとう」

「じゃあ、懺悔(ざんげ)でもするか」

「結構です」

オリヴィエ神父はにやりとした。「何度勧めても駄目だな」

「もう二十年になりますね」

「死ぬまで勧めるさ。オルソよ、お前さんとわたしはさんざん語り合ってきた仲だ。だから、お前の胸のうちに、強烈に霊的な何かがあるのはわかってるんだよ」

「神父さんがおっしゃるなら、そうなんでしょう」

「今度はしばらくマルセイユにいるのかい？　それとも立ち寄っただけ？」

「立ち寄っただけ、ですね」

オルソが長椅子から腰を上げると、神父が言った。

「お前さんを捜しにきた男のひとりだが、このところ町でよく見かけるよ」

オルソの目がすっと細くなった。

「そう、本当によくすれ違うんだ」神父は続けた。「大きな男でね、髪は丸刈りで、明るい色の目をしている。まるで巨人さ。お前さんよりもでかいくらいで」

「ヴィクトルです」

「さあ、名前は知らない。だが、目立つ男であることだけは確かだよ。そこの通りの突き当たりにあるスーパーでも見た。わたしはあの男がなんだか恐ろしくてね。こちらに気づけば、むしろ礼儀正しくて、毎回、笑顔で会釈してくれるんだが、笑っているのは口だけで、あの目は……。あの目はけっして笑わず、邪悪な光を浮かべているんだよ。どうしたらあんな表情ができるのかね？」

「そいつは前からこの教会に来ていたんですか」

「いや。それは絶対にない。それがこうもよく見かけるようになったということは、たぶん、近所に越してきたんだろうね。あるいは、この地区の何かか、住人の誰かに特別な関心を持っているか」

「そうですね」

やがてオルソは言った。

「もう行かないと」

そして立ち上がろうとしたが、腕をオリヴィエ神父に押さえられた。

「そうしたければ、いくらでもここにいてくれたっていいんだぞ？」

「ええ。でも神父さんにご迷惑をおかけしたくないので」

「また会えるね？」

オルソは相手の顔を見つめたが、返事はしなかった。神父はオルソの真意を悟ったらしい。ふたりは立ち上がった。すると神父がいきなり抱擁をしてきて、オルソを驚かせた。やがて彼が緊張を解き、力強く抱き返すまで、神父は抱擁を解こうとしなかった。オリヴィエ神父はオルソにとって、マルセイユでただひとりの親友だった。この陽気な目をした神父と深夜まで語らうことができたおかげで、いったい俺はいくつの悲しく暗い午後を、少しは楽に過ごせたことだろう？　神父はオルソの深い悲しみを察しながらもけっして尻ごみせず、慰めの言葉を惜しまなかった。時には、町の古い路地から路地へとさまよう、当てもない散歩にもつきあってくれた。

表通りに平行する狭くて暗い道に入った時、オルソはそこが、建物と建物の狭間を駆け抜ける北風のせいで凍えるような冷気の通路となるだろうことを完全に予測していた。それでも、表通りの商店の照明や街灯のLEDランプに煌々と照らされながら、彼の自宅がある優雅なコンドミニアムの正面入口に向かうことを考えれば、強烈な寒さ——手袋とウールの靴下を身につけても手足が痺れるほど寒かった——のほうがやはりましというものだった。

彼の住まいと同じくらい高級な、隣のコンドミニアムの周囲を回り、自分のコンドミニアムの裏口に接近する。オルソは前から、表の玄関よりもこちらの入口を好んで使っていた。玄関は二十四時間立っている武装ガードマンの前を通らねばならないからだ。もしかしたらガードマンたちの名前も全員、ロッソの給与台帳に載っているのではないかと彼はずっと疑っていた。彼の監視役を任せるのに、外出と帰宅に毎度立ち会うガードマンほどの適任者があるだろうか。

建物の内と外のどこに監視カメラが設置されているのかは把握していたので、死角を選んで歩いた。これで、カメラに映ったとしても体の一部だけで、身元は絶対にばれないはずだった。裏口の強化扉をそっと閉じる。こちらの扉も暗証番号が必要だったが、幸い彼の留守中に番号を変えた者はなかったらしい。なかば無感覚なままの足の指を温めようと意識して動かしながら、急いで階段を上った。

四階まで来て、ジムとして使っている小さな部屋のドアに近づいた。自宅の真下に位置する部屋だ。誰もこの部屋のことは知らないはずだが、これまでの展開からして、ロッソの手の者が嗅ぎつけた可能性も皆無とは言えない。いずれにしても、誰かが待ち伏せている可能性の高い自宅に向かうよりは、この部屋から入るほうが安全なのは確かだった。

鍵穴に鍵を差し、慎重に回す。強化扉を開くと、警報装置がONになっていることを示すかすかなビープ音がすぐに聞こえ、オルソをほっとさせた。部屋には間違いなく誰もいないという証拠だ。壁の穴に電子カードを差しこむと、小さな赤いランプの色が緑に変わり、一定間隔で鳴っていたビープ音がやんだ。彼はまったく音を立てずにドアを閉め、こらえていた息をようやく吐き出した。

明かりは点けなかった。窓からの薄明かりだけで十分よく見える。一番広い部屋に入った。ベンチプレス用の位置調整機能付きベンチが中央に置かれ、バーベルのバーに加え、樹脂製のものから鋳鉄製のものまでさまざまな重し（プレート）、そしてダンベルがずらりと並んでいる。彼は部屋の奥の鉄の階段に向かい、上った。天井には閉ざされた四角い上げ蓋がある。暗証番号を入力すると、ステンレス製ピストンの作動音がロック解除を告げた。上げ蓋を開く前に数秒待った。

怪しい物音は聞こえてこない。

オルソは力をこめて上げ蓋を押し上げた。開口部を隠すため床に敷いたカーペットをどかさなくてはならないからだ。そして階段の残り数段を上ると、とてつもなく広い優雅な我が家の物置きに出た。衣装部屋の壁に隠した金庫の扉を開き、金を取り、五分以内にはジムに戻るつもりだった。彼は上げ蓋を閉じ、壁に背を張り付けた。見れば、明るい色のフローリングの床にドアの隙間から明かりがひと筋、差しこんでいる。誰か家にいるのだろうか。それとも明かりを点けっぱなしで出ていった？

寄せてあるだけで開いていたドアを押し開け、台所に入った。ここも暗かったが、ガス台の上でひとつだけ点いた白い蛍光灯が怪しい雰囲気を醸し出していた。何かを料理したにおいがすぐに鼻を突いた。肉を焼いたらしい。流しにトマトソースで汚れた皿とフライパンが積み重なり、食卓と床には食べ残しが散らばっている。汚された自分の台所をオルソはどこか他人事のように眺めた。わずか数週間留守にしていただけだが、その空間にあるものすべてが、もはや遠い、別の人生に属するような感じがした。ステンレスの壁からよく研いだ大きな包丁を一本取りながら、大きな棚の上にかかった時計を見る。もうすぐ十一時だ。

客間に向かった。そちらから聞こえるぼんやりした音と青白い玉虫色の光に注意を引かれたのだ。すると客間の壁にかかっている大型の薄型テレビが点いていた。ただ、彼の場所からは自分の姿をさらさないと、ソファーに誰か座っているのかどうかまでは確認できなかった。テレビは何時間も点けっぱなしだったのかもしれない。アニメが流れているところを見ると、誰も番組の内容には構わなかったということだろう。戸棚という戸棚、引き出しという引き出しが開かれ、中身の大半が床にぶちまけられていた。

薄暗がりの中、寝室を目指してさらに進んだ。アニメの声優たちの甲高い声が遠ざかると、今度はなんだかよくわからない物音が聞こえてきた。オルソは廊下の真ん中で立ち止まり、耳を澄ませた。押し殺した女の声のようでもあり、うめき声のようでもあるその声は、やんでは聞こえ、またやんでは聞こえを繰り返した。間違いなく誰かいる。オルソは慌てなかった。それが誰であるにせよ、彼が来るとは思っていないとわかったからだ。オルソは二度と帰ってこない、そう思いこみ、留守宅を勝手に使うことにしたのだろう。また叫び声がした。今度はずっと大きな声だ。セックスの嬌声らしいのだが、快感とはかけ離れたその苦痛のうめき声に、彼は鳥肌が立った。叫び声と一緒にシャワーの水音も聞こえる。オルソは、バスルームの閉じたドアの前に行き、耳をそばだてた。また悲鳴が聞こえた。そしてもう一度。続いて何かがシャワーボックスのガラスの壁にぶつかる音がした。オルソは包丁を握り締めた。ドアを開けて何が起きているのか確認したい衝動に襲われたが、エルサとマッテオの顔を思い浮かべ、手を止めた。

自分の寝室へ向かう。ドアは開いており、ナイトテーブルのランプが点いていた。上掛けは床に落ち、マットレスもほぼ剝き出しで、四隅をゴムバンドで止めるシーツが半分だけかかっていた。マットレスにもシーツにも、大きな黒い染みがいくつもある。さらにマットレスの上には、壁から外された鏡が寝かせてあった。鏡面全体にコカインを吸った跡があり、五十ユーロ札一枚を丸めて作った筒も一緒に転がっていた。この部屋も戸棚がすべて開かれ、明るい色のフローリングに服が散らばっている。オルソの見たこともないズボンやTシャツ、シャツもたくさん落ちていた。バスルームの叫び声は等間隔で続き、今は獣のような咆哮がそのあとに響くようになった。オルソは衣装部屋に向かった。もともとは別の寝室だったものを、漆喰の壁と天井を板で覆わせ、照明を埋めこんで、優雅な小部屋に仕立てたのだ。床に投げ捨てられた何着もの高級テーラーメイドのスーツを踏みつけて進む。目当ての壁が無事だったのを見て、オルソはほっとした。幸いにもいい加減な家捜しだったようだ。二枚の壁板のあいだからわずかに突き出したレバーを探し当て、引き上げる。

かちりと音がして、壁板が外れた。オルソは壁板をつかんで抜くと、向かいの壁に立てかけた。バスルームの叫び声がお構いなしに続くなか、彼は金庫の扉を見つめた。そして、またしても暗証番号を入力しながら、もしも番号を忘れてしまっていたら、どういうことになっていただろうと自問した。金庫の頑丈そうな扉が開き、マリファナの素敵な香りがオルソを包んだ。包丁をポケットにしまい、金庫の中から、半分ほど中身の詰まったしなやかな革鞄を取り出した。鞄を開いて確認すると、五百ユーロ紙幣の札束がたくさん入っていた。全部で五百万ユーロほどあるはずだ。すでにサイレンサーを装着済みのグロックと弾倉も取り出し、弾倉をグリップに収めた。そして最後に、愛しの葉っぱが詰まった透明ビニール袋をひとつつかんだ。においを嗅ぎ、満足してバッグに入れた。

寝室を出て、またバスルームの前を通った。男女のあえぎ声は前よりも長めになり、女は今や、嗚咽と苦しげな息が入り混じったような声を発している。オルソはその声を前にもどこかで聞いたことがある気がして、誰だか確認せずにはいられなくなってしまった。大きな革鞄を床に置き、バスルームのドアを指一本でそっと押す。とたんにシャワーの湯気に包まれた。一歩、中に入り、壁際に張り付く。ガラス張りのシャワーボックスの中に、大男の毛深い背中が見えた。男は全裸で立っており、その巨体にほとんど隠れるかたちで、奥にいる女も見えた。彼女もこちらに背を向け、腰を折って、モザイク装飾の施された壁に両手をついている。五分刈りの男は女を床から持ち上げたまま、激しく腰を突き出し、一撃ごとにうなり声を上げた。女はそのたび苦痛の悲鳴を上げたり、喉を鳴らすような声を上げたりした。

オルソは、その身長二メートル強、重さは最低でも百三十キロはありそうな、筋肉の塊の正体をただちに悟った。

ヴィクトルだ。

男は女の体を実に軽々と持ち上げ、今度は横を向くと、ガラスの壁に彼女の手をつかせた。ヴィクトルは移動のあいだも女の奥深くまで悠々とペニスを突き立てるのはやめなかった。若い娘だ。目を閉じ、痛みと悦びが半々といった感じで口を大きく開き、力尽きたように顔をガラスにもたせているため、顔立ちが歪んでしまってよくわからない。

オルソはじっとしていた。何かが彼の動きを封じ、その場から立ち去ることを許さなかった。セックスというよりは、野獣の格闘を思わせるその光景からどうにも目が離せない。ふたりは熱中して行為を続け、やがて娘が濡れた長い赤毛をかき上げた。彼女の顔が初めてまともに見えた。

オルソは息が止まる思いだった。

バスルームに入った自分がどうしてそこを離れられなくなってしまったのかわかった。彼の記憶の一部は間違いなく、とっくに気づいていたのだろう。彼女のあの野性的な美しさ、濡れてはいるが、夕焼け色をしたあの巻き毛、そして、シャワーボックスのガラスに押し付けられた、あの完璧なフォルムの乳房の持ち主の正体に。だがオルソの脳は、ロッソの娘、アデーレを——幼いころからずっと自分が見守り、何度も危ないところを救ってやった哀れな娘、アデーレを——大男が腰を沈めるたびに身をよじっている、顔の歪んだ、目の前の全裸の女と結びつけることを拒否していたのだ。

その時、アデーレが目を開き、オルソを見た。拳銃を握り、立っている彼の姿を見た。

娘は身をこわばらせ、逃げようとしたが、オーガズムを追い求めるヴィクトルの片手に髪をつかまれ、逆の手で体を持ち上げられてしまっていた。そこでアデーレは脚をばたつかせ、怒鳴った。

「くそ、離せ！　離してよ！」

ヴィクトルは驚き、彼女を解放した。そしてアデーレは何を見たのかと、前に移動して、オルソと目が合った。相手の正体にただちに気づいて、大男は小さく息を飲んだが、まもなく大きな一物を屹立（きつりつ）させたまま、にやりとした。

オリヴィエ神父の言っていたとおりだった。ヴィクトルは口元だけ緩めながら、顔全体では相手を脅かすような表情ができる。

「水を止めろ」オルソは命じた。

男はレバーを押し、シャワーを止めた。

「よお、オルソ。驚いたな」ヴィクトルが例の奇妙なアクセントで言った。数年来、ロッソの事実上の右腕となっているこの男がいったいどこの国の出身なのか、オルソにはいまだわからなかったが、シベリアあたりだろうと見当をつけていた。ヴィクトルのフランス語の発音はほぼ完璧だ。「まさかこの家に帰ってくるとはな。いや実は、もう二度とお前に会うことはないんじゃないかと思ってたんだ。な、そうだろ？」

そう言ってヴィクトルはアデーレを会話に引きずりこもうとした。彼女はシャワーボックスの壁に背でもたれ、片手で股を、逆の腕で胸を隠している。

オルソはまだコートを着たままだったので、バスルームのじめじめした暑さに汗が出てきた。

「いったいなんのつもりだ？」彼はロッソの娘を責めた。「またわざと父親を苦しめようっていうのか」

「あんたには関係ない」

オルソは大男に顔を向けた。ヴィクトルはじっと突っ立ったまま、〝その銃さえなければ、お前なんて……〟とでも言いたげな憎々しげな表情で彼をにらんでいる。

「おい、ロッソにばれたらどうなるか承知した上でのことだよな？　ボスの娘を相手にいい度胸じゃないか」

「どうせあいつには、なんにもできやしないよ！」アデーレが口を挟んできた。「なぜだか教えてあげる。あの最低な男の時代はありがたいことにもう終わったんだよ！」

オルソは啞然とした。アデーレも気づいたようだ。娘は小さな水滴に覆われた完璧な体を隠そうともせず、堂々と前に出た。

「へえ、そうなんだ……何も知らなかったんだ？」

「死んだのか」

「まだよ。まだだけど、もうあとちょっとで、あたしたち、あの野郎から自由になれるの。

めだけど」

病気がひどくなって、もう手の施しようがないんだってさ。入院してしばらくになるけど、あのクリニックから出たら持たないね。もちろん、あんな人間は死んだほうが世の中のた

　オルソは無言でアデーレを凝視した。しかし頭の中では、ヘリコプターのプロペラのように、さまざまな思考が激しく旋回を始めていた。

「オルソだって嬉しいでしょ……嬉しくないの？」

「銃を下ろせ」ヴィクトルが背丈の割には甲高い声を出した。「とにかくいったん、俺たちをここから出せ。ふたりともお前の味方なんだからさ」

「仮に片足を棺桶に突っこんでいたとしても、あのロッソがお前たちに〈組織〉のことを任せるとは思えないんだが」

「そのとおり。あいつは今でも自分が何もかもコントロールしていると思いこんでるよ」アデーレが答えた。「でも幸い、実質的にはもう、うちの兄貴が〈組織〉を動かしてるんだけどね」

　オルソの思考の渦巻きが警報のベルをいくつか鳴らし、パズルのピースが徐々に正しい位置にはまりだした。

　つまり、トッレ兄弟を見つけて俺を始末させようとしたり、レモを殺して俺をおびき寄せようとしたりしたのも、フローリアンだったのか？　もしかしたら思っただけではなく、

本当に大声で叫んでしまったのではないかと不安になるほど、その推理は頭の中で強烈に反響した。

アデーレは腰に手を当て、美しい裸体から挑発的な空気を発しながら、オルソの言葉を待った。しかし彼は拳銃をヴィクトルに向けたまま、沈黙し続けた。

「なんにしても、そうね……」アデーレは気詰まりな静寂を破るべく、ぼそりと言葉を継いだ。「最初は確かに、あいつを苦しませてやりたくてヴィクトルと寝るようになったんだけど……」

「……でも、そのうち本当によくなっちまったんだろ？」ヴィクトルはそう言って自分の大きな一物を握ると、シャワーボックスのガラスの壁にこすりつけた。

「うるさい！」娘は一応怒鳴ってみせたが、やがて大男に向かっていたずらっぽく微笑んだ。それを見て、オルソはアデーレが堕ちるところまで堕ちてしまったのを知った。もしかしたら前から手遅れだったのかもしれないが、いつかはきっとこの哀れな娘も今の自虐的な悪循環から抜け出すことができるはずだという希望を胸の奥でまだ捨てられずにいたのだ。しかし、ヴィクトルに目配せをする彼女を見て、ついにそんな楽観的な期待は捨てた。

オルソはバスルームの様子をうかがった。大理石の台の上にも、床の上にも、携帯電話や銃のたぐいは見当たらない。彼は銃をふたりに向けたまま、あとずさりを始め、ドアの内側の鍵穴に刺さっていた鍵を抜いた。

「どうする気だ？　ここに閉じこめようっていうのか？　思ってたより、ずっと腐った野郎だな！」ヴィクトルが吐き捨てるように言う。

オルソは、心材でできた頑丈なドアを閉め、鍵を二度回して施錠した。ヴィクトルほどの大男が体当たりしても、破れることはまずないだろう。

「兄貴があんたを見つけて、生き皮剝いでやるから覚悟してな！　フローリアンがやらなきゃ、きっとあたしがやってやる！」とアデーレ。

「この野郎、てめえはもう終わりだぞ！」ヴィクトルの怒号も聞こえた。

オルソは鞄に拳銃をしまうと、玄関に向かおうとした。客間を通ったのは、もう家の中には誰もいないだろうと確信していたからだ。

だがそれは間違いだった。

ソファーの前に、ミキが立っていたのだ。アデーレの息子はオルソを恐ろしそうに見つめていた。上着に恐竜の子どもが何頭も描かれたパジャマを着て、裸足で立つ男の子を照らす明かりは、『トムとジェリー』の古いアニメを放送するテレビの照明だけだった。

「誰なの……？」おびえた声で男の子はつぶやきつつ、あとずさりして、それが自分を守ってくれるとでも言いたげに、ソファーの肘掛けにしがみついた。

オルソは、自分が誰だかミキに理解してもらえていないことに気づいた。暗すぎるせいで、黒いコートを着て客間に立つ大柄な男など、悪者にしか見えないのだろう。

「ミキ、俺だよ」できるだけ安心してもらえそうな声を出してみる。

ちょうどそこへ、バスルームのドアに何かがぶつかる物音が立て続けに聞こえた。ヴィクトルの強烈な体当たりだろう。男の子は余計に怖がってしまった。

「オルソだよ」

しかしミキは首を横に振って言うのだった。

「そんなの嘘。オルソは死んじゃったもの」

「いいや、俺は死んでなんかないぞ」

「ううん、オルソは死んだんだよ。ママがそう言ってた」

オルソは照明のスイッチに近づいた。バスルームのドアに体当たりする音がまだ聞こえる。彼はスイッチを入れた。

男の子は彼の顔を見て、ぱっと笑顔になった。

「オルソだ！」

しかし今度はオルソのほうがぞっとする番だった。

ミキの顔は不気味な仮面のような有り様だったのだ。片目は完全に塞がり、派手に腫れ上がっていて、眼窩にテニスボールでもはまっているようだった。左の頬と頬骨は紫色に変色し、下唇など真っぷたつに裂けている。首にも派手な痣がいくつも見えたが、パジャマの下もきっとひどいことになっているのだろう。

「どうしてこんな目に？」

するとし、哀れな男の子はオルソに駆け寄り、抱きついてきた。彼は鞄を床に置くと、楽々とミキを抱き上げ、痛い思いをさせぬよう、そっと抱き締めてやった。

「僕が悪い子だったからだよ」

「そんなはずはない。お前が悪い子なはずがないよ、ミキ」

「凄く会いたかったよ」男の子に耳元でそうささやかれ、オルソは自分の目から涙があふれるのがわかった。

32

オルソは数秒で決断した。賢明な行動とは呼べないが、ほかにどうしようもない。ミキを安全な場所に連れていかねばならない。男の子の状態を見たとたん、猛烈な怒りにかられたが、なんとかこらえた。さもなければ、バスルームに戻ってアデーレとヴィクトルの頭に一発ずつ弾をぶち込んでいたところだ。ソファーのそばに落ちていた厚手の靴下と靴をミキに履かせると、鞄を提げ、男の子は逆の腕に抱いたまま、玄関まで来た。ポールハンガーに中綿入りの子ども用ジャンパーがかかっているのを見て、それも着せた。ヴィクトルの体当たりは明らかに効果がなかったようで、今度は鈍器でバスルームのドアを叩く音が繰り返し聞こえている。オルソは外に出た。

やはり男の子を抱きかかえたまま、階段を下りる。「おうちに帰るの？」ゆらゆらと揺られ、無事なほうの目をこすりながら、ミキが尋ねてきた。とても眠そうだ。安心したらしい男の子の様子に、オルソは嬉しくなった。

また裏口から出ようとしたところで、表玄関に常駐するふたりのガードマンの片方と危うくぶつかりそうになった。館内の巡回パトロール中だったようだ。子どもを抱いたオルソを見て驚いている。

「こんばんは！」

「これはどうも」オルソはそのまま立ち去ろうとしたが、相手がすぐには離してくれなかった。

「本当びっくりしましたよ」

「すみませんね、驚かすつもりはなかったんですが」

「お帰りになってたんですね。気づきませんでした」

オルソは答えず、ミキを抱え直した。男の子はオルソの肩に頬を乗せ、顔の腫れのひどいほうを隠そうとしている。

「しばらくいらっしゃいませんでしたね」ガードマンは言った。

相手が自分を引き止めようとしているのをオルソは確信した。

「ええ、出張でね」

「この子は？　ミキ君でしたね？　すぐにわかりましたよ。こんばんは、ミキ君……」

「家に連れ帰るところなんです」

「なるほど、でも寒いですよ……」

「では、のちほど」

オルソは足早に去った。二十メートルほど行って振り返ると、ガードマンがトランシーバーで何やら話しているのが見えた。その目はこちらをじっと見ている。

最初の角を曲がり、足をさらに速めた。行きと同じ路地だが、腕に抱えた男の子と大きな鞄のせいで思うように走れない。冷たい風がやんだのがせめてもの救いだった。

大聖堂の前の広場に出た。車まではあと四百メートル。周囲の様子に気を配りながら、足を緩めた。どこの通りにも人影はまったくないが、闇に無数の罠と目が紛れている場合があることをオルソはよく心得ていた。まわりで揺れる木々と茂みが絶え間なく彼の警戒を呼んだ。まともに身を守れる状態にないという自覚があったから、敵の不意打ちが何よりも恐ろしかった。

車を停めた大通りに着いた。ジェノヴァで盗んだ車が、通りの奥のほう、道路に対して斜めに車が並ぶ駐車レーンに元どおりあるのが見えた。しかしそこで、オルソを背後から照らす一台の車のヘッドライトがあった。彼は構わず前進した。無関係な人間の車かもしれないし、いずれにせよ、もうあと五十メートルで車に着く。背後の車の運転手がハイビームに切り替え、薄暗い大通りを照らし出した。

車はひとの歩く速さで付いてくる。

オルソは鞄をいったん地面に置き、サイレンサー付きのグロックを取り出すと、コートのポケットに入れた。そしてまた歩きだした。

追いつこうと思えば、あっという間に追いつけるはずなのに、何をぐずぐずしているのだろう? 荒い息をつきながら、オルソは疑問に思った。

そして気づいた。どうやら自分はミキを腕に抱くことで、意図せぬままに男の子を盾にしていたらしい。向こうはこの子を傷つけるのが怖くて、撃てないのだ。

盗んだ車の元にたどり着いた。後部座席のドアを開き、ミキをシートにそっと寝かせた。男の子が目を覚ます気配はなかった。ずっと船を漕いでいたから無理もない。ドアを閉めると、自分も運転席に乗りこんだ。鞄は助手席に投げた。とりあえずほっとして、現況から抜け出す手段を検討した。ミキに危険がおよばぬやり方を考える必要がある。

追跡者の車は相変わらずそろそろと近づいてきていたが、大通りの反対車線にいるため、彼のところまで来るためには、中央分離帯の低い生け垣を乗り越えなければならない。しかし、それでは生け垣にはまって身動きが取れなくなる危険がある。オルソは感づいた。車に乗っている人間は応援を待っているのだろう。問題は彼の車が少なくとも三十年は前の、ありふれたボルボであることだった。コンピューターと電子式点火システムを搭載した最近の車を盗むのは、ずっと難しい上に何より危険なので贅沢は言えなかったのだ。カーチェイスになれば、このボルボではまず逃げきれないだろう。

その時、追跡者とは反対方向からゴミ収集車が大通りに入ってきて、彼の車から三十メートルと離れていない路肩の、ゴミ回収容器の前に停まった。そのすぐ先には一方通行の横道が見える。収集車の中にゴミを空けるべく、機械の腕が最初の容器を持ち上げるのが見えた。オルソは、ぶら下がった二本の電気コードを接触させ、エンジンをかけた。

そしてギアを入れ、待った。

最初の容器を元の位置に戻すと、収集車はふたつ目の容器のほうに前進し、また機械の腕でそれをつかみ、持ち上げた。まさにその瞬間、反対車線にいた車が猛スピードで発進し、中央分離帯を横切って、向こう見ずなUターンをした。オルソの期待を裏切り、幅のある生け垣もなんの妨げにもならなかった。こちらの車線に来た追跡者の車は、タイヤを派手に鳴らすと——収集車の運転手も気づいたほどの大きな音だった——オルソのボルボが停まっている駐車レーンを目指した。追跡者の車をルームミラーで見ながら、オルソは、相手が十五秒以内にそこまで来ると見積もった。前には逃げられなかった。低い塀があり、追いつめられてしまう。車を降りて、グロックを握り、向こうの車が十分に近づくのを待ってから撃つ、という手もあったが、それはかつての彼のやり方だった。

ゴミ収集車が最後の容器を丁寧に空にした。

オルソはバックで駐車スペースを出ると、クラッチを踏んでローギアに入れ、すぐにまたクラッチを浮かし、アクセルを思いきり踏んだ。後輪がアスファルトの上でスリップしつつ猛スピードで回転を始めたかと思うと、ボルボは前に飛び出した。

ゴミ回収容器を路面に置いた収集車の運転手は、容器を路肩の正しい位置に戻せたか、バックミラーで確認してから、目の前にある一方通行の横道に入ろうとした。しかしそこでいきなり、無灯火のおんぼろボルボに追い越された。ボルボは右のボディパネルを擦りながら、収集車の鼻先と横道の入口のあいだの狭い空間に突進していった。運転手は泡を食って急ブレーキをかけ、収集車は横道の入口を塞ぐかたちで停まった。

酔っぱらいだな、馬鹿なやつめ、下手したら角の家に激突していたところだぞ――運転手がそんな風に罵ろうとした矢先、今度は別の車が収集車に突っこんできた。スピードの出ていた二台目は急ブレーキも間に合わず、角の家と収集車の装甲型キャビンのあいだに挟まって身動きが取れなくなった。

オルソはその一部始終をルームミラーで見届けると、ヘッドライトを点灯し、高速で前進を続けた。ロッソの手下が彼のボルボのナンバーも型もとっくに把握しているのは間違いなかったが、目的地だけは誰にも想像がつかないはずだった。オルソが行くことに決めたのは、まさかそこへ彼が行こうとは誰もまず予想しないような場所だったからだ。そう思えば安心した。追跡者はマルセイユの町を出るさまざまなルートに分散し、鉄道の駅はもちろん、空港に向かうローマ時代からの街道沿いにも非常線を張るはずだ。だが彼が目指しているのはそのいずれの場所でもなかった。

オルソはその時になって初めて、息が白いことに気づいた。一瞬、振り返ってみれば、ミキはまだ後部座席に横たわっていた。急な運転の反動もあれば、ボディを壁に擦った時の騒音もあったろうに、男の子はまるで天使のように寝ているのだった。街灯がミキの愛らしい顔を間隔を空けて照らすたび、暴力の爪痕が見えた。オルソは道路に目を戻し、暖房を点けた。そして怒りをこめてハンドルを握り締めた。

クリニックの前の大きな駐車場は、奥行きのある三階建ての白い病棟よりも低い位置にあって、高い木々に囲まれていた。マルセイユ市内とその周辺部には何十軒もの私立クリニックがあるが、ロッソの入院先がそのどれかをオルソはよく心得ていた。自己免疫性溶血性貧血と診断されてからボスをずっと診ている医師たちのこともよく知っていたし、以前にもロッソがそこへ緊急に運びこまれたことがあったからだ。だが今度は、少なくとも娘の言葉によれば、ロッソは急ぎの輸血だけではとても済まない何か重篤な事態に見舞われたらしい。考えられる重大事態はいくらでもあった。何せあの男の病気は、抗体を狂わせて、免疫システムに赤血球を異物と勘違いさせ、破壊させてしまうという奇妙な特徴を持っているのだから。

ボルボは大きな木の下に停まった。暗い一角だが、照明に照らされた玄関がそこからははっきりと見えた。駐車場所にはまったく困らなかった。これだけ遅いと、停めてある車も十台あるかないかだ。ライトを消し、エンジンを切った。外気は零度近い。車内の暖かな空気は数分で冷めてしまうだろう。どう動くべきか、急いで決めねばならなかった。

白い病棟を観察し、ロッソがいる可能性の高い病室はどこかと考えた。判断材料となるのはあの男の臆病な性格だ。実質的に無限の権力を手に入れたのちも、ロッソは命を狙われることを相変わらずひどく恐れている。オルソはそのクリニックのことなら完全に把握していた。入院の際にボスに付き添うのも彼の役目なら、入院前に必要なものを運びこみ、ほかの患者たちを移動させて病棟の一部——最上階の六室——を占有する手配も、彼の仕事だったからだ。ロッソ専用のスペースと残りの部分は、強化扉で隔てられている。それもオルソが緊急入院に備えて購入を命じ、設置させたものだ。

そこへどう接近するかと考えている途中で、玄関から十メートルと離れていない場所にアイドリングをして停まっている一台の黒いセダンがあるのに気づいた。オルソは車を降り、近づいていった。

クリニックの玄関の自動ドアが開き、女性がひとり出てきた。防寒のためショールで頭を覆っているが、オルソにはすぐにアスラだとわかった。娘は慌てた様子でバッグの中を探り、やがて携帯を取り出した。きっと朝からずっとロッソを看病していたのだろう。病室に忘れてきたのではないとわかって、ほっとした様子だった。家まで送ってくれることになっていた黒いセダンに近づいたアスラは、運転手の男が頭を傾けているのを見た。眠ってしまったのかと思ったのだろう。彼女は窓ガラスを叩いた。それでも男は動かない。そこへオルソが背後から忍び寄り、片手で彼女の口を塞いだ。スリランカ娘は悲鳴を上げたが、幸い、彼の大きな手からその声は漏れなかった。

「しっ、アスラ、俺だ。オルソだよ」彼女の耳にささやき、手を離して、ロッソの介護人が振り返り、彼の顔を確認できるようにしてやった。しかしアスラはさほど安堵した様子は見せず、セダンの運転手を凝視している。

「心配するな、生きてるよ。目が覚めたら、ひどい頭痛はするだろうが」オルソは、傾いた男の頭を指差して言った。「で、ロッソの具合はどうなんだ?」

「よくありません、オルソさん。とても悪いです」

「話は通じるのか。それとも、もう駄目か」

「いいえ、頭はまだお元気です。こちらの言葉はすべて理解できます。でも口がうまくきけないご様子で。鎮痛剤を投与されているのに、とても苦しそうなんです。ようやく寝てくださったので帰ろうと思ったんですが」

「見張りは何人、どこにいる?」

「わたし……気にしてなかったもので……」

「見え透いた嘘を言うな」

「まず……三階の専用スペースの強化扉の前にひとりいます。それから、病室のドアの前にもうひとり。あとは、受付けの前にひとりです」

「三人だけ? 確かなのか」

アスラは首を右へ左へと揺らした。インド式のうなずき方だ。

「病室の中は?」

「誰もいません。わたしひとりでした」

「非常階段は?」

「わかりません。本当です」

オルソは彼女の手を取ると、周囲を確認しながら、ボルボのところまで連れていった。

そして車の横まで来ると、彼女の両肩に手を置き、目を見つめて語りかけた。

「アスラ、ひとつ頼みがある」

「でも……わたし……」彼女は明らかにおびえている。

「お前はなんの心配もしなくていい。わかるかい？　こっちを向いてくれ」

アスラは大きな黒い瞳で彼を見つめた。心なしか潤んでいるようだ。

「俺が来たのは、何も、誰かを痛めつけるためじゃないんだ。ただ、お前にひとつやってほしいことがあるんだよ。信頼してもいいかい？」

「わたし、お屋敷に戻らないと……」

「アスラ……お願いだ」

怖かったのだろう、彼女はオルソの目をもう見ていられなくなり、目をそらした。だがそこで、ボルボの中で何かが動く気配に怪訝そうな顔をし、窓ガラスに近づいて、ミキが後部座席に横たわって寝ているのを見た。

「この子は……どうしてあなたと一緒なんです？」

オルソはドアをほんの少しだけ開けて室内灯を点け、男の子の見るも痛ましい顔を照らした。アスラは目を恐怖にみはった。

「ひどい……いったい何があったんです？」

彼は自分が正しい鍵を見つけたのを理解した。

オルソは非常階段の下にたどり着いた。階段は最上階の三階まで続いている。慎重に、忍び足で上ってゆく。三階の非常口の前に見張りの姿はなかった。ドアを開き、そっと中を覗く。廊下にも人影はない。ロッソの病室を見つけるのは簡単だった。ドアの傍らに、背もたれにコートのかかった椅子が置いてあったからだ。オルソは廊下を足早に進み、コートを探った。

装弾済みの三八口径を一丁見つけた。

彼は首を横に振ると、拳銃を自分のコートのポケットにしまった。廊下をさらに進み、ロッソが来る前に空になったはずの、残りの真っ暗な病室の様子も確かめる。そして廊下の角まで来ると、壁に背を張り付けて、向こう側を覗いた。

ひどく太った男がひとり、ドリンクとスナック類の自販機の前に立っている。頭は白く、タートルネックのウールのセーターが巨大な腹をなんとか覆っているという感じだ。オルソは男に迫った。

衣擦(きぬず)れの音に気づき、男は振り向いた。その手はチョコレートバーを握っている。オルソは自分の口元に人差し指を立て、相手の太鼓腹に銃を向けつつ、声をかけた。

「やあ、ジャン・ピエール」

「ああ、なんてこった！」

「部屋にはロッソ以外、誰かいるのか」

「いない」

「ほかの連中は?」

「みんな、ここの外だ……じゃなきゃ、一階だ。ここは俺だけだよ。俺は……丸腰だ」ジャン・ピエールはびくびくと答えた。もう何週間も前から誰もが捜し回っているオルソが目の前におり、しかも、自分とは三十年以上ものつきあいだというのに、この男はきっとなんのためらいもなく俺を殺すだろうという認識が、彼をコンセントに指でも突っこんだみたいに震えさせているのだった。ジャン・ピエールはだらだらと汗をかき始めた。顔はパプリカのように真っ赤だ。オルソが拳銃で自販機の横の椅子を示すと、男は力尽きたようにそこに崩れ落ちた。そして眼鏡を外し、セーターの裾で拭いた。オルソはその前の椅子に座った。相手と強化扉の両方を見張ることのできる位置だ。このジャン・ピエールという男は、体を動かして働くのが昔から苦手なタイプだった。若いころは二度ばかりオルソと最前線に立ったこともあるが、それ以降は肥満体型と病弱さのせいでずっとみそっかす扱いだった。

「外にも、非常階段にも誰もいなかったぞ。搬送は誰が担当したんだ?」

「新人だ。フローリアンが手配した人間だよ。たぶん、あいつのダチだろう。大馬鹿野郎さ」

オルソはうなずいた。

「このところ、あれこれ、やたらと変わっちまったんだよ。フローリアンとアデーレが徐々に何もかも掌握しつつある。表向きは、まだ親父さんが仕切っているふりこそしているがね。親父さんも具合は悪いが、気力だけは相変わらずだ。今じゃろくにろれつも回らないのに、ふたりは何か言われるたび、びくびくものさ」

ジャン・ピエールの言葉はオルソがアデーレから聞いた話を裏付けていた。

「あいつら、親父さんがあんな具合なのを世間に知られたくないんだ。自分たちより頭の切れる人間にロッソの地位を横取りされるんじゃないかって、心配なんだろうな。だがそのくせ、ボスなんて屁でもねえって顔してやがる。ここの警備を見たってわかるだろう？やることなすことといい加減なんだ。噂じゃ、フローリアンのやつ、メキシコとニカラグアにまた商売に行きたがってるって」

「ジャン・ピエール、〈組織〉がどうなろうと俺はどうでもいいんだ」

ジャン・ピエールは驚いた顔をした。

「しかしお前、ひどく太ったもんだな」

「ああ、まあな……コレステロールには、とっくに死刑宣告を受けてるよ。だから遅かれ早かれ、な……。肝臓のエコーを受けた時、医者に、こういうものを食べてると」そう言って彼は手元のチョコレートバーを指した。「早死にするって脅された。だがどうにも我慢がきかねえ」

「カルラはどうしてる？」

「元気だよ。そうだ、俺、孫ができたんだよ。ひと月前、ジュリエットに男の子が生まれてさ」

そこでジャン・ピエールは静かに泣きだした。肩をひくつかせ、人差し指と親指で目頭を押さえてこらえようとしても、どうにもならぬようだった。男は慎重にポケットからハンカチを出すと、涙を拭き、次にまだ汗の止まらぬ額を拭いた。そしてオルソを見やり、うなずいた。いよいよ時は来た、そう自分で決めたような表情だった。

「オルソ、手早く頼むぜ。あまり苦しませないでくれ」

「立てよ」

オルソはジャン・ピエールに先に立って進むよう身振りで指示した。廊下を進む男の背後で、オルソはポケットに拳銃を隠した。不意に看護師でも入ってきたら面倒だ。ふたりはロッソの病室のドアの前に立った。

「開けろ」

ジャン・ピエールは中に入った。オルソも続き、ドアを閉めた。

部屋の中は薄暗く、ロッソは手首に点滴の針を刺して、仰向けに寝ていた。ベッドのヘッドボードに取り付けられた蛍光灯の放つ黄色っぽい光があんまり不気味で、仮に完全な健康体で運びこまれた患者がいたとしても、ほんの数時間で必ず何かの病気に——それも重病に——かかってしまいそうだった。少なくともオルソはそんな印象を受けた。

「座れ」オルソは壁際の、遠めの椅子を指差した。

ジャン・ピエールが凍った魚みたいにぎこちない動きでそこに腰を下ろすのを見ると、オルソは相手に近づき、拳銃のグリップで強烈な一撃をお見舞いした。打撃を加えるべき位置も加減も正確に把握していたので、ジャン・ピエールはがっくりとうなだれ、即座に気を失った。

オルソはベッドに近づき、自分が生涯の大半をともに過ごしてきた男をまじまじと見つめた。やつれた苦しげな顔に、剃ってから二日は経っている白い無精髭を生やし、蛍光灯の不気味な明かりに照らされたロッソは、もはやそれほど恐ろしい男には見えなかった。かつて一国のGDPにも等しい巨万の富を持ち、指を鳴らすだけで銀行を潰すこともできれば、眉をひそめるだけでどんな有力な政治家でも震え上がらせた、あの男の面影はもうない。ここにいるのはただの、棺桶に片足を突っこんだ哀れな老人だ。

これが俺たちの末路なんだな、とオルソは思った。いくら権力と金があったって、死んだら最後、自分の墓の上で息子たちがシャンパンでも飲みながら、お祭り騒ぎをするのは止められないってわけだ。

オルソは深い悲しみに襲われた。すぐそこにあった椅子をベッドのそばに引き寄せ、腰を下ろす。思えば、彼が心臓の手術を受けた次の日、見舞いに来たロッソも、やはりそうして座っていた。

病人の体から立ち昇る悪臭に耐えながら、そのまま何分か過ごしたころ、ロッソがいきなり目を開いた。

「アナイス、アナイス、どこにいる?」

ロッソの視線は暗がりの中を泳ぎ、十五年以上前にこの世を去った妻を捜していた。オルソはショックを受け、身じろぎもせずにいた。応える者などいないと理解したのか、ロッソは己の手を眺め、手首の点滴の針に気づいた。戸惑い顔なのは、自分がどうしてここにいるのかわからないのだろうか。やがてロッソの態度がどことなく変わり、前より落ちついて見えた。疲れた顔にはあきらめの色が浮かんでいる。探していた答えが見つかった、ということのようだ。でも、オルソの存在にはまだ気づいていない。ロッソは枕に頭を戻してから、横を向いた。すぐには彼が誰だかわからなかったらしい。ぐっと目を閉じたのは、疲れのせいか、痛みのせいか、あるいは薬の影響だろうか。病人がふたたび目を開いた時、黄ばんだ白目に浮かぶ緑色の瞳孔がかすかにきらめくのをオルソは見た。

ロッソは力なくうなずいた。

「俺は何もあんたを殺しにきたんじゃないぞ。勘違いしてほしくないから言っておくが」

「じゃあ……」ロッソは苦しそうに唾を飲んだ。「いったい何をしにきた？　老いぼれのホモ野郎みたいに、俺の手でも握りにきたか」

「あんたの娘の言ったことが本当かどうか知りたかっただけだ」

オルソは口を閉じ、ロッソを凝視した。相手が自分の言葉を理解し、話についてこられる状態にあるかどうか、見極めたかったのだ。病人が興味深そうな目をするのを見て、彼は話を続けた。

「アデーレに会ったんだ。まだ一時間も経ってないな。それで少し、あの娘と話をした。もちろん、父親の悪口を聞かされた。今に始まったことじゃないよな？　だが今日は……凄まじい毒舌ぶりだったぞ。あんたはもう死んだも同然だとさ。あと、兄貴とふたりであんたの代わりに〈組織〉を動かしてる、とも言ってた。まあ、俺があんたの立場だったら、これっぽっちも安心できないだろうな。でも言ってみれば、これはお宅ら家族の問題だから、こっちもいつもどおり余計な口出しはするまい。あんた、昔、俺に言ってたろ？　よく覚えちゃいないが、『お前のいいところは、自分の領分をわきまえ、でしゃばらないところだ』とか、だいたいそんなことをさ。覚えてるか？　ところが最近、ちょっと事情が変わってね。なんと言うかな……年を取ると、ひとは少々おしゃべりになるものらしい」

オルソはしばし沈黙し、また口を開いた。

「アデーレのやつ、ヴィクトルと一緒に俺の家にいたんだ。こっそり家に戻ってみたら――だって、そうするほかないだろう？――当ててみな、何がどうなってたと思う？　あいつら素っ裸でお楽しみ中だったんだよ。さすがのあんたも驚いたろう？　ふたりで俺の家を連れこみ宿代わりにしてたのさ」

ロッソはオルソを邪悪な目つきでじっとにらみながら、黙って聞いている。入院生活と病魔のもたらす苦しみにもかかわらず、その残忍な眼光は少しも衰えていなかった。

「つまり、もしもヴィクトルがまだあんたの右腕で、あいつがここで殊勝にもボスの命を守っているなんてたわごとをあんたが信じてるなら……誰か代役を立てたほうがいいな。なんせ四十年間もボスに忠義を尽くした大馬鹿者は、俺くらいしかいないんだから」

「お前……お前はあいつらを……」

「いや、あのゴリラもアデーレも生きてるよ。殺っちゃいない。ロッソ、そうなんだ……俺はもう足を洗ったんだ。万事順調だよ。嘘じゃない。そっちが、こんな話は聞きたくないのは知ってるとも。あんたとは昔にも一度、似たような話をしたからな。正確には四十年前だ。面白いとは思わないか。どうして年を取るとこうも、若いころにできなかったことをやりたくなるものなのか。なんにしてもこの、いわば新しい暮らしのせいで、もうあんたのトラブルを解決してやることはできないんだ」

ロッソはまだ彼をにらんでいる。オルソの話の行方を見極めようとしているらしい。

「だから、今夜はひとつ、大切なことを伝えたくてきたんだ。それは〝死なないほうがいいぞ〟ってことだ。せめて、もう少し待て。なぜなら俺はあの家でもうひとり、思いがけない人間に出くわしたんだ。小さな坊主にしては、なかなか偉いやつだよ。ただ、その坊主がまだまだあんたの強力な後ろ盾を必要としているんだ」

「いったい……誰のこと……」そこまで言って、ロッソは咳きこみだした。痰の絡む咳はどんどんひどくなっていった。オルソはじっと待ったが、もしかしたらこの男はこのまま息ができなくなるのではないかと不安になった。一分が過ぎ、咳は収まった。ロッソは疲れはてた様子で枕に頭を沈めた。

「無駄口は叩かずに、体力を温存したほうがいいぞ。これから何本か電話をしなきゃならないはずだろう？　あんたが今も、俺の知っているロッソならそうするはずだ。それとも、お迎えがすぐそこまで来ている、ただの惨めなじいさんなのか？」

オルソは腕時計を眺めた。

「あと五分でアスラが来る。そして、あんたの家族が抱えているふたつの問題のうちのひとつを披露する。ロッソ、あんたが解決すべき問題だぞ。アデーレとヴィクトルに関する問題だ」

彼はロッソが今の情報を飲みこむのを待ってから、言葉を続けた。

「もうひとつの問題はフローリアンだ。こっちのほうが簡単に片がつくかもしれないな。あいつはボスごっこに夢中だが、親父の雷がまだ怖くてびくびくしてるから。ロッソ、雷を落とせ。悪いことは言わないから、叱り飛ばせ。あいつは〈組織〉を好きにしているだけじゃない。俺を始末しようと、つけ狙ってるんだ。俺に追っ手を仕向けたのは、あんたじゃなくて、馬鹿息子のほうだったんだな。フローリアンの野郎がトッレ兄弟に掛け合ったんだろう？　レモの一件も、残りの一切合切も、全部あんたの策じゃなかった。ロッソのやり口にしては詰めが甘すぎるもんな。あんたはただ、アマルとグレタがまだ生きているとわかれば、俺がこっちに戻ってくるだろうと期待していただけだ。ありがたくて涙が出るね。ところがフローリアンは、俺の命を狙っている。そうなんだろう？　確かにあいつとはずっと馬が合わなかったが、殺したいほど憎まれる覚えもないから、悩んだよ。でも、わかったんだ。きっとフローリアンのやつ、あんたの地位を手に入れるためには、〈組織〉の連中に根性があるところを見せなきゃいけないと思ったんだ。〝あのオルソをやっつければ、僕もめでたく免許皆伝だ〟ってな」

オルソは首を横に振った。

「あの馬鹿、本気で俺を仕留められると思ってるみたいだぞ？」皮肉な笑みを浮かべて彼は言った。「あいつのお勉強にずいぶんと金を使ったんじゃないか、ロッソ？　ありえないような額の学費さえ払えば、金持ちのぼんぼん揃いのなかでも息子を最優等生扱いしてくれる学校にばかりさ……その結果がどうだ？　わがままな最低野郎の一丁上がりじゃないか。フローリアンがそういう野郎だってことは、あいつが鼻持ちならないガキだったころから、俺はとうにわかってたよ。あんただってそうだろう？　だから、もしも、あのどら息子がそんなに大切なら、とことん雷を落とせ。〝叩けよさらば開かれん〟、なんて嘘だ。お前がいくら頑張ってもオルソの扉は開かない〟そう伝えておいてくれ。無理だよ。何せこっちは不死身だからな。あんた、前にそう言っただろ?」

オルソはにやりとした。

「だからロッソ……まだ死ぬな!」

彼は言葉を切り、ロッソを見つめた。赤毛の小男は怒りと動揺に身をわななかせている。信じられない部分もあるが、何より、啞然としている部分が大きいようだ。重篤の身でこれだけ多くの情報の奔流に見舞われては、消化にしばらくかかるだろう。

「じゃあな、もう二度と会うこともないだろう」

オルソは満ち足りた気分で席を立った。するとロッソが片腕を伸ばし、指を突きつけてきた。ちょっと待て、まだ行くな、とでも言いたげな仕草だ。必死で力を振り絞っている。アイルランド系フランス人の、目やにの溜まった目がぎょろぎょろと動いている。オルソは、相手が何か伝えたがっているのを理解した。伝えたいことがあるものの、病に衰えた肉体は思考と同じ速度で動くことができず、思考の命令にも即座に反応できないのだろう。今さらこの男の口から何か興味を引かれるような話を聞けるとは思わなかったが、彼は待った。

「誰が……」ロッソは唾を飲み、また口を開いた。「誰が、俺がアマルとグレタを殺ったなんて言ったんだ?」

オルソは不意を打たれ、一瞬、息を飲んでから答えた。

「レモだ」

ロッソはうなずき、かなり長いこと沈黙した。眠ってしまったのではないかとオルソは思った。枕に頭を預けた姿勢のためもあれば、黄ばんだ光の具合で目元が陰になってよく見えないためもあった。しかしロッソはもう一度うなずき、言うのだった。

「あの糞ったれ……」

病人の声はカタルでしわがれ、ささやくようにかすかだった。病室の出口はほんの数歩先にあったが、何かがオルソをベッドのそばから離さず、怪しい引力のように足を床に釘付けにしていた。

「お前はだまされたんだよ。俺が殺っただなんて……あのふたりには指一本触れちゃいないぞ」

オルソは混乱していた。自分が徹底的に憎み、今、目の前で朽ちはてようとしている凶悪な小男が何を言っているのか、まだ理解できずにいた。

「俺はお前との約束を守った。わかったか、オルソ？　ちゃんと守ったさ……電話でも言おうとしたが……お前は聞こうとしなかった」

苦しげに息をするロッソをオルソは身じろぎもせずに凝視していたが、やがて、誰かにベッドから突き落とされて目が覚めたみたいに、はっと我に返った。

「どうしてレモが俺にそんな嘘をつかなきゃならない？」

「あいつは俺をずっと憎んでいた。それはお前も知ってるだろう……だが、自分で俺に刃向かうには、臆病すぎた。ところがお前とは仲がよかったろう？　それで……」ロッソは息を整えた。ひゅっという鋭い音がした。「ふたりを捜せと俺に言われた時、あの野郎はお前に、俺が約束を破ったと思いこませようと決めたんだろう。そうすりゃ、オルソがロッソに腹を立てるだろう、ってな」

オルソは考えをまとめようとするように、頭を振った。だが落ちついて考えることなど到底できなかった。無数の思いが頭の中でもつれ合っている。安心、希望、あきらめ……。何を信じればよいのかまるでわからなかった。彼はひとつの時代に終止符を打つべく、ロッソの元に来たはずだった。かつての人生を完全に過去のものとし、新たな日々を歩きだすために。ところが今や、まるきり自信がなくなってしまった。

「ふたりが生きているのかどうかまでは知らんが……とにかく俺は何もしていない」

「もう、そんなことはどうでもいい」

オルソはドアに近づき、ノブをつかんだ。

「オルソ……」

彼はベッドを振り返った。

「あがくだけ無駄だぞ……お前に……お前に足は洗えない。無理なんだよ」

耳にたこができるほど聞かされた理屈だ。お前はそういう宿命の男なんだ、お前は否(いや)が応でも血の雨を引き寄せてしまう戦士だ、戦いから遠い場所で生きることなんてお前にはできない――いったい何度、ロッソは俺をそんな風に説き伏せようとしたことだろう？

「嘘だ！」

ドアを開け、病室を出た。ほんの数分前までは、自由になった喜びに胸躍らせて出ていくこともできたはずだった。ところが今や、あれだけ楽しみにしていた解放感が不意の焦燥に変わってしまった。何か重大な緊急事態を急いで解決に向かわねばならないのはわかっているのに、何が問題なのかがよくわからない。そんな苛立ちに近い感情だ。足を速め、非常階段に向かう。男の子を連れてロッソの元に向かうアスラに付き添う連中と鉢合わせしたくなかった。あの悪魔のような赤毛の小男と長年をともに過ごしてきた彼は、今日、改めて絶対的な確信を得た。あいつはやはり行動の読めない男だ。〝俺はアマルとグレタの一件については無実だ〟という告白がそのよい証拠だった。オルソは冷えきったボルボに乗った。この車は早く捨ててしまわないといけない。駐車場を出て、無人の国道を南に向かって走りながら、アマルとグレタがまだ生きているかもしれないという事実に思いを巡らせてみた。どんなにほのかな希望であれ、彼に思いがけぬ喜びをもたらしてしかるべき知らせだ。だが、喜ぶ気にはなれなかった。仮にそれが事実であり、ロッソの言葉が真実であったとしても、何ひとつ変わりはしないのを今のオルソはよく知っていた。路面を跳ねるハイビームで夜闇を切り裂き、高速道路に向かって車を走らせながら、彼はひとつ理解した。今度も、いつものようにロッソが正しかった。四十年も経ってから、過去の女など捜しに行くべきではなかったのだ。オルソは信じられぬ思いでかぶりを振った。あいつの言うとおりじゃないか！

ロッソの息子と娘のことを思った。父親が危篤状態であるというそれだけの理由で、うまく出し抜いたつもりでいるあのふたり。だが、ロッソのような人間はきちんと土の中に埋めるまで、けっしてあなどってはならないのだ。あの男にはコネがいくらでもあり、後ろ盾となる有力者も山ほどいる。その上、〈組織〉の汚い稼業に手も足も縛られた連中がロッソの喜ぶことならば、まだまだなんでもするだろう。フローリアンとアデーレにロッソの地位を奪うことは絶対にできない。父親と比べれば、ふたりは経験も才覚もお粗末この上ない。そんな人間を誰が信用するものか。

高速道路のチケットを引き抜きながらオルソは、アスラがミキを抱いて病室に入ってきた時、ロッソがどんな顔をするかを想像してみた。そばかすだらけのこぢんまりした両手を震わせ、虐げられた男の子のほうへと伸ばしながら、きっとあの男はようやく理解するはずだ。オルソもまた正しかった。俺のかけがえのない元右腕が言うとおり、今はまだ死ねない、と。

33

重い革鞄を手に下げてB&Bの玄関に入ったとたん、オルソは背後から襲撃を受けた。大きな木の扉の陰に隠れていた誰かが、叫び声を上げて、彼の背と首にむしゃぶりついてきたのだ。気分はぴりぴりしていたが、疲れはてていたオルソは息を飲み、鞄を手放した。でも反撃に移る前に、マッテオの澄んだ笑い声が彼の動きを止めた。

少年は満面の笑みでオルソの背から下りると、今度は前から胸に飛びついてきて、まるで小さなタコのように両手足で絡みついた。

「マッテオ！　何をしてるの？　いい加減にしなさい」

エルサの声はオルソの耳に得も言われぬ安らぎをもたらした。しかし少年は彼の胸から下りようとしなかった。長時間の運転のせいで腰が痛かったが、マッテオの自然な愛情表現はオルソの心を喜びで満たしてくれた。だから、母親の言葉に従って下りてしまわぬよう、彼も少年を抱き返した。

「ただいま、エルサ」その場でくるりと回り、彼女のほうに向き直りながら、オルソは笑顔で告げた。

するとマッテオが胸から下り、彼の周囲を跳ね回りだした。捕虜のまわりで踊るインディアンのように、口を開けたり閉じたりして、切れ切れの雄叫びを上げている。

「宿題があるんじゃなかった？」エルサは息子の興奮を静めようとして言った。

少年は何も答えず、雄叫びを上げ、飛んだり跳ねたりしながら、自宅に入っていった。

「許してあげて。最近、あの子変なの」

「喜んでいるように見えたけどね」

「大喜びよ。きっとわたしが慣れてないだけなんだろうな」

エルサは彼に微笑み、金色の前髪を耳の後ろに回した。オルソは感無量で膝の力が抜けそうだった。幸せな気分がぞくぞくっと背骨をさかのぼってくる。彼は一歩、前に出ると、エルサの腰に片手を回して抱き寄せ、彼女をびっくりさせた。

そしてキスをした。

エルサは最初、驚いたように身をこわばらせたが、オルソが情熱的なキスを続けると、やがて自ら彼に抱きついて、唇をぎゅっと重ねてきた。気づけばオルソはそのがっしりした体で彼女を壁に押し付けていた。

ダムが徐々に強度を失い、そのうち一気に水圧で崩壊するように、あまりに長いこと抑えつけてきた情熱がついに爆発するのをオルソは感じた。ただ、このままでは歯止めがきかなくなりそうだった。

ふたりはぱっと離れた。エルサは彼を見つめていたが、唇を嚙んで、笑みを浮かべた。それから彼の手を引き、家の中に向かって大きな声を出した。

「マッテオ、ねえ、ママ、ちょっと出かけてくるから！　誰が来ても開けちゃ駄目よ。わかった？　すぐに戻るから」

「わかったよ、ママ」子ども部屋から少年の声がした。

エルサは自宅のドアを閉めると、ほとんど彼を引きずるようにして、勢いよく階段を上りだした。オルソは危うく鞄を拾い損ねるところだった。高まる一方の興奮とズボンの股ぐらで突っ張るものを感じながら、彼は自室のドアを開けた。そして、ふたりはまた唇を重ねた。どちらもただそれだけを待っていた――そんなキスだった。オルソはコートを床に脱ぎ捨てた。彼女はキスを続けながら、カーディガンのボタンを外し始め、ベッドに向かってあとずさりをした。ボタンは無限にあるらしく、なかなか外し終わらない。

オルソは彼女の手を止め、鳥の羽のように軽々と持ち上げると、優しくベッドの上に横たえ、またキスをした。エルサはオルソのセーターをつかむと、たくし上げて脱がそうとした。彼の背中が剝き出しになった。オルソはいったん彼女から離れ、セーターを脱いで後ろに投げ、シャツも放り投げた。彼女もカーディガンとキャミソールを頭から脱ぎ捨て、胸をあらわにした。

オルソはまたエルサの唇を求めた。砂漠で渇していた男が、冷たい水の湧き出る泉を見つけたように。ふたりともズボンを脱いだ。ほとんど怒りをこめて、足をばたつかせて、脱いだ。オルソは彼女のパンティを下ろすと、相手の瞳を見つめたまま、そっと中に入っていった。

エルサは目を剝き、悦びに身震いした。オルソはゆっくりと波のように動いた。彼女は思わず小さな声を漏らし、その声は次第に大きくなっていった。彼はエルサのぽってりした唇を舐め、まだ足りないという風に、その舌も舐めた。彼女はあえぎながら、両手をオルソの尻に回すと、自分の腰に向かってぐっと引きつけることで、優しさの時間はもう終わりだと彼に伝えた。

オルソの部屋の天井の片隅には、湿気による染みがひとつあった。ただエルサが指差すまで、彼は気づきもしなかった。ふたりは力尽き、裸のままでのんびりしながら、分かち合ったばかりの素敵なセックスを黙って思い返しているところだった。その時、エルサが上に指を向けたのだ。

「あんな染み、前はなかったわ。昨日の夜の雨でできたんだと思う。瓦が割れたのかな。じゃなきゃ防水シートが破れたか。たぶん、防水シートね」彼女はため息交じりに言った。

エルサは損害のことはもう考えたくないと言いたげに、オルソの胸に片腕を回し、彼の脚に片脚を重ねた。そして何やら物思いにふける顔で黙りこんだ。オルソは彼女の煩悶に気づいた。ほとんど心中の悩みが立てる音まで聞こえるようだった。だから、心配いらないよ、という風にエルサの頭を撫でつつ、尋ねた。

「葉っぱでも吸うかい？」

彼の腕に顔を埋めていたエルサがぱっと首を後ろに反らし、呆気に取られた表情をした。

「嘘。そんなもの持ってるの？」

オルソはうなずき、にやりとした。「しかも上物だ」

「わたし……葉っぱなんてもう……いつぶり？　学生時代からずっと吸ってないわ」

「いらないなら、別に……」

「吸う、吸うわ！　さっさと用意して！」彼女は彼をベッドから突き落とす真似までした。

オルソは革鞄に向かって背を折り、マリファナの袋を取り出すと、五百ユーロ紙幣の札束を見られないように注意した。そしてマリファナの袋を取り、開けた。

彼女はお茶目に目をみひらき、両手で口を覆った。それから腹ばいになり、いたずらっぽい目で、オルソが慣れた手つきでジョイントを巻く姿を見守った。

やがて差し出されたジョイントを、エルサは、ほんの一分前まで彼がキスを続け、腫れてしまった唇で受け取った。

オルソはジョイントに火を点けてやり、彼女の隣にまた横になった。エルサは煙を吸いこみ、口蓋から眉間へとさかのぼるマリファナの酩酊感を味わった。

やがてオルソが床の灰皿で吸い殻をもみ消すまで、ふたりはひと言も口をきかなかった。

「このあいだ、あなたと車の中で話してから、わたし何度も会話の内容を振り返ったの。会話と言っても、わたしがひとりで一方的にしゃべっただけだったけど……」

オルソは答えようとしたが、彼女に先を越された。

「それで、あなたの言うとおりだと思った」

「何が?」

「わたしの選択は間違っていたかもしれない、ってこと。何も、ガブリエルの申し出を受け入れたのはあんまり浅はかだった、反省してる、って話じゃないのよ。だって、自分でも馬鹿なことをしようとしているんじゃないかって、さんざん悩んで、眠れない夜を何度も過ごして、ようやく決めたことだったんだから。でも……よくわからないんだけど、やっぱりほかの誰かに相談してみるべきだったたって、あとから思った。だから、どうして打ち明けてくれなかったんだってあなたに訊かれた時、なんて答えていいかわからなかったの。だって理由なんか、わからなかったし。ううん、本当はわかってた。相談したらきっと、『馬鹿なことはやめろ』って言われるだろうなって思ってたからよ。実際……そうだったし」

「俺はもっと別の言い方をしたと思うけど……」

「でも、あれはそういう意味だった。わたし、いつもひとりだったから、なんでも誰の助けも借りずに解決しなければならなかったじゃない？　だから、誰かと分かち合ったほうがいい選択もあるっていう考え方がなかなか受け入れられなくて……そういうこと、自然にできないの。わかる？」

「よくわかるよ」

「あの男のことは前から嫌いだったし、嫌いな人間と共同経営者になるのって、やっぱりおかしいでしょ？」

オルソは同意の印に笑顔になった。

「今朝、あいつに電話したの」

オルソは驚きを隠せなかった。

「それで、何を話した？」

「考えが変わったって伝えたわ。ちゃんと謝った。時間を無駄にさせてしまってごめんなさい、借金のほうは別の解決策を探すことにしました、って。もちろん喜んではいなかったみたいだけど、何を考えてるのかわかんない男よね。結局、親切に許してくれたわ。君の言い分もわかる、また気が変わったら電話をしてくれ、番号はわかってるね、とかなんとか言って。お金は別の方法でなんとか工面するつもり。別の方法って言っても、まだ見当もつかないし、凄く不安だけど……でも、うまくいく気がするの。あなたのおかげ、かも。それとも、あなたのせい、かな。よくわかんない」

エルサは考えこむ顔で彼の手の甲を撫でた。

「どうせガブリエルのやつ、またしつこく迫ってくるんだろうな」

「それはないと思う。明日、俺が話をつけてくるよ」

「本当に？」

「エルサ、金なら俺は蓄えがあって……」

「その話はやめて、オルソ、お願いだから」

「だが……」

「いらないって言ったでしょ！」

「でも、何も君が哀れだから助けようっていうんじゃないぞ。わからないのか？」

「じゃあ、なぜ？」

「なぜって、俺がずっとロボットみたいな人生を送ってきたからだよ。感覚の麻痺した人生、そう言えばわかってもらえるかな。それが、今は違う。間違いなく君のおかげだ。君とマッテオに出会えたおかげなんだ。だから天に誓って言うが、君たちを手放すつもりはない。俺には蓄えがある。しかも天涯孤独の身だ。君を助けたいのは、君のことが大切だからだ。あの天井の染みが消えたあとも、俺は君の横にいたい。銀行の借金が片づいて、あのいかさまセルビア人の借金が片づいたあとも、君の横にいたい。俺と愛を交わしたあとに、君があれこれ金の心配をする必要がなくなって、ふたり一緒にどんなに素敵な時間を過ごしたか、ただそれだけを考えることができるようになった時だって。それにマッテオも、大きくなること、勉強すること、そして、ようやく笑顔を取り戻したママを幸せにすること、ただそれだけを考えればよくなった時も、俺は君の横にいたいんだよ」

オルソはひと息に言ってから、自分の気持ちと希望をはっきりと伝える言葉がこうもすらすらと出てきたことに、我ながら驚いた。

エルサは何も言わず、目を潤ませて、彼の腕に飛びこんできた。オルソは彼女の気が済むまで肩で泣かせてやった。

やがて泣きやんだエルサが鼻をすすり、馬鹿みたいに泣いてごめんなさいと言ってきた時、オルソは彼女のあごを指で持ち上げ、自分の目をまっすぐに覗かせると、「愛しているよ」と告げた。

エルサの目がまた涙でいっぱいになった。

オルソは彼女を強く抱き締めた。

俺にまだこんな愛の告白ができるとは。彼は信じられない気分だったが、思っていたよりもずっと簡単だった。

34

ガブリエルの会員制クラブの金属製の大扉の前に立ったとたん、今朝まで町をさいなんでいた凍てつくような寒さが、魔法のように和らいだ。そして、一面白い雲に覆われた空からぼたん雪が降りだした。雪はアスファルトとコンクリートの上にふわりと落ち、すぐに溶けた。

小さなリュックを背負うオルソは、地下に続く階段を下りながら、黒いコートに雪のかけらがいくつも載っているのに気づき、片手で振り払った。彼の前には例のセルビア人の筋骨隆々な大男がいる。寒さも気にならないのかタンクトップ姿だ。オルソは男の先導で、ガブリエルのオフィスに向かうところだった。

店内にはまるでひと気がなかった。ふたりが歩いている廊下以外、照明はすべて消えていて、どこかの部屋から声が聞こえてくることもなければ、なんらかの活動をうかがわせる音楽も聞こえなかった。

大男がドアをノックすると、ガブリエルの甲高い声が入るように告げた。

こうしてオルソは、あの赤一色の悪趣味な大部屋に戻ってきた。入ってすぐ、見覚えのあるガブリエルの手下がソファーに座っているのに気づいた。エルサの家にガブリエルの付き添いで来たふたりのうちの若いほう、両サイドを剃り上げ、後ろ髪だけ伸ばした、八〇年代風の若者だ。今日も同じデニムのジャンパー姿で、雑誌を読んでいる。だが顔は雑誌に向けていても、こちらから片時も目を離すまいとしているのがオルソにはわかった。

ガブリエルは机の向こうに立ってオルソを待っていた。腕を広げて迎えるその顔には、嘘臭い笑顔がある。

「ようこそ、ようこそ……座ってください」

大男はガブリエルにうながされ、ドアを開めずに出ていった。

オルソは赤いプラスチックの椅子に腰を下ろし、黒いリュックを膝に置いた。

「さてさて……よく来てくれましたね」髪も髭も生えていない、つるつるした顔のガブリエルは、自分も椅子に座りながら、光るはげ頭の汗を拭いた。

オルソは相手の緊張に気づいた。このあいだの芝居がかった悠々とした態度とは大違いで、作り笑いで不安を隠そうとしているのが見え見えだ。

「昨日ですが――きっとご存じなんでしょうね――エルサから電話がありました」

オルソはあえて反応しなかった。

「僕と契約するのはもう嫌だって言うんです。考え直したんだとか。まったく女という生き物は！　ぱっちりした黒い瞳とたくましい肩の持ち主と出会っただけで、何カ月もかけてせっかく取り組んできた仕事も苦労もPR戦略の説明も、何もかも投げ出して、ぽいっとトイレに捨ててしまうんですから」

「でも、たいしてショックは受けなかったはずでしょう？　エルサの電話より先にわたしと契約を結んだのだから」

「理屈ではそうですが、あなたのことを僕はそこまでよく知らないものでね」そう言って、ガブリエルはあいまいな笑みを浮かべた。その手はひっきりなしにうなじの汗を拭いている。「お宅が約束を破らないとは限らんでしょう？」

オルソは立ち上がった。

ソファーの若者が雑誌を下ろし、腰は上げずに、彼の一挙一動に注目した。

オルソはリュックをガブリエルの机に置いた。

「わたしは、約束は必ず守る男だ」

ガブリエルはリュックを開け、中身を確認して、うなずいた。

近くで見ると、男は思っていた以上に汗をかいていた。しかも、どういう訳か、かすかに震えている。

「約束どおり八十万きっかりあります」彼は念を押した。「調べてくださってもいいですよ」

「お言葉を信用します」ガブリエルは答え、リュックを閉めた。

「よかった。これで取引は完了ということになりますね」

「ええ、おっしゃるとおりです」

ガブリエルはどこか上の空で、焦っているように見えた。オルソには相手の奇妙な態度の理由が読み解けなかった。ここまできたら一刻も早くここを出たい、それだけが望みだったので、彼は手を伸ばし、セルビア人の手を握った。例によって汗まみれで、冷たい手だった。

「今後、我々の道は別々に分かれ、二度と交差することもない、そう思ってよろしいですね？」

「ええ……もちろん。おっしゃるとおりですとも」ガブリエルは笑顔を作ろうとして、隙間だらけで、どれも小さい、不気味な歯並びを見せた。オルソはそこで気づいた。目の前の男が見つめているのが自分ではなく、さらに後ろの誰かであることに。

「馬鹿め。俺とお前の道はたった今、交差したばかりだけどな！」

オルソはぎくりとした。

強いフランスなまりのあるイタリア語を話す、この声は……。

声の持ち主の正体はとっくにわかっていたが、オルソは振り返った。

やはりフローリアンが立っていた。腰に両手を当て、まだ父親の金を無闇に株に注ぎこむ三流ブローカーのつもりなのだろうか、オーダーメイドのグレーのスーツに白いシャツをノーネクタイで合わせ、整った顔に勝ち誇った笑みを浮かべている。その傍らには片腕を首から包帯で吊るしたベニアミーノに加え、オルソの知らない男がふたりいて、全員がこちらに拳銃を向けていた。

罠だったのか。

素人みたいにひっかかってしまった。

オルソはゆっくりと両手を上げた。彼の脳は凄まじい速度で回転を始めていた。ガブリエルは彼がただのかたぎではないと察し、何本か電話をかけたのだろう。百九十五センチの長身は一度見たら忘れられない。オルソの人相書きは簡単だったはずだ。そしてその情報はただちに、もう何週間もいたるところで耳を澄ませていたフローリアンに届いた。裏社会の高みに登り、自分のビジネスの規模を一気に拡大したいという野望を抱くどん欲なガブリエルと合意にいたるのは簡単だったはずだ。新しい市場を開拓するのに、〈組織〉に勝るパートナーはいない。お尋ね者の首を銀の皿に載せて差し出せば、取引は成立、そういう話になっていたに違いない。

見知らぬふたりはオルソに銃口を向け続けたが、ベニアミーノは無事なほうの手で拳銃を脇の下のホルスターにしまった。そして今度はジーンズのベルトに下げた布地のケースから、プラスチックの握りが付いた黒い棒のようなものを取り出し、オルソに向けた。男がボタンを押すと棒が伸び、伸縮式の警棒のようになったが、ばちばちと帯電している。スタンガンだ。

「こいつはお前に撃たれた分のお返しだ、ざまあ見やがれ！」

オルソの腕にベニアミーノがスタンガンをぐっと押し付けてきた。十万ボルトの電流がオルソを襲い、全身の筋肉が内部からの激しい爆発に揺すぶられるように、ぐっと収縮した。わずか二秒間の出来事だったが、彼は大型トラックにでも轢かれたような衝撃を受け、気づいた時には倒れていた。どう倒れたのかもわからなかった。上下の感覚もなくし、口の端から垂れる唾を止めることもできない。四肢の感覚もなく、腕も脚も胴体から切り離されてしまったみたいだった。

しばし意識を失ってから、彼は我に返った。心臓がスネアドラムのように激しく連打している。フローリアンが誰かに話しかける声が聞こえた気がしたが、何を言っているのかわからない。連中が大笑いしたところを見ると、とにかく愉快なことらしい。

声門のコントロールを取り戻し、また口を開いて呼吸ができるようになった時、ガブリエルの先の尖った靴が目の前に見えた。机の向こうから出てきたセルビア人は、踏みつけたのにまだ死なない奇妙な虫けらでも見るように彼を見下ろしている。

「オルソさん、まあ、なんと申しますか……この大金はありがたくいただきますよ」黒いリュックを見せながら、男は言った。「でも前にも言いましたがね、僕は、一度こうと決めたことはまず変えない人間なんです。だって毎回、よくよく考えた末に決断してますから。だからB&Bの話も絶対に進めます。身内の者がきっとエルサを説得して、書類にサインさせるでしょう」

オルソはあごの唾を拭い、ガブリエルの横に立った八〇年代風の若者に目を向けた。

「エルサは僕の趣味じゃないが、部下のなかには結構ファンが多いんですよ。そうだろ?」

「ええ、そりゃあもう。俺は鼻がきくんです。あれは絶対、東欧の種馬が好きでしょうがない女ですよ」そう言って若者は、自分の股ぐらにこれ見よがしに触れた。

連中が笑う声がした。

エルサにちょっとでも手を触れようとしたら、そいつは俺が必ず殺す――オルソはそう叫びたかったが、声が出なかった。猛烈な怒りに包まれた。立てるか確認するために、倒れたまま体を動かしてみる。歯を食い縛り、両手を床についた。ほんの数センチだが、ようやく胴が浮いたところで、強烈な蹴りが胃のあたりに飛んできて、息ができなくなった。痛みに頭の中で光が炸裂し、間髪入れず吐き気に襲われた。

フローリアンの声が聞こえた。「もう一発だ」

また蹴りが飛んできて、今度は靴の爪先が下腹部に食いこんだ。痛みは一発目に増して激しかった。オルソは横倒しになり、動くのをやめた。痛みと怒りで涙の溜まった目を開き、近づいてくるフローリアンをにらんだ。オルソがもう絶対に立ち上がれないものと高をくっているようだ。

「偉大なオルソが惨めなもんじゃないか。親父に言わせりゃ無敵の戦士で、もっとおっかない男のはずなんだがな。おい、俺とお前と、今はどっちが無敵だ？　馬鹿なやつだ」

その時、オルソの頭を後ろから何か硬いもので殴る者があった。弾みで顔を床に叩きつけられ、激痛が続いたが、やがてふっと痛みが途絶え、彼は暗闇に沈んでいった。

35

かすかなエンジン音が聞こえる。どうやら車の中らしい。

意味のわからない言葉。

聞いたことのない誰かの声がそれに答える。

車が大きく揺れた。

いくつもの声が重なり合って聞こえる。

カーブの揺れが来た。体重がまず右に移動し、そして左に戻る。

胃の入口あたりがひどく痛む。こめかみの上の皮膚も痛い。

顔の半分が濡れているような感覚がある。そこだけ冷たく、何かが皮膚に糊のように張り付いているような感じだ。

ゆっくりとオルソはその感覚の正体を理解した。

血だ。

固まった血糊だ。

頭を殴られた時に頭皮が裂けたらしい。

新しい革とビニールのにおいがする。納車からいいところ二、三週間の新車だろう。

激しい吐き気に襲われた。

それでも、あごを引いたまま胸から離すまいとした。目も閉じたままだ。耐えろ。吐けば、意識を取り戻したのを連中に悟られてしまう。わずかな勝機だが、利用せねば。

両腕を動かしてみようとしたが、無理だった。背中で手首を固く縛られている。自分が後部座席の中央にいて、左右にひとりずつ誰かが座っているのもわかった。脚はどちらも自由で、足首は縛られていない。

閉じた瞳の前にエルサの笑顔が浮かんだ。

エルサ!

彼女の身にまで危険がおよぶのを許すわけにはいかない。そんなことになれば、きっと俺は耐えられない。そう思った。彼が愛した者は遅かれ早かれ、必ず何か深刻な事態に巻きこまれる。それは前々から承知していたはずのオルソだった。より正確には、以前の彼であれば、そうなることを常々恐れていた。ところが過去の暮らしとはかけ離れた、心満ち足りた日々を過ごすうちに、つい警戒を緩めてしまったのだ。それでも彼は知っていた。ひとは常に神経を張りつめて生きなければ、生き残りのための原則を忘れてしまうものなのだ。動物の世界で捕食者があっという間にほかの動物の餌食となりはてるように。

アマルの時もそうだった。

そして今、オルソはまた同じミスを犯した。

どうしてこうもお前は愚かなんだ？

こんな罠にひっかかるなんて。

誰かがエルサの元に向かい、彼女を傷つけようとしている。おそらくマッテオも危ない。

「ずっと上のレベルを目指すんだ」助手席の男がフランス語で言った。

フローリアンだ。

車中の誰よりも声が大きい。

「親父は金融のキの字もわかっちゃいない。でも、肝心なのはレベルだよ、レベル」

携帯電話の着信音がした。携帯はオルソの目の前にあるようだ。

彼は目を開けまい、そちらを見まいとした。

車内の声が一斉に黙った。

フローリアンが電話に出た。

「アデーレ……どうしたんだよ？　いくら電話をかけても二日も出ないから心配してたんだぞ？　いいか、驚くなよ？　俺たち、オルソを捕まえたんだ！……なんだって？　畜生！　いつ？……なんてこった。お前は大丈夫なのか」

フローリアンは返事を待った。

「いや、ちょっと待て……最初からきちんと説明してくれ」

オルソは薄目を開けた。下を向いた目にぼんやりと見えたのは、左右の男の脚だった。右側はベニアミーノだ。ジーンズと茶色いショートブーツでわかった。ブーツの片方の足首から、ナイフの握りが顔を覗かせているのが見えた。

「わかった、わかった。落ちつけよ。泣くんじゃない。アデーレ、泣くな、きっと何もかもうまくいくから。心配いらない。お前は家に帰って、待ってろ。あとは俺がなんとかする。ああ、ミキも見つけてやる。安心しろ。ジェノヴァを出たら、すぐにこの阿呆を片づけるつもりだ。頭の皮を剝いで土産に持って帰るから、楽しみに待ってろ。ベッドの上にでも飾ればいいさ。心配するな！　みんなに伝わるから、大丈夫だって！　お前はクスリでも飲んで、寝ろ。無理でも、とにかく試してみろ、いいな？　あとでまたかける」

フローリアンは電話を切り、深く息を吸うと、怒りをこめて携帯をダッシュボードに何度も何度も、力の限りに叩きつけた。

「畜生め！」

彼は携帯の残骸を床に投げた。

ベニアミーノたちは恐れをなし、誰も口を開こうとしない。

オルソはフローリアンの言葉を思い返した。ジェノヴァの町を出ていないということは、気を失ってからまだそれほどの時間は経っていないらしい。

「妹が言うには、そこで気を失ってる馬鹿は一昨日、マルセイユにいたらしい」

「またどうして？」ベニアミーノの声だ。

「わからないと言ってる。そいつの家で出くわしたとか……だが、問題はそこじゃない……ヴィクトルが殺られた」

「いったい誰にです？」オルソの知らない男の声が答えた。

「アデーレの見たことがない男ばかりの五人組だそうだ。連中は妹とヴィクトルの居場所を知っていた。ドアを破って、突入してきたらしい」

「それで、何があったんです？」

「ヴィクトルをばらばらにしたんだと、畜生め。キンタマもチンコも切り落として、舌を引きちぎってから、あいつをガスバーナーであぶって、目をくりぬいて、その上ご丁寧に、豚みたいに皮までひん剝いたそうだ」

「それはひでえ！」見知らぬ男の声が吐き捨てるように言った。

オルソはベニアミーノが不安げにもぞもぞしだしたのに気づいた。汗まみれの手をズボンで拭いている。

「アデーレは最初から最後まで見届けるよう、無理強いされたそうだ。早く行ってやらないとまずいな。相当なショックを受けたみたいだし」

「ミキは？」ベニアミーノが尋ねた。

「見当たらないと言っていた。誰かが連れ去ったらしい」

「でも、そいつら何者なんです？　それに誰の差し金で？」

「連中の正体はわからない。でも、どうしてこういうことになったのかは見当がつく」フローリアンは怒りに震える声で答えた。

車内に沈黙が下りた。

「親父の差し金だ。どういう手品かは知らないが、ヴィクトルと俺の妹の仲をあいつは知った。ふざけた真似しやがって！　入院中で、死人も同然の親父に、どうしてまだ邪魔ができるんだ？」

「誰か裏切り者がいるんじゃないですかね？」

「オルソがマルセイユにいた、っていうのも、たまたまじゃないでしょう？」

「おい、もっと飛ばせ！　こっちは時間がないんだ」

「雪が凍ってるんです。道がこんなじゃ、スピードはそう出せませんよ」

「そんなこと知るか！」

「でもこいつ、どこで始末します？」ベニアミーノが訊いた。

「ひと目につかない道を見つけ次第、そこで片づけよう。誰にも見られたくない」

オルソは自分に残された時間がわずかだと悟った。車が停まれば、その時が彼の最期だ。アドレナリンがばんばん放出され、鼓動が速くなっていく。悪い心臓を思えば、動悸は健康によくないが、後頭部に弾を撃ちこまれるよりはましだ。全身の傷の痛みがさほど気にならないのだって、おそらくはこの天然ドラッグのおかげに違いなかった。

車体の振動とエンジン音からすると、車はかなりのスピードで走行中らしい。

俺の目が覚めたことにまだ誰も気づいていない。この機を逃すな。

オルソは片足をごくわずかにずらし、薄目を開くと、運転席と助手席のあいだに十分な間隔があるのを確認した。膝を上げ、ベニアミーノともうひとりがその動きに気づくより先に、運転手の右のこめかみに強力なひと蹴りをお見舞いした。運転手は驚き、とっさにハンドルを切ってから、本能的にブレーキを踏んだ。

車は急なステアリング操作に耐えられず、車輪をロックされた状態で、凍結した路面の上を滑り、ついにはスピンを始めた。独楽のように回りだした車は、やがて反対車線のガードレールに激突した。

車内ではダッシュボードのエアバッグが膨らみ、フローリアンと運転手の顔を直撃した。

衝突の衝撃で、車は棒立ちになった。シートベルトをしていない後ろの三人が天井に押し付けられる。側面のエアバッグもすぐに膨らんだ。

セダンは助手席側に横転し、ボディ側面を下にしたままバランスを保ち、なかば雪で覆われたアスファルトの上を滑った。

背中で両手を縛られたままのオルソは、衝突の勢いで左肩を脱臼した。凄まじい痛みに星が見えた。左右のふたりに押し潰された格好だったが、右にいたベニアミーノは悲惨だった。よりかかっていた窓がばらばらに壊れ、しかも上からオルソの重さがのしかかったため、やすりと化した路面に背中を押し付けられてしまったのだ。車は横転したまま少なくとも百メートルは滑り続け、反対車線を逆走した。

ベニアミーノは声の限りに叫んだがどうにもならず、わずかな隙間で脚を無闇にばたつかせた。オルソは自分の上にいる見知らぬ男に向かって足を突っ張りながら、下にいるベニアミーノを背中で押し潰し、相手の背と路面をなお一層激しく摩擦させつつ、なんとかその足首をつかんで、男のブーツから顔を覗かせているナイフを抜こうとした。

助手席側を下にしたまま車が停まった。

運転席に両脚を挟まれてうまく抜け出せずにいる上の男を横目に、オルソは外れた上腕骨を一発で関節に戻した。肩の脱臼なら何度も経験済みだ。

痛みはぱっと消えた。

ベニアミーノの悲鳴がやまない。ジャケットもセーターもシャツも正面は無事なのに、背中は完全に剝げ、地面に血が垂れ始めていた。オルソはようやく鋸刃付きハンティングナイフのグリップを探り当て、ベニアミーノのブーツからナイフを引き抜くと、自分の背中にグリップの末端を当て、思いきり下に押した。刃はベニアミーノの肋骨のあいだに刺さったようだ。男の悲鳴がごぼごぼという音に変わった。

一方、フローリアンは、頭から血を流してぐったりしている運転手に覆いかぶさられ、パニックに陥っていた。ロッソの息子は男の体を押しのけると、シートベルトを外し、無我夢中で頭上のドアを押し始めた。

「どうして開かないんだよ、畜生、開けよ！」

フローリアンは後部座席で進行中の事態は気にも留めず、両脚でドアを蹴りだした。そして窓を割ることには成功したものの、砕けたガラスの雨をもろに浴びる羽目になった。

オルソの隣の男が暴れだした。周囲の空間を確保して、脇の下のホルダーに収めた拳銃を取り出そうとしているが、上に着たダウンジャケットと、ひっくり返った体勢のせいでうまくいかないらしい。男の激しい動きに気づいたオルソは、相変わらず腕が使えないため、両脚をバネにして相手の顔に頭突きを命中させ、必死に同じ攻撃を繰り返した。だが、鼻から勢いよく血が噴き出しても、男は拳銃を抜くという当初の目標を忘れず、ダウンジャケットのジッパーを下ろそうと四苦八苦を続けた。その下でオルソは、ベニアミーノの胸に刺さったハンティングナイフの鋸刃の部分で、手首に巻き付いたガムテープをなんとか切ろうとしていた。鋸刃が何度も手首の皮膚を削ったが、構わなかった。

上の男が片手をジャケットの胸に突っこみ、銃を握るのが見えた。

オルソは手首のガムテープが緩むのを感じ、歯を食い縛って、両腕を引き離そうとした。首の血管が膨らむほど力んだが、ガムテープが切れない。

男が銃を抜き――ワルサーP99だ――オルソの顔に向けた。このままでは九ミリパラベラム弾が、ビルの十階から落ちたスイカのように彼の頭を破裂させるだろう。

引き金の立てるかちりという音をオルソは聞いた。しかし弾は飛んでこなかった。初弾が装填されていなかったらしい。

オルソは懸命に腕を広げ、ついにガムテープを裂いた。

男はワルサーのスライドを引き、銃口を改めてオルソに向けたが、彼はとっさに目の前の銃を両手でつかんで、上にそらした。男が引き金を引くと、パラベラム弾は車体に穴を空け、乳白色の空に消えていった。弾丸の残した穴は、窓から上半身を乗り出したフローリアンの手から何センチも離れていなかった。

至近距離での発砲によりオルソの耳は一時的におかしくなり、どんな音もきんきん響いて鼓膜が痛んだ。男は銃を下げてまた撃とうとしたが、オルソの強力な腕力がそれを許さなかった。彼は右手で銃口を顔からそらしつつ、左手でベニアミーノのナイフを探った。

やがてグリップのゴムに触れる感触があり、彼はナイフをつかむと、容赦なく上の男の腹に突き立てた。男は青い目をみひらき、信じられないという顔をして、ぴたりと動きを止めた。オルソは男の手からワルサーを奪い、相手の胸に向け、撃った。男は、膨張式の人形のバルブを開いたみたいに崩れ落ちた。強烈な喜びがオルソを包んだ。

彼は二体の死体の上によじ登り、セダンから脱出しようとした。フロントガラスに目をやると、前方に車が何台も停まっているのが見えた。怪我人の有無を確認しようと車を降りる数名のドライバーの姿もある。視界の片隅にフローリアンの姿が見えた。ロッソの息子は全力疾走で遠ざかっていく。

オルソは、横倒しになった車の上から飛び降りた。耳に携帯を当てたひとりのドライバーがすぐに近づいてきたので、拳銃をコートに隠す。何か尋ねられたが、相手の唇の動きから読み取ったわずかな言葉しかわからなかった。いずれにせよ、赤の他人に自分の抱えている健康上の問題をひとつひとつ数えて聞かせる暇はない。フローリアンを追わねば。オルソは目の前の男を乱暴にどかした。ロッソの息子がガードレールを乗り越え、雪に覆われた歩道を進み、大きな郊外型マンションの角を曲がるのが見えた。

オルソは追跡を始めた。脚は痺れ、頭の傷は相変わらず痛み、吐き気にしても警戒レベルを上回っていたが、道路を走って横断し――車の流れは上下車線とも止まっていた――やはりガードレールを乗り越え、白い歩道に残されたフローリアンの足跡を追った。

エルサが危ない。

そんな叫び声が頭の中でずっとこだましていた。

エルサとマッテオが危ない。

彼の頭脳の理性的な部分は、〝戻れ、お前は時間を無駄にしている〟という警告を続けていた。しかし非理性的な部分が——それが脳にあるにせよ、腹にあるにせよ——耳を貸そうとせず、むしろ、ロッソの息子に対する激しい怒りをあおるのだった。フローリアンは一歩また一歩とリードを広げ、オルソに追跡の継続を強要した。

エルサ！

雪は無感動に降り続けている。

エルサ！

駐車中の車はどれも雪で真っ白だ。

エルサ！

建物の角を曲がってすぐのところでオルソは、荒い息をつきながら、イタリア製の革靴を履いたロッソの息子が凍結した路面で転び、道路標識につかまって立ち上がり、距離を詰める彼に気づいてまた走りだすのを見た。

相手の転倒に新たな力が湧く思いで、オルソはスピードを上げた。踏み固められた雪は滑りやすいので避けて走った。

フローリアンはオルソの五十メートル先をうつむき加減に走っていたが、やがてマンションから出てきた数名の通行人に行く手をさえぎられ、相手を押しのけて通り過ぎようとした。人々は転んだが、礼儀知らずな行為の反動で、彼自身、バランスを崩して、貴重なリードをさらに少し失った。

立ち上がり、また駆けだしたフローリアンは、脇道に入った。マンションのふたつの棟の狭間の、ひと気がなく薄暗い路地だ。屋根のおかげで雪もあまり積もっていない。オルソに間近まで迫られたフローリアンは大きなミスを犯した。急に方向転換をして、停めてあった二台の車のあいだを抜けようとした時に、片方のボンネットにぶつかり、また転んでしまったのだ。

フローリアンは仰向けに転がったままジャケットの懐に手をやり、銃か何かをつかもうとしたが、オルソは反撃の間を与えなかった。その巨体の全体重をかけて、相手の腹にニードロップを決めたのだ。若者は呼吸ができなくなった。

オルソは相手の細長い首に両手をかけ、絞めた。

衝動を抑えることなどできなかった。血のにおいを嗅いだ鮫と同じだ。オルソはレモを思いながら若者の首を絞めた。友の亡き骸が浮かべていたあの苦しげな表情。その前にあった空っぽの椅子。フローリアンがそこに座り、レモの首にかけたベルトを締めるよう、手下に命じたあの椅子。

彼の両手のあいだで絶望し、こうも凶暴な締めつけにかかっては、あと数秒しか耐えられないと悟った若者の悲痛な表情など、オルソの目には映っていなかった。己の死を目前にして歪んだフローリアンの顔に彼が見ていたのは、いつもの、あのうぬぼれた横柄な目だった。それはガブリエルのオフィスで彼が床から見上げた、あの勝ち誇った目であり、〝ほしいものはなんだって手に入るし、僕のわがままは誰にも邪魔できない〟とすでに心得ていた少年のころとまったく変わらない、あの目だった。

誰にも邪魔できない？　俺だけはいつも例外だったな。

若者の首を絞めながらオルソは、オーガズムにも近い、満ち足りた気分を味わっていた。やがてフローリアンの舌が口からだらりと伸び、眼窩からなかば飛び出した命なき目が遠くのどこか一点を見つめ、微動だにしなくなると、ようやく彼は手を離した。

オルソはまた自然な呼吸ができるようになった。

エルサ！

理性が怒りに取って代わり、彼は不意に我に返った。

エルサ！

鼓膜の痛みは和らいだが、まだ違和感が残っている。あたりを見回す。殺しの現場を目撃した者はなさそうだ。

次に上を仰ぎ見たが、路地に面したわずかな窓から外を眺めた者があったとしても、二台の車とその横に並んだゴミ箱がうまい目隠しとなり、地面に転がった死体にのしかかる彼の姿に気づくのは難しそうだった。

エルサ！

オルソは急いでそこを離れた。

もう間に合わないかもしれない。

36

顔が半分、自分の血糊で覆われているのをオルソはすっかり忘れていた。道の真ん中に立って一台の車を停め、その窓に映る己の姿を見るまでは。

「まあ、ひどい！」ハンドルを握っていた中年の婦人が大きな声を出した。「どうされたの？」

オルソは運転席のドアを開けた。

「事故です」

彼は有無を言わさず婦人を車から降ろした。幸い抵抗はされなかった。それから自分が乗りこみ、ドアを閉め、雪でスリップしつつも、全速力で走り去った。

ハンドブレーキのそばにあったティッシュペーパーを何枚か使い、額からあごまで垂れた血を拭く。

落ちつかなくてはいけない。彼はパニックに陥らないよう、鼻から息を吸った。車が町に入り、大雪のせいで普段より慎重な交通の流れに乗ってからは、危険な追い越しもやめた。事故でも起こして、警察に停められてはかなわない。

二十分ほどでエルサのB&Bに面した通りに着いた。一方通行の通りを玄関の前まで逆走するのを避けるため、車は歩道のそばに乗り捨て、ポケットの中のワルサーP99のグリップを握ると、ぼたん雪の降る中を歩きだした。そして、宿の前に例のリアウィング付きのBMWが停まっているのに気づき、目の前が真っ暗になった。エルサは今ごろ、どんな目に遭っているかしれない。車通りの騒音も町のざわめきも和らげてしまう雪の生んだ非現実的な静けさに、オルソは強い違和感を覚えた。

宿の玄関まで三十メートル弱というところで動きを認め、彼は足を止めた。宿から男がふたり出てきたのだ。雪に濡れぬよう、ふたりともフードを被るのが見えた。片方は見覚えのない、痩せ型でひょろりと背の高い若者だ。もうひとりはフードで顔こそ見えなかったが、デニムのジャンパーにダウンベストという服装から、ガブリエルのオフィスで彼がリンチを受けた時にもいた、あの八〇年代野郎だとわかった。ふたりが大声で笑うのが聞こえる。どちらもオルソには気づかぬまま車に乗り、中に閉じこもった。車のウィンドウはすべて雪に覆われており、彼がB&Bの大扉に忍びこむところは見られずに済んだ。

こめかみが激しく脈打つのを感じながら、エルサの家に入った。例によってドアは開いていた。

「エルサ！」叫んでみたが、絶望でまともに声にならなかった。

居間と台所にはいなかった。

猛然と彼女の寝室とマッテオの部屋にも向かった。だが、そこにもいない。

壁によりかかり、オルソは安堵の息を漏らした。そして時計を見て気づいた。エルサはマッテオを迎えに行っているのだ。

窓からそっと外を眺め、BMWがまだいるのを確認した。ふたり組はそれぞれの席の窓だけ雪を落として、中に座っている。エルサの家に誰もいないのを見て、ここはいったん車に戻り、彼女がひとりで戻ってくるか、それとも〝おしおき〟の妨げになりそうな客と一緒に戻るか、そこで見張ろうと判断したのだろう。

もしもエルサとマッテオしか家にいない時にあいつらがやってきていたら、どういうことになっていたか。オルソは想像しただけで怒りに両手が震え、頭が熱くなった。

階段を二段抜かしで上り、自分の部屋に入った。金庫を開け、マルセイユの自宅から持ってきたサイレンサー付きグロックを出してポケットにしまった。ワルサーのマガジンを抜いてみると、もう三発しか残っていなかった。こちらはコートの逆のポケットにしまう。これで何度目だ？　こんな風に銃を手に取り、使用前に点検するのは？　何千回目？　それとも何百万回目だろうか。

もうこうしたことは二度とやらない、そう胸に誓ったはずだった。

もう絶対にやらない、と。

フローリアンを殺したのは必要なことだった――彼はずっとそう自分に言い聞かせていた。

バスルームに入り、鏡を見る。

まだ顔が血で汚れていた。頭の傷を調べると、耳の上にこぶができているが、痛みはもうほとんどない。

フローリアン殺しは、たとえエルサを苦しめることになったとしても、やらねばならぬことだったのだろうか。

自分の問いになんと答えたものかわからず、オルソは動揺した。

顔を洗い、時間を確認する。

急がなくては。エルサとマッテオが帰ってくる時間だ。

裏口から出て、建物を回り、ＢＭＷに背後から迫った。リアウィンドウは雪で覆われている。雪片は小さくなったが、まだ降りやまない。その時、通りの奥の角から姿を見せたエルサとマッテオに彼は気づいた。

オルソは後部座席のドアから車に乗りこみ、中のふたりの不意を突いた。

「てめえ、いったい……」

助手席の背中にグロックのサイレンサーを向け、撃つ。

弾丸は座席の詰め物を介して、痩せた長身の若者の体を貫通し、ダッシュボードに突き刺さった。血しぶきが同じ場所に散った。若者はうめき声ひとつ立てず、崩れ落ちた。オルソは次に、サイレンサーの熱した銃口を八〇年代野郎のうなじに突きつけた。若者は凍りついたように動かない。

「エンジンをかけろ」

若者は命令に従った。

ＢＭＷはエルサとマッテオの横を通った。ふたりは傘一本で身を寄せ合い、歩いていく。オルソは気づかれぬよう、伏せた。彼女は派手な車を見やり、ガブリエルのＢＭＷだと気づいたが、足は止めずに家路を急いだ。

オルソは彼女が息子をぐっと抱き寄せる姿を見届けた。何やらふたりで笑っているようにも見えた。

「ガブリエルの店に行け」

若者は右に曲がり、表通りに出た。時おり、いかにも怖そうに仲間の死体をちらちら見ている。

「俺は今度の騒動にはなんにも関係がないんだ。本当だよ」東欧のなまりのある言葉で若者は弁解をした。

「黙って運転しろ」


エルサとマッテオは家に戻り、濡れたコートを脱いだ。母親にブーツも脱ぐように言われた少年は素直に従い、教科書の入ったリュックを置きに自分の部屋へと駆けていった。

エルサはバスルームに向かい、まだ雪と氷に覆われたままの二足のブーツをバスタブの中に置き、水の滴る二着のコートをハンガーでシャワーの首にかけた。

それから彼女は、ふくらはぎまで濡れたズボンを脱ごうと思って寝室に向かい、部屋に入ったところで足を止めた。

ベッドの上に、しなやかな革でできた大きなバッグが置いてあったからだ。オルソの革鞄だ。彼のものだということはひと目でわかった。

鞄の上には紙切れが一枚載せてあり、ハートマークがひとつ描かれていた。まるで生まれて初めて描いたみたいな、いびつなハートマークだ。そしてそんな子どもっぽい絵の下に、〝君へ〟とだけ記されていた。

エルサは紙切れを手に取り、微笑んだ。

好奇心にかられて鞄を開け、手を突っこむと、まず出てきたのはマリファナの入った透明ビニール袋だった。

「馬鹿ね！」彼女は思わず声を上げてから、袋のにおいを嗅いで、うっとりした。次にそれをベッドに置くと、鞄のジッパーを大きく開いた。そして息を飲んだ。

五百ユーロ紙幣の札束が鞄いっぱいに詰まっていたのだ。エルサは震える手で札束をひとつ手に取った。

数えてみると、全部で四百二十二万五千ユーロもあった。

彼女は急に力が抜け、ベッドに腰を下ろした。そうでもしないと倒れてしまいそうだったのだ。

ＢＭＷはガブリエルの店の手前まで来た。雪はもう降っていない。オルソは若者に命じ、最初に見つけた駐車スペースに車を停めさせた。ただし、店に近すぎない場所を選んだ。この車はあまりに目立つ。

「エンジンを切れ」

若者はキーを左に回した。気温は零下なのに汗びっしょりになっている。背後の乗客を振り向く勇気はないようだ。

「その携帯で、ガブリエルにかけろ」

若者はダッシュボードの携帯を取り、電話番号を探し始めた。

「わ、わかった」

「何を話せばいい？」

「何もかもうまくいった、と言え。それから、直接会って報告したい、と言って、店にいるか確かめろ。もしいなかったら、いつ戻ってくるか訊け」

若者はうなずいた。

「おい、気をつけろよ……」

そう言ってオルソは、銃口を相手の頭に押し付けた。

「お前はあいつとイタリア語で話さないつもりだろう？」オルソはセルビア語で告げた。

「別に構わないが、いい加減なことを言うんじゃないぞ」

若者は驚き、またうなずいた。前よりおびえているようだ。

携帯を耳に当て、ガブリエルの手下は待った。

「ガブリエル、俺だ。ああ、うまくいったよ」最初は若干緊張した声だったが、母国語で話すうちにすぐに落ちつきを取り戻したらしい。

「ああ、でも、せっかくだから直接会って聞かせたいんだ。電話じゃ、ちょっと……。今、店かい？　わかったよ。じゃあ、あとで」

電話を切り、若者は携帯を耳から下ろした。

「もう店にいるって」

「ほかには誰がいる？」

「今日は大勢いるよ。積み荷が届いたから」

「女の子のことか」

「そうだ」

「大勢って何人だ？」

「わかんないけど、十人くらいかな……」

「そいつら、銃は持っているのか」

「持ってる。なあ、あの宿で、俺は別に何もするつもりはなかったんだよ。ガブリエルにはあとで適当に嘘をつくつもりだったし、だから本当に俺は……」

オルソは目の前の相手を撃った。それも、二発続けて。サイレンサーが銃声を小さくしてくれたが、若者がハンドルに向かって倒れたため、クラクションが鳴りだした。彼は新しい死体を引っ張って、助手席の死体に重ねた。

オルソは今度も殺しに喜びを覚えた。フローリアンを殺った時もそうだったが、記憶の限り、こんな風に自分の行く手をさえぎる者を殺す時は、いつだっていい気分だった。否定するだけ無駄なことだ。

本当は自分の父親に対してしたかったことを俺はしているのだ。チャンスに恵まれず

――あるいは勇気がなくて――殺せなかった親父の代わりに敵を殺すのだ。

ロッソの言うとおりだった。あの男はいつも言っていた。お前の目には何かきらめくものがあり、それがお前を無慈悲で失敗知らずの殺し屋にしている。ただの尖ったガキだった昔から今にいたるまで、お前には自分の受けた不正義を力で解決したがっているようなところがあるんだよ……。ロッソはこうも言っていた。オルソよ、お前は殺しから遠ざかることなど絶対にできない男だ。なぜなら、血はお前に喜びを与え、お前の怒りを静めてくれるからだ……。

全部、本当だった。

徹底的にそれだけの話なのだ。たとえ自ら望んだとしても、変えようのないことなのだ。オルソはかつて、それは自分を手元に置いておくためのロッソの詭弁だと思っていた。ところがボスは、オルソという人間のことを誰よりも、それこそ本人よりもよく知っていたのだ。

彼はアマルを思い、エルサを思って、ようやく悟った。

こんな俺の人生は、あのふたりは無論のこと、誰とも分かち合えやしない。

そう完全に理解できる時を、オルソはひたすらに待つほかなかったのだ。

そして今、その時が訪れた。

彼は車を降り、あたりを見回した。

人影はない。

店の金属製の大扉に向かって早足に接近する。

胃の入口がぞくぞくする。この感覚の正体ならよく知っている。興奮だ。それに快感。

早く店の中に入りたくてたまらない。

扉の前に立ち、呼び鈴を押した。

手をポケットに突っこみ、拳銃のグリップを固く握る。

はっきりと声に出してつぶやく。「俺は不死身だ」

目を閉じて、待つ。

謝辞

我がエージェント、ヴィキ・サトゥローにおおいに感謝します。この本の冒頭数章を読み、気に入った彼女は、いつものこちらまで嬉しくなるような興奮をもって、わたしに作品の執筆を決意させてくれました。どんな困難な瞬間にもわたしがけっして孤独に苦しむことがなかったのも彼女のおかげです。

ステファノ・イッツォのプロとしての腕前にも感謝します。彼はこの作品のポテンシャルをすぐに信じてくれ、間違いなくよりよいものに仕上げてくれました。そしてひとりの人間としての彼にも感謝します。ステファノはうらやましくなるくらいの情熱を見せ、真の友ならではの忍耐をわたしに示してくれました。さらにステファノを含め、デア・プラネータ・リブリ出版のみなさんにも感謝します。みなさんは今やわたしにとって新しい家族同然の存在です。

ルカ・ブリアスコにも感謝します。彼はわたしを信頼し、その才能をもって協力してくれました。

わたしの最初の読者であり、古くからの友人であるファウストにも感謝します。

ロレンツォとアンジェラとアンナマリアとアリーチェにも特別な感謝を捧げます。わたしが心から愛する四人は、インスピレーションの無限の源です。

でも最大の感謝は我が妻、エレオノーラに捧げます。彼女がいなければこの小説はなかったでしょうし、そもそも、わたしもこの世にはいなかったでしょう。

訳者あとがき

本書はイタリア人作家マルコ・マルターニのCome un padre（二〇一九年三月）の邦訳である。

主人公はイタリア生まれの寡黙な殺し屋、オルソ。年齢は六十過ぎ、身長百九十五センチ、独身、好きなものは恋愛小説と大麻、苦手なものはスイーツとうるさいガキ。服の趣味にはうるさい、苦味走ったいい男だ。

フランスはマルセイユに拠点を置く国際犯罪組織のボスの右腕として、オルソはほぼ半世紀にわたり殺戮を繰り返し、不死身の殺し屋と恐れられてきた。物語はそんな彼が病院のベッドで目を覚ますところから始まる。

不意の心臓発作を起こして緊急のバイパス手術を受け、なんとか一命をとりとめたオルソだったが、医師には絶対安静を命じられ、病床でこれまでの人生を振り返る。

今でこそ冷酷非情なプロの殺し屋として有名なオルソにも、実は過去にたったひとり、心から愛した女性がいた。およそ四十年前、若かりしころに生き別れになったアマルだ。ふたりのあいだには当時一歳になったばかりのグレタという娘もいた。

まだ二十四歳だったオルソは、天使のようなアマルと出会い、彼女と人生をやり直したくなった。だから〈組織〉を捨て、愛の逃避行に出た。しばらくは幸せに暮らしていたが、やがてボスに潜伏先がばれ、アマルと娘の命が惜しければ、ふたりのことは忘れて〈組織〉に戻れという脅しに屈する。それ以来、彼はアマルたちの安全を思えばこそ、ボスの前ではひたすら忠実に振る舞い、長年、感情を持たぬ殺人マシンとして生きてきた。でも心の中では片時もふたりのことを忘れたことがなかった。

死ぬ前にひと目でいいからアマルとグレタに会いたい——狂おしいほどの思いにオルソはふたたびボスを裏切り、ひとりイタリアへと旅立つ。だがその行く手には数々の敵と新たな愛が待っていた……『老いた殺し屋の祈り』はそんな、人生も晩年にさしかかったひとりの不器用な男の、魂の再生を描いた物語だ。

作者マルコ・マルターニは一九六八年ウンブリア州スポーレート生まれ。今日まで五十本を超えるテレビドラマや映画（『マフィアは夏にしか殺らない』『神様の思し召し』等）の脚本を手がけてきたベテランの脚本家だが、小説作品は本作が初めてだ。

若いころからチャンドラー、エルロイ、ランズデールといった英米作家の犯罪小説を愛読してきたマルターニは、「自分が読んでみたいと思う、読者が夢中になれる小説を書きたかった」とインタビューで告白している。本作が多くの書評記事で〝イタリア人の作品では珍しくアクション要素の強い、チャンドラー的なノワール〟として高く評価されていることを見るに、その試みは成功したと言えよう。

ちなみに原題Come un padreは「ひとりの父として」という意味だ。父として愛ゆえに家族を捨て、父として家族を守るために罪を重ね、そして死の淵からの生還を機に、また父として愛する者たちを探し求め、封印してきた感情を取り戻していくオルソ。この物語には彼に限らず、ひとりの親として善もなせば悪もなす人物が幾人も登場するが、まさにそうした光と陰の両面を備えるがゆえに、彼らの姿はリアルな人間として読者の眼前に活き活きと浮かび上がってくる。脚本家として三十年以上、多くの人物を描いてきたマルターニならではの筆力に違いない。

なお本作の映画化のための権利は、『アベンジャーズ／エンドゲーム』を監督したルッソ兄弟が立ち上げた映画制作会社ＡＧＢＯによって早くも発刊前から購入されている。常にチームワークの脚本作りとは異なり、孤独な執筆作業を作者はとても楽しんだという。『オルソもの』の第二作を求める声に対しては「安易なシリーズ化は避けたい」として明確な答えは示していないが、小説はこれからも書き続けると明言している。〝小説家〟マルターニの今後の活躍に期待したい。

二〇二一年一月
モントットーネ村にて

訳者紹介　飯田亮介

イタリア語翻訳家。中部イタリア・マルケ州モントットーネ村在住。日本大学国際関係学部卒。主な訳書にジョルダーノ『コロナの時代の僕ら』、フェッランテ『リラとわたし ナポリの物語1』(以上、早川書房)などがある。

老いた殺し屋の祈り

2021年2月20日発行　第1刷

著　者　マルコ・マルターニ

訳　者　飯田 亮 介

翻訳協力　株式会社リベル

発行人　鈴木幸辰

発行所　株式会社ハーパーコリンズ・ジャパン
東京都千代田区大手町1-5-1
03-6269-2883(営業)
0570-008091(読者サービス係)

印刷・製本　中央精版印刷株式会社

定価はカバーに表示してあります。

Printed in Japan
ISBN978-4-596-54149-9